张 锐 锋 作 品

古 灵 魂

张锐锋 著

GUANGXI NORMAL UNIVERSITY PRESS
广西师范大学出版社
·桂林·

古灵魂
GU LINGHUN

图书在版编目（CIP）数据

古灵魂 : 全 8 册 / 张锐锋著. 一桂林 : 广西师范
大学出版社，2024.5
ISBN 978-7-5598-6836-7

Ⅰ．①古… Ⅱ．①张… Ⅲ．①散文集－中国－当代
Ⅳ．①I267

中国国家版本馆 CIP 数据核字（2024）第 060573 号

广西师范大学出版社出版发行

广西桂林市五里店路 9 号　　邮政编码：541004

网址：http://www.bbtpress.com

出版人：黄轩庄

全国新华书店经销

广西广大印务有限责任公司印刷

桂林市临桂区秧塘工业园西城大道北侧广西师范大学出版社
集团有限公司创意产业园内　邮政编码：541199

开本：880 mm × 1 230 mm　　1/32

印张：97.5　　字数：2 060 千

2024 年 5 月第 1 版　　2024 年 5 月第 1 次印刷

印数：0 001~6 000 册　　定价：368.00 元（全 8 册）

第

七

册

卿云烂兮

糺缦缦兮

日月光华

旦复旦兮

——《卿云歌》

明明上天

烂然星陈

日月光华

弘于一人

——《八伯歌》

目 录

卷四百七十二

胥童

　　我是胥臣的后代，我们几代人都为晋国尽忠，立下了不朽功勋。可是在赵盾专权的时候，将我的祖父胥甲驱逐到卫国，又立我的先父为大夫。郤缺执政之后，不断打压我的先父，最后强令他退出朝堂，让我的家族一蹶不振。若不是当今国君重用我，恐怕我胥氏一族就永无出头之日了。而郤氏却在朝堂上站立着三个卿相，这是多么不公平啊。

　　当初郤氏乃是叛逆者，郤芮曾是晋惠公时候的大夫，曾极力阻挠晋文公归国，在文公即位之后又因谋反被诛杀。若不是我的曾祖父胥臣在冀野遇见郤缺，向晋文公举荐这个罪臣之子，郤氏怎么可能兴起？也许他们只能在冀野锄草了。可是郤缺不仅没有感念恩情，还和赵盾合谋驱逐我的祖父，又压制我的父亲，将我胥氏一族推下了山崖。我怎么能不对他们怨恨呢？我不知道我的祖父为什么要举荐这样的人呢？叛逆者终究是叛逆者，现在他们仍然是叛逆者。我等待着他们被诛杀的一天，就像他们的先人郤芮一样被诛杀。

　　这一天就要到来了。郤至不仅勾结楚国，还想让孙周回来做晋国的国君，这是多么可耻的叛逆者，国君早应该看清他的真面孔。好在国君已经从迷梦中醒来了，让我训练士卒，准备攻杀郤氏。我从国君的亲兵和我的家兵中选拔了一些死士，他们都是武艺高强的精兵。一连多少个日夜，我观看他们的操练，无论是攀爬高墙，还是单兵搏杀，都动作娴熟而敏捷，每一个人都有着非凡的绝技。我想，我率领这样的武士，必定能够直取郤氏的性命。他们已经死到临头了，我将为我胥氏一族一雪前耻。

机会终于来了，这是郤至给我送来的良机。他将自己的人头从两肩之间取下来，放在了我的手上。他竟然在国君狩猎中与宦官争夺猎物，激愤中杀掉了国君身边的宦官。国君命我率领八百士卒攻打郤氏，我的士卒早已跃跃欲试，快速攻占了郤氏家宅，将郤至、郤锜和郤犨的家族予以围剿，并将之囚禁。我对郤至说，你不是要让孙周做国君么？现在孙周仍然在洛都，你却在我的手里。你所想的都是你梦中所想的，而你却在醒来的时候死去。

他对身旁的郤锜说，我的确在梦中，我应该听从你的话。我不相信国君会杀掉我，也不相信他听从别人的谗言。我在鄢陵之战中建立了功勋，我不相信国君会杀害功臣。郤锜说，是啊，现在一切都晚了，说什么都无用了。原先我要攻打这个阴险的国君，即使是我因此而死，国君也不会有好结果，可是你阻止了我。你对我说，要保持一个人的忠信，决不能背叛君主，一个人也要拥有智慧，这样才可以不危害民众，一个人要坚守勇敢，而不能制造骚乱。这是三个最重要的美德，若是失去了这些美德，谁还肯帮助你呢？

郤至说，是的，我说过这样的话，我说的都是我心里要说的。可是我并不相信国君会这样做。我不想背叛国君，我还珍惜自己的荣誉，可是谁还珍惜我的荣誉呢？我听说，你不论将用于祭祀的肉做得多么干净，但只要有人将脏污泼到它的上面，神灵就不喜欢了。我本身是干净的，但国君给我的身上涂满了脏污，我还有什么话可以说呢？即使我死了，我身上的脏污还在，即使我被埋到了地下，我身上的脏污还在。我不怕死去，乃是怕我身上的脏污，因为我自己洗不掉自己身上的脏污。

郤犨说，谁都知道你的功劳，若不是你的谏言，国君怎会命令晋军出击？又怎能取得鄢陵之战的胜利？但你却忽视了另一面，你的功劳就是别人的剑，当你获得功劳的时候，你已经将剑递到了别人的手上，并让别人指向了你自己。不是别人杀死了你，不是国君杀死了你，而是你用自己的功劳杀死了你。你的功劳就是你的死。你用你的功劳成就了晋国，也成就了国君，但这功劳乃是杀死你的原因。你应该在临死前知道这一点。

我蔑视地看着他们，我说，你们所说的都是你们即将死去的原因，但却不是真正的原因。我要告诉你们，你们的死来自从前，以及从前的从前，你们已经忘记了从前，这乃是你们要死去的真正原因。你们只是看着眼前，却从来不肯回头看一下过去。我又对郤至说，你也不是因为功劳而死，因为这功劳本来就不归于你。你只是在想象中建立了功勋，实际上你从来没有功勋。你只是沉溺于自己的想象，而没有从想象中逃脱，你的想象害了你。不是国君要杀你，而是你的想象要杀掉你。国君只是采纳了你的谏言，并不等于你的谏言为你建立了功勋，若是国君不采纳你的谏言，你的谏言就顿成粪土。实际上，你的所有想象都在粪土之中，你早已陷入了粪土。这一点，你却不知道。

我继续说，你们都应该知道，这晋国乃是国君的晋国，不是你们的晋国。可是你们错了，以为这就是你们的晋国，因为国君给了你们权力，但这毕竟是国君给你们的。他既然可以给你们，也就能够收回。你们所有的权力都归于国君，可是你们却将这权力据为己有。你们不知道自己是谁，也不知道自己怎样做才是应该的，一个忘掉自己的人，就应该忘掉自己的死。一个人不属于自己的时候，他的死也不属于自己。

——你们蔑视我吧？若不是我现在用剑指着你们，你们是不会正眼瞧我的。但是我现在让你们不得不看着我。即使你们不想看我，但即将到来的死逼迫你们看着我。你们必须重视我。我站在你们面前，不是因为你们强大和不可一世，而是你们太软弱了，太缺少智慧了。我站在你们的面前，就像站在几只蚂蚁面前一样。因为，只要我愿意，就可以随时踩死你们。可是你们想过这些么？你们的梦中见过我么？

——我知道你们是不怕死的，因为在战场上你们都是勇敢的。可是战场上的勇敢和生活中的勇敢是不一样的，那时候你们不怕死。但现在你们都是怕死的，我已经看出来了，你们胆怯了，你们的头缩在脖子里，你们甚至不敢抬起头来直视我的眼睛。是的，你们实际上是怕死的。不怕死只是你们的表面，你们用这样的表面掩盖你们的虚弱。但是现在你们掩盖不了了，我看穿了你们。若是你们有我的目光，能够像我一样看穿你们自己，怎会成为现在的样子？你们总是将眼睛盯着外面，盯着别人，却从来不会盯住自己。

　　——你们从来没有把我当作你们的对手吧？没有，一次也没有，即使你们的梦中也不会有我的形象。但是我就藏在你们的视线之外。我一直注视着你们，看着你们怎样一步步走向泥沼。我知道你们会掉下去，我就是要看着你们掉下去。我一直在等待，等待着这一天。可是你们不知道。因为你们一直在镜子里欣赏自己，你们一直在扬扬得意，你们不仅拿着自己的，还要将别人的也夺过来。你们的祖父是这样，你们的父亲是这样，你们还是这样。你们不会改变自己，却要改变别人，这可能么？

　　——你们觉得自己冤枉，觉得屈辱，是这样么？唉，我已经看出来了，你们的内心从来觉得自己是冤枉的。因为你们从不满足，也不知道满足。这就是说，只有死能够让你们满足，因为只有死能让你们忘掉贪婪，就连梦中的贪婪也将失去。你们现在可以看见我了，因为我要将这你们一直渴望的东西给你们。我的手里拿着的剑，就是为你们准备的，我杀掉你们，给你们早已渴望的筵席，给你们最后的美酒，这美酒斟满了死亡。

　　我说完，几个士卒将酒具奉上。我亲自给他们斟满酒，递给他们。我说，你们喝掉吧，这是你们所喝过的最好的酒，它与你们从前喝过的酒都不一样。它是用你们的血酿造的，所以有着不一样的味道，你们只有在这个时候才能品尝出来，才知道自己的血的滋味。你们看吧，这酒爵上的花纹是多么优美，以往的日子里，你们注意过它么？这酒器上的瑞兽是多么凶猛，以往的日子里，你们害怕过它么？我告诉你们，你们只有害怕它，它才会佑护你。

他们喝掉了美酒。我一跃而起，连击三剑，就背过身去飘然而去。我听到背后就像樵夫的柴捆一样倒地的声响。可以听出，他们不是一起倒地的，因为我听见这响声是三声。其中的一个发出了轻微的呻吟，这呻吟似乎是痛苦的，也似乎是快乐的。他们倒地的声响是沉重的、沉闷的，我的脚底感到了微微的震颤。

古灵魂

卷四百七十三

晋厉公

　　我在殿堂上焦灼地等待着，我不知道胥童所率领的八百个士卒是否能够攻破郤氏的家宅。因为郤氏的家兵是强悍的，都是久经沙场的精兵强将。我还知道，他们都招募各路的死士，每一个都身怀绝技，从不畏惧死亡。他们还经常操练，也许这一切都是针对我的，他们随时准备反叛。

　　我走出了殿堂，在水池边徘徊。池水已经结冰了，冰面上还有着荷花残余的根茎。寒风吹拂着，我的双颊感到微微的麻木。我看着那些残荷的身影，它们曾经是多么洁净、多么漂亮，可是现在只剩下这些残剩的根茎了。它们好像被砍掉了头，像一个个死尸那样不肯倒下，在冰面上映照出悲惨的淡影。

　　我原本并不想这样杀掉我的卿相，但我不得不这样做。这就像战场上的搏杀，我不杀掉他们，他们就会杀掉我。我已经看见猛虎向我扑来，又怎能无动于衷？又怎能站着不动？我必须将我弓上的箭射向它。我看见了它张开的嘴，看见了它尖利的牙，怎能束手待毙？我何尝不想有一个安稳的晋国？但我必须下手了，我不能再等了。是的，等待就会增加危险。若是我优柔寡断，我的头就要掉在地上。时光多么快啊，日子就这样一天天过去了，从春天到寒冬，似乎就像我的车走了很短的一会儿，我都没有来得及仔细欣赏沿途的风景，因为我的每一天都在焦虑不安中度过。

甚至这一池荷花都没有来得及仔细观赏，它们就都枯萎了。秋雨击打过它们，秋风扫荡过它们，严冬的寒风砍去了它们的头颅，只有这身躯还在这里站立。它们似乎怀着冤屈，被光滑的冰面映照。它们的绽放不是为了我，而是为了现在的死亡，彻底的死亡。我开始怜悯它们了，或者说我不是怜悯它们，而是怜悯我自己。

那么我又是为了什么呢？我仅仅是想做一个好国君，让晋国的民众安居乐业，让天下的诸侯获得感召，能够领受天命，遵循天道，让晋国蒸蒸日上。当初即位的时候，我就想与秦国恢复旧好，但秦桓公却违背约定，不肯渡河而派遣使者订立盟约，而且不久就毁弃盟约，与狄人一起来侵犯晋国。我派军迎击，击败了狄人。面对秦国的背弃，我派遣吕相谴责秦国，并与之绝交，然后联合诸侯大军予以讨伐，在麻隧大败秦军。

我后悔的是，竟然听信郤锜、郤犨和郤至的谗言，杀掉了忠臣伯宗。尽管我不喜欢这个人，但他对我乃是忠诚的，他所说的一切，现在已经应验了。这让我失去了我本应有的许多东西，让许多人开始远离我。现在我知道伯宗所说的都是对的，他看见了郤氏的真面目，他所担忧的，已经成了真实。我若那时就听从伯宗的话，现在就不会引发这么多祸患。伯宗太刚烈了，他竟然咬断了自己的舌头，竟然一头撞到了墙壁上。我不喜欢他的舌头，不喜欢他的巧言善辩，但他的巧言乃是真言。

那时我太年轻了，也太过任性，对于我所不喜欢的，我就抛弃，对于我喜欢的，我就加倍奖赏，可是我抛弃的乃是真实的，我奖赏的乃是虚假。我竟然在虚幻的地方徘徊，却不知道这乃是虚幻。看来当初士燮说得对，鄢陵之战的获胜给我带来了凶险，我只有用凶险来应对凶险了。我的心有着柔软的一面，但我这柔软的也因这凶险而变得坚硬起来。昨天的夜晚，我多么想让天神给我一个梦，在梦中给我以启示，可是我一直辗转难眠，一直到窗户发白。我听着鸡鸣之声，竟然变得十分清醒，连迷蒙中的幻影也没有捕获。

我沿着莲池边缘的小路走着，寒风变得猛烈起来了。干枯的树枝摇曳着，在地上落下它们晃动的影子，好像整个世界都摇晃起来了。或者说，我乃是觉得自己在摇晃。我的脚步已经不稳了，我越来越焦虑不安，不知道胥童为什么还没有来到我的面前。我现在所能依靠的人已经不多了，我身边的那么多人，他们究竟在想什么？一个个不祥的猜测，好像一个个黑影向我扑来，我的浑身打了一个寒战。

我该回去了，这冬风太冷了。可是胥童还没有回来，不会遇到什么事情吧？胥童曾对我说，他所率领的武士们都已经完成了训练，对郤氏家宅的四周地形已经完全探明，不会出现任何差错。郤氏三个卿相和他们的族人都已经在控制之中，他们已经无处可逃。可是我仍然不能放心。我的担忧不是毫无道理，因为我知道他们必定将会做困兽之斗。他们是阴险和狡诈的，绝不可轻视和大意。

从清晨到午后，我一直这样等待，我派出去打探情况的人也没有返回。我坐在大殿上，看着门前射入的几缕光线，渴望这光线突然被人影遮住。忽然，胥童进来了，我还没有问什么，他就急切地说，郤锜、郤犨和郤至已经被我杀死，我还拘禁了栾书和荀偃，若是不杀掉这两个人，国君将会有后患。栾书和荀偃都是诡计多端的人，他们内心阴暗，也早已想除去郤氏，国君应该早已从他们的话语里知道了他们的所想。但是一旦除去郤氏，他们必将担忧自己的命运，所以我就将他们也扣押了。

我想了想说，我已经杀死了三个卿相，还怎么再忍心杀人呢？我若再杀掉栾书和荀偃，人们会怎样看待我？也许朝堂上下都将人心惶惶，晋国将陷于内乱。胥童说，国君此时决不可怀抱妇人之仁，你所不忍心的，别人会忍心对待你，你的仁心不会换来他们的仁心，也不会被他们感恩，你怜悯他们就是失去对自己的怜悯。

我说，不，这一次我不会听从你，我想听从我自己。我听说，一个国君失去了仁德，他将失去一切。我杀掉郤氏，乃是由于他们背弃了我，而杀掉栾书和荀偃，我又有什么理由呢？栾书和荀偃都是我的重臣，我怎么忍心杀掉他们呢？他们对我仍然是忠诚的，我的晋国将来还需要他们。胥童流着泪对我说，国君不可在这个时候心慈手软，尤其是栾书，这个人阴险狡诈，什么事情都可以做出来。我知道，郤氏的许多事情乃是出于他的谋划，他既然可以设计陷害郤氏，也可以设计祸害你。你应该多想一想，是留下这祸患呢，还是绝除这祸患？若是留下这祸患，晋国怎会有安宁呢？

我说，惩罚郤氏乃是因为郤氏有着叛逆之罪，而栾书和荀偃是无罪的。我已惩罚了有罪者，为什么还要惩罚无罪者呢？若是惩罚无罪者，就违反了天道，也违背了仁道，那我将成为无明之君，我就会被

古灵魂

更多的人指责为昏庸。胥童说，郤氏原先有罪么？没有，他们原先没有罪，但他们现在有罪了。有罪乃是从无罪开始的，在他们无罪的时候就要警惕。因为放松了警惕，所以郤氏有罪的种子发芽了，长出来了，他们的罪过开始长大。栾书和荀偃也是这样，他们现在好像没有罪，但他们的心里早已埋下了罪的种子。若不现在铲除他们，待到他们有罪的时候就不能铲除他们了，因为他们的罪已经大了，而你将因为今天的手软而失去惩罚有罪者的力量。罪也是一种力量，若是罪变得很大，就会掀翻你。

我说，我现在还没有看出他们的罪，所以我不能杀掉无辜者。若是我们觉得每一个人的心中都有罪的种子，就该杀掉所有的人，可是我能够那么做么？我作为一国之君，不是为了杀掉每一个人，而是为了让每一个人遵循天道和忠诚于国君，并听从国君的话，行在正当的路上。现在我之所以杀掉郤氏，乃是为了通过惩罚有罪者，而让无罪者有所警戒。我在说，你们看吧，这就是有罪者的结果，你们的路上不能有有罪者的榜样，因而必须保持无罪者的形象，不能让你们心里的邪恶开花。

是啊，你听，你听，神灵在天上和我说话。我已经听见了神灵的话，他在质问我，你究竟还要杀掉多少人？你究竟在想什么？你为什么不断杀人？你是一个国君，可是国君的使命不是为了杀人，而是为了拯救人。谁也没有赋予你杀人的权力，更没有赋予你不断杀人的权力。我给你权力难道就是为了让你杀人么？你要抬头看，看天上的云，它在你的头顶上飘，我就在云的上头。我一直看着你，可你却从不知道我在看你。我看见了你前面的血，你就站在这血中，你还要往前走么？你的靴子上已经沾满了血，你的脚印里已经被血浸泡，你还要往前走么？

我说，我听见了神灵的声音，这是巨大的声音，没有人听不见。我想你也听见了。谁又能违逆天神的意旨呢？我要向前走，但我要绕过地上的血。我要想办法擦净我的靴子，我也要将我的脚印里的血用沙土盖住。是的，我不能就这样走下去，不然我就是有罪的。本来别人是有罪的，但我也因为别人的罪而沾染上了罪。别人的罪我还可以赦免，可是我的罪又有谁能赦免呢？

胥童长叹一声，说，唉，我已经为你分出了善与恶，也分出了有罪者和无罪者，现在你却对我的分辨无动于衷。我已经没有什么好说的了。我说，你不必说什么了，先带我去看被囚禁的栾书和荀偃，让我去给他们道歉。你做错了，我就要去道歉，因为你所做的，乃是我命令你去做的。我的形象里已经注入了你的形象，你所做的也是我所做的。

我来到了栾书和荀偃被囚禁的地方，我亲手给他们打开了门。我说，你们都出来吧，都是我错了，这完全是一次误会，我不知道会是这样。都是郤氏的罪过，和你们完全无关。你们从来对我是忠诚的，你们所做的一切都是对的。我现在就恢复你们的爵位和从前拥有的一切，只是我让你们受到了委屈，若是你们有所不满，那就对我不满吧，因为我竟然将你们关押起来，这是多么大的过错啊，还请你们能够原谅我。

栾书说，我能有你这样的国君该是多么幸运。我是忠诚的，从来没有想过背叛，我只是想着怎样辅佐国君，让晋国变得强盛。我早已痛恨郤氏，他们执掌着重权，却想着怎样满足自己的贪欲，还想着怎样背叛国君，这样的人被杀死，乃是罪有应得。我早已看出了他们图谋不轨，但却不知道该怎样对国君说，但国君也以一双明眼，看出了他们的阴险。我得知他们被诛杀，真是太高兴了，也为晋国除去了祸患而由衷欣慰。

荀偃说，鄢陵之战中，我就看出了郤至已经背叛晋国，可是我没有证据，也不能随意猜测。郤至三次见到楚王，都是下了战车，放下战戈，低头快步走过。他根本没有想过与楚军作战，他只是希望楚军能够取胜。可是我不知道更多的事情了。他在战后又不断吹嘘自己的功劳，并用这功劳来压低国君的功绩。郤氏在朝堂的势力太大了，我们一直希望国君能够除去这个祸患。现在，郤氏已经灭亡，我心里由衷地敬佩国君的决断。我没有在关键时刻抵制郤氏，这是我的罪过。现在国君赦免了我的罪，我从内心感激国君的宽宏。

我说，若是有过错，那都是我的过错。你们有什么过错呢？现在一举除掉郤氏，晋国可以安定了，我们都应该感到欣喜。你们仍然担负原先的职责，我也将这次误会作为教训，牢牢记住。你们也不必在意。冬天就要过去了，天上的云将会散尽，一切都将好起来。我要没有你们的智谋，我将不知该怎么办。我需要你们，我深知你们的忠贞。我若不依赖你们，我还能依赖谁呢？

我看着栾书和荀偃满脸的感激之情，我已经感到了满足。是的，我不能再杀人了。我若再杀掉他们，那么我也杀掉了自己。我幸亏没有听从胥童的话，不然会发生什么呢？我不敢想下去了。那将是一个迷梦，一个我无法走出去的迷梦。现在我的身上感到了一阵清爽，冬天的寒冷反而刺激我浑身发热，那是因为我的内心充溢着温暖。我的步伐也变得轻快，因为我感到了来自灵魂的无穷力量。我可以回到我的殿堂，我已经闻到了美酒的香气。

古灵魂

卷四百七十四

栾书

　　我不知道经历了怎样的恐惧，我原本以为自己就要被杀死了，可是在最后的时刻，国君来到了我的面前。我心里说，恐怕国君要杀掉我了。我将郤至引入了陷阱，可我也一样掉入了陷阱。我在布设陷阱的时候，别人也为我布设了陷阱。郤至的得意将自己引入了悲惨之境，而我也因为将郤至引入了陷阱而得意，我的得意和他的得意是一样的，他的结果将是我的结果。因而我开始蔑视自己，因为我所做的，乃是别人要对我做的。我只看见了自己眼前的猎物，却没有看见自己也是别人的猎物。

　　我所做的，别人不知道。但是别人做的，我又怎能知道呢？也许每一个人都在黑暗里，都在想着怎样图谋别人，可我只看见郤至和他的兄弟，看见他们在我的眼前晃动，我不能容忍他们。我只是猜测到，国君和我一样，已经不能容忍郤氏了，可我还没有想到，国君同样不能容忍我。终于我的末日也来了。

　　我一点儿也没想到，原来我和郤氏的命运是连为一体的。我厌恶他们，想办法除掉他们，但我除掉他们之后，我也要被人除掉了。若是我不除掉他们，国君也不敢除掉我，因为国君害怕我们一起用力，将他的座位从他的身下抽走，那样他就掉入了深渊。也许现在我才知道，我看见的敌人不是真正的敌人，真正的敌人藏在表面的敌人的背后。现在我知道了，国君才是我的最大的敌人，因为只有国君能够取走我的性命。

对于郤至、郤犨和郤锜来说，他们不知道。我不知道的，他们也不会知道。他们仅仅是让我厌恶，因为他们所做的事情，让我感到不快。我仅仅是为了扫除我的忧烦，才对他们动手的。我用了阴险的诡计，而他们也被我的诡计所诱惑。实际上，他们又怎能杀掉我呢？但我仍然不愿因他们而烦恼，就像皮袍中的虱子，他们让我浑身发痒，所以我就要除掉他们。但真正应该被除掉的，是我面前的国君。

他对我微笑着，但我却深深厌恶这微笑。这微笑是多么虚假，多么丑陋，我厌恶这样的微笑。他却说，我错了，这是一场不该发生的误会。有罪的是郤氏，而不是你们。你们是无罪的，这都是我的错。知道国君似乎是赦免了我，可我从他脸上的勉强挤出的微笑上，看见了他所说的话是虚假的，我不相信他的话。即使他现在赦免了我，以后也会杀掉我。他让胥童将我囚禁就是一个危险的信号。现在我感到了危险，它就在我的前面。

既然我已经看见了，我怎能不相信我的眼睛呢？国君亲手将捆绑我的绳索解开，他的手触到了我的手，我感到他的手是冰凉的，就像寒冰碰到了我。我怎么能不相信我的感觉呢？站在他身后的胥童也似乎在笑着，但我分明看见他的目光利箭一样射向我。他眼里的每一道寒光都隐藏在微笑里。那是冰冷的微笑，闪耀着寒光的微笑。这寒光已经告诉了我一切。我怎能相信这样的微笑，又怎能不相信自己的眼睛呢？

绳索已经解开了，但我仍然觉得那绳索在捆着我，而且它越来越紧了。我的手脚因着这绳索的捆绑而变得麻木。我只有强忍着内心的痛苦，向国君表达忠诚和感激。我知道，我所说的话也是虚假的，可是我必须说这样虚假的话。我不说虚假的话，我就要被杀掉。可是我的感激中同样包藏着诡计，我必须用诡计来应对诡计，因为这乃是一个充满了诡计的人间，你生活于诡计之中，你又怎能不使用诡计呢？一个诡计击中你的时候，你要相信还有第二个诡计已经对准了你，你又怎能不用自己的诡计对准别人的诡计呢？没有诡计就没有生存，因而你要攥紧自己手中的诡计。

荀偃也和我一样，说了很多感激的话，可是他所说的，分明也是虚假的。难道国君没有分辨出这虚假么？不，他已经知道了，就像我知道他一样。我知道他是虚假的，他也知道我是虚假的，我们各自用不同的虚假来相遇。可是虚假和虚假之间，能有什么不一样么？我们都现出了微笑，可是这微笑有什么不同么？只是这微笑在不同的脸上。国君说，我错了，你们是无辜的。可是他真的觉得自己错了么？显然他不会这样想。他仍然会杀掉我，只是他需要等待一个更好的机会。

国君还说，有罪的是郤氏，而不是你们，这是一个误会。可是，人世间的一切都没有误会。所有的误会乃是真实发生的，真实发生的怎能说是误会呢？何况，别人是有罪的，就能说明我是无罪的么？对于国君来说，每一个人都是有罪的，没有谁是无罪的。他若是想杀掉谁的时候，就说谁是有罪的，每一个人都身处杀机之中，每一个人都处于罪中。只是到了想杀掉你的时候，国君才会给你定罪。你只是一个等待定罪的有罪者。

我回到了家里，在自己的庭院中徘徊。我不知道自己该怎么做。我深知自己已经成为别人鼎中的肉，我已经在沸腾的水中沉浮，并感到了彻骨的疼痛。我曾鄙视自己，鄙视自己采用了诡计，可是我现在发现，我必须有更多的诡计用以生存。不然我就必须死去了。我一旦死去，人世间的所有事情都将与我无关。世间最好的仁德也是诡计，不过是另一种诡计而已。我怎能拒绝诡计的诱惑？毫无诡计的野兽必然会变为猎人的猎物，何况是生存于诡计之中的人？何况是在一个个诡计的漩涡里挣扎的人？

诡计既给人带来痛苦，也给人带来快乐。这乃是另一种搏杀的技艺，它同样是血的刺激中升腾的激情，同样是敏捷的步履中躲避和突袭敌人的智谋。我听着耳边的风声，感受着严冬的苍凉，屋檐上的冰溜在月光里闪烁，我的影子在枯树的枝丫投下的暗影缝隙中漂浮，这乃是在生与死之间的漂浮。我不能等待了，与其坐以待毙，还不如放手一搏。现在我的手脚已经脱开了绳索，就不能让自己再次受到束缚。

我连夜去叩访荀偃，没想到他还在庭中的寒风里徘徊。我说，你怎么还不安寝？他说，你和我都刚从死亡中逃脱，怎么能睡得着呢？我说，你觉得已经逃脱了，可我还在囚禁中。只不过原先的囚禁是有形的，现在的囚禁是无形的。我们不过是从有形的囚禁中到了无形的囚禁中，但我们仍然是国君的囚徒。我们原先是在牢狱中等待死，现在仍然在牢狱中等待死，这有什么两样呢？我听说，屠夫将羊捆绑起来就是要杀掉它，他现在从羊的身边离开，那一定是磨刀去了。

苟偃站在月光下，就像定住一样，他一动不动，他的内心被什么东西凝住了。他乃是在时间中停留，他想停在自己想停的地方。可是，他看起来就像被什么魔怪所控制，一切都不由他自己了。我知道他的内心绝不是他的外表所显现的。他的心里必定翻滚着波涛，我的话已经击中他了。不知过了多久，他缓缓扭转头，对着我说，那么我们该怎么办呢？

他的脸朝向我，我却看不清他脸上的表情。月光只是将他的脸勾勒出一个轮廓，一个带着一圈微光的轮廓。我就朝着那个微光刻画出的圆圈说，或者是对那个圆圈包裹着的一团黑暗说，我已经说得很明白了，我想你已经知道了我的意思。他迟疑不决地说，唉，我们若是那样做，那可是弑君的重罪啊。我说，我们已经背负了重罪，再加上一重罪又有什么呢？我们就要死了，一个即将死去的人，还害怕什么罪呢？还有比死更重的罪么？

苟偃说，那么你先回去吧，让我想一想。因为我们所要做的，不是一件简单的事情。我看着那一圈微光在月亮进入云层的时候隐没了，就转身离开，边走边说，事情不能太晚了。我们若是等待，就会在等待中灭亡。我没有听见他的回话，也许苟偃的声音太小了，被这严冬的风一下子吹走了。我就在这寒风中，向茫茫夜色走去。当我登上了马车，月亮又出现在云朵之外，它以无限的冷辉披在了我的双肩，我似乎感到了一点温暖。前面出现了一条灰白的路，那是我要寻找的路。

一切都已经安排好了，我需要一个绝好的机会。这样的机会很快就来了。国君到大夫匠骊氏的家里去饮酒，我和荀偃带领亲兵前往。国君一见到我，就明白了他将面临什么。胥童想要抵抗，很快就被我的武士一剑刺死。他的血流到了国君的面前。国君说，你本是无罪的，现在却犯了重罪，要是停下来还来得及，我仍然可以赦免你的罪。荀偃说，我们已经被赦免了一次，不期望有第二次赦免了。

国君说，我若是听从胥童的话就好了。我不忍心杀掉你们，可是你们竟然忍心杀掉我。你们弑君的罪将会被记载于史册，你们就不害怕么？我说，不，你杀掉了郤氏，都没有害怕记入史册，我们还害怕什么呢？国君说，郤氏是叛逆者，而你们不一样，这也是我没有杀你们的原由。你们应该知道，一个国君是无辜的，所以任何弑君者都是违背天道的，你们就不怕上天的惩罚么？

我说，上天有时会偏袒国君，但不会总是偏袒国君。他很多时候都是惩罚别人，但有时候也会惩罚国君。尤其是你这样荒淫无度的国君。杀掉你，民众会感激我，因为已经没有什么人亲附你。自从你杀掉忠诚于你的伯宗之后，晋国的民众已经远离了你，你难道不知道么？我杀掉你，不是为了自己的私怨，而是顺应天意的召唤。

我将国君推入了囚房。囚房的门关闭了，一张我熟悉的，也曾恐惧的脸，消失在门的后面。我将大夫们召集在一起，告诉他们我所做的事，也宣告了国君的罪。他杀掉了贤臣伯宗，也杀掉了郤氏三个卿相。而郤至在被杀前还说，谁也不能攻打国君，因为一个人能够立足，依靠的是信知勇。信就是不背叛国君，知就是不危害民众，而勇就是不能作乱。若是失去了这三者，活着又有什么用？有杀掉国君的，可是那些杀掉国君的又怎么样呢？若是我有罪，那就准备接受国君的惩罚，死又有什么可畏惧的？国君若杀掉了无辜者，那么他将失去民心，他也不可能获得安定。我接受国君的俸禄，就是为了忠诚于国君，若是为了自己而引发混乱，我的罪就更大了。这样的忠臣，国君都要杀掉，难道不应该让他接受惩罚么？

——国君之所以要杀掉郤氏的三个卿相，就是因为他们在鄢陵之战中立下了战功，国君不能任用有功之臣，这样的国君不就是昏君么？不应该被杀么？现在我囚禁了他，就是为了顺应天意，为了晋国的民众，这难道有什么错么？郤氏的死，还不应该让我们警醒么？若是让他继续做国君，那么郤氏的结局将是我们的结局。

士匄说，我不知道新的君主是不是比原来的君主更好，也不愿意背负弑君的重罪。以前国君曾信赖我，我不能和你一样，但我可以以后跟着你走。你是前朝的老臣，而我毕竟还年轻，也没有遇到过什么大事，因而不知道自己究竟该怎么做。我听了士匄的话，心里十分失望，我已经知道了，他不愿意站到我的一边。

韩厥说，我曾接受过赵家的恩惠，后来国君想诛杀赵氏，我违背了命令没有出兵。我听说，一头受尽辛苦而随主人耕种的老牛，若是有人要杀掉它，却不会有人做主。何况你要杀掉的是一个国君呢？你不愿意侍奉国君，那是你自己的事情，你怎么去做，哪里还需要问我呢？国君从前怎么做，那是国君的权力，因为这个国家就是国君的。若是你家里的事情还需要问我们么？你所说的国君的罪，乃是你所说的。只有国君给我们定罪，我们又怎能给国君定罪呢？他的罪，只有他自己能够判定。

唉，我已经看见了，大夫们都各怀心事，他们并不是我的同行者。我的同行者只有苟偃了。不过你不要期望有很多人会跟着你，也不要期望很多人有着足够的勇气。你只能将希望放在自己的身上，尽管这希望乃是沉重的，但你要拥有这希望，就必须驮着这希望前行。现在已经没有任何退路了。必须将国君杀掉，然后让人到王都洛邑去迎回孙周。已经没有别的选择了。

卷四百七十五

荀偃

　　这个冬天太冷了，一场大雪让地上盖满了银白，行路者都缩着脖子，双手都放在自己的袍袖里。农夫都躲在了屋子里，外面的寒风就像众多野兽的咆哮，让这人间充满了恐怖。冬天露出了苍白的面孔，却在这苍白中显出了狰狞。人们打扫着自己的庭院，也扫开了门前的路，一个个雪堆就像旷野的坟墓，地上的生机都被埋住了。只有寥落的行人不断呼出大团大团的哈气，就像喷吐着烟雾。

　　冬天也是凶险的，这样的凶险不是在卜筮者的卦象里，而是在每一个人的心中，他们脸上僵硬的表情就是明证。他们似乎想笑，但笑不出来，似乎想哭，也哭不出来，这些表情是那么古怪。寒风一阵又一阵从这些古怪的表情上肆虐掠过，就像穿过稀疏的树枝一样空无阻拦。冬天是这样的横行无忌，似乎没有什么能够抵挡它。唉，一片苍茫之中，这个人间还会有什么呢？寒风是这样酷烈，它刮去了所有的皮肉，剩下了一片白骨。

　　白天的日子已经转晴，小路在人们的踩踏中消融，然后结成了冰。它将反光照在行路人的脸上，让他的脸色更加苍白。我就是这条小路上的行路人。我的马车在冰雪中留下了两道辙印，这是我抛弃了的辙印，它一直在我的身后延伸，但我不知道这乃是一段令人绝望的被捕捉、被囚禁之路。我来到了朝堂上，才看见郤锜、郤犨和郤至的尸体已经陈列于朝堂。他们闭着眼睛，就像睡着了一样。他们身上的血已经洗掉了，穿着干净的衣裳。这是和衣而睡的姿态。是的，他们睡得十分舒展，看起来睡得很香。

　　他们就这样睡着了，胥童宣布了他们的罪状。我知道他们并不是真的有罪，而是国君不喜欢他们了。他们不是因为叛逆而被抛弃，而是因为国君要将他们抛弃。我们都是国君的东西，他想拿起来就拿起来，他想丢弃就丢弃。我看着郤氏三人的尸体，就像大雪落满了我的心。我感到一阵寒冷。冬天不仅在人间，也在我的心中结冰。

　　接下来的事情更让我感到震惊，胥童将我和栾书囚禁了。我已经觉得自己就要死了，也将和郤氏三人一样，要被诛杀了。我就要死了，就要和郤氏三人一样睡在这朝堂上了。我的血也将被洗净，看起来好像什么都没有发生。我在囚牢中备受煎熬，在黑暗中想到将要进入永恒的黑暗，就感到万分恐惧。没想到国君出现了，他说，这乃是一场误会。他不准备杀掉我了，我还能够继续活着。可是我真的能够活下去么？不会的。我知道国君不会就这样饶恕我，也不会饶恕栾书，因为他早已要将我们抛弃，以便让他宠爱的人接替我们。他已经不需要我们了，只是现在就杀掉我们，害怕让民众抛弃他。他知道，自己抛弃别人的时候，更多的别人也将抛弃他。

　　国君释放了我们，我们就趁着他到匠骊氏家宅的机会捉拿了他。若是我们不杀掉他，他必然会杀掉我们。我不情愿这样死去，因而这是我唯一可以活下去的办法。就像在战场上一样，你要活下去就要杀掉对面的敌人。不过我知道弑君是有罪的，可是现在我管不了那么多了。栾书想让更多的朝臣和我们站在一起，这样就可以减少我们的罪。但士匄没有答应，只是慑于我们的力量，含糊其词地推诿，而韩厥干脆拒绝了我们的想法。

我有点儿愤怒，就对栾书说，我们可以趁势攻打韩厥，不然将会留下祸患。栾书说，现在还不是时候，而且攻打韩厥也绝非易事。我们已经囚禁了国君，若是再攻打韩厥，很多人就会抛弃我们。那时若是许多卿相都来攻打我们，就不可能抵挡了。重要的是，要派人前往王都洛邑迎接孙周。孙周年纪还小，容易听从我们的话，以后有的是良机。我说，若要派人迎接孙周回来做国君，我们必须先杀掉现在的国君。不然他怎能回来呢？

栾书说，这已经十分容易，因为他已经是笼中的飞鸟，我们已经剪断了他的翅膀，随时都可以将他杀掉。我说，可以派遣程滑去杀掉国君，同时派荀罃和士鲂前往王都，若是时间太长，恐怕夜长梦多。栾书已经是我最好的盟友，我们的命运已经连在了一起。我们所想的都是一样的，我们所做的是同一件事情。栾书想了想说，也只有这样了，我们不害怕好梦，怕的是噩梦，要将好梦留给自己，将噩梦送给别人。

卷四百七十六

程滑

我接受了栾书和荀偃的命令，要将国君杀死。我的内心是忐忑不安的，我知道这乃是弑君之罪，若是以后受到追究，就难逃一死。但我是荀偃的族人，若是我不挺身而出，还有谁能这么做呢？何况国君已经被囚禁，杀死这个人已经轻而易举。杀掉他，他就不再是国君了，一个死掉的国君不会开口说话，他又怎会追究我的罪呢？

我来到了囚禁国君的地方，他的眼睛直视着我，说，我知道有人会来，但没想到你会来，现在你要杀掉我了吧？我先给国君施礼，然后说，是的，我也不知道会由我来做这件事，我并不想杀掉你，但我不得不这样做，但我会尽量减少你的疼痛。我的剑已经足够锋利。我抽出剑来，又说，我在昨天不断磨砺，你已经可以看见它的锋芒是多么亮。

国君说，我看见了，但我还没有看见你的脸，因为你背对着光。我说，你已经知道我是谁，就没必要看清我的脸了。他说，不，我希望看清你，知道你杀我的时候是什么样的表情。我要知道你的表情中是不是包含恐惧。你应该感到恐惧，你杀死我的时候，你已经杀死了

古灵魂

自己。我说，我不明白你的话。我杀死了你，只是杀死了你，怎么会杀死自己？你是我现在唯一的靶子，没有第二个。

国君说，我现在还是国君，还是这个国家的主人，你们囚禁我是非法的，是有罪的，若是杀死我，你也必定将死去。不论是谁命令你这样做，最后你将承担所有的罪。你知道这罪的含义么？你怎样杀死我，别人也会怎样杀死你。一个弑君者不会没有人追究，你现在放下你手中的剑还来得及。我希望你现在就放走我，那样你仍然是无罪的，甚至你将因为这样的功劳而获得奖赏，这乃是救主的功劳。

他的话触动了我，我的剑在微微发颤，我的手发抖了。他必定看见了这锋芒的颤抖。但我已经接受了命令，我必须杀死他。我所说的就要做到，我不能欺骗别人，也不能欺骗自己。我说，今天我就是来杀死你的，我若不杀死你，我今天就不会来。我不曾受惠于你，我不欠你的。但我曾获得荀偃和栾书的恩惠，却不曾有过报答。现在他们派我来杀掉你，我已经答应他们了。何况，你马上就要死了，你死之后，就什么都看不见了。你既看不见别人的生，也看不见别人的死，我为什么还要怕你呢？

他说，我现在已经是将死之人，我已经不会为自己谋求什么了。我说话，乃是为了你。我还是劝你放下手中的剑，让它回到剑匣。不然，谁也不会承认自己的罪，而你的罪是逃不过的。你没有拿出剑的时候，我看见的是一个活着的人，而你拿着剑的时候，我看见的是一具尸骸。所以我还是希望看见你的脸，一张生动的脸，一张活着的脸。它怎能变为骷髅上的贴面呢？我现在还是你的国君，你的主人，你杀掉我，你就失去了一切。

我说，我杀掉你，你就不是国君了，因为一个国君不是一个死去的人。我只能说，你曾经是一个国君，但你很快就什么都不是了。我们需要新衣裳，晋国需要新衣裳，在换上这新的衣裳之前，必须将旧衣裳抛弃。我知道，栾书已经派人前去王都洛邑迎接新的国君了，你曾担心的事情已经发生了。你为此杀掉了郤氏三卿，可是该发生的依然发生了。你失败了。一个失败之君还说什么呢？

他惊愕地说，你说的是孙周？要让他来做你们的国君？我听说郤至想要迎回他，现在你们又要迎回他，可是你们所不知道的是，新的国君和旧的国君一样，你们逃不掉国君的惩罚。在这样的寒冬，一件新皮袍就比旧皮袍更暖和么？它也许比旧皮袍更好看，但对你们来说，每一件皮袍都是一样的。你们脱掉了旧的，但新的不会那么顺利地披在身上。你们不了解他，他却了解你们，这就是你们不会逃掉的原由。

我说，就是孙周。但你却错了，真正想迎回孙周的人不是郤至，而是荀偃和栾书。你看见的都是幻象，都是梦中的事情，而不是真实的事情。我也想迎回孙周，因为你从来都将恩惠给予你所宠爱的，却不会将好处分给我们。我们不需要你了，因为你从来不需要我们。你需要胥童，可是他已经死了，你所需要的都是无用的，因而你已经失败了。一个国君被囚禁，这已经是耻辱，你却要带着这耻辱逃走，这怎么可能呢？我手中的剑不会让你逃走了，你已经看见这锋芒了。我乃是跟随我的剑而来，也将跟随我的剑而去，我的剑说什么，我就做什么。不是我要杀掉你，而是我的剑要杀掉你。

他长叹一声，说，你的剑在你的手中，但也会在别人的手中。我

古灵魂

死后仍然是国君，而你死后却是罪人，这就是我们的不同。我不会再祈求你放过我了，因为一个国君的祈求不被答应，那么那个人的罪就更为深重。你已经在深渊里了，你不会有光明了。我曾想为你寻找光明，可是你拒绝了。我想给你的恩惠，已经被你拒绝了。你要知道，这乃是我给你的最大的恩惠。不是我不曾给你，而是你不要最好的。好吧，让你的剑对准我，刺向我的胸膛吧，让我的血染红你的剑，也染红你的脚。你将带着我的血走路，你不会走远了。你将在我的血中跌倒，又要跌倒在你自己的血中。

我说，你要先跌倒在自己的血中，因为你曾经推倒了那么多人，你也是跌倒在别人的血中。我知道你并不想跌倒，但我用剑来绊倒你。不过这样的跌倒并不会十分痛苦，就像刮风一样，它是轻轻的、轻轻的。这才是真正的风，真正的寒风，它比冬天的风冷一点，现在我的剑划过的时候，你会知道真正的寒冷不是来自冬天。于是我的剑从他的脖子上轻轻扫过，我似乎听见了嘶的一声，比风还要轻，若是你不在意，你就不会听见这响声。

国君还在那里站着，我看见血从他的脖子上流了出来。他仍然用眼睛直视着我，他的嘴角抽搐了一下，紧紧地闭上了。他向后仰着，一点点向后仰着，然后缓缓地靠在了背后的墙壁上，又顺着墙壁缓缓地滑落下来。他的双臂张开，就像要飞翔的样子，是的，他的灵魂已经飞起来了。我似乎看见了一个黑影从他的身形上飞出，然后缓慢地飘出了囚房。

荀罃

我来到了王都洛邑，这里的街市上一片繁华。虽然周王已经衰败，但这都城仍然有着王者的气象。高大的宫殿和繁荣的闹市，路上的行人一个接着一个。天子的大臣们仍然保留着骄傲的样子，他们都仰着头，从来不左顾右盼。他们都衣冠整洁，在街路上行走的时候，好像漂动在水面上，衣袍和衣带在风中飘扬。即使是在这冬天的寒风中，每一个人都不会失去高贵的样貌，好像他们并不会感受到寒冷。

我和士鲂从车上下来，不断向人们施礼。我们打问孙周的宅邸，就在一个高墙大宅前停下。我们的目的地到了。我整理了一下衣冠，准备进见孙周。我不认识这个人，但我从别人那里听说过他的故事。据说，他师从单国的单襄公，非常聪颖，从小就博闻强记、熟读诗书、通晓礼仪，沉稳严谨而谈吐不俗。许多人都称赞他说，现在的晋国国君太不像国君了，只有这个人才像真正的国君。年龄很小却已经在王都被众人称颂。

他的师傅单襄公十分欣赏他的才能，经常向别人夸耀说，孙周站立就像苍松一样坚定，目不斜视而听不侧耳，说话的声音不大却有着威严。在谈论中总是说对上天的敬畏，若是谈到忠诚，必定要说忠诚不是来自言辞的表态，而是来自人的内心。忠诚不是人的双耳可以听见，也不是人的肉眼可以看见，因为很多诚恳的言辞却充满了欺骗，很多貌似忠诚的举动也充满了欺骗，而真正的忠诚却需要用心来审察。

当他谈论仁信的时候，必然要谈起自己。若是没有仁信，自己就不能立足，因为没有人会相信你，那么他们都将远离你，你就会陷入孤独，一个孤独者怎能担当重任？然而谈论仁德的时候却从来不谈论自己，总是谈论别人，要么就谈论尧舜和周公，以及众多古代的贤人。他总是将美誉给予别人，却时刻警惕自己的缺点。这样的人，若是做了晋国的国君，那该多么好啊。

当他谈论义的时候，就要涉及利益，只有在利益的取舍上才可以谈论义的意义。若是没有利益的取舍，义又在什么地方体现呢？每一个人都喜欢利益，贪婪就意味着失去义，而真正的义就是放弃。他也谈论智慧，可是真正的智慧必定与处事相连，若不能很好地处事，智慧又在什么地方显现？谈到勇的时候，他会说，勇不是逞强，也不是鲁莽，而是能够制约自己。若是没有制约的能力，就不会有勇的能力。缺乏制约的勇不是真正的勇，而勇绝不是显现在表面，而是一种宝贵的内心力量。

孙周是多么明智啊，他的明智早已超出了他的年龄。我还听说，他谈论怎样施教的时候，觉得最重要的是明辨是非，若是不能明辨是非，那么训教就没有发挥作用，就是失败的，不论被施教者多么熟读诗书，多么博学，都没有意义。他也谈及孝道和神灵，他说，孝道就是侍奉好自己的父母，他们的快乐就是自己的快乐，他们的忧伤就是自己的忧伤，你要将父母作为自己来对待。他们生育了你，你就是他们的一部分，他们的心应该就在你的心里，因为你们已经密不可分。你若是没有把他们当作自己，你所做的一切都为虚假，孝的本意也就不复存在了。

他偶然也谈论恩惠，他觉得恩惠是必须有的，不然君臣之间就难以有和睦，国君也不能要求别人的忠诚。别人的忠诚乃是一种对恩惠的期待，可是你却没有给予别人以期待，那么忠诚也就会失去，和睦又怎么产生呢？他也谈起礼让，礼让就要涉及与同僚的关联。礼让不仅是一种好品质，还是一个人获得别人尊重的源泉。若是没有礼让，别人也不会给你以礼让，又怎能获得和睦呢？礼让不会让人失去不该失去的，相反你可以从礼让中得到你该得到的，人与禽兽的区别在于懂得礼让。

据说，他听说晋国有了战乱，就为晋国感到悲戚，而晋国有了喜庆的事情，他也会感到快乐。这说明他虽然身处异乡，但一直用双眼注视着晋国。他的心里携带着自己的家园，多少年来，晋国不在他看不见的地方，也没有那么遥远，因为它一直藏在自己的心里。这样的人，为什么不能做晋国的国君呢？他应该配得上那个崇高的位置，他天生就有着一个国君的责任和德行，他应该领受天命。晋国需要一个好国君。

我还听说，在单襄公临终的时候，嘱咐将即位的单顷公，说，你要厚待孙周，这个人非常好学，尽管还年幼，但却拥有了别人没有的威望。晋成公之后，晋的公室已经没什么有本领又有德行的人了，孙周乃是晋国公室的至亲者，他不仅拥有非凡的文德，还有着经天纬地之才。你观看他的言行，就知道他的才能。他站立就像松柏，目光炯炯直视前方，庄重而坚定，言辞十分谨慎而严肃，这样的人太稀少了。你看现在的晋厉公，形貌很猥琐，毫无威严却好高骛远，几年内必定将败亡。到了那个时候，孙周必将成为晋国的国君。

现在单襄公的话就要应验了。这个单襄公也很不简单，他的智慧无人能及，他的预言每一次都能实现。从前他接受周定王的派遣，前往宋国和楚国，路过陈国的时候，他看见路边杂草丛生、一片荒芜，到了陈国的国境后，也没有迎候的大臣，陈国就违背了诸侯之礼。到了陈国的国都之后，陈灵公也没有给他应有的礼遇，而是同大臣们和夏姬饮酒作乐。他回到王都后，就告诉周定王，陈国就要有灾难了，陈国的国君也将有灾难了。还没有过多长时间，陈灵公就被夏姬的儿子夏徵舒一箭射中而毙命。

晋楚两国在鄢陵对决，晋国获得了胜利。国君派郤至前往向天子告捷和献俘，在觐见周王之前，王叔简铺排筵席招待郤至，并互相赠送厚礼。他们饮酒而歌，相谈甚欢。王叔简在酒宴上对郤至不断赞赏，而郤至却不断自夸，甚至说这次击败楚军乃是出于他的智谋。邵桓公就将他们的谈话告诉了单襄公，说，郤至必定在晋国受到重用，以后的大权将掌握于郤至之手。所以王叔简让我们对郤至多加照应，以后在晋国也会获得照应。

单襄公听了之后，半天不语。然后说，你们只看见了肉眼所见的，还有肉眼所不能见的。我听说，这样的人，刀已经放在了脖子上，但他却毫不知情。真正的君子不会吹嘘自己，并不是出于谦逊，而是害怕遮掩了别人的光芒。人都愿意超过别人，可不能看不见别人的长处，若是藐视别人的办法，就会遭遇别人的怨恨。他越是想凸显自己，就越要压抑别人，所以圣人从来都要谦让。谦让在人的品性中是多么宝贵。可是郤至放弃了宝贵的东西，留下了圣人所抛弃的。你想吧，在晋国，郤至的上面还排列着七个卿相，他想要超过这七个卿相，那么就会有七个卿相怨恨他，那么他将怎样应对这七个卿相呢？所以说，这个人，刀已经放在了他的脖子上。

果然，单襄公所说的，都发生了。郤至表面上看是被国君杀死的，实际上却是被其他卿相杀死的。他压根儿不知刀就在他的脖子上。他只看见了自己手中的剑，却没有看见自己的脖子上早已放上了别人的剑。单襄公真是一个有智慧的人，孙周跟着这样的师傅怎能学不到真本领呢？这样的智者都对孙周有那么多嘉美赞颂，那么孙周也必定是一个了不起的人。看来，他成为晋国的国君乃是天意。

还有一次，单襄公参加鲁国和晋国等七个国家的盟会。单襄公看见晋国国君走路的时候眼睛只看着远处，却对脚下的东西视而不见。脚步也总是抬得很高，心里却好像想着什么心事。在盟会上晋国大臣的言辞鲁莽而无礼，强硬而自傲，而且不断夸耀自己，却不能直接说出自己的想法。言辞模糊而婉转，力量却显现在表面。而齐国的国佐也是这样，说话没有什么忌讳，既不谨慎也不严肃。

于是单襄公私下对鲁成公说，晋国就要发生内乱了，国君和郤氏的三个卿相也将灾祸临头了。齐国的国佐也将大祸临头了。鲁成公问，这是为什么呢？你的预料一定有原因。他说，晋君只看着远处却忽视近处，说明他不会知道眼下的事情，他心不在焉必定是有所担忧，说明事情已经很糟了，晋国的内乱已经不远。若是晋君能够看见眼前的事情，就可以将内乱化解，但他不是这样的人，他既骄傲又自信，却缺乏真正的能力。晋国的大臣言辞蛮横而虚弱，只是夸耀自己却不敢直言，说明他们惧怕国君又对国君有所怨恨，既想讨好国君又怕因说错话而遭受国君怨恨，这难道不是内乱的前兆么？这样的国君难道不会被抛弃么？

鲁成公又问，那你为什么说齐国的国佐也将大祸临头？单襄公回答说，这个人意气用事，从来不观察别人的容颜。身处淫乱而贪图嬉乐的齐国，周围的人都在欲望中沉湎，他却喜欢毫不掩饰地直言，又毫不留情地指出别人的过错，这样的人难道不会招人忌恨么？若是一个人招致别人的忌恨，他就离祸患不远了。因为只有具有仁德的人才能接受别人的指斥，可是齐国有这样的人么？一旦他不能被容忍，他也就走到了尽头。他的火焰将被水浇灭，他的烟气也将消散，他还没有烧尽就要变为灰烬。

单襄公看见了别人还没看见的，因为他总是走在别人的前头。那么孙周跟着他，也会走到别人的前头。或者说，他尽管在天子之都，但已经看见了晋国发生的事情，他早已经看见了。或许他已经看见了郤氏三卿被诛杀，也看见了晋国的国君被弑杀。他看见了晋国的内乱，也看见了自己将回到晋国。他早已坐在了国君的座位上，只是我们还没有看见。

我们只是迟到者，我们乃是走在事情的后面。等到事情真的发生之后，我们才能看见，而且我们所见的也仅仅是事情的一部分。农夫可以穿透土地看见地里埋藏的种子在发芽，可是我们只能等到禾苗从地里冒出来，才发现它的样子。我们在天子的都城，看见的也不过是繁华的表象。可是人世间却埋藏着另外的景象，所有的繁华背后都有着衰败的绝望。

孙周在门外迎候我们，他还是一个风华正茂的少年。他的脸上焕发着青春的光彩，身上的黑袍掩饰不住松柏一样挺立的勃发之姿。他真的就像单襄公所说的那样，站立的姿态峭壁一样严峻挺拔。他的微笑是谨慎而恰到分寸的，却深藏着严肃的尊贵。我向他施礼，说明了栾书和荀偃的意思，也表达了朝臣们对他的期待。他的脸上既没有惊喜，也没有担忧，甚至没有任何可以让人做出判断的表情。

他只是平静地说，我没想到事情会这样，我身在异乡，从来没有想过回去做一个国君，甚至我的许多梦中也没有这样的梦。我的内心毫无准备。我需要好好想一想。若是天意让我归去，我也需要想一想。他的平静让我感到吃惊。他竟然像无风的湖面一样平静，甚至连一丝波纹也没有。我似乎从中看见了一个深不见底的深渊，显露出来的却是一个平静得让人恐慌的表面。

这样的湖面上映照着蓝天和白云，也映照着水鸟的翅膀和垂下的树枝，映照着一切一切，却唯独没有映照出自己的面影。我所看见的只是它所映照出的东西，却看不见它水底的景象，甚至看不见其中深藏的游鱼和巨鳌。他是这样的年轻，又是这样的苍老，他似乎毫无经历，又似乎历尽沧桑。他的年龄中隐藏着另一个年龄，他的背后还有另外一个他。他就像一团乌云，似乎酝酿着雷电，可是我却看不见其中的奥秘。他的电光似乎微微一闪，但更多的却是不能穿透的黑暗。

卷四百七十八

士魴

　　我和荀罃来到了王都，就是为了迎孙周归国即位。到了王都之后，冬天似乎温暖了一些，沿途的寒风曾是那么凌厉，现在似乎不那么刺骨了，变得柔和了。但这仍然是最冷的时候，我的手只好放在袍袖里，穿过这王都的街道。我第一次来到这里，看见一切都是新奇的。这一次我不仅能够见到我的新国君，说不定还可以见到周王。虽然天子仅仅是一个高贵的名分，已经失去了昔日辉耀天下的权力，但他依然是天下的王。

　　我不知道我的新国君是什么样子，但我听说他乃是一个英俊聪颖的少年，一个虽然年少却拥有盛名的、贤能的人，一个连单襄公这样有着奇崛智慧的人都激赞不已的才俊。我很想看见这个人，看见他究竟是什么样子。他虽然一直生活于王都，但晋国人都知道他，并不觉得他陌生。很多人希望他成为晋国的国君。

　　晋国已经发生内乱，就像我的兄长士燮所预料的，若是与楚国的对决获胜，就会引发晋国的混乱，国君就要有危险了。可是国君没有听从他的话，现在这个预言变成了真实。先是因为国君怀疑郤至谋反，串通了楚军和晋国对战，以便在晋军失败之后迎回孙周。这是国君最害怕的。他害怕孙周回来，那样他的君位就被孙周取代。

这样，国君为了自保，诛杀了郤氏的三个卿相，陈尸于朝堂。他以为这样自身就获得了安宁，但他忽视了暗中的力量。他杀掉的仅仅是站在前面的人，死者的背后才是他真正的敌手。栾书和荀偃囚禁了国君，并指派我和荀罃来迎接新国君。我们走在半途的时候，已经有人来告诉我们，国君已经死了。我知道，他已经被杀死了。他必须死掉，不然我们怎能迎接新国君呢？

这个国君应该死去。不是因为我对新国君充满了期待，而是我早已厌弃这个国君了。鄢陵之战获胜之后，我的兄长士燮归来，就对主持祭祀的宗人和祝史说，我们的国君骄奢淫逸却又取得了胜利，这不是好事情，而是上天给他增加了更加骄奢淫逸的理由。他越是这样，就越是害怕失去已有的一切。那些以自己的德行而取胜立功的人，尚且害怕失去自己拥有的，何况是这样的人呢？祸难就要发生了，也许这祸难将会落到我的头上，请你们向上天祈祷，让我早点死去吧，这样我就会躲过不幸了。

兄长的忧患变为了现实，他不久就真的死去了。上天成全了他，但他也失去了亲眼看见国君死去的机会。他只是担忧自己会遭遇不测，却不知道国君被杀掉了。他的祈死也许是明智的选择，却也是失败的选择。他看见了就要发生的事情，却没有看见事情将发生变化，也没有看见变化中含有的转机。他急于自祝而死，真的被神灵所收去，现在只有我替代他，观看他所不能看见的了。我听说国君是被荀偃的族人程滑杀死的。他死后被一辆驷马之车拉到了旧都城外，埋葬

古灵魂

于荒郊。黄土盖住了他的身形，严冬的雪又盖住了他的灵魂。

这一幕，早已被孙周的师傅单襄公看见了，他早已经做出了预言，只是等待着应验，我想孙周也看见了。一个人怎样对待别人，他也会被别人怎样对待，即使是一个国君也逃不出这样对等和平衡的律则。我也许喜欢这样的结果，因为我渴望有一个新国君。孙周是晋襄公的后代，因为晋襄公将夷皋立为太子之后，就将其他公子外放他国，少公子捷就被送到了周王的都城，后来生了惠伯，惠伯又生了孙周。他乃是晋国公室的血脉，现在也只有让他回去做国君了，这也是最好的选择。

我见到了孙周，过去他仅仅停留在传说中，现在他就在我的眼前。他就像他的师傅单襄公所赞颂的，站立在那里，就像松树一样挺拔。他的脸上有着微笑，却是那种含有严肃的微笑，矜持而自然。他的双眼是明亮的，投出的光芒箭一样直射他人，你会因为这样的目光的审视而感到慌张。他设宴招待我们，在饮酒中缓缓举起酒爵，他的神态是那么沉稳，却在这沉稳之中蕴含着坚定。

他在乐声中吟诵大雅中的《文王》——勤奋的文王，他的美名在世间传扬，上天赐给他让周邦兴起的机会，也赏给他子孙以无边的福分。文王的后裔将世代繁衍，就像绵延不绝的群山，即使是周邦的众臣，也将累世显耀他的尊荣。他吟诵的声音并不高亢，却在低沉中余音不绝。他吟诵的是《诗》中的篇章，其中已经包含了他的雄心。他的脸上充满了光芒，就像本身在发光。我已经从他的吟诵中知道，他已经决定回归做晋国的国君了。

过了几天，孙周决定与我们一起返回故土。于是安顿好家人，前往觐见周王，说明了辞行之意。又去向单顷公辞行之后，便和我们一起踏上了回归之途。正月还未尽，出了王都的城门，许多人前来送行，孙周和众人一一施礼道别。我看见孙周的眼睛里似乎含有闪光的东西，他是不想离开天子的都城？还是对未知的路途有所感伤？天上飘起了雪花，落在了人们的头顶和睫毛上。众人的身上沾染了毛茸茸的雪花，每一个人都披上了点点银光。

　　这是多么遥远的路途啊，我们的车一路北行，风雪裹住了我们，前面一片迷茫。周王派了王卒护行，他们肩扛着战戈，铠甲和头盔上落满了雪，在这严冬中艰难地走着。雪花飘到人的脸上，就像针刺一样让人感到微微疼痛。路途上的积雪还没有融化，又增添了更多的雪。孙周端坐在车上，身体直直地竖立，好像钉在了车上，只是随着车的颠簸发出轻微的晃动。他的目光看着前方，始终没有任何倦意。可是前方有什么呢？在我的视野里，只有风雪遮掩中的苍茫。

　　渡过冰河之后，就进入了晋国境内。孙周走下车来，说，这已经到了故土，我要走一走，看一看我的国家是什么样。从小在王都长大，从来没有回过自己的家园，现在我已经在自己的土地上了，可一切是这样陌生。雪已经停了，但寒风却越来越大了。孙周的每一步都缓慢而沉重，他的脚步是有力的，这显然不是一个轻狂的少年的脚步，而是一个携带着重物的跋涉者的脚步。他仍然目视前方，迎着前面狂风，身体略微前倾，很像一个无畏的勇者和心里有着某种忧虑的沉思者。

　　我跟在他的身后，我不知道他究竟在想什么。他的背影和前面苍凉的山影重合在一起，仿佛他正在融入这个连绵起伏的宏阔背景。或者说，所有的人都是这背景的一部分。晋国是广袤的，尤其在毫无生气的严冬，这广袤的土地就尤其显得无边无际，它从我的眼前一直延伸到灰蒙蒙的天上。这是最后的底色，原本被夏天的繁茂遮掩的灰烬般的一切，都已经显露无遗。我虽然厌倦这样的色调，但这毕竟是天地之间的本色。

已经到了晋国的清原了，晋国的卿相和大夫们早已在这里迎候。他们一个个立于寒风里，被身上的皮袍包裹着，皮袍的襟摆不断被风掀起。栾书率领众臣向孙周施礼，他们一个个拜见即将登位的新国君。他们的身后是士卒和战车，上面的旌旗在飘扬。在这荒凉的阔野上，就像在灰色的大湖上翻腾着巨浪。孙周平静地看着众臣，就像面对恢弘的盛宴，他的目光伴随着寒风从每一个人的脸上扫过。

他登上了一辆战车，笔直地站在那里，双手背在后面。经过了一阵严肃的沉默之后，他终于开口说话。他的声音并不是很高，但寒风将其吹送到了每一个人的耳朵。他说，我能成为晋国的国君，并不是我所希望的，也不是我所贪图的，但我还是走到了你们的面前，这难道不是天意么？我滞留在异国，原本不指望能有一天归乡，又怎么想到做一国之君呢？但我从不想的，却成为真实，我从不想做的，却必须去做，我又怎能违背天意？

——国君之所以尊贵，就因为他所颁布的命令，别人必须听从。若是他所发布的命令不能被遵从，那么要这个君主做什么呢？你们拥立一个贤能的君主又不秉承他的命令，那么他又怎样体现他的贤能？我若是没有能力做一个君主而被你们废黜，那乃是我自己的原因，我不会埋怨任何人。若是我乃是以贤能治国却遭遇暴虐，那就是你们的罪孽。你们既然让我做国君，那么就在今日决定，若是你们希望别人来做国君，那么也在今日决定。你们若是让我做国君，我将不是前一个国君的延续，不是仅仅具有一个国君的名分，而是要成为一个真正的主人。你们现在就要思量，我要听见你们真心的答复。

孙周说完之后，众臣的脸上现出了惊异。这样的惊异中包含了迷惑、迷茫，他们看见了一个即将登上高座的年轻者的强劲有力，也似乎看见了自己的脆弱和无能。其中既有着冬天的衰败和苍凉，也有着暗藏的繁荣。因为这个年轻者已经站在了高处，他从高处俯瞰着众人。因为这样的可怕的俯瞰，每一个人都忘记了自己是谁，或者每一个人都想起了自己是谁。他们在孙周的话语中寻找着自己的位置，但却发现自己乃是飘忽不定，最难以捕捉的就是自己，而那个年轻者已经站在了高处。

我似乎猜到了那么多人的想法，他们找到了孙周，迎回了孙周，就是为了让他成为一个听从他们的国君，一个可以控制的国君。他们想的是，孙周这么年轻，一直在王都生活，只是一个聪慧的博学者，若要不听从别人的话，他就什么都做不成。从前的晋成公不就是榜样么？孙周若也像晋成公一样，那么他就只能成为别人手中的泥巴，他将被捏成别人的样子，或者他将成为别人的一部分，那么别人就可以为所欲为了。

然而孙周显然不是这样的人，他仍然要守护自己，让自己摆脱别人的控制。他不仅要摆脱这控制，还要控制那些控制者。他的话语是有力的，这已经显露出了他自己的力量。这让那些站在低处的倾听者大惊失色。他们没想到的已经发生。他们想让田地里长出柔顺的草，可等待他们的却是带刺的蒺藜。他们已经感到了疼痛。

　　在孙周看来，他们的惊愕和迷惘不仅来自他所说的话，还来自他们自己内心的误差。他们的内心已经失去了镇定和安宁。他站在战车上，扫视着众人，他的目光里有着藐视和挑衅，他似乎已经摘掉了他们的叶子，剩下了裸露的枝条。他们已经藏不住了，原本躲藏在背后的东西都露出来了。他们被这突然的暴露吓坏了。下面一片慌乱的俯首而拜，一个个身体弯了下去，就像自己的头上压上了石头。他们说，我们都听从国君的命令，国君说什么，我们就做什么，国君不允许的，我们就决不能做。

　　也许在孙周的眼里，前面站立的这些人不过是一根根枯木，他们毫无生机，也没有茂密的叶子，却想用这些残剩的枝条挂住别人的衣裳。孙周看穿了他们的用意。或者说，那些人就是一些爬到树上的蜘蛛，他们已经结好了网，等待着飞来的食物。他们甚至觉得孙周不过是飞来的一只小飞虫，似乎已经被粘住了。可是他们想错了。孙周乃是一个庞然大物，他的到来将他们精心织就的网一下子撞碎了。

　　我既是一个旁观者，又不是一个旁观者。我作为旁观者，我看见了晋国新主的严厉和凌厉，也看见了众臣在新主面前的卑怯。我乃是参与者，因为我接受的是栾书和荀偃的命令前去迎领新主，我乃是众臣中的一个。孙周既是别人的新主，也是我的新主。我从迎接他的那一刻起，就已经决定了我将忠诚于他，并竭尽所能侍奉他。我喜欢孙周的这种气势，压倒了寒风的气势，压倒了一切的气势。一个国君怎能让众臣捉到笼子里呢？

卷四百七十九

栾书

　　我领着荀偃、韩厥、士匄等众臣前往清原迎候新国君。孙周真是年轻啊，他的脸上充满了光泽，额头上有着镜子一样的反光，长袍在身上飘逸，在冬天的寒风吹动下，整个身形似乎在飘动。但他的脸是严肃的，他的每一个举动都合乎礼仪，他的威严已经像一个国君了。我的内心是欣喜的，因为这样年轻的国君，将会报答我们对他的欢迎，若不是我们做出了决定，将旧国君果断抛弃，他怎么会成为现在的样子呢？

　　是的，他的一切不属于他，而是属于我们。他应该感谢我，若没有我的安排，他不是仍然在王都无所作为么？我看见了他，他的脸上挂满了微笑，是的，他已经不能掩盖自己内心的欣喜之情，他就要成为一个国家的君主了。可是他的微笑又是矜持的、有分寸的，似乎仅仅是出于礼仪的需要。因为他年龄小的缘故，他似乎是透明的，我一眼就可以看见他的内心。但他又是老练的，他已经用手遮住了自己，我总是有一部分是在迷雾之中，我的目光到了那里，就会被挡住。

　　他站在一辆战车上，站在了高于我们的地方，对我们说，我并不

古灵魂

想当国君，也从来没想到做一个国君。但我来到了这里，回到了自己的故土，这难道不是天意么？他说了那么多，他一点儿也不惊慌，他已经用国君的语调说话。他否定了我们的功劳，将自己成为晋国的新主归功于天意。我们为他所做的，他一点儿也不领情。可是天意又在哪里呢？若是我们不迎接他归来，天意又在哪里呢？

他又说，国君的尊贵在于他所说的，别人要听从。不然要这个国君有什么用呢？我已经听出了他的话外之音，他的意思是，你们必须听从我的命令，若不听从我的命令，我就不做这个国君。而且他要让我们立即予以答复。他说，要是我们真心希望他做国君，就要做出决定，他要的是真正的国君的权力，而不是一个虚幻的名分。我们能说什么呢？我们既然已经迎回了他，又怎能反悔呢？

我们表达了遵从他的命令的决心，他就立即和我们订立盟约。我们只有依从他所说的，对上天盟誓了。这一切我都没想到。我没有想到一个年轻人竟然这样老谋深算，一开始就让我们进入了他的圈套。他已经用一根看不见的绳索套在了我的头上，我感到了一阵窒息。我对荀偃说，这个人不是从前的国君，我们将他迎回来，就要小心侍奉，不然就要有灾祸了。他说，是啊，我没想到这个人这么厉害，他的手已经抓住了我们的衣领，他的另一只手已经握紧了剑，我们已经不能挣扎了。

我说，是的，这个人是可怕的，他看起来年轻，却老成而严厉。谁要是轻视这个人，谁就会有灾祸。你看见他的眼睛了么？他直视着我们，每一道光都像利箭一样，他已经射出了利箭，我已经感到这利箭射中了我。我已经不能靠前了，我要慢慢退到后面，因为我没有足

卷四百七十二—卷五百三十四

够牢固的铠甲。荀偃说，我也没有，不过一切还需要看一看。

　　唉，我已经没有现在，只有一个个过去的场景从我的眼前闪过，那些场景就像一个个汹涌的波浪，很快就淹没了现在。过去已经沦为幻景，现在又怎能捕捉？一个失去了现在的人还有什么样的前途呢？我的心立即就变得晦暗，就像这天气一样，天色是灰蒙蒙的，寒冷而残酷。可是我必须将自己的真实心情藏到里面，我的脸上必须堆满笑容，我要装作一副无比欢欣的的样子。我不能让他看出我的沮丧，不能让他看出我的失落，真实的我要装入我的衣袍里。

　　他站在那里，似乎并不希望看清我们的脸，甚至不需要看清楚。他只需要看见我们像木桩一样站在他的面前，听从他的命令。在他的眼中，我们不是一个个具体的人，而是一些站立不动的人，我们的双腿并不摆动，这不是行路者的腿，也不是搏斗中腾挪的腿，而是站立的腿。这些腿已经在土地上长出了根须，土地牢牢地捉住了它。是的，我们已经被捉住了，我们已经不能挪动了。

　　你听吧，我的新主，我选择的新主，他所说的话中都暗含着一个个质问，他的意思是，你们是有罪的，你们难道不知道么？在从前你们就是有罪的，现在他的到来就是为了给我们定罪。我们若是不听从他的话，就是有罪的。我们曾经不听从国君的话，已经是犯罪。我们一直在犯罪，我们一直生活于罪中。是的，他所说的话都在为我们定罪。一个罪人又怎能有自由呢？他所说的天意就是他自己的想法，这样的天意不就是我们给他的么？可是他实际上已经忘记了什么是真正的天意。

　　可是我还有什么办法呢？也许他所说的是对的，天意不是来自

古灵魂

别人，而是来自我自己。天神暗藏的手操控着我，让我这样做。我所想的是，我所做的都是来自我的决定，可实际上我的决定却来自上天的决定，只是我做的时候并不知道我做的事情的意义。我想迎回一个朋友，却可能恰好是一个敌人。不过这个敌人也许比我想象的还要强大。若真的是这样，那我只好不断后退和避让了。

他的言语中暗藏着杀机，他会不会追究弑君者？他已经说了，若是我们用暴力来对待他，那将是我们的罪。我不知道能不能逃脱这罪责，他已经将我们宣判为罪人。他在威胁我，我又不得不接受这威胁。我已经感到了他的威胁。是的，我的确杀掉了以前的国君，杀掉了晋厉公，我还给了他一个适当的谥号，可真正厉害的、严厉的、狞厉的，乃是眼前这个人。我将这个厉字给了我所杀掉的国君，但这个恶谥乃是一个噩兆。前面不曾应验的，后面将会应验，前面不曾有的，后面将会拥有。

我们簇拥着晋国的新主回到了国都，整个都城张灯结彩迎贺新君，洋溢着一片喜庆的气氛。可是我知道，这灯火之中有着不祥的影子，虚假的荣耀背后晃动着暗影。我经历了多少事情，我知道这虚假，它乃是伴随着扭曲的夸张。从前的君主也曾在这灯火中享受着欢呼，可是最后的结果却和从前的一切违背。虚假的才需要夸耀，真实的却是平凡的、平常的，它就在那里，所有的人都看得见。

孙周到曲沃朝拜了宗庙，即位后的第一件事情就是将晋厉公的七个宠臣驱逐。我知道，这乃是为了安慰我们。紧接着又制定做事的规则，又将百官重新任命，提携和振兴旧族，赦免晋厉公时的一些罪囚，又亲自慰劳七十岁以上的老人。他在朝堂上对我们说，国君的卿相是国君的四体，没有四体，国君又能做什么呢？即使他心里想做事情，他却没有四体，既不能行走，也不能动手。可是我想做一个贤明的国君，就需要四体，就需要贤明的卿相，我需要你们，你们就是我的四体。

——现在郤氏三个卿相已经因叛逆被处死，胥童也被杀掉，因而我需要填补他们的空缺。在邲之战中，魏锜帮助荀首俘虏了楚国公子谷臣，射杀了连尹襄老，使得荀罃免于一死。这样的功勋不需要我们奖赏么？鄢陵之战中，魏锜射瞎楚王的眼睛，致使楚军大败。晋国需要安定，魏锜的功劳十分显赫，但是他的族人却没有得到这显赫，这难道是应该的么？士鲂是士会的幼子，又是士燮的胞弟，士会制定法度而安定晋国，这法度一直沿用至今。士燮亲自躬领国家大事，让诸侯归附于晋国。他们的功劳岂能被忘却？

——从前晋国讨伐狄国，秦国伺机而动，侵犯我边地，魏颗在辅氏击败秦军，俘获了猛将杜回，至今秦将对晋军仍然感到惧怕，他的后代难道不应该受到重用么？若是我们忘掉了过去，又怎么知道今天？今天都不知道，又怎么拥有未来？若是一个国家没有未来，还要我们做什么呢？秦将杜回曾经勇冠三军，竟然率领数百勇士，手持兵刃上砍甲将，下砍马足，锐不可当。魏颗巧设计谋，又有一个老人结草为网，将杜回绊倒，以致被魏颗生擒。若是没有魏颗善待他人，怎会在大战之际得到老人的襄助？

——我们不能忘记为晋国建立功勋的人们，也不能忘记他们的后代。若是我们忘记了他们，晋国还有谁忠于国君呢？还有谁愿意出生入死为国家效力呢？若是忘掉了他们，在国家需要人的时候却没有人出力，那么晋国还怎么生存呢？若是国家灭亡，我就是一个昏君，我就没有理由在这里和你们说话。当然你们也没有理由站在朝堂上，因为你们也不是贤臣。那么我们就都掉到了粪坑里，在民众的眼里，都是一些令人恶心的蛆虫。你们都愿意成为这样的人么？

国君的言辞铿锵有力，朝堂上的众臣都十分赞同。于是国君重新审定了八个卿相。我还是正卿，作为中军统帅，荀偃乃是我的辅佐，上军的统帅是韩厥，而他的辅佐是荀罃，下军的统帅是吕相，而他的辅佐是士会的孙子士匄，新军的统帅是士鲂，他的辅佐是魏颗的儿子魏颉。我不得不相信，国君这样做，就让旧族都会拥护他，这是十分高明的策略。我面前的这个人太强大了，他的智谋远超过被我杀死的晋厉公。

国君所说的魏颗俘虏秦国猛将的故事，晋国的人们都知道。在辅氏之战中，晋军大获全胜，魏颗在夜晚梦见了白天帮助他俘获杜回的老人。他在梦中对魏颗说，你用先人的遗命善待我的女儿，让她能够活在世间，我即使在九泉之下也不能忘恩。今天我结草助你俘获敌人，就是为了感谢你的仁德之举。上天垂爱有仁德者，你必将世代显荣，子孙将成为王侯，你不要忘记我的预言啊，我的预言必将应验。

魏颗醒来之后，仔细想这件事情的因果，想起了父亲魏犨曾有一个爱姬，没有生育孩子，他每一次出征的时候都会叮嘱魏颗说，我若死于战场，你一定要让她选择一个良配出嫁。可是到了魏犨真的要死的时候，他对自己从前说过很多次的话反悔了，又说，我死后要让她殉葬，这样我在九泉之下也有一个自己喜欢的好伴侣，不然我会多么孤独和寂寞。一想到自己将埋在深深的黑暗里，就感到恐惧和绝望。

魏颗等到他父亲去世之后，就将父亲的这个宠姬出嫁了。许多人都责备他违背了父亲的嘱咐，魏颗说，父亲每一次出征都嘱咐我，他若死去就让她另嫁良配，我深知父亲的真正的心愿。他临终的时候心智已经混乱，我不能按照他心智不明的时候所说的去做，而应该按照他心智明亮的时候所说的去做，我这岂不是按照先父的嘱咐去做的么？魏颗已经忘记这件事情了，可是别人却记得他的善行。国君所说的，我们都可领会。但是我为国君所做的一切，国君会牢记在心么？

古灵魂

卷四百八十

晋悼公

我已经成为晋国的国君了。我一直生活于王都，从没有想到会回到自己的家乡。现在我回到了晋国，这乃是天意。我的师傅曾经告诉我，我将来会成为晋国的主人，可是我并没有将之放在心里。可是我的师傅单襄公乃是超凡的智者，他所说的话都一一应验。他曾说，郤至将要面临大祸，郤至真的被杀掉了。他曾说，晋国将要发生内乱，晋国真的发生了内乱。他又说，齐国的国佐将要有灾祸，这个国佐真的遭遇了灾祸。他从来不空谈，他所空谈的，最后都落到了实处。

他在我小的时候就训导我，让我做一个真正的智者，可是我并不能按照他的话完全做到。我所做的乃是我能做的，可是他却经常称赞我。这让我受到了鼓舞，我就更加用心去做。可是我做得还不够，我总是做得不够好。不是因为我不够努力，而是因为我只能成为我的样子。是的，我又怎能成为别人呢？

我的师傅曾在临终前对他的儿子说，孙周必定会成为晋国的国君。他赞美我的品性已经有了文德，只有具有文德的人才可以获得上天的佑护，上天就会给他赐福，这样就可以成为国君了。他还一连说了我已经具备的美德，他说，对他人恭敬乃是谦逊的美德，对他人忠心乃是真诚的美德，对他人言而有信乃是信用的美德，对他人仁善乃是慈爱的美德，对他人有情义乃是自我节制的美德，具有智慧就有了德行的寄寓之所，有了勇气就有了德行的表率，有了教养就有了德行的榜样，就可以教化民众了。

他还说，孝道乃是德行的源头，没有孝就不会有德行。而给予别人恩惠，就可以看出这个人的德行是否弘阔，从他是否懂得礼让，就可以看出他能否运用自己的德行。能够效法上天就是敬，遵循自己的意愿才可以做到忠，能够不断反省自己方可做到信，能够爱人就可以做到仁，拥有利他之心就是义，能够处事得当就是智，而敢于遵循义理而独自前行就可以称得上勇，能够明辨是非就可以教，尊敬神灵才能做到孝，慈爱敦睦就可以给他人以恩惠，善待别人就可以做到礼让。这些好德行，孙周都已经具备了。

他还说，当初周文王因为具备了文德，所以上天赐给了天下。孙周也有这样的品德，又与晋国公室君主血脉相亲，继承君位就不会太远了。他站得直就是正，目不斜视就是端，听不侧耳即为成，而不高声言语就是谨慎。若是不正就失去了德行的根，目视飘忽不定就失去了端，德行就失去了依托，不能仔细倾听别人的话就不能成，因为不能获得德行的旨归。若是没有谨慎，德行就得不到坚守。他能为晋国欢喜或者悲伤，这是不忘自己的故土。他已经具备了这些德行修养，怎能不成为晋国的国君呢？上天从来都看着每一个人，并从中选拔最好的，孙周所做的一切，上天怎会看不见呢？

他还谈起了晋成公继位前的卜卦。他说，我听说卜筮的结果是得到了乾卦，而变卦又成了否卦，卦辞已经说出了结局——他的德行虽然与天相配，却不能持久，因为要有另一个人归国继位。那么他仅仅是一个尝试者，一个探路者，他的归国仅仅是为了另一个人的到来。我想，将要出现的这个人必定是孙周。除了孙周之外，不会有第二个人具备一个国君应有的美德了。

——我还听说，晋成公出生的时候，他的母亲梦见神灵在他的臀部画了一个黑痣，并对她说，我要让他成为国君，三传之后就要把这个位置给予另一个人，这个人乃是骓的曾孙。所以晋成公就起名为黑臀。晋襄公的名字叫骓，孙周不就是他的曾孙么？那么卦辞中所说的不就是他么？那个卦辞中还说，要三次从周迎回国君，这难道还说得不够清楚么？

——孙周的德行已经能够做国君了，梦、德和卦辞都契合了，不是孙周又会是谁呢？我还听说，周武王当初讨伐商纣的誓词中说，我的梦与我的卦契合，又与吉兆契合，讨伐商纣就必定获胜。现在孙周的一切已经确定了，因为梦、卦和吉兆也都契合。晋厉公所做的事情不合乎天道，他的子孙又稀少，所以他必定要失去君位，孙周将应验所有的吉兆。

我的师傅所说的，我现在都信服了。从前我并不是完全相信，但我现在已经是晋国的国君了。还有什么理由不信服呢？不过，他所说的也并不是真正的我，因为我还没有做到他所说的一切。我深知自己，比别人更知道我自己。我的师傅单襄公只是为我描画了一幅完美的肖像，但我还不是那样。他所说的只是我该有的样貌，而不是真实的样貌。他之所以这样说，就是让我照着他所描画的样貌不断修正自己，以便真正成为那个样子。这样貌中包含了他对我的期望，我若不能成为他所期望的那个样貌，就会让他失望。

我感到我的师傅在天空看着我。他的眼睛放射出太阳的光芒，我的身上披满了他期望的光。吉兆归于吉兆，卦象归于卦象，梦归于梦，而我并不曾住在其中。我在吉兆之外，在卦象之外，在梦之外，它们给我以譬喻，给我以信念，给我以激励和恩赐，给我以遥远的箭靶，但我仍然在我所在的地方，我也不曾变为另一个人。我要在师傅所描画的样貌里对照自己，他给了我一面镜子，一面无处不在的镜子。它使我有了两个我，一个是现在的我，一个是我将要成为的我。

我现在已经不是孙周了，我已经是一个国君。我的名字不会有人称呼了，因为现在的我已经掩蔽了从前的我。那个我用过的名字已经退入了黑暗中，现在将有另一个名字照亮我。从前我的名字仅仅意味着我自己，现在我乃是晋国的国君，我的称呼不仅包含了我自己，还包含了我的国家、我的土地上的民众、我的众多大臣以及我的权力和荣誉。从前我乃是自己的主人，现在我乃是别人的主人。

当荀罃和士鲂到了周王的都城，迎请我归国做国君，我既感到意外的欣喜，又感到不安和恐慌。我欣喜的是，我的师傅所说的话就要变为现实，我拥有了完成他的期望的机会，也让他的预言又一次应验。但让我惶恐不安的是，晋国已经一片乱象，大臣竟然敢于弑君，晋厉公死于非命，那么我回去之后还会是这样么？我将用怎样的策略来应对这样的险境？几个夜晚的沉思，让我陷入了痛苦和矛盾之中。

但我一想起师傅的话，就感到浑身有了力量。他说勇就是遵循义理而独自前行。我若现在退缩，那么我就失去了勇，那么其它的美德

古灵魂

还怎样寄存？他还说，忠就是按照自己的意愿行事，不忠于自己，又怎能忠于别人？不能忠于自己又不能忠于别人，那么别人为什么还要忠于你？若是我不能归国，岂不是有负于我的师傅对我的期望和赞美？我的内心不就有一个高远的志向么？现在那个志向已经在面前闪现，自己却有了放弃的念头。

不，我还是决定要回去，我要去做一个真正的国君，做一个有作为的国君。我相信一切困境都可以被冲破，一切混乱都可以归于有序。凡是好的东西都会有的，从前没有的，以后将会有，从前已经有的，将会得以弘扬。而坏的东西，我要将其剪除，让好的开花，坏的丢弃于荒野。于是我就整顿行装，拜别了天子和我的师傅的儿子单顷公，踏上了缓慢的归乡之路。这是怎样的寒冬，四周都是荒芜的，只有寒风从北方劲吹，我的脸上就像爬满了芒刺，我的骨头已经被吹彻。

我随着荀罃和士鲂来到了晋国的土地上。这片土地是陌生的，我不熟悉这里的一切，因为我既不是在这里出生，也不是在这里成长。我的脚从来没有踏入这片土地，但是这片土地已经归于我。一个陌生的、原本并不属于你的东西突然落到了你的怀中，你会怎样想呢？我的心中是一片空白，是的，一片什么都没有的空茫。空茫不是什么都没有，而是被一片升腾而起的迷雾遮蔽了真实的东西。我看不见它，我所看见的仅仅是眼中所看见，但我还不能相信我的肉眼所见。

我的心并不踏实，因为我面对的是不可知的未来。我不知道我的前面会出现什么。就像一只野兽不经意间迷失了方向，走入了另一片不属于自己的山林。这里没有我的脚印，也没有我的车辙。我没有在这里布设我的记号。我的先祖曾在这里生活，但那是他们的事情，他们的事情不在我的记忆中。我知道自己的血脉和这片土地相连，但我看不见我的血脉，我只是心里隐约对晋国有着一丝牵念。就是这一条细弱的、若隐若现的丝线，将我引到了这里，它似乎稍微用力就会拉断。或者说，我更像吊在树枝上随风飘荡的蜘蛛，这根细丝似乎是我的全部，我只有跟随这根细丝才可以找到自己的树枝，我才有真正的归宿。

是啊，我是吊在我自己吐出的细丝上，这是我从先祖那里吐出来的细丝，是从我的血脉里吐出来的细丝，是从我的灵魂里吐出来的细丝。它连接着我的父亲、祖父、曾祖以及更多的先祖们，连接着我的神灵，连接着我的命运。与其说是晋国派遣荀罃和士鲂前来请我回去，不如说他们是来唤醒我的。从前我一直处于沉睡之中。尽管我有过无数个梦，但这些梦都没有现实来得真切。那些梦都是朦胧的，似乎在指引我，但我却没有认真想过这些梦的意义。现在我突然在一个声音中醒来了，我被这寒冷的冬风吹醒了，我被这埋藏在寒冷里的硬物碰住了，我被即将到来的春雷惊醒了。

我本来就是要成为一个国君的，我从前所做的，不都是为了今天么？可是今天真的来了，我却一直在犹豫之中。我还有什么可犹豫的？我真的是害怕成为晋成公么？害怕成为别人的囚徒？害怕成为别人手中的弓箭？害怕在这密林里迷失了自己？或者害怕自己坐在高处的孤寂？既然有这么多畏惧，自己的勇又在哪里？我害怕成为别人的弓箭，难道自己的手里就没有弓箭么？

在漫长的归途之中，我从忐忑不安一点点变得坚定。实际上，我

古灵魂

已经做好了准备，不过这准备是不是足够充分？我必须先将那些习惯于作乱的大臣降服，这乃是我做好一个国君的关键。就要渡河的时候，我看见了大河上的波浪已经消失，它们被严冬的寒冷凝结为平坦的冰面。我的车向着对岸驶去，我已经看见了晋国。那时我的心情是激动的，我甚至听见了自己的心跳。冰面上的反光十分耀眼，这曾经是多么不可一世的惊涛骇浪，现在却变得这样驯服，以至于我的车轮碾上去的时候，几乎没有一点儿声息。它让我的车这样平稳，这样舒适，它那么开阔，比人们多少年来开辟的道路还要平坦。

这就是严寒的力量。没有严寒，又怎能制服这汹涌的洪流？我忽然得到某种启示，我也应该拥有四季，我应该对我的大臣们施以严寒，给他们以严厉的冬天，让他们驯服和归顺，又要像春天给他们以希望，让他们勤奋耕耘和播种，还要让他们在夏天开花，在秋天结果。既然天地已经做出了榜样，我为什么不能照着去做呢？晋国既然已经归于我，那么它的一切就是我的一切，因为它的一切都是我的施与。

若是我所施与的都是严冬，那么晋国就会失去生机，它会变得一片荒凉。若是我所施与的都是春天，那么人们就会在希望中失去耐心，因为漫长的等待将会沦为绝望，人们的勤奋也不能保持。久而久之就会怠惰。若是我所施与的都是夏天，那么万物就会竞进和亢奋，野草和毒草就会蔓延，罪愆就会疯狂，农夫的田地就会被遮盖，这样繁荣就演化为繁荣的荒芜，以至于行路者都会失去道路。我若所施与的都是秋天，那又怎么行呢？所有的收获都是耕耘和播种的结果，所有的收获都是有限度的，若是收获完之后又要收获什么呢？

天地有四时更替，乃是天地的智慧。天上有斗转星移，乃是上天的启示。我们怎能低头行路而忘记了向上仰望呢？一个君主乃是负有天命的，怎能不遵循天道呢？只有师法天地才能保持恒昌的运转，也只有交替运用天地之法，才可以使得一个国家获得良治。所以我看见我的众多大臣在清原迎候，就立即告诉他们我将怎样做。我必须告诉他们。我先要告诉他们严冬的凌厉，告诉他们必须学会顺服，必须听从我的命令。

他们既然可以杀掉晋厉公，为什么不会杀掉我呢？我必须告诉他们的罪孽，他们都是有罪的，必须用谦恭的态度来伺服我。他们的罪不是不予以清算，而是不到时候。我不能容忍一个罪人的世界，一个任由罪人来胡作非为的世界，一个已经有罪者还要继续犯罪的世界，一个任由野草和毒草疯狂的世界。是的，我告诉他们，我不会容忍。或者说，我在夏天容忍，但冬天不容忍。容忍是短暂的，但不是绝对的容忍。我容忍庄稼和果树，不容忍蒺藜和杂草。我容忍漂亮的花朵，不容忍花朵的践踏者。

卷四百八十一

魏颉

　　晋国的新国君即位了，这让我感到十分兴奋。也许我的家族会获得兴起的良机。栾书杀掉了晋厉公，用一辆马车作为陪葬，这不符合一个君侯应享的礼仪。新的国君不应该感到惊恐？那么他该怎么做？新的国君还很年轻，但我早已听说这个国君乃是非凡之辈，他一到清原就对大臣们说出了警戒，让他们知道君臣之道，并让他们盟誓立约。可见新国君虽然生长于周都，但对晋国的事情十分了解，他已经击中了原先那些重臣们的要害。

　　他的语言里长满了荆棘，让那些总想恣意妄为、制造混乱的人迈不开步伐，让他们谨慎地走路。不要以为他们的路是平坦的，若要想走得快，必须到正路上去。他的语言里也覆满了冰雪，这冰雪不仅充满了寒意，也让他们知道在这冰雪中行路经常会滑倒。一旦滑倒了就站不起来了。他的言语直指那些不守规矩的作乱者。那些倾听者已经从中看见了自己的影子，也看见这影子周围令人胆寒的剑光。

　　新国君显然对晋国了如指掌，别人所做的事情，他都知道。谁可能会做什么，他也一眼看见了。他就将这些让他们感到畏惧的话摆放到了面前，让倾听者挑选。不是让他们挑选这语言中的语言，而是挑选他们自己。他已经看见他们是谁，也让他们知道自己究竟是谁。他说的话是多么酣畅淋漓，也让那些站立在面前的人们在严冬的寒风中流汗。是啊，他们都在流汗，他们的腿在发抖，他们害怕了么？

也许他们并不是害怕，仅仅是因为出人意料，因为震惊，也因为担忧。他们没想到新国君会是这样。他们原本想着一个年轻的、毫无经验的人，一开始就会讨好他们，会依赖他们，会仔细听他们的谏言，并对着谏言予以采纳。但这个人一来到这里就一副老谋深算的样子，一副旁若无人的样子，一副毫不在乎的样子，一副唯我独尊的样子。他已经有了自己的主意。不是国君要听从他们，而是要他们都听从国君。这难道还不让人害怕么？

国君虽然年少，但却明辨是非，他知道国君就是国君，臣子就是臣子，都要各自守好自己的本分。弑君之罪必须受到惩处，不然以后谁都有权利杀掉自己的主人，那么天下岂不是要陷入混乱么？只有每一个人各安其位，天下才有好的秩序。农夫的庄稼就要长在田地里，而荒草就要长在荒野上。若是荒草都长在了田地里，怎会有秋天的收获？有功劳的就要得到奖赏，有罪的就要受到应有的惩罚，这乃是自古以来的道理。庄稼就要得到农夫的汗水，因为它将自己的籽粒奉献给自己的主人。

国君熟知晋国的往事，他没有忘记我的父亲魏颗，这让我十分感动。他说，当初晋国讨伐狄国，秦国却趁机犯我边疆，魏颗在辅氏击败秦军，还俘虏了秦军的大将杜回。这个杜回可不是一般的将领，他乃是秦国最凶悍的战将，他竟然率领几百个士卒，手持兵刃砍杀甲将和削砍马腿，让多少人谈之色变。可是魏颗竟然将其生擒活捉。经历了辅氏之战，秦军畏惧晋国的力量，至现在都不敢轻举妄动，这难道不是魏颗的功绩么？他的后代不应该获得任用么？我们若是不能善待他的后人，谁还能为晋国出生入死、赴汤蹈火？

他还说，鄢陵之战中，若是没有魏锜一箭射中了楚王的眼睛，晋军又怎能取胜？若是不能拔擢魏氏家族的后人，怎能再获得忠勇之士？又怎能让魏锜的亡灵获得安慰？是啊，我的长辈魏锜完全可以避开自己的祸患，因为他在夜晚已经有了一个梦，那个梦告诉他即将面临的一切。他已经知道他将射出那一箭的后果。他完全可以将那支箭放入自己的箭囊里，可是他还是向着楚王发射了一箭。一个人连自己的梦都不会躲避，这乃是多么勇敢和忠诚。这一箭不是从他的弓弦上发射的，乃是从他的梦中发射的。连他的梦都是勇敢和忠诚的。

国君说得太好了，若是不能善待忠臣的后人，晋国还怎样能拥有贤臣和忠勇之士？若是一个没有贤臣和忠勇之士的国家，它又怎样能有光明的前途？所以国君开始补立了四个卿相，让魏锜的儿子吕相、士会的儿子士鲂、赵朔的儿子赵武，以及我，进入了卿相之列。我知道，我之所以能够成为现在的我，不是因为我的原因，而是因为我父亲魏颗的原因。我乃是从我的父亲的功劳上站立起来的，我的身后站着我父亲的形象。

栾书谏言说，先君曾封立公族大夫，国君是否也应封立公族大夫？这样就更让旧族亲附国君，也更能为国效力。国君说，我也有着同样的想法。荀家淳朴而忠厚，荀会端庄而敏捷，栾黡勇敢而果断，韩无忌镇定而有主见。晋国的贵胄一贯放任骄纵，需要那些宽厚的长者引导教训。让那些果断而忠勇的人给予劝诫，让镇定自若而意志坚决的人矫正他们的言行，又让文雅而机敏的人引领，这样才可以使得晋国的贤良之才不断涌现，晋国就有希望了。

他又对栾书说，我的意思是，让荀家、荀会、栾黡和韩无忌作为公族大夫，那么这些事情就可以得以托付了。栾书还能再说什么呢？他只有说，我想到的，国君早已想到了，而且想得这样周全，我们服从就是了。国君又说，祁奚勇敢而不鲁莽，可以担当中军尉，羊舌职文雅、机敏而懂得礼节，让他辅佐祁奚。魏绛忠诚、勇敢而能够维护纪律，可以担当中军司马，这样军纪就会严明。张老睿智又忠厚，可以担当中军候奄。

国君一切尽在胸中，他不仅熟知每一个人的品性，而且能够以每一个人的擅长任用职官。他不仅心中有一盏灯，能够照亮自己，还能够将这光线编织的精巧语言得以表述。他不仅面容庄严，他的言辞也严谨而有尺度，清晰而有力，让人不得不信服。他的光亮乃是晋国的光亮，众臣的脸上也落满了他的光亮。他不仅英姿勃发、英气袭人，而且也用这英气感染别人。他的力量让栾书这样老谋深算的正卿也失去了正视的勇气。他让那些玩弄诡计的人失去了诡计，让那些善于权术的人失去了权术，因为他让那些走入他的光亮中的人无处遁形，让他们的影子拖在地上。

冬天很快就要过去了，田垄里的积雪已经开始消融。我已经感到了春天的温暖。我的内心正在开花，我已经看见了我前面的田地里撒满了种子。这都是新国君带来的。就像归来的鸿雁，让农夫在屋前仰望。我觉得这是一个值得期待的国君，也是一个值得侍奉的国君。这个国君和从前的国君不一样，他乃是怀着仁德和正义，承领了天命，回归于晋国。我在这冬天的荒野上，深深呼吸着寒冷的空气，我的浑身都感到舒畅。

在夜晚，我仰望深邃的天穹，看着无数的星斗静静地守候在各自的位置上，它们的光芒从高远的天上照着我。我不知它们究竟为什么守候，但我从前的一切都是为了现在，我也曾经是一个守候者。现在，国君已经将我安顿到耀眼的地方，我若是不能发光，就会辜负国君的期望，也辜负了我漫长的守候。月亮升起之后，群星似乎变得晦暗了，地上却更加明亮。我甚至能够看见自己的影子在地上徘徊。这不是由于我的焦虑，而是由于我的兴奋和激动。我正是在这明亮之中，才能看见自己。

在白日，我在荒野上漫步，我舒展着自己的腰身，张开自己的双臂，似乎要拥抱什么。可我知道自己的怀抱里只有这凛冽的澄明。我裹紧自己的衣袍，大步向前走着，残雪上留下了我的一长串脚迹。这不仅是我自己的脚迹，因为我的脚迹中有着我的先人的脚迹，我的父亲的脚迹，我的先祖们的脚迹。他们的脚印从前是埋藏在这荒野上的，看起来已经被狂风吹散，但因为新国君的到来，他们的脚印又从土地上浮现出来了。是的，这并不是我的脚印，而是他们的脚印，这乃是从前的脚印，本就该显露的脚印。现在，这些脚印因为春天即将到来的缘故，从土地上生长出来了。

卷四百八十二

赵武

下宫之难中，我的家人遭遇灭门之祸，我成为一个幸存者。为了我，公孙杵臼舍生取义而自杀，程婴带着我躲藏于深山之中，将我抚养成人。我虽然已经攻灭了我的仇敌屠岸贾及其亲族，但赵氏却已经衰落了。我一直等待赵氏得以兴起的时机，但我的内心是忧虑的，也是忧伤的，因为我不知道漫长的等待将会有怎样的结果。我的家族若不能得以振兴，那么多亡魂又有多么悲伤。

我的幸存乃是赵氏的最后希望，我不能辜负这浸泡了血的希望。晋厉公曾想着以我来压制那些手握重权的朝臣们，因为晋厉公若是起用我，那些重臣们的权势就会被削弱。他亲自坐朝为我举行弱冠之礼，这是对别人的暗示。显然他们已经感到了危机，他们不愿意让我的家族兴起，不愿意看着我出现在他们的面前。可是我就是要做他们不愿意看见的事情，我必须用自己的力量扫除那些蔑视的目光。不然，赵氏家族那么多人死去了，我一个人独活又有什么意义？

别人因我而死，就是要让我活着，让我继承赵氏的基业，让我成为一个有用的人。他们乃是将自己的希望寄寓在我的生命中，我的生

古灵魂

命乃是以众多的死来滋养的。我愿让他们的灵魂成为我的灵魂的一部分，他们的勇敢成为我勇敢的源头，他们的智慧作为我智慧的根，他们的力量成为我的力量。一想起他们，我的浑身就燃烧，我的身上就喷涌着火焰，这火焰几乎要将我焚毁了。我活着，还因为有人不想让我活着，他们想让赵氏家族灭绝，他们害怕我，害怕赵氏家族最后的种子。我既是这种子，又是种子的守护者。我活着，乃是为让死去的人寄存希望，让那些想让我死去的人彻底绝望。

弱冠礼之后，我就前去拜访那些卿相。我不知道自己能从他们的身上获取什么，但我需要更多的人帮助我。尽管我也知道，我能够得到的东西不会很多。我先去拜访正卿栾书，我向他施礼和求教。他打量着我，一双眼睛正对着我，他的目光想将我穿透，我已经感到了其中的锋芒。他对我说，啊，果然是仪表堂堂，你的外表已经有了你的父亲的样子，你的气度也可以令人羡慕了。过去我曾侍奉过你的父亲，他的外貌和你同样美好，但他却似乎华而不实，你要是不断进取，或许可以超过他。

他似乎在赞美我，但我听出了他所说的话中含有讥讽的意思，我感到了花朵里的刺。尽管这让我感到不舒适，我还是接受了他的话。至少我不能徒有一个漂亮的外表，我要在这外表的背后放上实在的东西，我要在这外表的背后注入智慧和力量，不然一个漂亮的外表又有什么意义？我不需要一个漂亮的外表，我需要内心的力量，我需要神灵的佑护，我需要突破重围的勇气，我需要冲出困境的谋略，我需要一飞冲天的机会。我需要翅膀，我需要暴风，我需要炉火和重锤的锻打。除了天上的神，我已经毫无畏惧。

我又去拜访荀庚，他是荀林父的儿子。他也用一样的眼神打量我。他说，你的外貌是漂亮的，也十分年轻英俊，不过太可惜了，我已经苍老，不能看见你的将来了。在春天的时候，我常常站在树下看见满树开花，但我很少审视秋天的果子。他的表情是古怪的，我已经听出他言语中包含的意思，他显然在藐视我。他的话外之音是，这棵树是漂亮的，它所开的花也十分漂亮，但是它究竟能结出什么样的果子呢？

我来到了士燮面前，我对他说，我已经成人了，前来拜访你，很想倾听你的教诲。他想了想说，自古以来，贤良的人得到别人的宠爱总是慎重的，而愚蠢者获得别人的宠爱就会骄傲。明智的君主会奖赏那些献上忠言的谏臣，而昏昧的君主就不一样，他要将那些忠诚者施与惩罚。古代的君王所要建立的是德政，他会采纳百姓的言论，会让乐师诵读箴言，即使是他的百官用献诗讥讽也能够接受和容忍。他不会受到媚言的蒙蔽，所以能够在市井中倾听商旅的议论，也能在儿童的歌谣里明辨吉凶。

他又说，这样的君王就会拥有一双锐利的眼睛，他能够在朝堂上审察众臣的真面，从路边的行人中获知别人对自己的毁誉，从而知道自己做事的得失和教训，从而不断矫正自己，使自己的行为始终处于正道。他会时刻对自己充满警惕，因为自己乃是一切祸患的根源。所以，明智的君主都会对骄傲者憎恶，而对谦逊者宠爱。即使是蒙昧的君主，也同样不喜欢骄傲的人，因为他也在骄傲之中，你的骄傲将会让他的骄傲减少。

——若是减少了骄傲，对于他来说，就像减少了他的权力和财宝，他怎么还会高兴呢？若是遇到了这样的君主，那么你的骄傲就会让你受害，他不高兴了，就要设法给你以罪名，灾祸也就随之而来。这是多么可怕啊。无论遇见什么样的君主，都要保持谦卑，因为你总是在谦卑的位置上。你先要知道自己的位置，然后就可以守住自己的位置，这样你就总是可以守住自己的本分。一个行路者可以因思虑而忘掉自己，但他一看见自己的影子就会被惊醒。你要经常观察自己的影子，这样你就能记起自己是谁。

士燮是一个真正的君子，他给我说的都出自肺腑。他说的话就是一道强光，穿透了重重迷雾，照见了迷雾后面的盛景与悲景。谁会对我这样说呢？只有贤臣才会这样诚恳地引导我，只有拥有智慧的人才会用智慧触动我，也只有对我抱有希望的人才会给我以更多的希望。他让我看见了自己的影子，从而想起了自己。我既要警惕自己的影子，也要记住自己的影子，这样我才可以小心地走路，不至于被脚下的石头绊倒。

我来拜见韩厥，他曾跟随过我的父亲，我将他看作自己的家人和长辈，于是我就向他请教。我说，现在赵氏家族已经衰落，经历了下宫之难，我的内心都是悲伤。尽管我没有亲眼见过当初的悲惨，但它已经在我的灵魂里长满了根须。我的花都是白色的。我不知道自己究竟该怎么做。死去的亲人们都在注视着我，他们在黄土里等待着我的好消息，可是我又能给他们带去什么呢？在祭祀的时候我又能对他们说些什么呢？

——现在我已经成人了，国君为我举行了弱冠之礼，朝堂上的众臣也在看着我。可是我的身上还缺少力量，我的心里还充满了犹豫和彷徨，我的眼前还是一团团迷雾。我在朝堂上可以依靠的只有你了。若当初没有你的援救，我也不可能活到现在。没有什么人比你更了解我，也没有什么人比你更知道我的愿望。我还是婴儿的时候就需要你，现在我仍然需要你。我很想听一听你的教诲。

韩厥温和地让我靠近他的身边，我就像一棵小树挨住了一棵大树，它的枝叶抚摸着我的枝叶，我感到了柔软的温馨。他说，你已经长大了，程婴当初教你的，都要派上用场。你的父亲没有机会给你教诲，那时你还听不懂人间的语言。他给你留下的只有血的语言，他的血是沉默的，但这沉默中仍然有沉默的声音。他不肯躲避来到身边的灾祸，就是为了用自己的死告诉你一切。实际上该告诉你的，他已告诉了你。

他接着说，我给你所说的，都是多余的，也许这些道理你已经知道了。我想嘱咐你的，只有不多的话。你现在是一棵独木，但你所需的是一片山林。虽然你还年轻，但这是你的力量所在。你的枝叶还不多，但你脚下的土地是肥沃的，因为这是你的先辈开辟的土地，他们为你预备了你要的东西。你先要将自己的根须扎到深处，这样你才能汲取深藏于地下的泉水，才可以立于不败。现在还没有到你的季节，所以仍然需要耐心等待。没有等待就没有机会，没有等待就没有希望。

——你现在只是在年龄上成人了，但一个人要真正成人还需要用智慧浇灌。先要学会谨慎，还要有所警戒，不然就会在细弱的时候被风暴摧折。必须学会亲近善良的、有仁德的人，若是不能明辨善恶，就容易被恶人所害。只有仁善者才会举荐仁善者。若是亲近恶人，恶

古灵魂

人也会举荐恶人，你就会无所适从，就会感到迷惘和绝望。恶人若是举荐了你，仁善者就会远离你。可是恶人必然会得到惩罚，因为恶人乃是要行恶，行恶就要受到惩罚，那么你也要被灾祸跟随。因而你要有所警戒。

——人就像草木一样，什么样的人就会和什么样的人聚集在一起，什么草木也会和什么草木亲近。即使是他们都戴上冠冕，穿着高贵的衣裳，但不过是看起来没有污秽而已，因为他们的污秽都包裹于衣裳里面。你若是和他们亲近，能够有什么增益呢？所以你要有所警戒。若是失去了警戒，就会失去亲近仁善者的机会，你的好土地也要被杂草遮蔽，你拥有的肥沃也要被别的坏草木夺去。

韩厥所说的话是严厉的。他所用的不是和煦的春风，而是用寒冰让我清醒。若是没有这样的清醒，我用什么来迎候我的季节？我的等待又有什么意义？我若是等到的是一个失去希望的季节，我的希望又在哪里呢？我知道韩厥的用意，他乃是对我寄予希望的，不然他为什么还说这一番话呢？他知道我的弱点，知道青春的弱点，也就知道怎样针对这样的弱点，让我及时予以弥补。一个人若要变得强壮，就要毁除自己的软弱。

我又去拜访荀䓨。他先问我拜访过哪些人，又说了些什么，我就给他一一讲述。他听了之后，陷入了沉思。不知过了多久，他终于开口说话。他说，该说的他们已经说过了，他们所说的都是你所需要的。他们都知道你还年轻，所以从不同的方向给你以教益，你应该将他们说的话牢记在心。他们都历尽沧桑，他们将泉水给你，就是为了让你开花。但开花只是为结果做预备，你要成为结满果子的树，成为籽粒饱满的谷子。

——但道理归道理，只有不断努力的人，才可以获得真道理。他们已经将道理放在你面前，让你拾取。从赵衰和赵盾之后，晋国的大夫们都应感到羞愧。谁能比得上他们呢？赵衰熟知典章，所以能够辅佐文公，成就了晋国的霸业，又精通法令而执掌国政。赵盾因为强谏而被灵公怨恨，但仍然不惧死而进谏，现在还有这样的大夫么？你有着赵衰的才能，又有着赵盾的忠诚，我想你必定可以重立赵氏之威，复兴赵氏之业。

荀罃的话让我振奋，我知道他的话中对我有着深邃的寄寓，他在赞美我的时候，也暗含着另一重意思。他让我像曾祖一样博学和有智慧，也要像我的祖父一样，有着勇敢和忠诚。他给我立了榜样，让我照着他们的样子去做，是的，我必须照着他的期望去做，他用我的先人来引领我，我的前面有了他们走过的路，我的血脉里有着他们的血，我的脚印里也应有他们的脚印。

我也去拜访郤锜，他显然不喜欢我，他的眉头皱着，想了很久，然后对我说，你的外貌是漂亮的，可是漂亮只能归于父母，因为你的父亲也是漂亮的。但我不知道以后的日子将是怎样，因为你的漂亮也因为你是年轻的，年轻人中多少人还不如苍老的人。一个人仅仅凭藉自己的漂亮是不够的，外表的东西毕竟不能说明他的才能。我说，是的，我的样貌不由我自己，因为父母已经给了我这样的样貌，我又怎能改变呢？我能够改变的只有我自己。我要听从你的话，让我的内心和我的外表一样。

我又继续拜访郤犨和郤至，郤犨说，我已经知道你的来意，无

古灵魂

非是获得朝堂上的官位，可是那里已经挤满了人，我又能把你放在哪里呢？而郤至说，你太年轻了，还比不上别人，因为晋国的贤才太多了，你不要有太多的奢望，也许你能等到一个好结果。我说，我的确还比不上别人，鸿雁的幼雏也只能待在水边，但它所想的却是和别人一样翱翔。

后来我见到了张老，将弱冠礼上的情形告诉他，也将我拜见各位卿相的情景说给他听。他说，对他们所说的话都要放在心上。你听从栾书所说的，可以使自己不断前行，他既担心你又对你寄予希望，你要戒除别人担忧的，而朝着别人希望的地方行路。听从士燮的话，可以使自己拥有智慧，也能弘扬自己的德行。

——韩厥对你的提醒需要牢记，这可以帮助你获得成功。他的每一句话都是最好的泥土，可以让你在这泥土中生根发芽。一个人不论是否获得国君的宠信，都要保持自己的平常心，既不要得意，也不要骄傲。人本来就是卑微的，要知道卑微乃是本真。但卑微不是不重要，也不是失去志向，而是从卑微中寻找到自己应该做的事情。种子也是卑微的，但地上所有的繁荣都起于卑微。

——卑微不是弱小，乃是从弱小变为强壮。卑微乃是在等待中的真相，一俟季节来临，卑微就会显露卑微者的力量。至于郤氏三个卿相的话，你也不必在意，因为这些话你要从反面理解，他们本来就惧怕赵氏的显荣，而这样的惧怕说明你的未来足以掀翻他们。荀䓨说得对，你的先人的恩泽就在你的身上，他们所做的一切，不是在你的后面，而是在你的前面，你只要快步疾走，就会与他们相遇。

我拜见了我想拜见的人，也拜见了我不想拜见的人。他们每一个人都说了话，每一个人的话我都记住了。这些话在我的内心翻腾，就像一条大河一样，使我夜不能寐。我不仅思考着他们所说的，他们的面容也云一样在我的眼前翻卷变换。他们的微笑，他们的勉强的微笑，他们的真诚的微笑，以及他们皱着眉头的样子，在我的面前摇曳。

多少个日子过去了，这一切仍然没有消逝。郤氏三个卿相已经被厉公处死了，他们似乎仍然像从前一样藐视我。但我不能藐视任何人。我接受所有的藐视，但我不能藐视自己。现在新国君来了，从王都回归晋国，他是一个目光犀利的君主，他即使远在王都的时候，已经看见了每一个人的面孔。他知道那些人想什么，也知道他们畏惧什么。

新国君即位之后，将不仁之臣逐出了朝堂，又感念从前旧臣的功勋，将我拔擢到卿相之列。我的季节终于到来了，我的等待没有落空。我记得韩厥的话，不能因为国君的宠信而失去自己。我在这些等待的日子，看见了多少获宠者灰飞烟灭。他们不知道，君主对他们的宠信并不是永久的，或者所有的宠信不过是短暂的幻象。若是你在这幻象里感到骄傲，那么你已变得愚蠢，而愚蠢者必定要遭殃。

古灵魂

韩厥

秋天来了，栾书也死了。他是病死的，竟然突然得病，一个诡计多端的人就这样归天而去了。栾书的死，乃是死于自己的诡计。他设计一个个陷阱，让郤锜走入这陷阱，他借助晋厉公除掉了郤氏三卿，又杀掉了胥童，最后因为自己感到了危险的临近，就铤而走险，杀掉了晋厉公。他迎回了孙周，本想着能够掌握局势，让新国君成为他肆无忌惮作乱的坚盾。可是他没想到，新国君早已看清了他的想法，将他的手从这盾牌上移开了。他的诡计落空了，这让他的心里充满了忧虑。

是的，他乃是死于自己的忧虑，而这忧虑来自他的诡计。一个人越是施展自己的诡计，也就越会给自己带来忧虑，而忧虑就会让他倍感煎熬，他将因此而积郁成疾。所以他的死乃是注定。我在想，若是这诡计不断能够得逞，他还会暴病身亡么？诡计不能得以施展，就会堆砌在自己的心中，他怎么能承受这诡计的沉重呢？

他乃是带着弑君之罪而死，他的罪没有在生前得到惩罚，但他死后也不会安宁。当初栾书和荀偃扣押了晋厉公，想要杀掉他，却来征询我的看法。我对他说，你要依靠杀掉国君来树立自己的权威，这样的事情我不会去做。你想用这样的方法来凌驾于国君之上，这乃是不仁。若是事情失败，则是不明智。即使你真的得逞了，你所获得的利益也不能抵偿你的罪。你一旦戴上弑君之罪，你的头上就有了记号，正直的人将会远离你。你做的事情只有你能做，我却不能做。从前我被赵家抚养，我不能忘记赵家的恩德。国君想铲除赵家，但我没有出兵相助，因为我不能做不仁的事情。我听说，有人想杀掉劳役一生的老牛，却没有人敢于做主，何况你要杀掉你的国君，我又怎么能和你同流合污？

我不喜欢这样的人。他所向往的不是正道，而是在旁路上越走越远。可是他不知道，这旁路就是末路。他乃是因为弑君之罪而死。新国君来了之后，他的罪就越发深重了。因为新国君知道他的罪。他害怕被惩罚，他的每一个日子在恐惧中。尽管现在还没有惩罚他，但这惩罚迟早要到来。杀害国君的凶手已经被惩处，但谁都知道真正的凶手是栾书。他又怎能承受这罪的沉重呢？难道他会逃脱么？他也知道自己不可能逃脱，所以他必须承担这恐惧，可是他又怎能承受这恐惧的沉重呢？

他熬过了一个个惊恐的日子，现在这些日子终于将他压垮了。他进入了一个没有门的地方，这个地方又将他带入了一个没有出口的地方。善与恶在其中交织，缠绕为一团，他终于在这缠绕中越来越小，最后缩成了一副骨架。权力的欲望从他的骨缝里燃烧，这火焰连他自己也不能抵挡。他不仅想控制别人，甚至想控制国君，却从来不想控制自己。他既是害人者，也是受害者。他的心里有着无数敌人，但真正的敌人却是自己的欲望。这欲望既使他痛苦，又让他快乐，既使他充满了希望，又让他深深地绝望。他既在痛苦中挣扎，又在绝望中挣扎。他又怎能承受这欲望的沉重呢？

现在国君让我来接替栾书执掌国政，我感到诚惶诚恐。我不知道自己能不能把国君的事情做好。我记得赵盾当初曾说，以后韩厥会执掌晋国，因为他做事想得周全，又有忠厚的品行。他既不会因为自己的谏言被采纳而高兴，也不会因为被拒绝而失望。他只是做自己本分的事情。一个可以做到本分的人，怎么会不被重用呢？一个人若是本分，就不会僭越。一个人若是本分，就不会与人争夺，因而也不会与人结怨。一个人若是本分，就能获得别人的信任。这样就可以做到忠和仁了。这样的人怎么不会被重用呢？

赵盾的预言被应验了，但他对我的评价却不敢承当。因为我的智慧是有限的，我的能力也不足，可国君却给了我重任。我的肩膀是软的，我的力量也不大，那么我怎样才能承担国君给我的重托呢？我只有在警惕中小心翼翼地做事，只有尽我所能侍奉好国君，不然我将辜负国君赐予我的恩德。我遇到了一个好国君，这乃是我的福分，也是晋国的福分。国君尽管还年轻，但他明辨是非，知道什么人值得信赖，什么人应该舍弃。

国君任用士贞子为太傅，因为他能够遵循古训而博学多闻，所以命他来修订和完善士会订立的律法和礼仪。士贞子很适合做这样的官职，国君真是知人善任啊。记得当初邲之战失利之后，荀林父身负战败的罪责，向景公请求一死，景公已经答应了。但士贞子谏言说，当年城濮之战，晋军大败楚军，但文公却满脸忧虑，因为楚国的令尹子玉还在，他们不会善罢甘休。等到子玉自杀，文公才面露欣喜。因为楚国已经失败，再杀掉了自己的统帅，就是两败于晋国。现在晋国战败了，这乃是上天对我们的告诫，我们怎能和楚国一样，杀掉自己的主帅呢？士贞子是多么有智慧的人啊。

国君又任用郤縠的后人右行辛担任司空，让他来学习和修订士蔿当初订立的律度。一个国家的兴盛，先要确立自己的法度，若是没有法度就没有行事的规矩，没有行事的规矩，就会陷入混乱，而混乱就必定会崩溃。天地之间没有四维，就不能挺立，天地就会崩塌。人间没有法度，人间也会崩塌。所以立国要从建立法度开始。从前发生了那么多混乱，乃是人们不遵循律法的结果。触犯了律法的，他们的罪也没有受到追究，因而那些无罪的也开始效仿有罪的，因为有罪者可以获得利益。

弁纠是驾车的能手，我听说他能驾驶战车从刚刚容得下一辆车的狭窄处快速穿过，也能让四匹战马的步伐一致，就像乐师敲击编钟一样节奏明快而精确。他也能驾驭战车在最狭小的地方旋转车头，而且他还具有高超的搏斗技艺。所以，国君任用他作为自己的御戎。国君深知这个人不仅有着非凡的技艺，还有着忠厚的心性和遵循古训的仁义，就让他管辖校正官，让所有的御者明白道理，驾驭的原理乃是在万物的原理中。

国君还让栾宾做自己的戎右，让他管束士官，教化和训练晋军的勇士怎样增强自己的技击能力，怎样面对强敌而毫无惧色，怎样忠于国君而临危不乱，又怎样遵守本分以待选用。他让祁奚做中军尉以执掌军政和司法，又让羊舌职辅助他。让程郑做乘马御，以管辖六驺，让车吏懂得礼仪。凡是国君擢拔的，都是民众赞扬的人，也都是有德行和有本领的人。他任用的人，都令人信服。这样的国君，难道不是明君么？

国君还起用居于下位的贤良之才。尤其是他感念昔日功勋者对晋国的功勋，提携他们的后代，让吕相、士鲂、魏颉和赵武进入了卿相之列。尤其是赵武的人选，乃是对赵衰和赵盾等先贤的追念和安慰。他们遭受了不该遭受的灾难，只留下了赵武这个幸存者。我观察赵武这个人，从他的身上可以看见赵衰和赵盾的影子。他能够听从别人的善言，也能够明辨是非，处事沉稳果断，前途不可限量。可见国君的目光是深邃的，他拥有穿透别人内心的眼力，也有着提升居下者的勇气和胆魄。这样的国君，不就是我所期望的国君么？不就是民众所期望的国君么？

可惜我已经老了。辅佐国君治国理政，似乎已经力不从心了。我从镜子里照见自己的容颜，脸上布满了皱纹，每一条皱纹都紧连着我所度过的日子，我怎能敌过这些日子呢？它们就像树木的根须一样在我的脸上爬着，已经深深扎入了我的命运。我的胡须都已经白了，时间的白雪就这样落满了我的头，我所经历的一切都在这寒冷的白雪里。唉，我又能做些什么呢？一个人的一生竟然是这样的短暂，我原本以为自己才刚刚开始，可是已经到了黄昏。尽管现在我的头顶飞舞着彩霞，可是我知道落日是残酷的。

我也看见了人世间的残酷。落日只是一个譬喻。那么多国君死了，那么多贤臣死了，还有那么多奸佞也死了。更多的人死于非命。秋天就是这样，无论是什么样好看的花都要凋谢，无论是怎样漂亮的叶子也要被扫除干净。我看见的所有景象最终都会是这样。现在我乃是这个世间的见证者。旷野上的树木因为落尽了叶子而变得身形单薄，变得枯干稀疏，这乃是它们的真相。那些树木一棵挨着一棵，它们原来借助了树叶的遮蔽，彼此似乎连成了一片，但现在它们都显露出了各自的姿态。

我从这些树木的样子中看见了自己的样子。它们紧紧地挨在一起，就像我额头上的皱纹一样密集，土地因而显出了苍老，它和我一样苍老了。它们也是见证者。只不过我的皱纹只是在我的额头，在我的脸上，而它们的皱纹则悬浮于空中。我的镜子只是在铜上，而它们的镜子则是无限的碧空。是的，我的秋天也已经来了。我的树上好像已经结满了果子，可这是等待别人摘取的果子。所有的树木还可以等待另一个春天，可是我能够等待什么呢？

卷四百八十四

士鲂

这几年发生了很多事情。新国君即位不久的夏天，郑成公就侵伐宋国，大军打到了宋国都城的门口，又会同楚共王夺取了宋国的朝郏。楚国将领子辛和郑国的皇辰率军侵入了城郜，占取了幽丘。他们又一起攻击彭城，将奔逃到楚国的宋国大夫鱼石、向为人、鳞朱、向带和鱼府送回了宋国，并在彭城用三百乘战车留守。

郑国和楚国合谋向晋国挑衅。我的国君说，我们先需要将自己的事情做好，若是自己的事情做不好，又怎样能将别人的事情做好？宋国虽说亲附晋国，但还没有前来求助，也许他们自己就能够抵抗楚国和郑国的入侵。若是宋国危急之时，将会派人前来，那时我们再做图谋。我听说宋国的大夫西鉏吾说，没有什么可以担忧的，若是楚国给他们施以恩德，他们就会侍奉楚国。

——西鉏吾还说，大国的欲望没有被填满的时候，即使让宋国作为边邑仍然不会满足。至于楚国送回的几个大夫，虽然感到可能会给宋国带来内乱，但现在还不太可能。楚国分给这些乱臣以土地，也并不是坏事，这样能够阻塞各国之间的通路，让乱臣获得暂时的快意，却也会让晋国担忧。这有什么可怕的呢？这对我们来说未必是坏事。我们侍奉晋国为了什么？他们必定会救援我们的。

这就是他们的想法。若是我们按照别人的想法行事，那么就会失去自己的想法，也落入了别人的陷阱。国君所说的很有道理。既然宋国并未向我们求救，那么他们必定有自己的打算。我们就远远地看着他们，一切都在观望之中。过了一段时间，郑国和楚国的军队都撤走了，宋国派军攻打彭城。守卫彭城的叛臣鱼石在城头督战，看见宋军就像浮蚁一样涌动，每一个人都奋勇争先，搭起云梯飞身而上，一个掉下去了，另一个立即接替。

留守的楚国将领感到彭城很快就要被攻破，他看见前面冲锋陷阵的是一个猛将，他就问身边的鱼石，那个人是谁？鱼石说，那个人就是新任的司马老佐。楚国将领说，这个人太厉害了，若是这样攻打，彭城已经危在旦夕了。但鱼石轻蔑地说，事情在即将失败的时候就距离成功不远了，而事情在即将成功的时候也距离失败不远了。从前这样的事情还少么？你怎能看见一个人的勇猛而断定我们将要失败呢？又怎知一个人的勇猛而使他们获胜？他冲在了前面可以鼓舞士气，这乃是一个人的成功，但这一个人的失败也将引发全体的失败。

他冒着暴雨般的箭矢驰骋，必将因他的死而失败。他已经离死不远了，他们的失败也已经注定。勇气可以助人成功，也可以引人失败。鱼石就命令所有的弓箭手对准老佐。一个人怎能抵挡这么多的箭镞呢？鱼石看见老佐从战车上坠下，宋军的攻势立即被瓦解。城下的蚂蚁四散而去，攻打彭城的激战就这样失败了。

宋国执政的右师华元来到了晋国，请求晋国出兵救助彭城。华元

古灵魂

这个人是一个有勇有谋的智者，曾夜入楚营，谒见楚庄王而解除重军之围。还在楚国滞留的时候促成了晋楚两国的弭兵之会。他曾送给楚庄王著名的绕梁之琴，据说这架琴乃是韩国的一个女琴师在去齐国的时候一路弹唱，以卖唱求食。她的歌声和琴声让倾听者无不感动和痴迷。她离开三天之后，人们仍然能听到她的歌声和琴声在屋梁间环绕不绝。

华元将这架名琴送给楚庄王之后，楚王整日不思朝政，在弹琴高歌之中沉迷。王妃看见他这样迷醉于琴乐，就劝他说，当初夏桀酷爱妹喜名瑟而忘记了自己的江山社稷，为之引来杀身之祸，纣王酷爱靡靡之音而误了自己的天下，你现在不也是和他们一样了么？为了拒绝这样绝美的琴音，他竟然砸碎了这绝世美琴。

现在华元前来晋国求援，韩厥对国君说，我们不能再按兵不动了，晋国乃是诸侯霸主，天下的诸侯都在看着我们。冬天已经来了，大河封冻，乃是出兵救宋的好时机。若要获得别人的拥戴，就要为别人付出辛劳。晋国若要安定天下，护卫自己的疆土，应该先从宋国开始。而且鄢陵之战后，楚国对晋军已经惧畏，只要晋军出动，楚军不敢轻举妄动。

国君采纳了韩厥的谏言，亲自率军远征，经台谷而前往彭城。晋军在距离彭城不远的靡角之谷与楚军相遇。两军相对，一场激战就要开始了。但是等到第二天清晨，发现楚军已经不战而退。看来韩厥的预料是对的，楚军对晋军仍然有所忌惮。若是楚军在与晋军交战中失利，那么亲附楚国的诸侯就不会相信楚国了，它失去的不仅是一场战争，而是失去了天下的信誉。楚国怎么能承受这样的损失呢？楚军的退缩已经说出了自己的虚弱。

国君派我前往鲁国，请求鲁国出兵以攻打彭城。鲁国执政的季孙行父问大夫臧武仲说，我们这次应该动用多少兵力？臧武仲回答说，前一次攻打郑国的时候，是荀罃前来请求出兵的，他那时是下军的辅佐。现在士鲂也是下军的辅佐，和当初荀罃一样，那么我们出兵的兵数应该和前一次一样。侍奉大国应该遵守法度，决不能违背使臣的爵位次序，不然就不合礼仪。若是不能按照礼仪行事，就会遭受非议，也会带来祸患。于是鲁国决定出兵。

这年的十二月，寒风凛冽，苍云覆盖。国君召集宋平公、卫献公、鲁国的卿相仲孙蔑、齐国的崔抒和邾国的大夫一起，汇聚谋划救助宋国。宋国请求围攻彭城。紧接着，国君派出栾黡率领鲁国、宋国、卫国、曹国、莒国、邾国、滕国和薛国等军队，向彭城发起进攻。守卫彭城的鱼石等五个叛臣守城无望，只好出城投降。接着国君又因为齐国没有参与救宋之战，又派兵讨伐齐国。齐灵公慌忙让太子光入晋作为人质。

这几年发生了多少事情啊。鲁成公刚刚埋葬，天子周简王也驾崩了，他的儿子泄心被立为新的天子。接着郑成公和陈成公也死去了。一个个国君消失了，但我面前的一切仍然不曾平静。个人的命运可以归于寂静，但世界从来不是这样。人们总是以死来争夺，但获得的却总是死。我也是这争夺的参与者，但我从来不知道这争夺的意义。楚国要争夺，郑国也要争夺，秦国也要争夺，众多的诸侯都在争夺中一个个死去。

也许争夺本身就是争夺的意义，这是对争夺的唯一解释。没有争

古灵魂

夺就没有世界，就没有天道。天道尽管是不变的，但它让万物变化，只有在变化中才让天道保持恒定。只有争夺让世界不断变化，也只有争夺能让人看见天道。这是多么无情的天道。我也在这争夺之中，我也在天道的主宰之中，而我的命运却不在自己的主宰之中。我不想承认这样的事实，但我却不能反驳事实。我看见了这天道的无情，也看见了自己的虚弱。

卷四百八十五

士匃

我行进于到齐国的路上。齐国的路途真是遥远。因为韩厥与荀罃率诸侯之兵攻入郑都城郭，在郑都西南的洧水之滨击败了郑国的徒兵，又挥师侵入楚国的焦、夷两地，又迫使陈国归附晋国，郑国也放弃了抵抗，归附晋国。国君派我前往齐国通报战果，并让齐国和诸侯在鸡泽会盟。实际上，这是要让齐国知道晋国兵力强盛，暗含着威胁。

已经是又一个秋天了，路上撒满了落叶。车轮从一片片枯黄的落叶上碾过，发出了细碎的声息。秋虫的悲鸣已经稀少了，只有一些鸟儿还发出叫声。这是它们的季节，到处都有用来果腹的食粮。马车的声音是单调的，只有马蹄踩踏道路的踏踏声，还有车轴发出的吱呀声。御夫的鞭子在空中盘旋，仅仅是为了消磨这冗长的、枯燥的时光。实际上，这鞭子不发出任何声响，只是在蓝天之下蛇一样旋绕。

穿过一座小山之后，就是一望无际的平原。农夫已经将田地里的谷子收割干净，剩下了一片荒芜的黄，四周的树木也是黄的，树叶稀稀拉拉地悬在枝头，在微风里摇晃。这样的萧瑟之境中，掠过一阵

古灵魂

阵绝望的感伤。我是不是已经老了？我的青春已经在一次次激战中消磨了，我的心上只有一些细小的粉末。我不断研磨着这些岁月的剩余物，它们的颗粒越来越小，不断飘洒在空中。

我深知这一次出使齐国，将承担怎样重要的使命。齐国一直有称霸的雄心，只是由于晋国的制约而感到力不从心。但它从来就没有真正亲附过晋国。它的每一个国君都内心不服，近些年来只是由于晋国的强大而不得不现出归顺的样子。所以我不知道能不能说服齐国的国君参与鸡泽结盟。齐国能否参与，将决定它周边的几个诸侯国能不能参与。尤其是一直与晋国争夺霸权的楚国，它远远地看着齐国。

记得前一次是中军的辅佐郤克出使齐国，受到了齐国的羞辱。他在去齐国的都城临淄的路上，遇到了也要去齐国朝见的鲁国使臣季孙行父和卫国的使臣孙良夫。于是三个人结伴一起前往齐国都城。他们来到了齐国的朝堂，齐顷公看见之后忍俊不禁，但为了保持对使者的严肃态度，没有说什么。他只是回去告诉自己的母亲说，你明天可以来朝堂的帷幕后观赏，我安排了一出好戏，它远比歌舞更有趣。

原来齐顷公看见郤克是一个驼背，走路的姿势又摇摇晃晃，好像一只螃蟹在爬行。而鲁国的使臣季孙行父则是一个瘸子，他挂着拄杖一瘸一拐地挪动。卫国的使臣孙良夫是一个独眼，他看人的时候总是将脸偏向一边。第二天，齐顷公就巧妙地安排了一个驼背陪同郤克，让一个瘸子陪同季孙行父，而让一个独眼陪同孙良夫。就这样他们一起出现在朝堂上。齐国朝堂上的众臣一看见这样的情景，都大笑不止，有的笑得弯下了腰，眼泪都流了出来。

坐在帷幕后面的齐顷公的母亲看见这样的情景——一个驼背陪着

另一个驼背，一个瘸子陪着另一个瘸子，一个独眼陪着另一个独眼，他们成双成对地出现在朝堂上，然后他们面面相觑，彼此都感到可笑。齐顷公的母亲忍不住大笑出声。郤克听见一个妇人在帷幕后发出了放肆的大笑，感到自己受到了侮辱，内心产生了无法控制的愤怒之情，只有拂袖而去。

既然他们会这样对待郤克，那么齐国会怎样对待我呢？我怀着忐忑不安的心情来到了齐国的都城。我朝见了齐国的国君，我说，我的国君认为，各国诸侯都面对很多不易处理的问题，因而不断产生纠纷。为免将来又出不虞之事，应该与诸侯聚会商议以后的事情，想请你亲临鸡泽，先让我前来请求结盟。他的大臣说，晋国这是在胁迫齐国结盟，而胁迫就失去了仁。齐国没有和晋国一起攻打郑国，晋国就讨伐齐国，这是失去了德。现在晋国又让齐国到鸡泽结盟，而齐国并不愿意，别人不愿意而去强求，这就失去了道。

我说，齐国的先君曾侮辱我们的大夫郤克，但晋国没有记仇，这还不是仁么？齐国曾亲附晋国，却不能和晋国同心，这难道不是失去信么？今天我的国君怀着安抚天下的决心，派我前来请求齐国到鸡泽共商大计，这难道不是晋国的德么？楚国北上侵宋，晋国诚恳邀请齐国一起抵御和救援，而齐国却没有应邀派兵，齐国难道不是失去了德么？若是邻居有难，难道不该伸出援手么？而齐国并没有这样做，难道不应该得到谴责么？现在却反而指责晋国，这不是失去了道么？明知自己的错误却不能辨明是非，这难道不是愚么？明知自己应该承担的责任而不去承担，这不是违背天意么？我听说，凡是违背了天意的国家都没有好的结果，我想齐国不愿看见这样的结果。

齐国的国君说，既然晋君派使臣前来，就是怀着善意而想和齐国结好，我还有什么理由不去参加鸡泽的会盟呢？我的先祖太公望曾垂钓于渭水之滨，遇见周朝先祖西伯侯而拜为太师，于是辅佐周朝成就霸业，被册封为齐侯。晋国的先祖为周王室一脉，我们本来就是一家，有什么理由不和睦呢？至于先君侮辱晋国大夫的事情，已经过去了很久了，先君本无恶意，只是觉得有趣而已，这乃是晋国和齐国的一次误解。

　　——这一次晋君青春勃发，想要安抚天下而成就大业，齐国岂能置身事外？只是我已经老了，不能长途远行，我可以派遣太子光参加会盟，和天下诸侯汇聚一堂，这不就是我所期望的么？若是天下安定，归于一心，这不就是天下百姓所期望的么？不就是我的先祖所期望的么？不也是周王当初册封诸侯的愿望么？你的国君所愿的就是我所愿的，所以让太子光代替我前往会盟，这不是一件好事情？

　　看来齐国已经看见了晋国的强大，郑国已经服晋，远处的吴国也和晋国交好，让楚国腹背受敌。齐国并不愿意和晋国结盟，只是迫于晋国的压迫不得不这样。我深知这样的结盟仅仅是外表，但现在晋国需要这样的外表。若是没有外表，谁又能辨认出晋国强悍的形貌呢？就像山林里的众兽，它们若看不见猛虎的斑斓形貌，又怎能在猛虎面前臣服呢？一个国家也是这样，不仅要有锋利的牙齿，还需要凶猛的外形。

卷四百八十六

魏绛

鸡泽之盟已经安排好了，各国的诸侯都要到鸡泽汇聚，这是一个重要的时刻。我是晋军仪兵的司马，负责监督执行国君的命令，让晋军在鸡泽会盟中显耀军队的威仪，保证会盟的庄严和仪仗。这已经是夏天了，四处郁郁葱葱，万物茂盛生长，热气蒸腾而上，军队的行列齐整，他们迈着整齐的步伐，有着庄严的节奏。战车排列为两列，每一辆战车的御者都笔直地端坐于前，手执缰绳和长鞭，而两边则站立着弓箭手和执戈者。

徒兵则手持兵刃，呈现同样的姿势，手臂均匀地摆动，就像划桨一样漂亮。在盟誓仪式中，我们的队形将不断变化，展现古老的军阵，让诸侯们感到自古以来所有的灵魂重现。它要将四面的鼓乐和八面的号角一起，汇合为汹涌的河流，从现在流往远古的大海。诸侯们既会感到自己的渺小，因为他们都将在大海中被淹没，又会感到自己的崇高，因为自己将在这大海中站立。四周的波涛飞卷而来，自己将成为其中飞扬的泡沫。这泡沫既是自己，又是别人，既是自己的灵魂，也是自己之外的灵魂。

这乃是多么不朽的使命。我听说，鸡泽已经筑起了高台。高台三面水绕，四周是山丘相抱，鸡泽水波荡漾，高台拔地而起。国君曾为此卜筮得到上卦。军士环绕高台，竖起手中的矛和戈，将盾排成一列又一列，国君登高盟誓，这将是多么令人激动的时刻。我似乎已经想象到那样壮观的场景，我的国君意气风发，在高台上挥手之间，诸侯响应，天空万道祥光照射。之后楚国岂敢轻举妄动？诸侯将归附晋国，我的国君将威震天下。

晋军向着鸡泽前进，沿途的夏天风光是美丽的，树木葱茏中焕发光彩，在阳光中投下自己密集的树影。山坡上的绿草铺满了，花朵在其间闪烁着不同的光芒，它们用各种各样的颜料画出了自己的形象和别人的形象，又汇集为众多的、波澜翻滚的土地的繁荣。这样的景貌令人激动，这乃是旺盛的、不断更新的人间的概括。

我们每行进一段时间，就要停下来整顿队列。这既是行军也是训练和调整，这是对人的本性的一次次唤醒。尽管士卒们已经在热气中大汗淋漓，但他们是快乐的。他们调整着自己的步伐，倾听着史官的训诫，让自己更深地融入整体。除了战场上的搏杀，没有比一个人在整体中的融入更能焕发本性。他们将要在众人之中展现自己的能力，但所展示的不过是整体的魅力。

但是每一个人因为这整体的存在而感到自己的魅力，这不是孤寂的自己，而是合为一体的自己。它让人感到整体的力量就是自己的力量，这乃是一种幻觉，一种被放大了的自己的幻觉。他从整体中照见了自己，同时也在整体中失去了自己。不过他愿意在这样的景观中迷失。当别人摆动臂膀的时候，他也在摆动臂膀。别人在迈开步伐的时候，他也迈开了步伐。他从别人的身上看见了自己，可是自己也在别人的观赏之中。这乃是双重的镜子，彼此映照，呈现的却是虚假的形象。

可是人有着随时看见自己的渴望。只有在这样的情形中才可以做到这样。所以他们喜欢和更多的人在一起，喜欢和众多的人保持一致的姿势。而且他们也知道自己将要在这次盟誓礼中扮演的角色。国君登临高台看见的不是一个个具体的人，而是由一个个具体的人组合的抽象的形象。他们都包含于这抽象的形象之中，可是每一个人都必须严格守护自己的位置，这样的形象才得以保持。这乃是一种放弃自己的努力，在这样的时刻，自己不再是自己，自己就是别人，别人也是自己。

这是律法的胜利，没有律法就不能做到这样。所有的参与者都依照律法行事，他们必须遵循规则才能进行庄严肃穆的盟誓礼。它试图体现对上天的忠诚，也是对自己的忠诚。自己所说的和所做的都必须一致，就像每一个仪仗中的士卒的形象一样。他们都将成为忠诚者的形象，成为对上天的忠诚者，成为对国家的忠诚者，成为对国君的忠诚者，也成为对自己的忠诚者。没有这样的严肃和一致，就无法体现忠诚。

我的战车奔驰在这样的队列中，用双眼监督着他们，也在用信赖的眼光欣赏着他们。这是多么令人欣慰的士卒，他们的整体乃是国君意志的外形，国君的意志必须用这样的外形来呈现。任何内心的力量必须有一个适当的衣袍来包裹，不然你的内心的事物又在哪里呢？国君的衣袍和别人的衣裳是不一样的，这乃是显现等级和秩序。地上的花朵也不一样，这乃是为了人们辨别它们是谁，是哪一种花朵，是哪一种花朵中的哪一朵，它将结出怎样的果实。农夫的田地里的谷子要按照田垄来实现秩序，这乃是为了把谷子与杂草分开。

是的，这些兵卒将在盟台前列阵，他们的变化要依照礼法的规定，他们就像农田里的谷子，要展现一行又一行、一列又一列的样貌，这乃是上天赐予万物的本来的样子。或者说，天神不在别处，乃是藏在这样貌之中。站立于盟台上的诸侯看不见士卒的个人的形象，却能从中看见天神的形象。他们要被这样的形象所震撼，因而不得不用自己内心的真诚来对待自己所说的话。他们并不害怕这些士卒，却害怕天神对背叛者的惩罚。

突然一辆战车闯入了军阵，让我的阵列受到了扰乱，道路两旁的士卒惊慌地避让。那辆战车似乎进入了无人之境，战马发出了嘶鸣，车轮快速旋转，御夫的长鞭在空中飞扬。这是谁这么恣意妄为？这个人真是胆大包天。士卒们发出了惊呼，几辆战车也只好驰驱到了道路之外。我十分愤怒，立即驱车赶了上去。我从后面看见了战车上的旌旗，原来这个乘车的人是国君的弟弟扬干。难道国君的弟弟就可以扰乱军纪？

我想了想，扬干必须受到处罚，不然我担负的执行军纪的使命怎样完成？我又怎能失职呢？若是失职那就是对国君的不忠，若是不能处罚国君的胞弟，就不能服众，晋军若都像他这样，那么岂不是一片混乱么？还怎能完成国君交付的重任？我立即下令将扬干的御夫处以死刑。扬干非常愤怒，对我说，你这样做，乃是对我的侮辱，也是对国君的侮辱，这样的侮辱乃是死罪，你难道不知道么？

我说，扰乱军纪是死罪，你难道不知道么？我本应杀掉你，但我乃是为了国君，才杀掉你的御夫。我是军中的司马，我是在做我该做的事情。若是军队都要这样，晋国还怎样让诸侯禀服？我们的军容不整，还怎样能让诸侯归附？若是军纪不明，我们的大军还怎样取胜？若是扰乱军纪而不惩处，军队还怎样相信我们的军纪？一支大军失去了军纪，那么它还有什么力量？万物都有规矩和秩序，若是我们不信奉规矩和秩序，一个国家还怎样立足？国君的威望还可以存在么？

　　也许我已经招来了灾祸，但我将面对这样的灾祸。因为我的心中是无私的，我乃是出于对国君的忠诚才这样做的。我的内心毫无恐惧，即使是面对死，我也毫无惧色。我的执法严明，已经让众人震慑，我的目的已经达到了。我乃是律法的执行者，若是我放弃了律法，律法就形同虚设，谁还会惧怕律法呢？若是不惧怕律法，国君还怎样施行法令？

　　这时军队行进到了曲梁，已经距离鸡泽不远了。当初荀林父曾率军在这里大胜狄人。国君将我召到他跟前，十分愤怒地对我说，晋国召集诸侯前来会盟乃是荣耀之事，可是你却杀掉了扬干的御夫，这不仅是对扬干的羞辱，也是对我的羞辱。我从周都回归晋国，一心为了晋国的强盛，可是却受到你的羞辱，我以后还怎样号令众臣？他转身对羊舌赤说，我不能容忍这样的事情，魏绛应该受到处罚。

　　羊舌赤是中军尉，执掌军政。他回答说，魏绛对国君毫无二心，侍奉国君不躲避危难，有了罪责也不会逃避惩处。你要听听他怎样说，处罚一个人先要知道他所犯的罪责，这样才可以服众，何必要国君亲自命令呢？我立即将写好的信交给国君的奏事，说，我杀掉了扬干的御夫，乃是因为他违反了国君的律令，国君曾让我们学习士蒍制定的法度，又让我们严明军纪，我作为晋军的司马又怎敢懈怠呢？

我深知本次会盟乃是晋国的荣耀，所以不敢有丝毫的差错，士卒们反复训练，要展现晋军的威武形象。若是没有严明的军纪，岂不是被列国诸侯耻笑？若是那样，我将让国君的荣耀减损，我又怎能承担那么重的罪责？我杀掉了国君胞弟的御夫，要是真的让国君受到了羞辱，让国君十分愤怒，那么我不用国君下令惩处，我自己就可以惩处自己。

我说完之后，立即抽出身上的剑，就要引颈自刎。我手中的剑在空中一晃，剑光已经逼近了我的生命，我已经看见了自己的死。士魴一个飞跃，从空中捉住了我的手，我的剑就停留在了空中。顺着剑指向的天空，一团乌云从上面飘动，而乌云的四周则充满了阳光，就像这团乌云镶嵌了金边。张老也跑了过来，说，你不要这样轻率地死去，你应该听国君怎样说，国君是明智的，他不会让一个忠于自己的大夫无辜死去。

士魴和张老劝阻我，可是我希望自己死去。我对国君是忠诚的，我不愿意因为我做对了的事情而遭到误会，

我也不愿意接受冤屈。既然国君认为我羞辱了他，那我还有什么好说的呢？我内心的想法已经写在信中了，我的理由在文字中，我的心在文字中，一切都在文字中。我的嘴是笨的，我不能将自己所要说的都说出来，但我用文字表达，让文字代替我说话。我的嘴已经放在了文字里，这文字有着我内心的呼喊。让国君从我的文字中倾听吧，让他的眼睛代替他的双耳，让他的双耳听见我内心的跳动，也让我内

心闪耀的电光照彻他的内心。

我的文字说，我听说军队只有服从命令才可以称作武，武士做事以触犯军纪为耻，即使他死去也不会触犯军纪，这才可以称作敬。若是军队既不能武，也没有耻，更没有敬，那么军队又怎能为国家拼死而战？国君还要军队做什么呢？现在国君召集诸侯在鸡泽会盟，乃是晋国的光荣，我怎能对这样的事情不恭敬呢？国君的军队不服从命令，而执法的司马也不严格执法，还有什么比这更大的罪呢？我害怕自己因为不执行军法而犯罪，就惩罚了扬干，而扬干又是国君的胞弟，我的罪已经无可躲避。我无论怎样做，都已经在罪中了。

——不是我想要犯罪，而是我必须在两个罪中选择一个。经过不断权衡，我选择了对国君损失最小的罪，而我的罪已经十分严重了。我在两个重罪中选择了更重的罪，乃是为了国家减少损失。若是我死去，我用自己的死证明我的忠，用我的选择证明我的敬。为了国君的军队不失去武和耻，我的死不也很值得么？我事先没有很好地训导军队，才引发了军队触犯军法的行为，我乃是失去了责。没有追究自己的责，却动用了刑法，乃是失去了慎。我的过错又让国君犯怒，这乃是失去了忠。我应该死去，就让司寇判我死罪吧。我不用别人来执法，我自己就可以结束自己的生命，但我仍然觉得这乃是值得的。现在我过来不是为了请求国君宽恕的，而是与国君诀别的。

显然，国君还没有看完我的文字，就光着脚从车上跳下来，对我说，你不要在意我刚才说的话，我的话是因为我宠爱自己的兄弟，因而让我失去了德。我不应该因为宠爱我的兄弟而失掉律法。我曾让你们学习律法，乃是为了晋国的强盛，为了晋国拥有良好的秩序，让每一个人各安其位、各司其职。你做了你该做的事情，而我却指责你的尽职，这是我失去了信。自己的兄弟触犯了军法，却要惩罚执行军法的人，这是我不能明辨是非，这乃是我失去了智。我身为国君却不能教育好自己的兄弟，还怎么能教化自己的百姓呢？

——我竟然不辨别忠和邪，却要处罚你。你没有犯罪我却要惩罚无辜者。你能够用刑法来治理军队，我却要为此而愤怒。我的宠爱用错了地方。我只是因为自己而愤怒，不是为了国家而愤怒，我已经忘记了自己乃是一个国君。幸亏羊舌赤和张老的提醒，我差点犯了不可饶恕的罪。请你们不要让我再犯错了。若是你真的死了，我将怎样面对你？又将怎样面对自己？即使你们可以原谅我，我也不能宽恕自己。

国君说完之后，我的眼睛有点儿湿润了。我还能说什么呢？我遇到了一个能够知错就改的国君，谁能不犯错呢？谁不会有一时冲动的时候？一个人知道自己犯了错就改正，这就是一个智者了。但一个国君很难成为一个智者，因为他执掌巨大的权力，似乎也有了不思悔改的力量。更多的君王不思悔改，因为他们认为承认了自己的错，就是承认了权力的虚弱，承认了权力的虚弱，就意味着失去了权力的威严，也是失去了自己的威严。而一旦失去了自己的威严，也就失去了发号施令的能力。

所以他们宁可说谎，也绝不认错。宁可杀掉别人，也不认错。杀掉别人可以体现自己的权力，而承认自己的错，就意味着权力的退缩。权力怎么可以退缩呢？退缩了的权力还能叫作权力么？那么自己还是一个君王么？若是怀疑这样的事实，就是怀疑自己，怀疑自己，那么别人也会怀疑他的权力，那么谁还听从他呢？

更多的权力者就是这样想的，所以他们必定会失去智。失去智就会陷入愚蠢。于是他们就在愚蠢中挣扎，就像在泥沼里挣扎。越是挣扎就越陷得深，越是陷得深就越是挣扎，直到不能自拔，最后污泥将淹没了他。所以我看见的是，愚蠢的国君比明智的国君要多，因而更多的国君最后失去了他们原本拥有的一切。他们将权力视为一切，视为自己的法宝，也就将自己的错误视为权力拥有的法宝，这样，他们怎么会不灭亡呢？

我已经看见一个个国君消失了，他们不是自己杀掉了自己，就是别人杀掉了他们，有的国君甚至不仅失去了自己的生命，也失去了自己的国家。他们都有一个共同的特点，那就是从来不听从别人的话，也不愿听从真话。他们觉得谎言比真话重要，若是有了错误，就用谎言来掩盖。可是被掩盖的不仅仅是错误，还掩盖了自己。他们以为这样就可以不让别人看见自己了，可是自己也将用死灭来彻底掩盖了自己。

他们都是从愚蠢开始，并在这愚蠢中越陷越深。一个愚蠢要用另一个愚蠢来遮盖，直到愚蠢越来越沉重，最后又用愚蠢来埋葬了自己。实际上，每一个人都有愚蠢的一面，但这愚蠢是可以纠正的。但更多的人不知道这一点。所以对他们来说，仅仅有一个愚蠢是不够的，必须将愚蠢不断累加，才获得最后的愚蠢。最可怕的就是对愚蠢的坚守，因为这是对死的坚守、自我毁灭的坚守。

国君登上了他的战车，我望着他渐渐远去，两道车辙从我的眼前通往了远处，被行进中的士卒的脚印遮蔽。我手中的剑却久久不能放

古灵魂

下。我的剑仍然指向天空，士魴的手早已松开，可是我的手却不能松开。我的手里已经攥出了汗水，似乎我为了保持这样的姿势而耗费了足够的力量。我就这样默默地站立着，这是一个人的仪式，是向着天神保持的一种仪式，也是对我自己保持的一种仪式。

士鲂

魏绛这个人太忠诚了，他不仅对国君忠诚，也对自己忠诚。他不仅对自己忠诚，更重要的是对律法忠诚，对自己的职责忠诚。一个人能够做到这样，还有什么做不好呢？因为执法而惹怒了国君，他就要自杀。我敏捷地捉住了他的手，才让他免于一死。他能够公正地履行自己的职责，也从不躲避国君的惩罚。他所说的就是他所做的，或者说他所说的他都做到了。他杀掉了国君的兄弟的御夫，以代替惩罚国君的兄弟，他执法的尺度是合适的，他已经用这样的方式对国君表达了自己的忠诚，也避免了对国君的羞辱，还让他怎么做呢？

国君还是明智的，他最终对自己的愤怒感到了悔恨。能够让国君明白自己的错误是很难的，或者说，更多的时候，一个国君很难从错误中醒悟。但是国君突然从梦中回到了现实，他在梦中是愤怒的，而一旦走入了现实，他就变得明智。他也终于明白，魏绛的执法仅仅是针对律法，没有任何超出律法的罪责。他乃是无辜的，一个无辜者不应该得到惩罚，但国君在愤怒中差一点儿对他施与惩罚。

魏绛对这样的事情没有丝毫的怨恨，相反他要承担自己执法的责任。尽管他没有责任，他所做的都是对的。我们向着通往鸡泽的方向前进，我前面的骏马的尾巴影子一样晃动，它们的鬃毛在风中飘扬。一眼看不见边的大军，竖起了高高的战戈和长矛，兵刃的尖端在阳光里闪烁，就像波光点点的大河汹涌而去。这真是威武之师啊。魏绛的战车在这河流中穿行，他站立在车上，手中拿着战戈，他就是这支大军的灵魂。因为他的双眼在巡视，他用这双锐利的眼睛注视着每一个人的步伐，而他的内心拥有一把严格的尺子。

万物都有自己的法度，这乃是上天赋予的律法。若是没有这样的法度，群星怎样在天上排列和闪耀？太阳为什么在白昼升起，而又在黄昏降落？四季为什么这样分明？青草为什么在春天发芽，又在夏天开花？我们若不是依照这上天的法则，农夫又怎样耕耘播种？又怎样在秋天收获？尧舜就是依据上天的律法来规定农时，才会有人间的饱食无忧。若是不能遵循上天的律法，我们又怎样生活？

当初文公曾问卜偃说，我开始认为治理国家是容易的，但现在却发现这是很难的事情。卜偃说，国君以为容易，那么困难就会来临，若是将事情看得艰难，那么事情反而会容易。卜偃觉得最重要的乃是要树立法度，若是没有士蒍之法、被庐之法和卜偃之法，晋国怎会走到今天？没有法度就没有信，没有信就没有忠，没有忠就没有勇，没有勇的军队又怎样能战胜别人呢？

若是没有法度，民众也失去了信，失去了信，也就没有德可以立足，人们就会彼此欺诈，就会让国家混乱。没有法度的国家还怎样存活呢？它就只有等待灭亡了。律法最重要的是需要公正的执法者，没有执法者的严明，律法就没有意义，也不会有人对律法敬畏。一个国君所说的必须和他所做的一致，而民众所做的都要符合法度，信才可以得以确立，德才可以施行，忠才可以在人们的心中扎下根须，国家才能开花结果、不断繁盛。

鸡泽会盟乃是一次令人振奋的盛典。各国诸侯汇聚一起，宋国、卫国、鲁国、郑国、莒国和邾国的国君都来了，齐国派公子光来了，天子派单顷公也来了。水边建起了九层高台，从高台上可以远望群山和平原，水流环绕而过，波光辉映，微风荡漾。这是多么好的地方。盟誓的这一天，天气晴朗，前几天下了小雨，空气湿润，十分舒适。国君曾命人占卜，得到了上卦，卦辞上说，天子狩猎的时候，要网开一面，那些不愿意落入网中的野兽，就饶它逃走，而不要追赶。若是缺少诚信，就会招致凶患。

但是国君乃是怀着诚信而来，一切都将朝着吉祥的方向展现。果然一切都是好的，在万军簇拥之下，我的国君以天子之命率诸侯盟誓。宰杀三牲，诸侯们将血涂在自己的嘴唇上。因为这乃是让上天见证自己的真诚，他们所说的每一句誓词，都意味着发自内心。他们乃是带着牺牲者的血说话的，若是这话仅仅出自嘴唇，那么必定会受到上天的惩罚。

香烟缭绕而上，直达天庭。天神已经看见了地上的许诺，这烟雾携带着每一个人的庄严誓词，也带着每一个人对天神的无限服从，向着云朵升腾。莲花般的白云向上翻卷，祥光从中穿过。国君一身黑袍，年轻俊美，风度飘逸，站在高台之上，就像一朵乌云一样压住了诸侯们的光芒。他率领诸侯盟誓的时候，声音洪亮而饱满，天上五道祥光直射而下，仪兵高举战戈和长矛，前面一排盾牌，万众高呼，山河为之震荡，远处的山峦发出阵阵回响。无数鸟雀从山林间起飞，在空中盘旋起舞。

鸡泽会盟震动了各国，楚国已经不敢做出回应。我听说，楚王知道了鸡泽会盟的盛况，问他的大臣说，晋国已经和中原各国会盟，我们还要夺回楚国的亲附之国么？大臣们说，晋国的国君年轻气盛，我们不如暂避锋芒，积蓄自己的力量，等待属于我们的良机。现在晋君已经重获霸权，郑国也已经归附晋国，上天给我们的就是耐心等待。

楚王感叹说，我原以为晋君年少气弱，晋国必然陷入混乱，没想到他能够整顿山河，竟然让诸侯信服。看来这个人还是有德行的，也心怀大志，腹有韬略。我们只有冷静观察他的动向，以后必定会有属于楚国的机会。天意的倾斜只是暂时的，就像夏天要刮南风，而到了冬天，风向就会改变。每一个人和每一个国家都有属于自己的季节，秋天属于农夫，冬天属于樵夫，而春天就归于猎人。天道的奥秘就在于变化。

鸡泽会盟结束之后，国君在宗庙祭祀先祖，然后设宴招待众臣，尤其是赏赐了魏绛，再次向魏绛致歉，擢拔他担负新军的辅佐，还对他说，你是一个严明的执法者，也是一个忠诚者，你既然能严格执行军纪，也能辅佐我治理国家。晋国需要用刑法来治理，需要你这样的贤臣。说完国君吟诵《诗》中的诗句——

麒麟的脚趾啊，仁德的公子，麒麟是多么好啊。
麒麟的额头啊，仁德的公姓，麒麟是多么好啊。
麒麟的犄角啊，仁德的公族，麒麟是多么好啊。

国君朗声而诵，用《诗》中的言辞赞美魏绛，也表达了他对贤臣的渴望。他又将酒爵里的美酒一饮而尽，在乐声之中继续吟诵——

繁茂而鲜美的茉莒啊，我们快来采收。繁茂鲜美的茉莒啊，我们快来采收。

繁茂而鲜美的茉莒啊，我们采摘叶片。繁茂鲜美的茉莒啊，我们采摘叶片。

繁茂而鲜美的茉莒啊，用衣襟来包裹。繁茂鲜美的茉莒啊，用衣襟来包裹。

茉莒有着肥厚的根茎，乃是鲜美之菜。国君用这样的诗句来描述自己的快乐，也用这样的诗句来讲述自己的渴望。晋国有了这样的国君，就遇上了绝好的时机，这是多么幸运啊。要趁着好季节，赶快采摘该采摘的，要尽量用自己的衣襟来包裹自己的收获。这样的时候，怎么能懈怠呢？面对满目的茉莒，每一个人都应该尽自己的所能，这样的时候，怎么能懈怠呢？我们也听见了国君内心的声音，听见了他的美好的志向和愿望。

国君用国君的礼仪来对待众臣，用国君的谦逊对自己的错误反省，又用优雅的吟诵来说出自己的内心。这样的国君让我们信服。我想起了周公的故事。周公的儿子伯禽和他的叔叔去见周公，但去了三次都被鞭子抽打出来。伯禽就感到十分不解，想着自己的所做并没有什么错，就去请教一个智者商子。商子说，你要去南山的阳面去寻找一种叫作桥的树。

伯禽来到了南山，找到了桥树，仔细观察了树的形状。这种树挺拔高峻，枝条上扬，有着骄傲而高贵的气质。他回来给商子描绘他所看见的树的样子。商子说，你已经看得十分仔细了，还需要去北山的阴面寻找另一种树，这种树的名称叫作梓。于是伯禽又到了北山的阴面，找到了梓树。他看见这种树粗壮而低矮，树冠下垂，谦逊而卑微，好像一个人低头的样子。他就回来又给商子描述了他所看见的梓树的形象。

商子就对伯禽说，你已经看见了，你的眼睛就是镜子，它看不见自己，却能从别人身上看见自己。万物的形象中都包含着启示。你看见的桥树上有着父道，而梓树上有着做儿子的道。它们对自己的内心有着不同的态度，父亲就应该是高傲的，而一个儿子就应该谦卑。于是伯禽又一次去见周公，他俯首疾步而趋，入室之后就行跪拜之礼，周公就让他起身，并用美酒招待他。周公问，你是怎样知道这父子之道？伯禽说，我请教了商子。周公说，指教你的人乃是有学问又有德行的，他告诉了你礼的含义。

他说，礼不是可有可无的东西，它对人的外形施以约束，从而可以约束内心。一个无礼的人，他就会失去尺度，就可以变得放肆无度。人世间应该有礼的约束，君王有君王之礼，大夫有大夫之礼，百姓有百姓之礼，这样人世间就有了秩序，每一个人就知道自己在什么时候该怎样做。礼不是简单的外表，而是一种对待别人和自己的态度。一个国君若是傲慢无礼，他就会仰仗自己的权力而胡作非为。一个大夫失去了礼，他就会无视自己，也无视自己的君主，那么就会作乱。百姓若是失去了礼，就会失去自己的本分，他也不能得到自己该得到的。若是人间失去了礼，就会陷入无边的混乱，灾祸和苦难就不可避免。

我的国君乃是懂得礼的，他知道怎样对待自己，也知道怎样对待别人。他知道对待自己的错误，就要承认这错误，不然这错误就会重犯。若是不断犯错，就会失去一切。他知道用礼来约束自己，重要的是，他也知道怎样运用自己的权力。若是一个国君滥用自己的权力，也许这符合他的本性，却违背了天道。他也许不会受到人间的惩罚，但要受到天道的惩罚。一个人有了罪，终究是逃不掉的。

可是谁能做一个无罪的人呢？我听说只有圣人能够做到。因为圣人不因小错而铸成大错，他很快就能纠正自己的错误。圣人不是因为自己的完美，而是因为自己的不完美而追求完美。我的国君是不是就接近圣人了？他能够像周公的儿子伯禽一样，不知道自己错在哪里，就会请教智者，他也能够倾听智者的话，具有这样的德行，还不是一个好国君么？一个能够抑制自己的愤怒而又能善待别人的人，必定不是一个残暴而任性的人，具有这样的德行，还不是一个好国君么？

一个国家需要一个好国君，百姓需要一个好国君，众臣需要一个好国君。因为一个国家若是有一个好国君，国君就会任用贤臣，贤臣就会体恤百姓，百姓就会休养生息，又会有自由自在的生活，他们就会感到快乐。而他们若是快乐，就会拥戴国君，就会为国家出力，国家就会因之强盛。若是遭遇了一个坏国君，他就会任用奸佞，而奸佞就会为自己的欲望而不顾及他人，贤人就会远离这个国君，百姓也会疏远这个国君，甚至背叛这个国君，那么国家就会衰亡。

实际上，国家的兴衰取决于一个人，可是这一个人真是太难得了。若是上天给一个国家以灾难，那么就给它一个坏国君。若是上天给一个国家以兴盛，那就给它一个好国君。只有上天拥有选择的权力，没有什么人能主宰人事。更多的国君不是这样，他总是坐在高高的地方，贪图自己所能得到的，不会顾及别人的想法，也不会听从好的劝告。他为了自己的私念和欲望，不惜剥夺别人的自由，强迫别人的亲人死去，不惜给别人以痛苦，却又要做他们的君王。可是，若是这样，人们又会有什么办法避免呢？

卷四百八十八

韩厥

我决定要告老还乡了。尽管国君将我拔擢到了上卿的位置上，可是我已经老了，我所能做的已经做了，不能做的，已经做不到了。我感到自己十分幸运，能够在老了的时候遇到一个好国君。国君对我的知遇之恩，我怎么能忘记呢？国君能够了解我，并且能够理解我的忠诚，这让我十分感动。他曾对我说，你是一个不忘别人恩德的人，我听说，在下宫之役中，你没有和别人一样攻打赵家，还尽力帮助赵氏的后人，这说明你是一个正直的人。你也没有贪图私利，和许多人同流合污，说明你是一个清白的人。别人图谋弑君的时候，你没有参与，还斥责了弑君者，这说明你是一个忠诚的人。你可以选择获利的路，却选择了甘于寂寞的路，说明你是一个能够坚守正路的人。

我的事情国君都知道，晋国的事情国君都知道。尽管国君一直远离故土，但他对晋国发生的一切了如指掌。国君是这么年轻，他的胡须还没有长出来，上唇上只有短短的绒毛，他的脸上还没有皱纹，可是他却什么都知道。他一直居住在王都，却能够看见这里发生的一切。他怎么能知道那么多呢？书上有的他都知道，书上没有的，他也

古灵魂

知道。他还知道我心里所想的，也知道别人心里所想的。这样的国君，从前还没有见到过。

国君从来不大声说话，但他的声音里既有威严，也有坚定和沉稳。他每一句话都在讲道理，要么说的都是事实。他所说的都合乎礼义和天道。你从他的话中找不到不好的东西，因而他总是能够让你信服。他和诸侯们谈话也是这样，因而诸侯们总是点头称是。谁也不敢因为他的年龄小而藐视他，谁也不敢因为他说话的声音小而不倾耳细听。他的身上有着慑服人的力量，他轻轻的话语中也同样含有不可抗拒的力量。

他也从来不自傲，尽管他贵为国君。他本来有着骄傲的理由，但他所表现的却是谦逊。因为他总是认真倾听别人的话，当别人说完之后，他才说出自己的理由。因为在你说话的时候，他不仅在倾听，也在沉思，他在辨别你话中的真伪，也在辨别你话中的理由。我曾侍奉了几个国君，但没有一个国君像他这样冷静，也没有哪一个国君像他这样沉稳。他总是能够站在别人的位置上倾听那个人的话，若是站在自己的位置上，就不可能对每一个人所说的，做出好的回应。其中含有对别人的理解。

对别人的理解是多么重要。你要能理解别人，才可能理解自己。一个从来不能理解别人的人，又怎么会理解自己呢？一个从来不理解自己的人，又怎能理解自己所做的事情呢？他的智慧已经超出了他的年龄。许多须发斑白的人仅仅是白白增长了年岁，却没有明白许多道理。我曾看见一些国君是怎样做事情的，他们用自己的权力将自己送到了黄土里。他们既没有明白别人，也没有明白自己。他们的脚每天都踩在黄土上，却没有真正看见过自己将要葬身的地方。

年轻的时候，我是多么渴望遇见一个好国君啊。我却没有遇见。我也有过很好的谏言，可是他们并不会听从我。因为每一个国君都有自己的想法，而他们的想法乃是无智的。我也曾沉入无边的幻想，可是这幻想终究是幻想。它们就像大雨中地上激起的泡沫，不断产生又不断破灭，剩下的都是一个个水洼，最后这些水洼也在太阳下消逝。那时我也有着旺盛的精力，从来不知道什么是疲倦。可是这浑身的力量也在平庸的日子里一点点消耗干净。我所想的和我所做的，都很少被国君理解。也许他们也不愿意理解。我就想，若是有一天哪一个国君理解我，我内心的才智将得以释放，我的一生将变得精彩。可是哪里能遇见这样的国君呢？就像地上干渴的庄稼，渴望着天上的乌云。可是这样的甘霖什么时候能够降临？

现在我的愿望变为了现实，但我却老了。我所能做的就是退出。我也曾做过一些事情，但我总是觉得力不从心。一些事情实现了，一些事情却违背了我的初衷。晋景公的时候，因为想摆脱盘根错节的强卿们的干扰，决定迁都。众臣都想迁到郇瑕，晋景公犹豫不决。我说，我觉得应该到一个更适合的地方。一个都城也该有深厚的土地和洁净的河流，而郇瑕土薄水浅，垃圾容易积聚却不易消散，必定将会让民众的生活不便，那样不仅会给他们带来忧愁，还能带来疾病，让他们的身体羸弱，民众羸弱将会让国家羸弱。

——若是迁都到新田，那么这一切就会好得多。那里水土深厚，又有汾浍两条河流，不仅有利于居住，还能疏散污秽，重要的是那里的民众柔顺，易于教化，后代都能得到安宁。郇瑕之地就不是这样了，尽管那里物产丰饶，但民众一旦太过富足，就会骄奢淫逸，这样的风气就会感染更多的人，那么晋国还怎样奋发图强？接近山林的人们也会获得开垦的便利，国家也将因之失去利益，晋国又怎能获得稳定？而且那里的民众强悍，不容易教化，国家的政令施行不畅，晋国又怎能安宁？

晋景公觉得我的话有道理，就听从了我。我做了一件好事情。我不是为了自己，而是为了国家。现在我的退出同样不是为了自己，而是为了国家。我对国君说，你是年轻的，晋国也变得年轻而富有朝气。晋国需要年轻人，只有年轻才能富有活力。一个衰老的国家是没有希望的。我也曾年轻过，但我现在已经老了。火烧过的树林会生长得更旺盛，因为衰老的消失了，年轻的生机替代了衰老而枯朽的力量。

现在晋国已经重新获得了霸权，四方的诸侯也已经亲附晋国。这乃是因为它们看见了晋国的生机，看见了国君的智慧和力量。你的智慧和力量就是晋国的智慧和力量。晋国从前的混乱，让晋国已经变得羸弱，现在你让晋国重新焕发了青春，而我已经跟不上你的步履。你需要年轻的脚步跟随。我已经为现在的晋国而感到欣慰，这是我告老还乡的最好时机。请你准许我离开你，我需要到我应该到的地方。多少年了，我也十分疲惫，我需要休息，而晋国仍然需要前进。

国君说，我理解你，每一个人都会衰老，可是我仍然舍不得你。我现在是年轻的，但我也会变老。没有人会永远年轻。每一个人的头顶上都有明亮的蓝，也是耀眼的空。年轻的时候，这样的蓝不会让人厌倦，因为所看见的每一片蓝都是实在的，可是最终它会变得空洞，因为它原本就是空洞的。你所看见的，我还没有看见。但是我也会看见的。若是没有看见过实在，又怎么能看见刺眼的空洞呢？

晋国的强盛也是这样，我们所看见的都是幻景。当初武王击败了商纣，他没有感到欣喜，而是感到了惊惧。因为他看见的不是自己的获胜，而是看见了一个王朝瞬间的崩溃。既然一个王朝的宫殿可以这么快地垮塌，那么我所建立的宫殿为什么不会崩塌？他感到了惊惧，感到了忧虑。我现在的心情也是一样。文公当初让晋国成为霸主，那么晋国就能永远作为霸主么？我所担忧的，就是我怎样能不辜负天命。

所以我需要你的不断提醒。你所经历的，我从来没有经历过，我只是从书中看见。可是书中的事实又怎能是真实的事实？文字中的事实仅仅在文字之中。它所说的太简略了，许多事情既被文字记录，也被文字抽走。文字中有着真实，但不是完全的真实，而不完全的真实就是虚幻。我需要完全的真实，因而我需要你。你若离开了我，我将感到寂寞，也将感到空虚。你是实在的往事，你在我的身边，就像往事在我的身边。往事不在过去，而是在现在，在人的内心里，在人的灵魂里。

我说，往事固然重要，但往事也是束缚人的。我不愿你成为往事的俘虏，这也是我告老退位的原因。往事在我们的后面，而前面的事情是未知的。不能用已知的事情来推演未知，不然你就会在向前的路上畏首畏尾。往事好像连着现在，没有往事就没有现在。没有现在也就没有未来。可是往事只是我们后面的影子，影子可以跟随着我们，但我们向前的时候没有必要总是看自己后面的影子，这样你就走不

古灵魂

快了。

——你熟读诗书，博采众思，善于观察和思考，实际上往事已经成为你的一部分，因而你已经没有必要总是想着往事了。往事已经过去，它已经消失了。它将被人忘记，剩下的那些东西都是往事的残渣。它们掉落在了地上，已经不是原本的事实，为什么还要弯下腰来不断捡拾呢？这样，它就会让我们费尽力气，却得不到真实的事物。因而，往事是虚幻的，现在才是真实的，你需要抛弃虚幻而捉住现在的真实。我希望你带着晋国一起走，而且要走得快。从前我没有看见希望，现在我已经看见希望了。

国君说，你的话已经让我听见了你的真诚。过去我只是在文字中走得快，因为文字是有翅膀的，你若是走得慢就不能赶上它。文字中都是往事，但它用往事来说出现在，也说出未来。你说得对，我现在只能在现实中行走，我要从现实中看见文字。现实也有自己的翅膀，我必须用力追赶，不然我就会落在后面。自从回到晋国，我已经看见了我从未看见的东西，看见了从未看见的面孔，他们和我从前所见到的文字是不相同的，但他们也都在文字中。每一个面孔上都刻着文字，这让我能够辨认出他们。

当然我也认出了你。我从往事中看见了你，也从你的忠贞中看见了你，你在我眼前的时候，你的面容反而模糊了。现在你要离开了我，你就变得这样清晰。你虽然年龄大了，但你从来没有变，你还是你从前的样子。我还能对你说什么呢？我只能准许你的请求。这是往事的请求，我不能拒绝往事，因为它在我之前已经有了。我会向前走的，你就安心回去吧。还有一件事想问你，我将把你的儿子韩无忌立为卿大夫，你觉得怎么样？

我说，他是我的长子，我从小看着他长大，知道他乃是一个仁善的人，他待人忠厚，也对国家和国君忠诚。我想说的，你已经知道了。我没有什么要说的了。我不应该夸耀自己的儿子，但我对国君就要说我想说的话，因为我的内心应该和我的言语一样。若是言语脱离了内心，那不就是谎言么？我就要告老还乡了，我一生是清白的，又怎能在老了的时候犯罪呢？我不敢隐瞒和欺骗，我也不敢承担这样的罪。

我从国君身边离开了，国君的话语仍然在我的耳边。国君是多么理解我啊，甚至于胜过我自己。我不曾想到的，国君已经想到了。我已经想过的，国君也已经想到。我所说的话都是多余的，可是我仍然把自己想说的话说出来了。今天的天气是这样清爽，让人感到浑身舒适。我听见树上的一只鸟雀在朝着我叫，我抬头看去，它在枝叶之间扇动翅膀，它好像在等待我。它的叫声太好听了。我从来没有看见过这样漂亮的鸟雀，它是那么美丽，浑身披满了各种色彩，它有一身好衣裳。

卷四百八十九

韩无忌

国君要将我立为卿相，我怎么能接受这样的高位呢？我从来没想过自己要做一个卿相，我没有想过的事情，却要我接受。我不是不能接受国君对我的赏赐，而是不能接受自己从未想过的事情。因为我所想的，乃是我可以做的，没想过的就是我不能做的和做不到的。一个人怎么能做自己不能做的事情呢？我深知自己的能力，国君所要给我的，已经超出了我的能力。当然我非常感激国君的好意，因为这样的好意是干净的，我不能用我的手去拿，那样，一块白色的锦帛就会染上污斑。

何况我的身体是残疾的，我的腿不便于行路。做一个卿相，许多事情需要亲自料理，可我却不能走得太远。一个不能做更多事情的卿相岂不是贪图不适合自己的名分么？我只想做适合自己的事，我不贪图更多的东西，它不属于我。是的，我的父亲告老还乡，国君要将他的儿子立为卿相，这乃是对父亲的信任和奖赏。可是父亲的归于父亲，而我的将归于我。我对晋国并没有什么功劳，却要接受超过我的功劳的礼物，我怎么能接受呢？

我是韩厥的儿子，我不能贪婪地坐在他的功劳上。国君对我说，你的父亲已经告老休养，需要你来接任卿相，你的父亲说你身怀仁德，也有治国的本领，我也相信你能够做好每一件事情。我说，我不懂更深的道理，但我知道《诗》上说，朝思暮想地要前往，哪里知道路上的露水太多。我身患残疾，不能亲往做事，百姓怎会信任呢？国君的信任是不够的，还要有百姓的信任才可以。我没有什么才能，不如让别人来担负这样的重责。

　　国君说，我看你还是可以的，我已经看出你乃是晋国的贤才，我需要这样的贤才。我说，还有比我更为贤良的人可以配得上这样的高位，我不能让自己的影子挡住别人的光。我的兄弟韩起比我更好，他与晋国的贤人田苏交往很久了，田苏经常称赞他喜欢仁，得到贤人的称赞并不是容易的。一个人达到仁是很难的，但一个人喜欢仁，就已经接近仁了。《诗》上还说，若是对待你的责任谨慎而忠诚，就会喜欢这样正直的人，神灵能够听见他的声音，也将赐给他大的福分。

　　——体恤百姓就是德，若是能够修正直的就会让直的为正，而能修正曲的就会让曲的为正，能将这三者集聚于一身那就是仁了。在我看来，韩起就是这样的人。若能将他立为卿相，不是很好么？他的声音能被神灵听见，神灵又能赐给他福分，这不是很好么？比起他来，我还配不上这样的恩赐。厉公的时候，晋国陷入了混乱，我作为公族大夫，却没有与国君一起死去，我怎么能配得上国君赐予的福禄呢？

　　——我听说，没有功德的人，不能居于高处。我的智慧不能匡扶国君，使得厉公遭难，我还怎么敢奢求高位？我也缺乏仁，因为我不能在关键时刻救助君主；我也缺乏勇，因为我也没有在关键时刻殉难赴死。我还怎么敢奢求高位？我若是真的接受国君的恩赐，岂不是玷污了国君的好意？岂不是辱没了韩氏宗族？我这样的人，又怎么敢奢求高位？国君还是应该考虑让韩起来担任卿相吧。我不是为了自己而推诿，而是为了晋国着想，因为晋国有你这样的国君，就应该有贤良的卿相。我听说，花儿开放在同一个山坡上才会漂亮，若有更多的贤才辅佐国君，晋国才会强盛不衰。

国君说，以前我听说你的贤良，现在我才真正看见了你的贤良。我喜欢贤良的人，若是晋国都像你这样，我还有什么忧虑呢？一个人在镜子里可以看见自己，更多的时候，自己的容貌只能被别人看见，可是容貌乃是属于自己。自己的容貌并不只是为了别人喜欢，也要让自己喜欢。一个有德行的人也是这样，自己就是自己的镜子，但这德行仍然归于自己。你虽然没有为国君而殉难，但你能够知道自己的弱点，这已经可以说是智了。你虽然没有在关键的时刻赴死，但却能承认自己的过失，这也可以说是勇了。你不贪图名分，在给予你好处的时候可以谦让，这也可以说是仁了。

我听说，具有这三种品德的人，可以说是贤才。我虽然不能劝说你担负重任，但我不能不奖赏你。若是我不能奖赏你这样的人，那么贤良的人怎么会跟从我呢？那将是我的过失。一个国君明知自己的过失而不予纠正，那就是我的罪过了。你不能将我陷于罪的泥沼，我也不愿意在泥沼中挣扎。你的父亲让我走得快一些，我怎么敢不听从呢？那么你就担任公族大夫吧。

我说，国君既然这样信任我，我就不能再说什么了。可是我接受了国君的恩惠，又怎样报答国君呢？我只有听从国君召唤，尽我自己的才能了。实际上我仍然感到羞愧。国君说，你有什么羞愧的呢？若是你不接受这样的任用，真正羞愧的是我。你不能让国君羞愧，否则你就失去了忠，而失去了忠，你又怎么配得上你的贤良呢？一个人可以配不上别的，但要配得上自己。你看，每一种树上都有自己的花，那是因为它配得上自己的花。你就是山林里的嘉木，应该配得上好的花朵。

是的，我已经十分高兴，因为我的一切得到了国君的赞赏。当然我所做的并不是为了获得赞赏，但赞赏总是让人欣喜。这样的欣喜之情来自别人的理解，尤其是获得国君的理解，一个富有仁德的人的理解。我不愿接受不属于我的礼物，但我欣然接受别人的理解。还有什么比别人的理解更让人快乐的呢？我没有接受卿相的任用，却接受了快乐。若是我每天都是快乐的，我的一生就是快乐的，还有什么比这样的人生更好呢？

在归家的路上，我的脚步是轻快的，我好像踩着的不是土地，而是天上的云朵。我感到微风就要将我吹起来了。我看见沿途的树木郁郁葱葱，树上的每一片绿叶都那么耀眼，阳光落在了上面，就像绿色的火焰在燃烧，它使我的双眼也明亮起来。我看见了从前没有看见的景象。一只松鼠从树干上飞快地蹿上了树梢，它的身后拖着长长的尾巴，蓬松而粗壮。当它回过头来的时候，我看见了它的眼睛在看着我。我喜欢这样的眼神，既没有悲伤，也没有绝望，而是那么平静、那么从容，一点儿也不惊慌。

这正是我所渴望的生活，平静、从容、自在而不惊慌。我为什么非要做一个卿相？我为什么不过自由自在的日子？尧帝的时候，许由

古灵魂

都不愿意获得天下，他宁愿在农田中躬耕，夏天在树上采集野果，手掬而饮河水，筑巢而寝，冬天挖筑地窖而避寒，享受着山青水秀、水草丰美的日子。为什么要天下呢？我又为什么要做卿相呢？我已经看见了那么多卿相，在侍奉国君中战战兢兢地度日，每一天都在惊惧中，我又为什么要和他们一样呢？

我喜欢安宁的日子，我喜欢自由自在的日子，我喜欢自己所喜欢的日子。而且我知道自己的才德不如别人，我为什么要因为自己才德的缺乏而耽误晋国的大事呢？一个人做自己喜欢的事情远比勉强做自己不愿做、也做不好的事情更好。我所要的乃是我所喜欢的。我已经听见了树上飞鸟的召唤，我愿意和它们一起飞翔。鸟儿的叫声是多么好听啊，我倾听它们的欢叫，观赏地上给我的一切，守望自己的日子，这难道不是最好的选择么？

卷四百九十

祁奚

　　这一天，阳光很好，天上只有几朵白云，它们分散于天庭的四个角，显得异常孤单，甚至有点儿凄凉。韩厥老了，我也老了，我也要告老还乡了。我乃是晋献公的后裔，我却一直默默无闻，因为我的才能不如别人。不过我是忠诚的，我从来没有懈怠，忠心耿耿地侍奉一个个国君。

　　我对国君说出了我的想法。我说，我已经老了，没有力气来侍奉国君了，请求国君准许我回家。国君说，你是中军尉，这乃是一个重要的职位，掌管着军政事务，我知道你是正直的，我需要你这样正直的人来做中军尉。我说，正直的人很多，我不过是其中的一个。你是年轻的，更需要年轻的正直者。一个老人即使十分正直，他的力量已经衰竭，而正直仅仅是一个人的品德，正直的实现还需要勇气和力量，而这两者我都已经失去了。

　　国君沉默了一会儿，说，你认为谁可以接替你的位置呢？我说，解狐这个人可以，他是正直的，也有足够的才能，若是可以任用他，他必定可以做到公正，也能忠心于国君。国君惊讶地问，他不是你的

古灵魂

仇人么？他杀掉了你的父亲，你难道忘记了么？我说，不，我没有忘记，但国君和我所谈论的是谁能够接替我的职位，他是不是正直，他能不能将国君交给他的事情做好，而不在于是不是我的仇人。他乃是我的仇人，我从来没有忘记，若是我忘记了，我也就忘记了什么是孝，若是忘记了孝，还怎么谈得上忠？若是没有忠，我还有什么德行？又怎能做到正直呢？

这几年来，我已经感到自己的衰老。人都是要变老的，没有什么人能够永远年轻。我年轻的时候身强力壮，能够拉动强弓，射穿七层铠甲。可是现在我失去了当初的力气，眼睛看不清百步之外的标靶。若是在战场上，我的战戈已经难以挥动了。那么我还能为国君做什么呢？我唯一能做的，就是让出自己的位置，让年轻者接替我。我知道，国君需要一个年轻的、生机勃勃的晋国。而我已经是秋天的枯叶，该落到地上了。每一个人都有自己的四季，我的四季也是美好的，我希望自己在最后的季节里享受属于自己的生活。

可是就在我举荐了解狐的时候，解狐却病重身亡。这是他的命运，没有人能够改变一个人的命运。然后，国君又将我召到他的身边，问我，你看，解狐死了，你的仇人死了，你在想什么？我说，我什么也没有想，他的死乃是他的命运，他做的好事和坏事都已经承担，我还要想什么呢？死是最后的承担。我所想的，也随着他的死而死去了。

国君又问我，那么你觉得谁适合担任你的职位呢？我说，我的儿子祁午就是合适的。国君又一次吃惊地问我，祁午不是你的儿子么？你举荐你的儿子就不怕别人说你不正直么？别人会说，祁奚举荐了他的儿子，他的心有所偏袒。我说，是的，可能有人会这样说，但是国君问我谁适合担当这样的重任，我就只是拣选适合的人。这是重要的事情，它关涉到晋国的安危和对国君的忠诚，我不能不谨慎对待。在这样的问题上，我既没有想到是不是我的仇人，也没有想到是不是我的亲人，我所想的乃是谁有这样的才能，想到的只是国家和国君。除此之外，我没有考虑自己是不是会遭遇非议。

谁又能堵住别人的嘴呢？每一个人的嘴都是用来吃饭和说话的，我所做的事情不是为了给别人提供要说的东西，我乃是为了我的忠诚，不仅忠诚于国君，忠诚于国家，也忠诚于我自己。对许多人来说，说假话是最容易的，因为这样会让很多人感到舒坦。可是对我来说，这是很难的事情，因为我一旦说了虚假的话，我的脸就会发烧，我的心就会疼痛，因为我不能让自己违背自己。自己都可以违背自己，还让别人怎么相信你呢？你若丢弃了信，那么你即使说的都是真话，别人也不会相信你，这意味着你已经失去了说话的理由。那么，你的嘴巴就只能吃饭了。

国君说，那么你的儿子祁午有什么能力呢？我说，我没有更多的理由，我从小看着他，知道他的诚实和忠贞，也知道他的勇敢和果断，他从小的时候就能够认真做一件事情，从来不被别人干扰。他也推演上古的兵阵，知道怎样用兵才可以取胜。他也熟读诗书，能够知道是非曲直，我以为，这些品质已经能够胜任你对他的任用了。我从来没有夸赞过他，他也保持着谦卑的姿态，我想，他可以接替我了。

国君说，你现在不是在夸赞他么？我说，不，我不是夸赞，而是讲述我所观察到的事实。我虽然已经老了，但他就在我的身边，他所做的一切我都看得见。我不会说我看不见的东西，我也不会夸大我所看见的。也许晋国还有很多更有才能的人，但我没有看见。我所看见的乃是有限的，我不可能看见所有的事情，更多的事情我只能从看见的有限中推演。你是我的国君，我对你所说的，仅仅出自我自己内心的判断。也许我的判断是错的，但你知道，一个老年人会变得十分固执，他会越来越相信自己，这也是我要告老还乡的原由。

国君说，你不是固执，而是你的正直让你相信自己。我现在看见了你的正直，因为你举荐贤良的时候，既不回避自己的仇人，也不回避自己的亲人，一切都出自你的公正。谁能不相信公正呢？在我的心里，能够做到完全公正的只有神灵，可我从你的身上看见，人也可以做到。或者说，我从你的身上看见了神灵。你的言行已经成为衡度是非曲直的尺子，若是朝堂上的人都能像你这样，我还有什么忧虑呢？

过了一段时间，羊舌职也死去了。他乃是我的辅佐，羊舌职的离去让我十分悲痛。可是人都要死去的，重要的是他活着的时候，乃是一个正直的人。可是正直的人也要死去，上天不会因为你的正直而有所偏袒。国君又一次召我前去，问我，你觉得羊舌职的职务谁可以接替？我说，他的儿子羊舌赤就十分合适。于是我的儿子祁午做了中军尉，而羊舌职的儿子羊舌赤成为中军尉的辅佐。从前是我和羊舌职在一起，现在是我的儿子和他的儿子在一起，也许这也是命运的安排？

国君对我说，我听到朝堂上的众臣说，你乃是一个有德行的人，你所举荐的都是贤明的人。你推举自己的仇人，算不上谄媚，因为你没有谄媚仇人的可能；而你举荐自己的儿子，也不是出于偏爱，因为你在以前也从来没有偏爱自己的儿子。你举荐自己朋友的儿子，也不是出于袒护，因为你也没有袒护过别的朋友。他们说你从来没有结党营私，你从来都是一个独行者，却走在充满了阳光的大道上。因为自己怀有仁德，所以能够举荐有仁德的人，因为你希望自己所举荐的人和自己一样。《诗》上说，唯有自己有的，才可以以自己来衡量别人所有，你真是一个贤良的人啊。

我说，别人的夸奖并不能说明我自己，只有我知道自己为什么这样做。我只不过举荐了三个合适的人，我还能做什么呢？我举荐的都是我看见的，而我没有看见的更多。更多的贤良需要发现。没有发现就没有贤良之才，因为贤良的乃是谦逊的，需要从低处寻找他们。因为他们掩藏于众草之中，他们的花朵也不耀眼。但要仔细观看，就会发现平淡和朴素中含有异光。这就需要寻找者具有一双慧眼。

实际上，国君就是具有慧眼的人，因为他知道谁的话值得信任。他先找到值得信赖的人，然后借助别人的眼睛，看见了所需看见的。一个人的眼睛只能看见有限的东西，但是能够借助很多眼睛来看见的，却是无数。这就是国君的力量所在。可是从前的国君不是这样，因为他仅仅凭藉自己的眼睛，他若是没有看见就看不见了，若是认错了贤良，他的身边就会有奸佞集聚，他的衰落也就临近。

现在是最好的季节，万物在繁盛中各自展现自己的风采，雨后的青草地上，各种花朵都在开放，叶片上沾满了雨滴。空气是这么新鲜，我的靴子上沾满了泥土，我的脚印清晰地印在地上，这乃是我的脚印，我的从前的脚印和我现在的脚印。我已经难以分清从前的和现在的，因为它们都叠加在了一起。我从来不管别人怎样走路，但我愿意用自己的脚步来说明自己。我的路上只有我自己的印记。

古灵魂

我记得有一次，我在水边看着悬崖上的燕子，那么多的燕子，它们展开了自己的尾翼，两个大大的分叉，将天空剪开。它们是那么敏捷而高傲，又和我那么亲近。它们的窝巢筑在悬崖上，我甚至偶然可以看见窝巢中露出的雏燕的头，它们带着好奇和惊恐，打量着这个新奇的世界。燕子的身影不仅飞在天上，还从悬崖下面的水上掠过，我从这水中就可以看见它们的影子，这些影子乃是和天上的白云在一起的。它们和白云一起飞。破壳而出的雏燕，将破碎的蛋壳蹬落到水上，水上漂浮着孕育和守护它们的碎片。

　　这些白色的蛋壳的碎片，在水中浮动，它们已经将不需要的东西抛弃了。它们在水面上漂浮，乃是为了证明一段往事。这就是新生，这就是生命的印记，这就是它们最初的脚印。现在我也老了，我的碎片也飘洒在空中，也在另一个水面上浮动。我不再关注这曾经的一切。那些不断涌动的涟漪，那些朦胧的往事，已经被我抛弃了。我只剩下了自己。对于我来说，致仕而归乃是一种解脱和破卵而出的新生。我曾经是一个孤独者，现在我仍然是一个孤独者。从前的我仍然是现在的我，但我却获得了不同的时光。我不需要往事的陪伴，我不需要从前的碎片，我只需要现在的时光。让我在现在的时光里缓慢地散步吧，我已经不想在人间的烦恼里停留。

卷四百九十一

士匄

　　韩厥和祁奚相继告老休养，荀罃和士鲂也相继去世，眼前熟悉的人一个个离开了。这就像秋天的景象，树上的叶子都枯黄了，秋风将每一片树叶都要扫除干净了。一想起这样的秋天，就会让人悲伤。我曾见过悲壮的秋景，秋叶就像暴雨一样向地上倾泻，我的视线都被挡住了。难道人世间也有这样的秋景？

　　国君还年轻，他的脸上没有一丝皱纹，他的胡须渐渐密集了，但还是那么年轻，因为他的微笑还是从前的微笑，庄重而优雅。他从来没有大笑过，是的，我还不知道他欣喜若狂的样子。他的言语缓慢而低沉，似乎总是深思熟虑。国君对我说，我想让你接替荀罃担任正卿，我不知道你还有什么想法？国君的做法并没有出乎我的预料，我知道他会这样说。因为按照常理，我的官卿职排列于荀罃之后，应该就轮到我来接替了。

　　但我有另外的想法。荀偃年龄大了，他因为杀掉了晋厉公而一直被压抑，但他还是有才能的。他的心中也充满了郁闷之情。他跟随栾书弑君也是出于无奈，实际上这个人还是忠厚的。难道一个人背负的

古灵魂

重罪就要将他压垮么？若是晋国能够长久强盛，就要任用贤才，在我看来，荀偃比我更适合担当重任。

我将自己的想法对国君说了。国君说，许多人在争夺高位，而你却礼让别人，你为什么这样做？我的想法十分简单，我就是为国家着想，晋国需要更有才能的人来执掌国政，也需要更有才能的人来执掌军事。荀偃不仅比我年长，更重要的是他身经百战，富有经验，遇事更加沉稳，也更有谋略。因为从前的弑君之罪，他有着强烈的赎罪心，所以也对国君十分忠贞。其实一切都逃不过国君的双眼，我看见的，你已经看见了。

——而且，若是任用荀偃，众臣也更加信服，厉公时的旧臣也能打消疑虑，放心施展自己的才能。这样众臣一心，围绕在国君周围，岂不是一件好事情？若是每一个人都能发挥智谋，每一个人都可以尽到自己的职责，岂不是晋国的福分？若是每一个人都能尽心尽力地侍奉国君，岂不是国君的福分？而且，争夺者可能得到暂时的利益，但因为争夺会引发仇怨，这仇怨最终会导致自己所争夺的利益失去。我为什么会这样做呢？

国君说，你说的有道理，你不仅是一个贤能的卿相，还是一个具有智慧的人。许多人仅仅为了利益而争夺，却没有看见利益后面紧随的祸患。真正的利益不是争夺所能得到，尽管人们都渴望获得利益，但在很多时候，愈是争夺就愈是远离利益。争夺者的获得乃是来自争夺，但他的失去也来自争夺。我听说，林中有两只飞鸟在争夺一只虫子，但因为它们的争夺，那个虫子也逃走了，然后它们却因争夺中的互啄而遍体鳞伤。

国君是多么聪明啊，他立即就理解了我，也知道了我所说的话语的含义。我所说的既为了国君，也为了我自己。我留在了原地，就是为了逃离未知。未知是不可预测的，但现在是真实的。我需要生活于真实之中，而不是在虚幻的未知中徘徊和犹豫。将眼前的利益让给别人，就是将真实留给了自己。这样，我就不会因为我的升迁而引来嫉妒和仇怨，我的日子也变得安宁。若是我的机会到了，我就会将现在失去的归于自己。就像田地里的每一种庄稼，它们都有自己开花的日子，这样的日子既不能提前，也不会推后。若是提前或者推后，面临的可能是颗粒无收。

荀偃还是一个很好的朋友，尽管他的年龄比我大，但他从来都没有因为是我的辅佐而抱怨，也从来没有违背我的命令。也许他因为自身的罪而不安，所以就愈加真诚。我和他曾向国君谏言，以诸侯之师讨伐小国逼阳。那是多么激烈的战斗啊，荀偃是勇敢的，他乘着战车在试图抵抗的敌军之中冲杀，毫不畏惧刀戈之中的危险。我看见了他的力量和勇气。他的马头高昂着，就像他奋勇搏杀的样子，骄傲而忠勇。是的，经过了几个昼夜的激战，才攻克了逼阳，又将攻克的土地封给了宋国的上卿向戌。而向戌不敢贪图获赠的私利，又将这土地献给了宋国的国君。这样宋国将会感恩晋国，也会对其他诸侯予以感召，他们会看到，晋国强盛不是为了别人的土地，而是为了别人的利益。宋国也将成为抑制楚国的屏障。

现在我将正卿之位让给了荀偃，不仅荀偃会铭记在心，别人也会放弃争夺而转向让贤，这不是可以扭转从前的坏风气么？若是每一个人都能够举荐贤才，礼让能者，岂不是一个令人羡慕的晋国？那么卿

古灵魂

相之间互相礼让，大夫之间能坚守自己的职责，国士之间能竞相致力于教化，庶民能够做好稼穑，工匠和商人能够安于自己的职业，这岂不是一个令人羡慕的晋国？这样就会感召诸侯，而诸侯之间也相互礼让，人世间就会少一些战事，天下百姓就会获得安宁，岂不是胜过一时的兵强马壮？

中原已经安定，国君将兵锋指向了经常骚扰边境的秦国。国君说，秦国扰乱边邻，我们需要安定，必须用兵击败它，才可以让它停止妄动。于是晋军集结战车和徒兵开始向秦国进发。这也是荀偃作为中军统帅第一次出征，十三个国家的战车和兵卒跟随前往讨伐。秦国的军队望风而逃，我们很快就进入了秦国的腹地。但秦景公仍然没有屈服。荀偃和我商议，决定继续侵入秦国，逼迫它投降。荀偃下令，让翌日鸡鸣之时驾车，推平军灶，填塞水井，让大军跟随他的马头行进。

但另一件事情出现了，改变了荀偃的谋划。下军的统帅栾黡不服从军令，擅自掉转马头归国了。栾黡是栾书的儿子，栾书曾和荀偃合谋杀掉了晋厉公，但现在荀偃不但没有被追究弑君之罪，而且还被擢拔为正卿，栾黡的内心感到妒恨和不服。这太让人愤怒了。可是荀偃却默默接受了这样的事实，他只好命令军队跟着栾黡收兵归国。秦国获得了喘息之机。这是多么好的机会，却就这样放弃了。唉，栾黡也许是因为对荀偃有怨恨？他就不怕被处罚么？这样不战而退，岂不是让诸侯耻笑么？

荀偃

我身上的负重似乎轻了一点。我十分感激士匄的礼让，也感激国君的宽恕和信任，让我成为晋国的正卿。我既要掌管国政，也要掌管军事，我的身上又压着另外的重负了。我只是将一个重负从一个肩膀上卸下，又移到了另一个肩膀上。一段时间里，几乎每一天夜里都要梦见晋厉公，他总是从黑暗里向我走来。他的手里拿着一根绳索，对我说，你杀死了我，又将我草草埋葬，我不能让你这样活着。

我醒来的时候总是一身冷汗。这几天，他从我的梦中移开了，也许他到了别人的梦中。他到别人的梦中会说些什么呢？国君决定要讨伐秦国了，我将作为主帅率领大军出征。我必须做好这件事情，必须用自己的功勋说明自己，以抵偿自己的弑君之罪。也许晋厉公会宽恕我，现在的国君也将重新看我。

我的内心变得小心翼翼、战战兢兢，我总是低着头走路，因为别人也许在用异样的眼光看着我。在朝堂上，我说话很少，总是用心侍奉国君。现在很多年过去了，国君终于开始信任我，我还有什么要说的呢？我只能用自己的忠诚来说话。原本这个正卿之位是属于士匄的，因为我一直是他的辅佐，我怎能越过他呢？可是士匄是一个真正的君子，他对我没有任何怨恨，将正卿的高位让给了我。我从他的身上看见了古代贤良者的影子。

实际上，我从前一起的同僚在朝堂上已经没有了，他们要么老了，要么已经离开了人间。我就在这样的孤独中煎熬。日子是这么漫长，几乎看不见尽头。每到夜晚，我总是不敢安寝，因为我害怕做梦，害怕晋厉公来到我的面前。我在长夜里在庭院中散步，看着天上的群星，祈祷神灵保佑我。可是没有一个神灵和我说话，告诉我将来的一切。

现在我就要出征了，若是我在与秦国的交战中死去，那该多好啊。那样我就洗掉了我的手上的污斑，我就可以松开自己的手掌了。我率领的是由十四个国家组合的大军，这次出征将一举扫平边患，那时晋国就可以安宁了。这乃是我立功的好时机。不出我的所料，秦军几乎没有什么抵抗，晋军很快就进入了秦国的腹地，大功就要告成了。

但突然出现了一件意外的事情，栾黡竟然在这样的紧要关头违抗我的命令，率领下军回转马头返回去了。我该怎么办？栾黡是栾书的儿子，我曾和他的父亲一起谋划了弑杀晋厉公的事情，我们两家的关系一直很好，但他却在关键时刻让我尴尬。我若要处罚他，有着足够的理由，但我若是这样做，就会让人想起我和他的父亲联手杀掉晋厉公的事情。这件事情本来已经被忘记，或者说，人们还没有忘记，但我希望人们忘掉它。尤其是希望国君忘掉它。可是国君难道真的忘记了么？

不，国君并没有忘记，只是国君希望晋国安宁，因而容忍了我。我不能忘记的，岂能让别人忘记呢？万物都有自己的记忆，即使是一棵大树，也从未忘记从前的事情。它乃是从小树一点点长大，它的树心里仍然包裹着从前。表面看起来，它已经不是从前的自己，它的叶片一次次在秋风中掉落，它的树上不断有新叶萌发，但这是因为从前的原由，才能使它不断长大，从前仍然在它的记忆中。

我的罪愆也是这样，我的人生已经难以摆脱这噩梦了。现在，现实中出现了另一个提示，我是回避这提示呢？还是将这提示展示于别人？我的身上的罪已经伴随我这么多日子了，我已经难以得到本该有的宁静。是的，我的内心充满了喧嚣，充满了混乱，还夹杂着窃窃私语。我的内心经常就像大河一样翻滚，充满了激流和巨浪。我感到巨大的力量不是来自外部，而是隐藏在内心的东西发出的，它能够将我掀翻。

这让我在遇到事情的时候，常常犹豫不决。事情与事情发生碰撞的时候，总是选择后退和妥协。这可不是我年轻时候的样子。我已经因为多少年前的弑君之罪失去了勇气和力量，失去了做出决断的能力。我的全部力量、全部血气在那一次的历险中已经丧失殆尽。因而，我虽然率领着千军万马，但我的命令是我的位置发出的，我只不过是被抛置于那个位置上，却好像不是那个位置的主人。我什么时候变得这么软弱？

唉，也许我的本来面目就是这样。在邲之战中，祖父荀林父也遭遇过与我类似的情形。那时我的祖父准备在大河北岸观察楚军的动静，以便在楚军撤退的时候发起攻击。这样晋军可以立于不败。但是

古灵魂

先穀不遵守帅令，擅自率领军队渡河，要与楚军决战。我的祖父犹豫不决，韩厥说，先穀以偏师攻击敌军，必然会带来危险，若是我们不能与先穀一起作战，你作为主帅将会有罪责。而且副帅不能听从帅令，也是主帅的责任。不论怎样，我们只有率军渡河，即使在与楚军交战中失败，责任也可以一起分担。

我的祖父采纳了韩厥的建言，渡河以寻找战机。以后的结果证明我的祖父有着高明的判断，而先穀的贸然渡河给晋军带来了灾祸。但是这样的临机处置，虽然给晋军招致了失败，但我的祖父并没有受到国君的追究。我现在也是这样，栾黡就像当初的先穀一样违背帅令，擅自率军归国，使得这次讨伐半途而废。我只有同样率军归国了。我还有什么办法呢？也许我会受到国君的惩处，但我只能这样了。或者，国君是明辨是非的，即使处罚我，也将追究栾黡抗命的罪责。

也许妥协是最好的结果。妥协可能带来耻辱，也会带来新的机会。若是强硬前行则可能带来灾祸。我的灾祸虽然不在明处，但它已经在我的心里扎根。我不能让自己深藏于内心的灾祸长大，不能让它的果子挂在别人的目光里。我若继续率军进击秦军，后果就很难预测。我已经不愿意做不可预测的事情了，我也经不起失败的结局。现在我虽然蒙受了耻辱，在众多诸侯的大军前跌尽了颜面，但晋军仍然是完整的，国君并没有因为我的失误而遭受损失。是的，我的耻辱已经够多的了，再多一点又有什么不可忍受的呢？

我到了国君面前，向国君请罪。国君说，栾黡和你都有过失，我的设想因为你们的过失而没有实现。不过，我的想法也得到了部分实现，晋国这次讨伐，秦国虽然逃过了一劫，但他们已经不敢轻举妄动了，我的边境至少在一段时间会获得安定。国君既没有追究我的罪责，也没有追究栾黶的罪责。国君究竟在想什么？难道他觉得将帅不和是可以容忍的么？觉得一个领兵者可以违背命令么？

也许国君想着让我和栾黶自己来思考过失。他越是不予追究，我就越是感到内心虚空。因为追究之后就意味着一件事情的结束。但是国君没有追究我的过失，那就是说，我从前的罪又加上了新的罪，我从前所做的事情和现在所做的事情都没有结束，它只是放在了那里。这让我的心情愈加沉重了。我怎样才能将心中的石头搬走呢？我对国君的忠诚难道不能被别人看见么？我常常感到窒息，就像将自己的头淹没在水中一样。

我变得沉默寡言，也许这乃是衰老的标志。我以自己衰老之身既接受了国君的恩德，也接受了在这恩德背后的隐忧。他给我的恩德越大，我的罪就越重。我的内心就像盘绕着一条毒蛇，它缩为一团，在一块石头上一动不动，却随时让我感到危险。它是那么冰冷，却在阳光里不断获得热力。它的眼睛紧闭着，但它的猩红的信子不断吐出。

有一天，国君突然病倒了，他将我召到了床榻前，对我说，我感到自己病重了，不断有噩梦来到我的前面，我似乎看见了一道黑暗的光将我照亮。我不是在阳光里，而是在这黑暗里陷得越来越深了。也许我走不出这黑暗了。我回到晋国的时候，就曾对你们说，我想做一个好国君，但你们要听从我。若是我失去了仁德，你们就可以掀翻我的座位。我原本就没有想过要做一个国君，因而我可以回到原来的地方。我不愿意被别人摆弄，成为别人的影子，我想做一个好的自己。

——我从小诵读诗书，又接受我师傅单襄公的点拨，因而我知道

古灵魂

一个好国君应该是什么样子。因而我的内心早已有一个我应该成为的样子。我乃是照着我的内心原本就有的样子来描画自己的。我知道自己年少，缺乏经验和智慧，所以我耐心倾听别人的看法，我生怕自己做不好事情，只有倾听才会让我少犯错。我也知道，一旦犯错，许多事情都无法挽回，那样我自己就不会宽恕自己。

——我的内心是充满了矛盾的，很多时候我不知道自己该怎么做。在王都的时候，我喜欢在水边坐着，我看着奔流的河水，阳光在水面上照射，在上面撒满了金斑。有时候一些鱼儿会跳出水面，然后又落回到看不见的地方。我就想，我的前生是不是一条鱼？或者是生活于水中的水草？还是别的什么？不然我为什么这么喜欢流水？但是，我又对水充满了惊惧。我只是喜欢水平静的时候，一旦洪水到来的时候，整个河流突然变得荒流漫卷，它咆哮着，像无数匹受惊的马，不知奔往哪里。

——我是多么害怕啊，我甚至不敢走近这曾经熟悉的河流，因为它竟然变为了另一个陌生的面孔。我认不出它了，它已经不是寻常的它。它竟然有着两副不同的面孔，这让我怎么不感到害怕呢？所以我做了国君之后，仍然不会忘记一条河流中发生的事情。一个国家就像一条河流一样，它在平静的时候是最好的。我不能让它变得陌生，不能让它就像山洪暴发的时候那样，让每一个人感到恐惧。

——我就是在这样的情境中，我既感到欢喜，也感到恐惧。我甚至后悔自己做出的抉择。我若是仍然在王都里生活，那该是多么无忧无虑和自由自在啊。可是我选择了做一个国君，我从做出选择的那一刻起，我已经丢失了原本的自己。不论我怎样做，我乃是在顺应着别人的想法，因为我的想法必须成为别人的想法才可以让人信服。现在我已经没有力气了，我已经在这十几年中耗尽了自己的力气。

——我也许理解你，但我也不是完全理解。我知道你是忠诚的，你也希望自己成为一个好的臣子。我一直看着你，不论你走到哪里，做什么事情，我都在仔细看着你。开始我并不信任你，因为你曾和栾书一起杀掉了自己的国君，这乃是不可宽恕的罪。我从来没有忘记你的罪，我想你也从来没有忘记。你既希望我忘记，也希望自己忘记。但我知道一个国君若是无道，就不应该继续做一个国君了。当初武王伐纣的时候，就是因为纣王乃是无道的，难道不应该有更好的人替代他么？

——可是你不应该杀掉他。但我知道你之所以杀掉他，乃是出于你的恐惧。你害怕他，于是杀掉了他。我曾想，你既可以杀掉他，也可以杀掉我。现在我知道自己想错了。因为你杀掉他，乃是因为他要杀掉你。而我从来没有这样的想法。我不仅没有杀掉你，也没有杀掉你的想法，因而你不会感到恐惧。即使你在这次讨伐秦国中负有重责，当然栾黡违背了你的命令，但你们都没有受到处罚。不是你们不应该受到惩罚，而是我没有惩罚你们。这乃是给你们改过的机会。

——不能不给别人机会。我之所以成为晋国的国君，也是你和栾书给了我机会。我记得这样的机会是你们给我的。我不是天生的国君，而是有了成为国君的机会。我十分珍惜这样的机会，所以我想要成为一个好国君。我不知道自己究竟做得怎样，但我知道我没有愧对自己，也没有愧对你们给我的机会。现在我不是作为一个国君和你说话，而是作为一个作为国君的人和你说话。我虽然还年轻，但我已经觉得自己老了，是的，我已经老了，我已经感到了自己的衰弱，我乃是用最后的力气和你说话。

——我是一个国君，但我也是凡人，是的，我是一个凡人。很多时候，我并不是你们看上去的样子。我有着凡人的内心，有着凡人的种种想法和念头。更多的时候，我不得不避开自己凡人的面目，将国君的面具戴在头上。我的脸的后面藏着另一张脸。我不能说出我的真实想法，因为我所说的话必须是一个国君所说的。现在我是用凡人的身份和你说话，因而我就变得软弱。

——我感到自己的日子不多了，这是一种预感。你会说，你还这么年轻，怎么会说这样的话？是的，这是一种预感，我感到自己的力气已经耗尽了。我每天的梦都在黑暗里，其中没有光。神灵已经将我梦中的灯拿走了。我只有一件事情不能放心，那就是我要将太子彪托付给一个人，这个人就是你。你要在我之后拥立他为国君，你能做到么？

我说，我已经犯过了弑君之罪，怎敢再次犯罪呢？我的两个大罪都没有被处罚，我又怎能忘记国君的恩德呢？我所做的一切都是为了弥补我的罪，可是我又怎能弥补上呢？我已经老了，我在余下的日子会用我的全部生命来悔过，来报答国君对我的仁德。我没有别的想法，国君所说的一切，就是我要做的。国君说，我没有看错你，我想说的都已经对你说了。你要记住，我即使是在黄土之下，我的灵魂仍然注视着你。

卷四百九十三

太子彪

　　我守在父君的身边，他总是在睡梦中，有时会醒来，说一些我听不懂的话，说完就又睡着了。他显然进入了梦中，他好像在梦中遇到了什么人，断断续续地说话。我从鲁国请来了名医兜，他近前倾听父君在梦中所说的话，他听清楚之后说，他在梦中遇见了他的师傅单襄公，单襄公劝告国君说，他能做好的事情已经做好了，可以和他一起谈论别的事情了。

　　我说，梦中的归于梦中，单襄公早已死去，可能是父君想念他的原由吧？我听说白日所想的人，就可以在梦中见到。他说，真实的事情乃是归于人间，梦中的事情则归于天上。白日的事情已经发生，就意味着一件事情已经结束。但是一件事情并不会真的结束，它还在另一个地方延续，而我们的肉眼却看不见。人在白日行动，而夜晚属于神灵。神灵不会出现在你的面前，但会出现在你的梦中。他不想让你看见他的真实的样貌，就要差遣别人来到你的梦里。你不会觉得梦中的事情是真实的，但它的确是真实的。你只能见到发生的事情，但梦中的事情却是即将要发生的。

我说，我的父君年龄还不大，你一定有办法医治他。他说，不，我只能医治那些神灵让他留在世间的，却不能医治神灵要召唤的。现在我已经没有办法了。临走的时候，他又对我说，你还可以和他相守三日，在这三天的日子里，你要仔细倾听他说的话。我听见了他们的说话声，他仍然不放心你，他还有话要对你说。说完医者回头看了我一眼，他的眼神似乎包含悲哀，但悲哀的泪水却从我的双眼流下来了。

他又轻声说，不用太过悲伤，我见过无数人临终前的样子，也见过他们的亲人悲伤的样子，但一切都得不到挽留，该发生的仍然要发生。每一个人出生之后就要有这一天。重要的是，上天已经给每一个人以责任，他完成自己该做的事情之后就该离开了。国君已经做完了自己的事情。他所做的都是他该做的，他要离开的时候也是他该离开的时候，他最后要说的，也是他最重要的。其它的一切都将在时间里飘散。

可是父君和我所说的，我都听不懂，因为他说话的声音是不清晰的，我不知道这声音里包含的意思。是不是最重要的话都是模糊的、不清晰的？是不是最重要的都是听不懂的？他究竟要对我说什么？我猜不出来。我将耳朵贴近父君的嘴唇，我仍然听不清他说什么。可是我知道这乃是他要说的最后的话，这些话乃是他集聚了一生的箴言，它更像巫师的咒语。一个人最后要说的，或许是来自天上的语言？

我的师傅叔向来到了我的面前。他安慰我说，也许国君会好起来的，他的命运属于他，他总是在该来的时候来到世间，若是该走了，他就会安然离去。他九次会合诸侯，已经恢复了晋国的霸业，他已经做了他能够做好的事情，他不能给你更多的东西了。他是个好国君。人世间最艳丽的花总是不能持久，但它短暂的一瞬已经足够赏心悦目了。

我说，我想听清楚他最后要说的话，可是我还是听不清。他说，你即使听清楚了，也不会听懂。你也不必听懂。他平时对你所说的话还少么？我说，我还是想听见他最后想和我说的。他说，他所要说的，实际上都已经说过了，现在他想告诉你，即使是最亲近的人所说的话，也不可能听得清。他已经将所有的话都灌注到了你的血脉，你的身上已经包含了他所说的所有的话。他的话语已经不在他的声音里，而是在你的血脉里奔腾。你若是想要听清他所说的，那就在你的内心里寻找。

叔向乃是一个智者，他从小教我如何读书和御车，怎样挥舞战戈，怎样射出最有力、最凶猛的箭，怎样紧握自己手中的剑，又怎样练习剑舞。他的剑舞太漂亮了，旋转起来就像猛烈的旋风，他被一团雾气所包裹，让我看不清他的形象。他的手臂就像飞鸟的翅膀，他的身体就要和剑一起飞起来了。他不断地腾跃，几乎能在空中悬停，他的脚步那么轻盈，似乎落不到地面上。我从来没有见过这么优美的剑舞。

他教我的我似乎都学会了，但我却仍然缺少他的智慧，这可能是与生俱来的，不是通过学习可以获得。他也教我怎样使用言辞，可我还是不能在最关键的时候使用最好的言辞。他是原来的中军尉羊舌职的儿子，羊舌职就善于辞令，在谈吐之间尽显智慧，看来，他的父亲也将自己所说的话灌注到了叔向的血脉里，无数美妙而精微的言辞乃是在他的血脉里奔腾喧哗。我哪能学到不属于我的智慧和言辞呢？

现在我既不需要言辞，也不需要智慧，一个悲伤的人什么都不需要。我的父君就要离开我了，我想到了他从前的一切，他的笑容，他的言辞，他的微微上翘的嘴角，他的庄重严肃的面容，他的从容不迫的表情，他的走路时敏捷的脚步，但这敏捷中又有着踏实和沉重。尽管他总是沉浸于思考，但表情却是平静的，就像无风的湖面一样，他的所有的波澜都在自己的内心里。他甚至是神秘的，谁也不知道他的心里究竟藏着什么。

他也有着年轻者的好奇心。有一次他带着我去狩猎，在对一群麋鹿的追逐中，他突然停住了即将发出的箭。他的弓弦渐渐松弛，弓也垂了下来。因为这群麋鹿已经被驱赶到了水边，前面的领路者已经跃入了水中。他对我说，我不知道麋鹿会不会游过对岸，我要看着它们渡过河水。与敌国的交战中尚且不击杀落水者，我又怎么能击杀这些泅渡者？于是，他到了水边，悠闲地坐在一块石头上，悠然自在地观望着泅渡的麋鹿。那些麋鹿露出了树枝一样的角，就像从水里长出的会移动的树一样，缓慢地在水面上漂动。

白云在河面上浮现，它伴随着那些逃命的泅渡者。不过就要渡过河的麋鹿已经不那么紧张了，它们不时回头张望。它们的眼神里已经失去了惊恐，好像在水中享受着上午的时光。父君坐在那里，好像陷入了沉思。我问他，它们已经过河了，猎物逃走了，我们一无所获。他说，不，我们狩猎并不全是为了猎获，或者说，我们虽然没有猎获麋鹿，但却猎获了更加宝贵的东西。它们逃走了，我看着它们逃走了，可是我却因为它们的逃走而获得了愉悦。我赦免了它们。

他说，赦免比猎杀重要。每一个人都可以猎杀，但却不是每一个人都能够赦免。赦免是一种权力，一种高尚的权力，而猎杀乃是卑劣的，它不需要上天赋予权力。我赦免它们乃是恩德，但猎杀则是罪过。你是需要恩德呢？还是需要罪过？而且我坐在这里获得了悠闲，获得了欣赏的权利。我已经很久没有欣赏过这样的美景了。我曾经在河边畅想人世间的事情，一切都不过是这流水，所有的波澜都是瞬间，它们由一个个瞬间组成，没有瞬间就没有一切，河水就会停下来。那样的世界不过是死寂的，它将变得毫无活力。

　　——你看，它有时候会激流涌动，有时候又变得平缓安静，一条河流显现的乃是万物的样子，是上天赋予的道。它并不是要猎杀什么，而是要往前走。它的水里既有鱼儿，也有水草，它涵养万物，即使是岸边的树木也长得茂盛，而河流却要通往自己所要去的地方。它不是没有力量，它的力量太大了，甚至不可阻挡，但它不轻易施加自己的权威和愤怒，却总是让人在赏心悦目中观赏它，并从中得到启示。

　　——你看，一条河就是一部书，一部智慧的书，它比人间的所有的书都更值得诵读。它的文字书写在转瞬即逝的波光里。你需要读懂那些波光里的文字，它们不断闪烁，不断生成，又不断消逝。它们在虚无中生发，又归于虚无。它们随着流水而奔腾，从来没有停顿。这乃是奔腾中的文字，它比静止的、停留在简牍上的文字还要持久，而真正的永恒就在生成与幻灭之间。武王伐纣的大功告成之后，周公脸上的欣喜突然停住了，他发现一个王朝的幻灭乃是瞬间的事情，竟然感到了惊惧。

——他的惊惧来自一个可怕的事实，坚固和虚弱可能是一回事，实在和幻灭也是一回事，它们的转换是那么快，以至于你还没有来得及想什么，事情已经发生了转折。商纣的天下似乎牢不可破，但却很快就垮塌了，连前往讨伐的人们都没有想到。石头垒筑的，不是因为石头不够坚固，而是因为它们垒筑起来的高台经不起摇撼。看起来的强大未必是真正的强大，看起来的柔弱也未必是真正的柔弱。这意味着，我们所看见的，未必是真正看见的。因为真正的东西从来不在表面，而在我们看不见的地方。

——一条河流给我们的，就是它的捉摸不定，就是它的明灭之间的幻象。它在真实和幻灭中变化。这难道不应该让我们感到惊惧么？我们所看见的明灭变化，既像是真实的，又像是虚幻的，然而它仍然是真实的。这是多么让人感到惊恐不安啊。那些我们追杀中的麋鹿，它们逃脱了死亡，但它们又怎么知道自己是怎么逃脱的？它们并不知道是我赦免了它们，它们却庆幸自己的敏捷。它们将本来的悲哀转变为自己的幸运和快乐，它们将别人的赐予当作自己的命运。

——现在晋国虽然强大，已经可以号令诸侯，但这不过是表象。所有的强大都是暂时的，因为这强大中已经包含了衰弱，就像波光闪闪的河面，任何一个闪光都是短暂的，它将被另一个波光所替代。我虽然不愿意这样说，但晋国也不能逃脱这样的命运。我也不能逃脱。我的闪光也是短暂的，因为所有的闪光都是短暂的。没有持久的事物。春天的花朵很快就会凋谢，今天没有开花的，明天会开花。然而对于一个山坡来说，从春天到秋天，都有不同的花朵出现，表面的繁荣掩盖了不断的衰亡。

——所以我们应该记住即将衰亡的将来，而不是记住过去。记住即将发生的比记住已经发生的更重要。记住过去实际上是无用的。放弃你的记忆，放弃你曾经所做的，而要抓住瞬间闪耀的波光，这乃是河流告诉我们的。你不必对曾经的一切充满迷恋，也不要对现在的事情充满迷恋，因为要么已经过去了，要么即将过去。还是让我们欣赏河流带给我们的一切吧，它已经包含了天上的白云，河边的树木，天上的飞鸟，但它们都不是实在的，都是一些看似真实的倒影。它包含了一切，一切又都是倒影。只有它自己是真实的。

我说，可是它自己就是真实的么？一个真实的东西只是为了包含别人的倒影，谁又能知道它本身不是别的事物的倒影？对于我来说，我就是真实的，若是我怀疑自己，又怎能相信别人？信就不能成立了。若是信不能建立，一个人的美德就没有了，因为信乃是美德的基始。可是一想到自己也未必真实，也不过是河里的倒影，那么我们所做的事情岂不是另一件事情的倒影？那么只有倒影是真实的——这不过是唯一的安慰。

父君说，不，既然倒影是真实的，那么必然有一个实体与之相映，那么自己仍然是可信的。既然这样，信就可以确立，但这乃是取决于你的内心。你的心中若是有信，那么你就有信，若是你的内心没有，那么你就没有了。我做国君以来，无论是对外还是对内，都是将自己的信放在最重要的地方。几次与诸侯会盟，就是为了信的确立。你一旦说了，就要让自己所说的话变为事实，那么你说出来的就是对上天的承诺。你要违背自己的承诺，上天就会愤怒，诸侯就会远离，民众就会远离，你所能得到的还有什么呢？一旦所有的人都远离

古灵魂

了你，你将变得孤立无助，你就将自己置身于荒漠之中，你就不能生长，那么衰朽就已注定。

　　我记得和父君在河边的谈论，他的平静的话语让我感到惊惧。因为他所说的，触动了我的内心。可是现在他已经躺在床榻上。他的眼睛紧闭着，有时他会断断续续地在梦中说话，但我又不知道他所说的。也许他要说的已经说过了，现在来自梦中的声音仅仅是从前言语的回音。这是从前的声音，它穿过了时间，重新来到我的双耳。我倾听的不过是时间里的回响，这样的回响是朦胧的，因为我听见的乃是时间本身。

卷四百九十四

叔向

　　我还记得国君回国时候的样子。他是那么年轻英俊，那时他才十五岁。脸上还没有胡髭，皮肤光滑而透着亮光。从他的侧影上，我看见阳光从背后射来，他的四周都蒙上了一层光晕，就像被一圈光芒包裹于其中。说实话，我当时是失望的，晋国经历了这么多的劫难，似乎已经千疮百孔，需要一个高明的良医来治愈它的疾病，可我们迎来的是一个年少的孩子。他回来之后能够做什么有益的事情呢？

　　我似乎明白了，栾书和荀偃之所以要让这个人做国君，乃是为了他们自己。一个年少的国君，就是一个容易驾驭的国君。那么国君只是一个坐在前面的人，而他们可以坐在他的背后说话。这样的国君不就是他们的替身么？可是我低估了国君，他过河之后就讲了一番话，让我感到振奋，他让那些执掌朝政的众臣感到震惊。他的语言是精美的，他的声音平稳而沉静，但又充满了力量。

　　国君虽然年少，但却有着非凡的智慧，他整顿朝政，激励农耕，善于任用贤臣，遏制了晋国的衰败之势，九合诸侯，晋国成为真正的霸主。国君和其他诸侯大军攻伐郑国，郑国感到恐惧，派遣使者前来

古灵魂

求和。有人主张继续围攻郑国，等到楚军救援的时候，可以迎战楚军。若是现在就因郑国的求和而放弃攻击，晋国将不能获取什么利益。但荀罃却说，我们应该和郑国结盟，弃围而归，这样楚国就要讨伐郑国。楚军长途奔劳，疲惫不堪，我们就将大军一分为三，轮番与楚军交战，这样敌军就会渐渐失去力量。从长远来看，这样远比现在就与楚军交战要好得多，现在迎战楚军，将成两败俱伤的局面。因而不战乃为上策。

聪明的人不依赖蛮力取胜，而要依靠智谋，愚笨的人依赖蛮力而放弃智谋。先王能够克敌制胜，乃是采用智慧。蛮力或许也可以获胜，但要付出沉重的伤亡。国君采纳了好的谏言，三次出兵讨伐郑国，郑国在晋楚之间反复摇摆，楚军在奔劳之中疲于应对，只有放弃了郑国，而晋国则获得了郑国的归附。

国君的明智在于能够倾听好的谏言。他知道哪一个策略更好。他也知道哪一个人更适合做什么事情。他从来不轻易说出自己的想法，总是耐心倾听别人的看法。事实上，他从别人的看法中已经获得了自己的看法。他深知任何一个人的聪明都是有限的，就像每一条小河的流水都很小，但它们汇聚起来就变得洪波汹涌。每一颗星都是暗淡的，但它们遍布夜空之后就会群星璀璨。也许一个人的想法很好，但另一个人会有更好的想法。国君的不凡之处就在于能够从好的想法中拣选。

但是，上天不会让一个好国君持久，若是那样，晋国将拥有天下，而天下不能让一个人独占。一棵树不能让一个好果子独占，天空也不会让一颗最亮的星独占。所以国君就这样带着他的雄心和灵魂离开了我们。他的死让我感到悲痛，也让许多人感到悲痛。他是多么年轻，多么富有魅力，多么具有智慧。可是他还是死去了。谁又能抵挡上天的召唤呢？上天的召唤自有道理，我们又怎能理解呢？人的世界里充满了诡异，我们乃是在这诡异中生活，诡异也就成为生活中的真道。

道不是我们所能理解的事物，我们所理解的乃是我们能够理解的，而道可能是永远不能接近的。面对这样的诡异，我们唯一所能做的就是顺从。这样的顺从不是我们理解之后的选择，而是不论怎样都必须接受的被迫。这乃是我们不断对自己的背叛。是的，背叛和顺从竟然这样融合在一起，这又是多么令人感到惊愕的诡异。

我是国君为太子彪挑选的师傅，我想将自己所想的都传授给他，可是我发现所能传授的仅仅是很少的部分。更多的东西是不可传授的。我的仍然归于我，而最终他所获得的，原本就属于自己。现在，太子彪已经是新的国君了，我本应感到高兴，但一种隐秘的担忧在我的心里盘旋。因为他有很多好品德，他是仁善的，也是有智慧的，就像他的父亲一样，渴望自己的身边集聚贤良，也能辨认是非，这难道不是很好么？可是他喜欢奢靡的生活，也喜欢炫耀自己，他的言语也随性而为，并不知道这言语的结果。

他问我，我现在已经是国君了，我应该做什么呢？我曾经想过很多事情，现在眼前却一片茫然。我说，你应该从自己开始。一个人最可怕的是不知道自己，却试图知道别人。一个不知道自己的人也不可能知道别人。你现在不再是太子了，你先要知道自己已经是一个国君，你的手里握着晋国的命运，也握着你自己的命运。你将成为别人的镜子，你怎样做，别人也会怎样做，你怎样说，别人也会怎样说。若是你所说的和你所做的一样，别人也会照着你的样子，因为别人的眼睛都盯着你。

从前你想说什么就要说什么，因为你是太子，现在所说的，却是一个国君所说的。你是良善的，但单凭自己内心生发的良善不能够拯救别人，也不能拯救晋国。你需要更大的良善，需要摆脱自己的良善，在善与恶之间，你要谨慎地辨认。有些表面的善可能是恶的源头，而一些表面的恶却是善的开头。你已经学会了倾听，但你还没有学会仔细地倾听。是的，倾听已经包含了仔细，但这样的仔细仍然不够，你需要将自己的心放在倾听里。

这样，你听见的不仅仅是声音，也不仅仅是言语，而是自己的心。倾听别人乃是在倾听自己。因为很多时候，你未必知道自己的心，也不知道自己究竟需要什么。你也要仔细地看，因为在一个人的目光里，虚幻和真实都在一起，你需要将它们分开。你以为自己看见的就是自己所需的，却不知道你已经被虚荣和贪欲抓住了自己的心。这时你要警惕，你要脱离这虚荣和贪欲，需要用力挣扎，远离污浊和泥淖，要让自己的衣裳干净，这乃是一个国君的尊严所在。若是你的外表有了污浊，你的言辞也失去了力量。

对于一个国君来说，所要追求的不是个人的奢侈，而是国家的富足。个人不需要多少，一朵花儿没有追求自己的衣裳有多么华丽，但它的衣裳也是无比华丽。一只鸟儿不需要积攒更多的食粮，但它只要从空中落到地上，到处都有自己的食粮。山林里的禽兽不需要追求虚荣，但它却需要警惕别的禽兽的掠夺和威胁。一个人不需要炫耀自己，因为你本来有的就已经足够，你本来没有的，炫耀也不会使之增加。

我和你说的，我曾经和你说过，你若是没有记住，我所做的你已经看见了。我从前是你的师傅，但你已经是国君了，也许你已经不再需要我。以后都要靠你自己了。我没有和你说的，都是我不能说出的，因为言辞是苍白的，它能说出的是有限的，更多的东西都在每一个人的心里。若是你从自己的心里找不见它，你就不会拥有它。

他说，不，从前你是我的师傅，以后你仍然是我的师傅。我从前是太子，现在是一个国君，但我却没有变。我从前没有的，是上天没有给我，现在所有的乃是上天给予了我。但上天并没有改变我。我还没有从悲痛中醒来，我还在一个噩梦里。我现在还在这噩梦里挣扎，因为我失去了父君。我希望自己成为他的样子，因为我的灵魂归于他的馈赠。他是一个好国君，我也想做一个好国君。

卷四百九十五

荀偃

　　国君将太子托付给我，这乃是国君对我的信任。从前的国君从没有这样信任我，因而我也没有信任过他们。我只是侍奉他们，但却对他们保持着警觉。侍奉者和被侍奉者都希望被信任，可是我仅仅是一个侍奉者，尽管我是忠心的，可是我的忠心却没有被从前的国君所看见。是的，因而晋厉公要杀掉我，我只好杀掉了他。他杀掉我乃是他的权力，而我杀掉他却是我的罪愆。

　　我原以为国君不会信任我了，因为我有着弑君之罪。我没想到，他将最后的信任给了我。对我来说，这乃是对我从前的罪的最后的赦免，他搬走了压在我身上的大石头。他就像一个慷慨的农夫，将一个流浪汉接到自己的农舍，将他的食粮给了我，让我吃饱，还让我睡在他的土炕上。于是不仅是他的农舍变成了宫殿，就是他自己也已经成了不可动摇的、奢华的宫殿。是的，我已经住在了他的恩赐中，我就在这样的宫殿里重新开始，我还有什么要说的呢？我连感激的话都说不出来，因为这一切都变得多余。

　　我原以为自己会受到清算，我可能为我从前的罪而死去。我已经准备好了，可是国君没有这样做。他开阔的胸襟包容了我，这让我成为一个幸存者。我的幸存不是因为国君不能杀掉我，而是国君没有这样做。他使我感受到了再生的快乐。国君又像朋友一样和我交谈，将自己的内心的想法都告诉了我。他的愿望就是让我拥立太子即位，而这君位本来就应该属于太子，我还能说什么呢？

国君死了，我照着国君的嘱咐去做。太子彪已经是新国君了，我只有用尽全力来拥戴新国君。我要用我剩余的生命来证明我的忠诚，并抵偿我从前的罪。春天来了，满树的花儿刚刚开放，众臣身穿吉服，安葬了国君，又在曲沃的宗庙举行了烝祭。新国君仍然让叔向做太傅，让祁奚、韩襄、栾盈和士鞅做公族大夫，让虞丘书做乘马御。栾盈是栾黡的儿子，士鞅是士匄的儿子。接着，我陪伴国君沿着大河而下，在溴梁和各国诸侯相会。

鲁襄公、宋平公、卫献公、郑简公、曹成公、莒子、邾子、薛伯、杞伯、小邾子等与我的新国君汇聚一堂。这已经说明了晋国的强盛和召唤力。这也是先君的灵魂仍然住在晋国的缘故。去年秋天，邾国依仗齐国的势力，侵占了鲁国的边田，莒国也趁机作乱，往来于齐国和楚国之间。先君曾经想要讨伐邾国和莒国，但却因为病重而放弃。为了主持天下的公平，新国君在与诸侯会见中，命令诸侯不可侵占别国的土地，并拘捕了邾国的邾宣公和莒国的莒犁比公，这让那些想要趁着新君年少而作乱的诸侯感到了震慑。

但是，这两个国家之所以敢于作乱，乃是因为背后有着齐国的支持。国君说，齐国一直背后作乱，先君早已想讨伐齐国，现在我已经是一个国君，必须让他们看见晋国的力量。若是不能让齐国放弃暗中

古灵魂

袭扰，诸侯们就不会信服我们，又怎能诚心归附我呢？我说，是的，齐国认为自己是大国，并不想亲附晋国，所以它所说的和所做的就不一样。慑于晋国的军威，它不敢在阳光里挑战，但却在黑暗里寻找叛逆的机会。

我知道了国君所想的，这也是先君所想的。新国君尽管年少，却看见了天下混乱的玄机。我从他的身上看到了先君的形象。我对国君说，我已经知道你的想法了。于是，国君在温地举行盛大的宴会，亲附晋国的诸侯们都来了。他们的面前排列着五鼎，各种珍稀的兽肉在鼎中煮沸，肉香随着水气上升，飘到了每一个人的鼻孔。美酒也已经斟满，人们已经暗中咽着口水。诸侯们都紧盯着鼎中的美食，手已经伸出了袍袖，就要举起酒爵了。春天的景象就是好啊，人们背后的树上落上了鸟雀，它们也被这美味所吸引，发出了彼此呼应的欢叫。

国君说，饮酒要有吟诗和舞蹈，不然美酒和肉食又有什么味道？诸侯聚会，乃是展现每一个人才能的机会，只有吟诗和舞蹈才配得上这样的欢宴。说完，国君先吟诗，他朗声而吟《樛木》——

南方有着繁茂的树木，它们有着下垂的枝条。
葛藟爬上了树枝，并在这树枝上快乐蔓延。
这棵樛木投下了树荫，快乐的君子啊，
用善行去抚慰让人心安定。

南方有着繁盛的树木，它们有着下垂的枝条。
葛藟爬上了树枝，并在这树上快乐蔓延，

这棵樛木已经被覆盖，快乐的君子啊，

用善行去扶助让人心安定。

南方有着繁盛的树木，它们有着下垂的枝条。

葛藟爬上了树枝，并在这树上快乐蔓延，

它们缠绕着樛木，快乐的君子啊，

用善行去成就让人心安定。

然后国君用优雅的舞蹈配合自己的吟诗，他的每一个动作、每一个姿态都那么优雅，那么令人赏心悦目。他的双臂展开，就像飞鸟的翅膀，连树上的飞鸟都感到了惊异。它们的叫声也变得稀少，因为它们专注于观赏，忘掉了自己的欢叫。国君的脚步敏捷地腾挪，就像跳跃于水上。他的每一个节奏都踩在钟磬的乐点上，他已经和乐师敲击的音乐融为一体。诸侯们看着他的舞蹈，不禁站起身来，不停地喝彩。

我尤其感叹国君所选的诗篇，它说出了国君的雄心，暗示了自己将施行仁善，并用这样的方式来让别人安定。它也暗示了晋国作为繁盛的树木，为那些葛藟的攀援和亲附提供了便利。这样，天下将变得更加繁茂，各国只有这样才会有彼此缠绕的旺盛景象。这是多么好的诗篇，在这样的时机吟诵这样的诗篇，是多么恰当啊。

然后是一个个诸侯起身吟诗和舞蹈，他们各自展现自己的才能。齐国的国君没有来，派了大夫高厚作为使臣。现在轮到齐国出场了，大夫高厚先吟诵了一首诗，显然他对诗没有很好地理解，只是勉强吟唱，他的声音也不好听，国君皱起了眉头。接着他开始跳舞，他的舞姿笨拙，也跟不上音乐的节拍，舞步凌乱，也和音乐以及他所吟诵的诗不相匹配。

我愤怒地说，吟唱的诗歌必定要和舞蹈相配，你们看，这样的舞蹈和诗歌匹配么？这就是齐国的大夫的吟诗和舞蹈么？诗与舞都是出自心灵，他的内心是凌乱的，他的舞步和他的想法完全不一样，这就是说，诸侯已经有了另外的想法了。他所跳的舞蹈和他所吟唱的诗歌也不一致，这说明已经有诸侯失去了忠诚，他已经有另外的想法了。那么我们立即就去盟誓，看看我们的誓约是不是和内心一样？若是诸侯不能忠于盟主，那么我们现在的欢宴还有什么欢乐可言？

就在这时候，人们发现齐国大夫高厚已经借机逃走了。诸侯们说，那个人逃走了，他就是那个言行不一的人，就是那个诗歌和舞蹈不是出自内心的人。因为齐国已经有了叛逆之心，我们都愿意跟随晋国，一起去讨伐不忠的人。他不忠于盟主，还能忠于谁呢？让我们一起去讨伐齐国，因为上天让我们这样做。看来齐国已经触犯了众怒，这众怒中已经包含了天意。现在也许是讨伐齐国的好时机。

春天的温地，是最好的时节。地气上升，天空变得很高、很蓝。农夫们播下的种子，已经在暗处发芽、生根。野草已经露出了头，远远看去，一片毛茸茸的淡绿。许多树木将自己最漂亮的花呈献给我们，让人们仰头观望。鸟群不断聚集和散开，也许这也是它们最快乐的时候，因为寒冷已经退去了，它们度过了最艰难的时候，正在不断为希望而欢歌。地里越冬的虫子被农夫翻了上来，它们开始在地上寻找着属于自己的食物。远处的大河在阳光下发出了强烈的反光，它汹涌的激流向着更加遥远的地方而去。一切就像这巨流，从远处看起来是那么平静，但一旦到了它的身边，却是一个个巨浪和巨兽般的咆哮。它意味着不断地远去，又不断地涌来，这乃是它不会干涸的原由。

我既在这激流之中，又在这激流之外。因而我既看见了它的平静，也听见了它的喧嚣。晋国的从前乃是骚动不宁的，现在却异常平静。可是这平静不会持续太久，因为我们又一次不断走近这条大河，它的真相会重新显露。我已经老了，我听见的和看见的，都已经属于从前。我只能带着新国君到真正的大河边，让他也看见我从前看见的惊涛骇浪。他还十分年少，他应该从树木的花朵中看见猛烈的秋风。

古灵魂

卷四百九十六

晋平公

　　我安葬了父君，就来到了大河的岸边，会见了诸侯们，在温地宴请了他们。这是我即位之后的第一次登场。我从诸侯们对晋国的拥戴中看见了父君的功绩。他的功绩是不朽的。他将一个高高的座位给了我，使我在这里看见了我从前没有看见的事情。我从诸侯们的脸上看见他们对晋国的期待，也是对我的期待。我感到内心是虚弱的，因为我不知道我能做什么，也不知道我能否担负起别人的期待。

　　可是一想到我的父君也是少年即位，他是不是也是这样想的？可是我从别人的回忆中得知，他那时是充满了自信的。我的父君能够做到的，我为什么不能做到？在会见诸侯的时候，我尽量模仿我的父君的样子，我严肃地看着每一张脸，将内心的想法深藏起来。我尽量少说话，因为我一旦说得多，别人就会猜到你真正的想法。我的每一个举动都要符合礼仪，我的言辞也要和我的名分相配。

　　是的，我是晋国的国君，是诸侯们的盟主。我竟然变得那么镇定自若，仿佛我的父君的灵魂附身。我记得太傅叔向曾经对我说，言辞既是有用的，又是有害的，说对了的就是有用的，说错了的就是有害的。许多的灾祸就是从言辞开始，许多福分也是从言辞开始。一个国君只说有用的言辞，要懂得丢弃无用的言辞。言辞的力量不在多和少，而在于你能不能用言辞表达你内心的决断。在大河里，泥沙是很多的，但它们都随波逐流。而一块巨石的数量虽少，却能够置身于激流而不被挪动。

他还说，你的言行都要符合礼仪，这样就会受到别人的尊敬，你的权威就可以显现。若是你违背了礼仪，你的权威就会动摇。礼仪既是你需要遵守的规矩，也是你能够隐藏内心秘密的坚盾。你的内心一旦露出，别人的箭就会射穿你。一个君王应该掩藏而不是显露。你掩藏的是你的秘密，而显露的却是你的外表。人们只能看见你的外表，因而你的外表必须无懈可击，这样就可以立于不败之地。

可是我还做不到这样完美。因为我只是看见别人怎样做事，自己却没有做过什么事情。是啊，我还年少，我不知道人世的凶险，也不知道处于高处的凶险。就像鸟儿在大树的高处筑巢，却不知道雷电和风暴，也不知道伐木人的斧头在你的下面砍斫。我害怕这样的未知。我乃是在未知之中坐在了高处，所看见的也都是未知。我要和我的父君一样，需要倾听别人的看法。因为他们见过的，我还不曾见过。

只要荀偃在我的身边，我就是踏实的。我不知道的，就可以向他询问。在温地的筵席上，我让诸侯们吟诗和跳舞，齐国的使臣高厚因为吟诗和跳舞笨拙而不合礼仪，受到了荀偃的斥责，吓得逃走了。众位诸侯盟誓，要求一起攻打齐国。但是我并不想在现在挑起战事。若是我刚刚即位就出师不利，我又怎么向国人交代呢？又怎么向我的父君的灵魂交代呢？齐国是东方的大国，我不愿意做没有把握的事情。

我更喜欢歌舞和宴饮，喜欢泛舟和观赏美景。可是我不得不做一个国君。在与诸侯的欢宴上，我展现了自己的才艺，我的吟诗和舞蹈无人可比。那时我觉得自己在飞翔，我不在地上，而是在高高的白云之上。我的脚步乃是轻盈的，我的每一个旋转和跳跃，都符合歌舞的节奏和礼仪，我的每一句吟唱都充满了曲折和微微的颤动、绝妙的变幻。我几乎完全沉浸于自己的激情之中，谁又能比我更富有这样的天赋呢？

若是一直在这样的快乐中，那该有多好。可是诸侯们却热衷于征战，喜欢不断占有，难道他们现在所拥有的还不够么？但是诸侯希望晋国能够主持公道，让那些侵占者退还侵吞的土地。这样我拘捕了莒国和邾国的国君，乃是为了敲击站在他们身后的齐国。也许，晋国必须和齐国一战，不然我怎么让盟誓的诸侯信服呢？他们拥戴晋国，乃是为了借助晋国的强势，来守护他们的疆土，免遭大国的欺凌。他们拥戴晋国，拥戴我，乃是为了护持他们自己的利益。

荀偃对我说，齐国乃是晋国的祸患，它曾出兵灭掉了莱国，使得其土地越来越大了，也越来越强了。它也对鲁国虎视眈眈，随时准备吞噬鲁国的土地。晋国必须制止它。若是等它更加强大，我们就失去了制约它的力量，也会错过挫败它的最好时机。我说，我刚刚即位，应该等待更好的机会。现在我们先要将自己的事情做好，以便让百姓休养生息。栾黡也请求出战，但我也拒绝了他的想法。

我不想在我即位之初就开始与别国交战。在渡河的时候，我深感晋国山川的美好，我为什么不好好享受这样美好的时光呢？我乘船行到了中流，波浪向着船边不断拍打，水声发出了具有节律的巨响。这是多么好的音乐啊，它远比人工敲击的旋律优美，也更加复杂动人。它乃是天与人的合奏，乃是包含了无比辽阔的天空和大地，以及大地上的一切景物的非凡的神曲。这波浪中既有天上的云影，也有岸边的树影，既有我的船影，也有我自己以及别人。它与船公的木桨和他沉默的脸，以及脸上的皱纹，汇合在了一起。

人间哪儿能寻找到这么美好的音乐呢？我跟随着波浪，还是波浪跟随着我？远近的群山也活跃起来了，它们似乎不是静止地待在原来的地方，而是随着这大河的流水而流淌。它们仍然是沉默的，却因为大河的奔腾而拥有了生命的喧哗。起伏的山峦草木葱茏，它们从严冬的沉睡中醒来了，转眼之间枝叶繁茂而富有动感，似乎无数的草木从山底顺着变化万千的山坡向上奔跑，最后在高处汇聚。

它们一层层地在天底下展现，从墨绿到淡蓝，一直奔向了不可见的地方。大河的波涛仅仅是它们的见证，群山才是真正的波涛翻滚的大河，是奔腾于地上的巨浪。它们的巨浪乃是在无声之中汹涌而起，谁又能知道它们是在什么时候涌起的呢？大河中波浪的力量，我已经看见了，可是群山的力量又隐藏在哪里呢？

我感叹说，山川是这样雄浑秀美，景色是这样波澜壮阔，要是我能够与天下的贤士们共同领略这天地之间的美好，享受这汹涌澎湃的时光，那将是多么令人惬意啊。船公固桑听见了我的话，他说，你错了，因为你所想的就是错的。天下的利剑乃是产于越地，珍贵的明珠乃是出自江汉，圣洁的美玉生于昆仑，这样的珍宝没有双足，却能够抵达你的身边。若是你真的珍爱贤才，天下的贤士自然会汇聚到你的身边。

我听了他的话，既感到不解，又感到愤怒。我说，固桑你听着，你驾驶的船已经到了中流，这里汇聚了最多的波浪。我也在这大河的中流，我拥有的波浪同样多。我已经拥有三千食客，他们都是天下的贤士。为了他们，我从来不吝惜自己的一切，若是他们缺少早饭，我在夜晚就去寻找，宁可自己不睡觉也要让他们吃饱。晚饭不足了，我清晨就起来为他们寻找，哪怕我还在睡梦中，但我宁可让别人将我叫醒。难道我不是真的爱惜贤良么？

船公固桑听了我所说的，就回答说，鸿雁穿过云雾而直飞九霄之上，依赖的是翅膀上的羽毛，而腹下和背上的绒毛却并不重要，它们多一点或者少一点乃是无碍，因为这些绒毛并不会影响鸿雁的翱翔。你的贤士的确很多，但我不知道这些贤士是真的贤士呢，还是看起来像贤士的样子？他们究竟是鸿雁腹下的绒毛呢，还是背上的绒毛？他们能不能长在你的翅膀上？

我不知怎样回应，因为固桑所说的，却是我不知道的。我怎么应对我所不知道的呢？但他说的有道理，我竟然不知道一个船公的智慧，又怎能知道我眼前的贤士是不是真的富有智慧呢？我只是喜欢天下的贤士，可我又怎么辨认出他们呢？就像我现在看见的群山上的草木，我看见了它们的茂盛，却又怎么知道其中哪一棵树能够长得最高？哪一株草将开出什么样的花朵？我只是看见了众多草木汇集的美景，可这美景之中还有美景，美景之中又有美景，我又怎么知道真正的美景乃是从哪里发生的？

卷四百九十七

荀偃

秋天就要到来了，齐国的国君亲自率军，围攻鲁国的成邑。鲁国盼望晋国出兵救援，因为我的国君曾和他们盟誓，要一起来应对齐国的侵扰，若是有机会就一起前往讨伐齐国。现在，国君并不想出兵。他还年少，更想待在都城享受安宁和奢华。秋叶的边缘已经微微发黄，浩大的秋风还没有到来，但遍地草木已经透露出了悲伤的秋意。

鲁国的大夫叔孙豹驰车来到了晋都，拜见了国君，向国君讲述了齐国围攻成邑的情形。他说，我们上次在温地盟誓，要共同讨伐心怀二志的齐国。可是我们仅仅是盟誓，却没有做。齐国不但没有因为我们的盟誓而收敛，也没有归还所占的鲁国土地，反而更加频繁地骚扰鲁国的安宁，现在又围攻鲁国北面的成邑，以鲁国一国之力，已经快要支撑不住了。现在我的国君派我前来，请求晋国出兵相助，替鲁国主持公正。

国君说，是的，作为你们的盟主，我应该前往相助，也该惩罚齐国违背礼法、侵扰别国的罪过。自从在温地诸侯相会之后，我一直惦记着这件事情，但因为先君去世不久，丧期未满，若是出兵，恐怕不

古灵魂

合礼法。我们追究齐国的违背礼法，而我们自己就不合礼法，岂不是让诸侯诟病？丧期一过，我立即派兵前去一起讨伐齐国。

叔孙豹说，鲁国已经被齐国侵扰一年多了，鲁国的百姓天天向西瞭望，希望晋国的大军前来解救，就像干旱中的农夫看着天上的云霓。可是这么久了，没有看见晋国大军的旌旗，只看见风在吹拂着树梢。若是晋国的先君丧期满了，鲁国已经被齐国侵吞，那时晋国出兵又有什么用？

叔孙豹找到了我，我设宴招待他。他的来意我早已知道。在筵席上，他吟唱了《祈父》，他吟唱——

司马啊司马，我乃是周王的爪牙之臣，
我已经身处危患之中，已经无处安身。
司马啊司马，我乃是周王的武士，
我已经身处危患之中，已经失去了安宁。
司马啊司马，你是不是处于幽暗？
我已经身处危患之中，家里的老母已经失去了侍奉。

我斟满了美酒，向他吟唱《诗》中的《鹊巢》——

喜鹊在树上筑巢，而鸠鸟却要占据它的窝巢，
这个人就要出嫁了，百辆车前来迎接。
喜鹊在树上筑巢，而鸠鸟却要占据它的窝巢，
这个人要出嫁了，百辆车要去送她。

喜鹊在树上筑巢，而鸠鸟却要占据它的窝巢，

这个人要出嫁了，百辆车将要成全她。

　　叔孙豹站起身来向我施礼，他说，我都知道了，我就知道晋国不会对鲁国的危急视而不见。我说，我们已经盟誓，而盟誓乃是对着上天的誓约，谁又敢于违背呢？叔孙豹又一次起身施礼，说，我的国君因为齐国的攻伐而寝食不安，几乎每一夜都被噩梦缠绕，也许他已经梦见了我们在一起的情景，你所说的话，不仅我听见了，我的国君也已经听见。你的话已经为我的国君驱散了噩梦。

卷四百九十八

叔孙豹

我昼夜兼程来到了晋国的都城，这是多么好的季节，我却没有心思欣赏沿途的美景。因为鲁国遭到了齐国的攻打，成邑已经被围困了许多日子了。我的骏马拖着我的影子，向着远方奔驰。路上已经撒满了落叶，在太阳下就像碎金闪烁。我的车轮就从这金黄上碾过，发出了枯叶破碎的细小声响。

我前去拜见了晋国国君。国君太年少了，他显然不想援救鲁国。我又拜访了主持国政的卿相荀偃，他表达了援救鲁国的愿望。现在我又来到了辅相士匄的门前，他同样热情地设宴款待。酒宴是丰盛的，我向士匄说出了我的愿望，希望晋国能够出兵相助，将鲁国从被围困的险境中解救出来。他笑着对我说，我们的一切都要从美酒中寻找，所有的希望也在这美酒之中。

我说，美酒只能照出自己的面影，却不是自己真的面容。士匄说，不，都是真的。我们的先君文公曾浪迹天涯，在饥饿之中是多么渴望美酒啊。可是他到哪里去寻找美酒呢？一旦有了美酒，他就从楚国到了秦国，又从秦国返回了晋国，又从晋国率兵征战天下，晋国从而变得愈来愈强盛。这一切岂不是从美酒中得来的？现在鲁国遇到了强国的围困，守卫城邑的将士多么需要美酒的激励。

那么我们就代他们来畅饮吧。美酒乃是土地里的血，土地又将它灌注到了谷粒中，酿酒者又将它从谷粒中取出，放入了我们的酒爵里。现在我们要将它注入自己的身形，这不是很神奇的事情么？若是没有这样的美酒，我们的力量又从哪里获得？作为一个国家的大夫，遇到事情怎能惊慌？我们还是先来饮酒吧。

我只好举起酒爵，美酒的香气已经溢出来了，它好像盛开着无数鲜花。我看着自己在酒中的影子，我的眉头已经松开，我似乎已经明白了士匀的想法。但是我的心里仍然河流一样翻卷着浪花，泛着白色的泡沫，因为我仍然处于未知之中。我站立起来，吟诵《诗》上的《鸿雁》——

　　鸿雁在天空翱翔，扇动着宽阔的翅膀，
　　那个人离开家园奔波，
　　尝尽了人间辛劳，
　　可怜的穷苦者，孤独的人充满了悲伤。

　　鸿雁在天空翱翔，落在了沼泽的中央，
　　那个人垒筑着高墙，
　　苦役让他劳累又心酸，
　　他不知该安身何方。

古灵魂

鸿雁在天空翱翔，发出了悲哀地鸣叫，

只有那些睿智的人们，才知道我远飞的辛劳，

可是也有愚蠢者不这样看，

他以为我仅仅是为了发牢骚。

　　我的吟诵是委婉的，我的声音是悲哀的。也许士匄能够听出我心中的怨言，也能听出我内心的焦灼不安。这时一只乌鸦从一棵古树上惊起，发出了呀的一声，这声音是那么凄厉，仿佛是作为我的吟唱的回应。我说，你听，乌鸦已经听见了我的声音，它已知道了我内心的凄凉。士匄抬起头来，那只乌鸦的黑影划过了秋风，飘向了另一棵树。我说，它就像我现在的样子，寻找一棵树来栖身，可是那棵树好像并没有看见它。它孤单的影子只有自己能够知道，它乃是从我的吟唱中起飞的，可我的吟唱却要被秋风吹散了。

　　士匄也站立起来了。他也开始了吟唱，他所吟唱的是《诗》上的《木瓜》——

你将木瓜投送给我，

我要用琼琚作为回报。

我并不是仅仅为了答谢，

我们的情谊值得永远珍惜。

你将木桃投送给我，

我要用琼瑶作为回报。

我并不是仅仅为了答谢，

我们的情谊值得永远珍惜。

你将木李投送给我，

我要用琼玖作为回报。

我并不是仅仅为了答谢，

我们的情谊值得永远珍惜。

　　他的吟唱之声雄浑而开阔，似乎已经从这里传到了我的鲁国。他将酒爵中的美酒一饮而尽。我看不清他的表情，但我从他优雅的姿势中已经感到了温暖。我知道他已经答应了我。接着士匄向我施礼说，你心里所想的我都知道了，因为你所吟诵的不仅来自诗篇，而是出自鲁国的忧伤。晋国和鲁国从来都是友好的，有我在这里，鲁国遭受困厄，岂能坐视不管呢？若是我仅仅和你饮酒，我的信义又在哪里呢？

　　你看，现在已经是秋天了，秋天的景色多么好啊，你若能够在晋国多待些日子，观赏一下晋国山川的美景，岂不是十分快乐的事情？你可以在大湖中泛舟，湖面上会留下你的倒影，湖边飘满了黄叶，就像神灵撒满了金片。你会从中找到自己，也会看见自己乃是伴随着白云和秋风，波澜在翻卷之中，不断呈现崛起的屋顶的形状，也会展示不断地坍塌和消亡。游鱼会跃出水面，但一切都是短暂的，因为最后都要回到原来的地方。

　　我说，我该回去了，你知道我来这里并不是为了欣赏山川的秀丽，而是为了让鲁国的山川保持原本的样子。鲁国的山川也是秀丽

古灵魂

的，在这里能够看到的，在鲁国同样能看见。我坐在自己的车上，和湖上的泛舟有着同样的美好。这样的美好不是因为沿途的景观，而是你给我的。因为有了你的许诺，一切才会变得美好。我在归途中，同样可以看见蓝天和白云，同样可以看见路上的落叶，它们在水上漂浮和在地上飘动又有什么不同呢？

卷四百九十九

苟偃

　　我做了一个怪异的梦。我已经很久没有梦见晋厉公了，但现在又一次梦见了他。是的，我杀掉了他，他没完没了地纠缠着我，让我痛苦不堪。这一个夜晚，我在风声中睡着了，好像屋外的风声一直伴随着我。晋厉公完全就是生前的样子，他愤怒地对我说，你杀掉了我，我不能饶恕你，我要拉着你到神灵那里评判，我要获得我应该得到的公平。我还没有到该死的时候，可是你却杀掉了我。

　　我说，我也不该死去，可是你却想杀掉我，我不得不杀掉了你。不是我想要杀掉你，而是你要杀掉我，是你逼着我动手的。现在你已经死掉了，而我还活着，这已经说明神灵想让我活着，不然我为什么还活着？也说明神灵想让你死去，不然我为什么能够杀掉你？我能够杀掉你，说明你就应该死去，你没有杀掉我，也说明神灵让我活着，我们都是公平的。你既然已经死了，还总是出现在我的面前，你又有什么理由呢？

　　他说，我没有死，因为我不该死，不该死去的人又怎么能死去？你活着，但我也活着，我只是看上去已经死了。多少年了，我睡在泉

古灵魂

水的旁边，我睁着眼睛，能够看见你所做的所有的事情。我听着泉水在说话，我和黄土一起听着泉水在说话，我怎么会死去了呢？我说，可是你实际上已经死了，我已经杀掉了你，只是你不会承认。你不承认事实，那么我必须将这样的事实放在你的眼前，你又有什么理由呢？

他不再说话，他的嘴巴已经张不开了，以至于这嘴巴渐渐从脸上散开，就像烟雾一样，仅仅剩下了一张脸，一张可怕的脸。他的眼睛露出了狞厉的凶光，紧紧盯着我。然后他从背后伸出了一只露出了白骨的手，捉住了我，拉着我登上了一团白云。这时我的头顶上传来了声音——神灵的声音，这声音罩住了我的身体，好像在说，你的国君让你怎样，你就应该怎样……这语言是朦胧的，不清晰的，含混的，却也是响亮的，甚至有点儿震耳欲聋，但我听懂了它的意思，是的，它的确就是这样说的。

这时晋厉公不知从哪里拿起了长戈，只见一道闪光，我的头就被割了下来。我看见我的头从云中向地上掉落，激起了地上的尘土。我立即从云上一跃而下，从地上捡起了我的头，重新安在了我的脖子上。我感到自己的头在摇晃，于是我用双手扶着它，向前走着。这时一个人出现在我的面前，他就是晋国的巫师巫皋。

巫皋对着我微笑，说，我知道在这里会遇见你，我走的路和你走的路，是同一条路。我在这条路上遇见了很多人，你绝不是最后一个。我看见他们排成了长队，一个人踩着另一个人的脚印，已经走了很久，可是你才刚刚迈开脚步。你既在他们的长队里，又在他们之外，因为你的脚上还没有沾上别人的尘土。

卷四百七十二—卷五百三十四

我突然被他的话惊醒了。这个梦究竟要说什么？我回忆着梦中所有的话，却没有一句话可以理解。我也回忆着梦中的每一个场景，但没有一个场景是可以理解的。为什么晋厉公又一次出现了？为什么我要和他说话？生者和死者可以在另一个地方相见？我和他所说的话，似乎都有道理，但我又不明白其中含有怎样的道理。我又为什么会在路上与巫皋相遇？他所说的话为什么和平时的语调不一样？

　　我让别人将巫皋找到，他来到了我的身边。他说，你这么急匆匆地找到我，难道有什么紧急的事情？我说，我做了一个梦，却不理解这个梦的含义，我想向你询问，因为我在梦中遇见了你。他说，你说一下你做了什么梦。我就将我梦中遇到的一切告诉了他。我说，这个梦太奇怪了，我竟然和晋厉公说了那么多莫名其妙的话，又扶着自己的头走路，有那么一段路，我还将自己的头捧在了手里，我看见我的眼睛里饱含着泪水。我的眼睛分明在我的脸上，那么我又是怎么看见的？即使我的头拿在我的手上，我应该看见自己失去了头颅的身形，又怎能看见自己？

　　巫皋说，你给我讲述了你的梦，但我也做了同样的梦。梦中的每一个细节都和你所梦见的一样。我梦见了你，也梦见了晋厉公，你们都在讲述自己的理由，但谁都没有说服谁。是的，我在路上遇见了你，并和你说了一些话，但是我已经忘掉了和你说的话。梦是重要的，因为我们不仅有一个肉身的世界，还有灵魂的世界。我们在白天所看见的只是自己的肉身，而在夜晚的睡梦中遇见的，却是自己的灵魂。肉身所经历的是现在，是短暂的现在，它很快就会过去，但灵魂却在经历将来，它走在肉身的前面，或者说，它乃是肉身的领路者。

古灵魂

我问，是啊，可是这个梦十分稀奇古怪，它既清晰又模糊，既真实又虚幻，它究竟包含了怎样的含义？巫皋说，你的头已经被晋厉公割下来了，那么你就要死了，一个人失去了头，还怎么活着？但你并不想死去，因为你还有一件事情要做。所以你还要将掉落在地上的头捡拾起来，重新放到自己的脖子上。它还是你的头，但乃是掉落了的头，所以你必须用双手扶着它。也许你要做的这件事就是讨伐齐国。

　　我又问，那么讨伐齐国能不能获胜？巫皋说，可以，一个人最后的愿望都会被满足。你要加紧讨伐齐国，不然你将失去最后的机会。你现在乃是扶着自己的头走路，可是你这样走不了多久。这真是一个奇怪的梦，它竟然将你前面的事情说得这样清楚。实际上，我们做过无数个梦，但很少有一个梦是这样清楚的，这乃是神灵向你说话。不过神灵很少用语言说话，他的语言我们听不懂，所以他就藏到你的梦中，用梦和你说话。我们常常忘掉梦，也就忘掉了神灵和你所说的。若是你记住自己的每一个梦，你就能够知道自己。

卷五百

晋平公

　　荀偃和士匄一直劝谏，让我讨伐齐国。可是我不愿意这样做。我的守丧还没有期满，这不是违背自古以来的礼义么？何况我确实不愿意到远处征讨。我经不起失败，因为我还刚刚即位。我的先君们都能征惯战，他们让晋国变得强大，越来越强大，可是我不是他们，我不想这样做。若是我失败了，别人怎样看我呢？我岂不是将先君们的荣誉葬送了么？

　　齐国又一次出兵攻伐鲁国了，齐国的国君亲自率兵围住了鲁国的成邑，大夫高厚率兵围住了鲁国的防城，鲁国似乎岌岌可危了。荀偃说，国君刚刚和诸侯盟誓，鲁国遭遇齐国攻击，晋国却不能惩罚齐国，岂不是让晋国失信了么？若是失去了信，诸侯们就会远离，先君的霸业将会失去根基，晋国也会遭遇别人的欺辱。若是在别人危急的时候不去帮助，我们遭遇危急的时候，又会获得谁的帮助？

　　我说，齐国是东方的大国，我们远途奔袭，能不能取胜？若是没有获胜的把握，一旦失利，诸侯们怎会信任晋国？那样他们同样会远离，我们的霸业也将动摇。士匄说，在动与静之间，动乃是万物的根

古灵魂

本，静乃是因为动而获得意义。我们这一次若可出兵讨伐齐国，无论胜败都已经获得信义上的胜利，因为信义乃是霸业的真正根基。若是失去了信义，道义也就不存，失败乃是真正的失败。若是能够获得信义，天道就会倾向晋国一边，即便是一次失利，还会有再次的成功。

——等待不是为了等待，而是在等待中寻找时机，若是在等待中等待，那么所等待的就是死灭。我看见水边的水鸟，站在水中一动不动，但它的眼睛却紧紧盯着水面，只要看见了游鱼接近，就会敏捷地伸出长长的喙，所以它总是能够吃饱。而有另一种鸟儿站在水边，总是左顾右盼，即使是鱼儿游了过来，它也不会发现，因为它看起来在等待，乃是为了等待而等待，所以它总是在饥饿之中抱怨。

——现在鲁国受到齐国的欺凌，乃是晋国出兵的好时机。看起来我们长途跋涉，而齐国则以逸待劳，可国君刚刚与各国诸侯盟誓，我们可以联合各国一起攻讨齐国。他们与齐国相距不远，我们就可以形成呼应之势，齐国必然会感到恐惧。何况国君即位不久，需要一场胜利来建立威望。若是未能取胜，至少也不会失败而归。我们的目光应该放得长远，而不是仅仅想到眼前的得失。而且我听说荀偃做了一个梦，这个梦乃是获胜的吉兆。

荀偃说，是的，我做了一个梦，巫皋告诉我，他也做了同样的梦，因为我们在梦中相遇。他说，我必死无疑，但将要完成最后一件事情，那就是征伐齐国，我们将在交战中取胜。我已经老了，个人的死已经没有什么了，我也该偿还厉公的死了。先君没有追究我的死罪，我又获得先君的任用，我可以用自己的死，换取国君的威严。

我说，那就依照你们的想法出兵吧。我听说齐国在边境修筑巨

—— 175 ——

防，让民众和士卒加固南边的堤防，又在堤防外挖掘壕堑，西引济水和湄湖之水，以防阻别国大军来袭。希望你们能见机行事，不要一味用强，只要能够让齐国屈服，我们就已经实现了攻伐的目的。若是不能胜敌，就要及时撤出，为以后的讨伐留有余力。

说实话，我的内心仍然不踏实，不知道这次讨伐的结果会怎样。我信任荀偃和士匄，他们身经百战，知道怎样临场应对，尤其是士匄，是一个有智谋的人，我还要说什么呢？唉，秋天来了，这是多么令人忧伤的季节，我听着外面的风声，似乎要将我的宫殿掀了起来。远处的山林里有着野兽偶然的悲鸣，而在夜深人静的时候，有着蟋蟀的弹奏。我不知道秋虫们为什么欢叫，但我知道，这是它们最后的欢叫了。

古灵魂

卷五百零一

臧纥

　　鲁国危险了，齐国一直攻伐鲁国，这一次，齐国的国君似乎决心要围攻鲁国了。叔孙豹去晋国求援，说晋国已经答应发兵前来救援，可是等了这么久了，也不见晋军的影子。难道晋军不会来了？也许他们的新国君不敢派兵和齐国交锋？可是晋悼公也是年少即位，却能够亲自率兵征伐四方，而他的儿子的身上难道没有流淌着他的血？可是，在温地宴请诸侯的时候，他是那样意气风发，饮酒而歌，看起来乃是一个有智慧的人。他与诸侯们盟誓的时候也是虔诚的，或者他会有什么另外的想法？

　　齐国的大军围住了防城，这是我的封地，我原准备返回都城，但却遭遇了这样的围困。国君已经派一支军队前来救援，但他们忌惮齐国的军威，不敢靠近。我站在城头上，看见齐国的大军一层又一层，旌旗飞扬，刀戈就像树林一样，无数战戈在阳光下闪耀，就像阳光照在了水面上，一片波光粼粼的景象。

　　夜已经很深了，我不能安睡。这时城外的鲁军派人趁着夜色，绕过了敌军的重围，进入了城内，对我说，国君知道你在这里，十分焦急，就派我们前来接应。只要有人能将你带出城，我们就可以接你回都城了。我将守城的将领叔梁纥召来，问他，我们能突破敌军的围困么？叔梁纥高大的身影挡住了前面的灯火，墙壁上显出了一个巨人的影子，他有着粗壮的胳膊，就像屋梁一样。他想了想说，好吧，既然城外的人可以绕过敌军的重围，我怎么会找不到突围的办法呢？别人怎么进来，我就可以怎样出去。

我在城头巡察，看见守城的将士仍然充满了斗志，我想，即使我不能回到都城，防城也不会被轻易攻陷。我的防城是坚固的，我的将士是勇猛的。天上的群星从头顶接近我，我有着神灵的护佑，这样的城邑又怎能被攻陷？敌军的军营外还燃烧着篝火，他们手中的长矛隐约可见。巡夜的士卒不断绕着城墙走动，在这暗夜里，他们就像一些幽灵在游荡，但我知道他们都是真实的人。

我听不见他们的脚步声，也看不见他们的面孔。他们只是一些影子，一个个黑影，在城下晃动。我似乎仅仅是一个观赏者，让这火光和黑影充满了我的幻觉。这简直是一场噩梦，我一想到他们在厮杀时变形的面孔，就感到恐惧。即使是在这样的夜晚，也会不时听见一支箭从夜空穿过，发出嗖的一声。这是怎样凶险的夜，每一刻都暗藏着威胁。

是啊，一切都是凶险的，天上的群星窥伺着人间，它们列阵以待，似乎等待着什么不测。它们组合的形象中暗含了深奥的凶险，并以它们的闪烁发出警告。天上的月亮是凶险的，它现在呈现的乃是一弯眉月，它冷静地在从明亮转化为暗淡，又从云层的边缘露出了自己的光晕。它似乎深藏着自己所要诉说的，又让我们在抬头仰望中不断

古灵魂

猜测。可是我又能猜测出什么？远处的深林是凶险的，它将白日能够看见的一切藏在了一片黑影中，只有林中的野兽不断发出悲号。只有无数树木的树梢上散发着闪闪的幽光，那是暗藏的事情在闪光。可是我又知道这是什么事情？是我的遭遇还是山林的遭遇？

也许所有的命运都在其中？第二天的夜晚，叔梁纥召集了三百猛士，他们举着火炬站在我的面前。他们都高大威武，有着强健的体魄和严厉的表情。在火光的照耀下，我看见他们脸上的线条和飘逸的胡须，火光将这些胡须一丝丝刻画出来，烘托着他们闪着凶狠目光的眼睛。身上的铠甲透出了皮质的那种幽光，仿佛这不是披挂在身上的，而是他们皮肤本身散发的辉光。

叔梁纥一动不动地站在前面，他说，我们可以出发了，我们护送你击破敌军的围困。我说，齐军兵多马壮，他们不断巡察，我们能冲出重围么？他举起手中的战戈说，你要相信我手中的兵刃，也要相信我的勇士们的力量。于是我登上了预先准备的战车，这些猛士的战车围绕着我，悄悄地打开了城门，我被他们簇拥着，向着篝火熊熊的敌营汹涌而去。

我看见叔梁纥冲杀在最前面，他挥舞着战戈，扫开了一条路，试图接近他的兵卒都纷纷倒下，他就像一个好农夫，在谷地里收割，谷子挡不住他。他似乎力大无比，齐军战车上仓促迎战的士卒被他一个个扫到了地下。我只看见他的战戈在飞舞，战戈的尖端在篝火冒出的火星中，一次次被映红，以至于你分不清哪一个是火星，哪一个是戈头。后来齐军纷纷退开，我跟随着这战车的洪流冲决了堤岸，后面传来了齐军将士的喝彩。

但是我的族人臧坚在冲杀中受伤了，被齐军擒获。我只是看见他从战车上掉落，就被黑暗淹没了。我前面的骏马在飞驰，车轮在黑暗里旋转，齐军凌乱的喊声渐渐变弱，落在了身后。转过了一道弯，只有稀疏的树木的间隙中透露出隐隐的火光。我看见叔梁纥在前面的战车上黑色的身影，他就像一块移动的巨石，推开了前面的路。我跟随着他，已经听见了接应的鲁军在叫喊。

古灵魂

卷五百零二

齐灵公

鲁国竟然有这么多的猛士，守城的叔梁纥带着几百个猛士，冲开了我的重围。这个人太勇猛了，他挥动着手中的战戈，如入无人之境。我的那么多兵卒，都挡不住他的力量。唉，还是让鲁国的大夫臧纥逃走了。不过我还是捉住了他的族人臧坚。

我原以为他们已经弃城而逃，但过了没有多久，那个叔梁纥又带着那些勇士返回来了。他同样左劈右砍，无人能敌。他又回到了防城。有这样的勇士守城，我还能继续攻城么？我开始怀疑自己的大军了。那么多人，那么多战车，我的将士竟然看着叔梁纥往返冲杀，毫无办法，还不断为这个人的勇猛和武艺高强而喝彩。

就说那个身负重伤的臧坚吧，即使倒在地上，仍然手持利剑，一连劈倒了几个士卒，直到气力耗尽才被捆绑起来。几天来他拒绝进食，只是希望快一点死去。我知道了这个人的勇敢，于是心生敬佩之情，就派我身边的人前去慰问，我不想让这样的勇敢者死去。若是他能够归附我，那该有多好啊。我用精美的、雕刻着异兽的食盒，放满了我喜欢的菜肴，赐给他食用，我想，我喜欢的他也该喜欢。

卷四百七十二—卷五百三十四

我是胆怯的、懦弱的，但我喜欢勇敢的人。若是别人有的，我也拥有，我就不会感到稀罕。但我没有的，别人却拥有，那就值得我敬佩。所以即使是我的敌人，我也敬佩他的勇敢。鲁国的勇士能够得到我的勇士的喝彩，那么我也为他喝彩。我真想见一见这个人。但是我乃是一国之君，不能因为我的敬佩而忘记我的身份。我不知道他长得什么样子，但我的心中已经刻画了他的形象。

臧坚在我所派的宦仆走了之后，对看守他的人说，你的国君的好意我已经领情了，但我仍然不会食用他送来的美食。他虽然不想让我死去，可是我仍然不想作为一个俘虏而活着。我是鲁国的大夫，却要让齐国的国君派一个阉割过的宦官看望，这是我的另一次受辱。一个人受一次侮辱已经是终身的侮辱，岂能重受第二次侮辱？国君的好意乃是他所想的好意，但我将带着他的好意离去，因为他的好意中已经夹带了对我的羞辱。

说完之后，他竟然捡起一根削尖的木棍，朝着自己的胸部刺去。别人告诉我，他是那么决绝地要死去，以至于用力太猛了，那根木棍竟然刺穿了他的身体，木棍的尖端从他的背后露了出来。唉，我就没有想到，我的好意竟然让他感到了羞辱。我应该派一个身份高贵的人前去看望他，但我却派了一个宦官前往。可是这一切已经不可挽回了，他已经死了。他的死也是勇敢的，我岂能不敬佩这样的勇者？

我的大军围住了鲁国的城邑，可是这么久了，却不能攻破。现在我明白了，城邑不论多么坚固，却是因人而坚固。没有攻不破的城池，却有着攻不破的勇士。守城的叔梁纥真是一个勇士啊，他无论是冲出重围，还是又重回城邑，就像出入自己的家门一样。这样的勇士

古灵魂

守城，我怎能攻克呢？我的云梯不断推向他的城墙，我的士卒也是勇敢的，他们不顾一切地登上城墙，却一次次被守城者击落。

我唯一的办法就是将他们困死在城邑中。我不知道他们究竟能够坚守多久。可是我害怕的是，晋军赶来救援。听说他们已经到了济水的岸边，他们什么时候渡河？若是晋军来了，我该怎么办？我深知晋军是强大的，晋国又有强大的召唤力，能够调动我周边的许多国家，那么我是不是要放弃对鲁国城邑的围困？

可是我的齐国乃是东方的大国，为什么要服从晋国的命令？为什么必须将晋国尊为盟主？也许我可以借助自己的地利，能够击败晋国的侵犯。我的内心虽然懦弱，但也想捍卫自己的尊严。而且，晋国的君主尚且年少，怎会有大的胆魄？我听说，这个新国君乃是生于安逸，贪图奢华的生活，也许他并不想征伐齐国，只是受到了众臣的怂恿，才做出这样的决定。若是这样，只要我们能够凭藉我的巨防坚守，敌军就会失败而归。他们长途远劳，又能坚持多久呢？至于那些跟随晋国的国家，只要晋军不能攻破我的巨防，他们也会随着晋国的撤离而撤离。

我的巨防是坚不可摧的。我不仅筑起了高墙，还引来了济水环绕，即使是强大的晋军，又怎样能够攻破？现在，晋军已经到了济水旁边，我就在这里等待吧。我要看看晋军的战车怎样越过我的巨防？我听说率军出征的，乃是晋国的卿相荀偃，他已经老了，而且这个人虽然勇猛，却缺少智谋。我怎会害怕这样的人呢？

我身边的宦官夙沙卫对我说，若是不能战而胜之，不如固守险要。他的想法也是我的想法，但我乃是齐国的国君，怎能听从一个宦官的谏言？夙沙卫十分聪明，他已经猜到了我的选择，但我不喜欢让自己的想法被别人猜中。我说，我怎么就不能与进犯的敌人交锋？又怎么不能击败他们？我若坚守不出，岂不是已经认输？我不愿做这样的人，也不愿意忍受这样的屈辱。鲁国的臧坚在死的面前能够保持自己的尊严，难道我就不能么？

是的，我不希望别人猜中我的想法。夙沙卫经常猜到我的想法，但他不说出。但我还是知道他猜中了我的想法。因为他不说出来，所以我喜欢他。要是他经常说出，那么我就要改变自己的想法了。实际上，很多时候我不得不改变自己。这乃是我不情愿的。我总是希望自己像谜一样生活，这样我就可以在一个个谜中获得自由。

我不希望别人猜中我，我的一个微笑，若是被别人猜中了其中的含义，那么这微笑就不再属于我。我的每一个愁容，若是被别人猜中它的含义，那么这愁容也不再属于我。我的每一个动作若是被别人猜中，那么他就可以预测我的下一个动作，我还有什么秘密可言？若是我的内心都被别人看穿，我所穿戴的衣裳又有什么用？他们若是看穿了我的内心，那么我的内心中的一切也就归于别人了。我的东西又怎能被别人夺走呢？

这一次，夙沙卫说出了他猜中的事实，我就要通过改变我自己，让他不能认出我。实际上，我反驳他，就是反驳我自己。对，我反驳自己。我的反驳不是为了捍卫我，而是为了反驳而反驳，为了反驳别人猜中的东西。我捍卫的乃是自己的秘密，是我自己的谜的尊严，是我自己作为一个国君本来应有的尊严。我从他的表情上看出，他已经知道了自己的错误，但他一旦说出，就来不及纠正了。

古灵魂

他不再言语了。因为他的所想乃是我的所想，但我所说的也是我的所想。我有两个想法，但这两个想法在我的心中搏斗。我不知道我该走哪一条路，我看见的乃是通往两个方向的岔路，我就站在这岔路口。但我必须选择一条，因为我要向前走。是的，我不想选择让自己屈辱的那一条，我希望自己获得别人的敬意，就像我对臧坚的敬佩一样。别人对我的敬意不仅仅是对我的敬意，也是对齐国的敬意，因为齐国乃是我的齐国。一个怯懦者不能完全怯懦，若是不能实现自己的勇敢，那么就退回自己本来的地方。

卷五百零三

士匄

我的战车跟在荀偃的后面。经过多少个日子的长途行军，大军来到了济水旁。汹涌的河水不断将浪头拍打到岸上，发出节奏明快的哗哗声。河岸上的草木已经枯黄，树林发出了斑斓的彩光。秋天是让人伤心的，因为万物将自己推向了末日。但似乎所有的事物都在挣扎之中，在这挣扎中显露出了不同寻常的美轮美奂的辉光。

大军在河边停住了，士卒们跳下了战车，舒张自己的身形，有的展开了双臂，像飞鸟起飞的样子。中军主帅荀偃将自己佩戴的一块精美的玉环投入了水中，然后向河神祈祷。他说，齐国的国君背叛了自己的誓约，也背叛了天下的诸侯，他奢侈糜烂，将自己的民众推入了泥淖。他凭藉自己的山水险要，不顾天下的安危，肆意侵犯别国的土地，扰乱了天下的秩序，让民众不得安宁。他凌虐百姓，喜怒无常，让他的大臣们无所适从。

——他不仅背弃了盟主，也背弃了神灵。我的国君即位不久，他觉得有机可乘，就开始攻伐遵从礼义、跟随晋国的鲁国。我的国君因为守丧未满，一直忍受他的肆意妄为，但他不仅没有及时纠正自己的

古灵魂

错误，还变本加厉，变得更加猖獗，以为别人都软弱可欺。这样失去天道的人，难道不应该受到惩罚么？现在我的国君顺应天道，接受周王的命令，讨伐这个该受到惩罚的罪人，必定能够得到河神的佑护，让我们能一举击败齐军，让天道得以张扬，让仁德得以弘发，让天下归于太平和安宁。

祭祀河神之后，晋军在河畔扎营，等待择定一个吉日，就渡河与诸侯大军会合，一起攻伐齐国。我知道齐国兵多将广，要想取胜并不容易。而且他们有着巨防的屏障，我们将怎样击败敌军？夜已经很深了，我久久不能入眠。每当闭上眼睛，眼前就出现血战的情景。我似乎看见一场激烈的交战就在眼前，我的双耳也被厮杀声所塞满。军帐中的夜是漆黑的，外面的秋风一阵紧似一阵，它席卷着夜间一切看不见的东西，从我的身边扫过。我不知道它卷走了什么，又留下了什么。

这样的秋夜仅仅是人生的一瞬间，也是时间的一瞬间。秋风所扫除的乃是该扫除的东西，但我却变得迷惘。人世间的多少事物被扫除了，可是我所面对的好像都是原来的事情。往事并不遥远，先君的面孔还在我的内心晃动，他经常对我说些什么，可我现在的国君已经替代了从前的国君。不过他们的面孔都是年轻的，甚至是年少的，我甚至从新国君的声音里听见了先君的声音，从他的步态中看见了先君的步态，从他的笑容中看见了先君的笑容。他们坐在同一个地方，但分明又不是同一个人。

那么，过去的我是不是现在的我？我也曾是那么年轻，我也曾有着年轻的微笑，可是我的胡须也花白了，脸上滋生出那么多的皱纹，而且这皱纹似乎越来越多了。我在河水中端详自己，发现自己变得这样陌生。我也变成了另一个人？时间真是神奇的东西，它从来不告诉我它在哪里，也不告诉我它什么时候穿过我的身体，穿过我的一切。但是一切都在改变，过去和现在，似乎既相连又分开，既是一体的又是脱离的。我并不是生活在同一个世界上，从前的世界已经消亡，但我却不知道它的消亡，或者说，现在也在消亡，可我却觉得我乃是站在同一个地方。

我穿上衣裳走出了营帐，巡夜的士卒在警觉地巡察。我从这暗夜走向暗夜，从军营的篝火旁向着黑暗的深处走去。火光在我的背后投来了光芒，将我的影子向前拉长。我的影子一直向前延伸，直到被无边的黑暗彻底埋没。河水越来越近了，我已经听见了河水流淌的声音，它的波浪的声音。我也能听出它向哪一个方向流淌。我靠着一棵树站在河边。树冠笼罩了夜空，天上的群星之光从树叶的缝隙中漏下来，我的身上披上了隐约的斑痕。

树上的叶片不断掉落，有几片就落在了我的前额上。我感到了它缓慢滑落的过程。它给我轻轻的摩擦，从我的额头到脸颊，就像一条虫子那样很慢地爬过去。我和这个秋天竟然有着这样的契合，它并不是和我分离的，而是用叶片抚摸我，让我感到一个秋天从我的面颊上爬过。它第一次让我知道了时间，知道时间就在我的脸部，是的，我的那么多的皱纹原本就是它爬过的时候留下的痕迹。时间并不是无声无息的，而是有着自己的行事方式。它从来不是直接出现，而是通过别的事物告知我——它从来没有离开我。

它让我感到我身边的一切都是亲切的、亲近的，因为它们看起来

古灵魂

似乎与我存在着距离，但它们都是我的一部分。这是多么令人迷恋的夜景，远近所有的景物都是模糊的，它们都是一些影子，一些轮廓，失去了细节和差别的一团团黑，只有群星在天穹布列了充满了奥秘的阵形，却没有人知道这阵形究竟面对着谁。是啊，天上的繁星令人迷惑，可是它的阵形是完美的，它的每一点光芒都在恰当的地方。若是人间的排兵布阵能够像天上的星阵，那么还有什么强敌不能战胜？我从这群星中获得了灵感，找到了胜敌的秘诀。

星空是无限的，因为群星乃是无数。谁又能数清天上的星？我忽然想到，面对即将遇到的齐国的巨防怎么办？能否顺利攻破？若是齐军固守巨防，我们能否取胜？若是我们就像天上的群星一样有着无数的兵马，那么齐军还敢于与我们交战么？若是我们布设无数的疑兵，让敌军难辨真假，以为我们的兵马无数，岂不是可以不战而胜？齐国的国君乃是没有胆魄的人，不然在晋国召唤诸侯会盟的时候，他既不敢出现，也不敢背叛，而是派遣大夫高厚前来参加会盟。他既不敢与强者公然对抗，又对弱国施以侵蚀，这种恃强凌弱的做法已经说出他内心的软弱，也说出了他怯懦的本性。

我站在河边，秋风吹过我的面颊，吹过我的全身，也吹过了我的心。它正在一点点扫净落叶，也扫去了虚假的繁荣。无论是远征还是防守，也无论是获胜还是失败，所有的事情都将被秋风扫净，最后剩下的不过是树木本来的残枝。这些冬天里看上去枯干的树枝，保持了事物的形貌，也露出了能够在时间中坚守的骨架。河水毫无倦息地流淌着，它的哗哗声永久不息。我还没有看见过永存的事物，但我从这流水里听见了。

我几乎一夜未眠，但我的心情很好，内心有了莫名其妙的兴奋。我不知道我为什么兴奋，为什么会由忧伤转为快乐。秋天给我的启示让我忘掉了忧伤，因为所有的事情都是注定的，那么为什么要为一件被注定的事情而忧伤？荀偃让卜筮者占卜，得到了吉卦，我们便顺着这吉卦的方向渡河，进入了鲁国的境内，与鲁国的大军、宋国的大军、卫国的大军以及曹国、郑国、莒国、邾国、薛国和杞国的大军会师了。

荀偃手持美玉制作的斧钺，与各国的大军一起宣誓，他历数齐国国君的罪状，说出了征讨他的理由。各国的主帅都站在高高的将台上，手持战戈，旌旗在四面飘扬，秋风卷起的残叶在空中飞动，战鼓的敲击让脚下的土地震动。将士们的呼喊掠过了林梢，聚集于林间的各种鸟儿惊起，飞过了我们的头顶。那么多将士汇集为环绕将台的波涛，兵刃在阳光的照射下发出了火星般的闪烁。

于是我们来到了齐国的巨防前。那么雄威的高墙，那么坚固的高墙，拦住了攻伐之路。引来的济水映照着眼前的高墙，形成了一道黝黑的巨影。我们怎能渡过这水流，又怎能攀上那高墙？战车在这里停住了，排开了巨阵，雄浑而威严。唯一可以发起攻击的，就是巨防的防门。防门紧闭着，齐军在城头挥舞着手中的兵刃，向我们射来了暴雨般的箭镞。我们的大军发起了一次次攻击，但死伤惨重。守卫的敌军也因不断中箭而从高墙上掉落下来，在巨防城下的河水中激起了水花。

我对荀偃说，若是这样攻打，我们必定不能取胜，只有攻心才可以突破齐军的屏障。一天的攻守就要结束了，日头已经偏向了西边，

古灵魂

就要挨近山头了，它在河水的涟漪中渲染为一片红色。齐军似乎也已经显出了疲惫，因为已经不再射箭了。我向着城头喊话，我说，我知道守城的乃是我的好友子家，你要现在出现在城头，我们就说几句话。若是你不肯与我说话，我们不会放弃每一天的攻打，你的巨防再坚固，也将被这么多将士击破。

子家身穿铠甲，头戴着战盔，站在了城头。他向我施礼说，哦，我们从前相见，乃是朋友，我们也曾在月夜畅谈，可是我们现在是敌人，因为你要攻打我的齐国。我说，是的，我也不曾想到会在这样的地方相逢，本来我们应该在酒宴上饮酒高歌。我们现在兵戎相见，都是因为齐国的国君不遵从盟主的命令而屡次侵犯鲁国的原因。他贪图利益，却忘记了道义。我的国君已经一忍再忍，现在我们若是不讨伐齐国，晋国也将失去作为盟主的道义和天责。我们乃是知己，你应该理解我。

子家说，既然我们已经是敌人，就不说那么多了。我想问你，你将怎样攻破我的巨防？你即使拥有再多的战车和勇士，我的巨防也不会崩溃。而且我也拥有众多的勇士，我只要坚守巨防，你又能怎样？我说，因为我们是朋友，我不会向你隐瞒。鲁国和莒国要统率千辆战车，从他们各自的边境奇袭齐国。我已经答应了他们的要求。你已经猜出齐国将面对什么。你的巨防只能抵挡一面，但齐国的边境却是四面敞开。你能用巨防把齐国都围起来么？若是不能，你们将腹背受敌，我现在出现在你的前面，明天就会出现在你的背后。你现在不必为一个失道的国君继续死守了，你的前面已经没有路，但你的后面还有一条路。

说完之后，我向他施礼，然后转身离开。我不需要继续说下去了。我若说得太多，他反而会变得平静。我该说的已经说了，我不是让他听我说出的话，而是要让他听见我没有说出的。我没有说出的将在他的心里升起乌云，那么他就会在暗淡的乌云下挣扎。他会感到绝望和孤单，会感到惊恐不安。他会告诉齐国的国君，让这个国君也胆战心惊。

接下来的几天，两军对峙，似乎每一个日子都是平静的。但秋风在草木上骚动，暗示着这对峙中的紧张不安和时光的焦躁。我让各国的大军在巨防之外的山头上和沼泽边缘都插满了旌旗，又让士卒们捆绑了众多草木扎成的人形，并且让战车拖着树枝在旷野上驰骋。若是从高处看，一片尘土飞扬，仿佛千军万马都在移动中排兵布阵。文公在城濮之战中曾经采用过这样的疑兵之策，那时不仅让战车拖着树枝，以扬起遮天蔽日的烟尘，还让马匹蒙上虎皮，让楚军不战而溃。

让那个胆小的齐国国君在高处瞭望吧，他会产生怎样的想法？我登上山头，远远地看着我自己设计的一幕，这样的场面真是惊心动魄。跟随大军的乐师师旷对我说，我已经听见了飞鸟的欢叫，昨天的鸟鸣还是稀疏的，但今天则一群一群地聚集，它们也观看你的阵形，所以才彼此议论。我原不相信你能够突破巨防，我是一个瞎子，我的双眼已经蒙上了灰尘，虽然看不见，但我从鸟鸣中已经听见了希望，看来齐军就要撤走了。

卷五百零四

齐灵公

　　守卫巨防的大夫子家告诉我，晋军将从每一个方向进攻齐国。鲁国与莒国已经要对齐国的边境发起攻击。我可以守住巨防，可是我能承受所有方向的攻击么？而且我已经将大军集中于巨防上，其它方向上，我已经无兵可动，我该怎么办呢？我问身边的晏婴，我们还能坚守多久呢？晏婴说，国君所问的，我也不知道，但我只能告诉你晋军好像已经决心攻破齐国的巨防，我还不知道国君的决心怎样。我听说，两国交战不在于兵多将广，而在于国君内心的力量，也在于交战的双方谁能获得道义的支持。

　　我说，依你看来，我乃是有道义的还是失去了道义的？我的内心是有力量的还是失去了力量的？晏婴说，我们侵犯别人，就是失去了道义，而道义又是力量的源泉，失去了道义，也就失去了力量的源泉。若是失去了源泉，一条河流就不会奔腾不息。一个人只有站在高处，才可以看见自己。我说，那我就在高处看一看。

　　我登上了平阴城邑旁边的巫山，向着南方眺望，在这里可以看见巨防前的战场。我看见遮天蔽日的尘土，从巨防前面一直延伸到每一个山头和每一片沼泽，即使在河边的两岸都是战车驱驰中扬起的尘烟。到处都是旌旗飘飞，隐隐传来了晋军的呼喊。我看见漫山遍野都是各国的士卒，他们的黑影笼罩了山野。还有轰隆隆的战鼓，来到我的双耳的时候，变为了模糊不清的轰响，就像远处掀起了一个个巨浪。我似乎已经落入了无边的大湖之间，我感到自己的呼吸急促，心跳加快，我被一个个漩涡席卷着……

我浑身无力，坐在了山顶的一块石头上。一阵阵颓丧从脚下升起，盖过了我的头顶。就像晏婴所说的，我失去了力量，失去了抵抗的力量。我向上天祈祷，我说，我对天神是虔敬的，我从来没有想过背叛你，可是我就要失去我的一切了。我并没有想着得罪盟主，我只是对晋国这个霸主不服气，我不想让齐国被别人主宰。我也不想和别国交战，但我也不想受到别国的欺凌。可是我在哪里获得了罪孽？我的上天啊，你要保佑我，你让我获得安宁吧，我不想这样下去了，我想得到我该得到的安宁。

我的大夫晏婴告诉我，让我不要失去力量的源泉。但所有的源泉乃是上天赐予的，我还需要你赐予我更多的源泉，让我的河流不断奔涌，让我的齐国能够安定，也让我不要在地上遭遇灾祸。我现在已经走入了绝望，但我仍然做不出决定。我是该逃走呢，还是率兵继续抵抗晋军的进犯？他们的进犯是无理的，我并没有侵犯晋国，可是他们却远途前来攻打我。我已经看见了他们的士卒遍布，看见了他们的战车驰骋，看见了遍地都是他们掀起的尘土。他们已经来到了我的面前，我是该继续抵抗，还是该逃走？

上天没有任何回应，我只看见一朵白云飘到了我的头顶，挡住了太阳的光芒。我的眼前顿时变得暗淡。秋风忽然大了起来，似乎要将我推下这山头。我摇摇晃晃地站起身来，感到自己的身形在动摇，这秋风太大了，甚至山顶的碎石都被吹了起来。我眼看着面前的树梢上的枯叶被刮掉了，飞到了半空。一只飞鸟在大风中挣扎，它拼命扇动着翅膀，但它已经对自己的身形失去了控制，在空中一会儿飞到了高处，一会儿又像石头一样坠落。

是的，这一切就是上天对我的回应么？天神藏在万物之中，他通过万物而显现自身。他从来不说话，但用另外的方式说话。他表面上是沉默的，却在秋风之中，在飞鸟的形象之中，在飘飞的树叶之中，在我所看见的晋军的兵阵之中，在战车扬起的尘烟之中，也在我站立的山顶上。他似乎和我在一起，可我却看不见他。我所能看见的只有他展示的万物，我听见的只有秋风的劲吹之声，远处传来的晋军的战鼓和士卒的呼喊，还有我自己的呼吸和心跳。是的，我的心跳越来越快了。

我惊慌地回到了平阴城邑，我对御夫说，你立即驾车，晋军就要击破巨防了，他们的兵马就像蚂蚁一样多，我在山头上已经看见了他们。若是巨防被突破，平阴城将失守，我不能被他们捕捉。御夫说，我的骏马在惊叫，一定是发生了什么。马匹是通灵的，它的惊叫必定有原因。我跳上了马车，御夫的一个响鞭，骏马开始飞奔。守城的士卒打开了城门，我的马车从这狭窄的城门中疾驶而过，迎面而来的大风吹起了骏马的鬃毛。

我朝着都城的方向飞驰。我看见道路两边的树林里闪动着黑影，我自言自语说，晋军不会在林中有伏兵吧？又想，晋军还没有突破巨防，这里怎么会有晋军的影子？但我的确看见了一个个暗影在路旁晃动，甚至看见有人挡住了我车前的马头，但这暗影又忽然不见了。我又看见前面的路上尘土飞扬，难道是晋军已经出现在我的前面？但我穿越这尘土之后，才知道这乃是一团旋风卷起的灰尘。

师旷

　　我是一个瞎子，我从小就不知道万物的形象。我使劲睁大双眼，只有朦胧的一些黑影，我不知道这些黑影是什么，但我凭藉自己的双耳能够倾听它们的声音。很多事物都保持着沉默，但这沉默与沉默却并不相同。我不仅能够辨别声音中最细微的差别，也能感受到不同的沉默。比如说，石头的沉默和一座大山的沉默是不同的，每一条河流的声音是不同的，每一个人走路的声音也是不同的。

　　我所有的光都从内心发出，我心中的光能够将我照亮。这样，我就不再是一个瞎子，因为我能够看见我想看见的，而看不见那些我不想看见的。比如一个人对我说，瞧，那颗星多么明亮，我就会抬起头来，我看见了他指出的那颗星，也看见了它的光芒。我所看见的比他所看见的还要明亮。若是他说，前面是一棵树，我就看见了那棵树。因为我内心的光芒已经照亮了那棵树，那棵树不是在我的眼睛里，而是在我的心里映射出它的每一片树叶、每一朵花、每一根树枝以及它纷扰交织的形象。

　　因而我前面的和后面的一切，都在我的感知之中。我不仅知道它们的样子，还知道它们隐秘的样子。是的，那些有着明亮的眼睛的人们，只能看见事物的样子，却看不见它隐秘的样子。在我看来，声音不是转瞬即逝的，其中蕴含着各种各样的形象，它包含了万物，也包含了我自己。我生活于这变幻莫测的各种声音之中。我拥有强大的记忆，能记住各种各样的声音。我能记住来自尧舜时代的乐曲，也能记住一个流浪者在路上随意哼唱的曲调，还能记住很多年前的风声和雨声，因为它们和我现在听见的风声和雨声完全不一样。

国君喜欢音乐，他让我弹唱的我都能弹唱。他总是不满足于听同一首乐曲，那么我就不断寻找陌生的乐曲。我几乎不重复弹唱，因为我拥有世间全部的声音，只要从中寻找，总是会有陌生的声音出现。是啊，有哪一种声音是相同的呢？即使一个人说话的声音，也从来不是相同的，只是更多的人忘记自己从前说话时的声音。一个人的声音也包含了他所说的话，因为他说不同的话，会采用不同的声音和节奏。比如说鸟儿的叫声中，已经包含了它要表达的内容。鸟儿不会说谎，因为它的每一声啼叫都出自本真。而一个人就不一样了，他的声音中既有真诚也有欺骗，但真诚的声音和欺骗的声音是不一样的。在我听来，人的声音不能掩盖自己的谎言。

所有的真实都来自声音。所以对我来说，声音就是一切。所以我从小学习音律，知道这音律中包含了全部秩序。我演奏尧舜的音乐，就可以看见尧舜的德行，可以看见他们怎样生活，我的眼前会出现他们的每一个动作，出现他们说话的声音。我演奏殷商的音乐，也能看见商王的生活和他们说话的声音。我感受到他们为什么能够获胜或失败。真正美好的音乐不是来自人间，而是来自天上，来自天上的

古灵魂

神灵。

　　在夜深人静的时候，我坐在外面的树下，倾听天上的神灵在说什么。他们不是用语言，而是用天籁说话。我听着从四周传来的各种声息，辨别它们来自哪里，来自远处还是近处，它们究竟是什么东西发出的。我的内心沉浸于各种各样的声音之中，我所看不见的，却都可以听得见。我可以听见天上的明月在说话，天上的星辰在说话，身边的树叶在说话，地上的尘土在说话。万物都有自己的语言，它们都在彼此倾诉。即使所有的沉默者也在说话，它们的语言就是沉默本身。

　　我也能听见万物的快乐和忧伤。不仅是地上的每一个人都有着情感，万物也有自己的情感。它们都不在囚禁之中，它们都是自由的，因而它们的快乐和忧伤来自本真。即使是夜间行走的神灵也是敏感的，他们可能因自由自在而忘记了自己，却从没有忘记快乐和忧伤。夜间的人们进入了睡眠，他们因睡眠而进入了自由，这时候，他们和万物享受着平等。若是没有睡梦，人就不会获得本该有的自由，因而睡梦乃是神灵赐予人的福分的一部分。若是一个没有睡梦的人，他在人世间还能获得什么呢？

　　整个世界就是一首乐曲，大的乐曲中套着小的乐曲，小的乐曲中还有更小的乐曲，因而这乐曲是无穷无尽的。每一段乐曲都不是孤立的，它们一个接着一个，一个套着一个，一个和另一个勾连呼应。因而我所演奏的每一首乐曲都不是完整的，它们不过是一些被抽取出来的片段。所有的乐曲只是时间的一部分，它在过去、现在和未来之间徘徊。我演奏，我也能听见，我从这每一个片段中可以听见全部，遥远的过去、短暂的现在和被音律所确定的将来。它们乃是彼此推动，彼此推演，就像一条河流一样，你看见了现在的波浪，就可以看见未来的波浪，因为你看见的波浪推动前面的波浪，而后面的波浪又推动着现在的波浪。

所以我虽然是一个瞎子，但我看见的仍然比别人要多，我所看见的他们岂能看见？我若是在国君的身边，我就能听见每一个人说的话，我听见他们每一个所说的都是谎言，很少有人对国君说出真话。就是国君自己也不会说出内心真正所想。我有时真想对他们说，你们所说的都是谎言，你们从来不说自己想说的话，你们所说的仅仅是为了让别人听，可是你们的心里却想着另外的事情。可是，我不愿戳穿他们，因为我知道，若是每一个人所说的都是真的，他就不可能在这世间生活。

是的，每一个人都依赖谎言生存，谎言是每一个人的食粮。离开这食粮，谁又能生活呢？我想，任何一个人都不愿意说假话，但他不得不说，因为倾听者不愿听见真话。国君不愿意听见真话，每一个人都不愿听见。人们就在谎言和谎言的对撞中获得安宁和快乐。远古的音乐之所以那么令人陶醉，是因为远古的人们所说的乃是内心所想的，它的质朴和本真能够触及我们的心灵。所以我更愿意演奏从前的曲调，它还没有被污浊而虚假的东西沾染。

没有污浊的东西是多么好啊，因为它不掩盖自己的本性，它所显示的乃是它自身。所以你从中可以听见神灵的声息。每一个人若是能沉醉于神灵的声音中，神灵就会住进他的灵魂里，他的灵魂就是快乐的。我在春天的时候，可以在旷野上行走，就可以听见种子发芽的声音，可以听见草叶成长的声音，可以听见树木的叶子滋生的声音。这

古灵魂

声音是多么细微，多么微妙，多么令人感动。农夫的脚步走过他的田地，我听见这声音多么好啊，他的每一步都是踏实的，他的快乐是充盈的，因为他从这一年中的开始看见了希望。我已经从他的脚步声中听出了他内心的欣喜。

夏天来临之后，万物的快乐已经呈现到了表面，眼睛明亮的人可以看见它们充溢的生机。可是我乃是用自己的双耳倾听它们。我听见草木在细雨中摇曳，听见雨后飞鸟在集聚，它们欢快地争相鸣叫，草丛中的虫子也是欢快的，它们悄悄地爬行或者飞到了树梢。这些声音似乎是凌乱的，似乎各自在抒发各自的情感，但是各种声音的汇聚却有着深奥的音律。它们从来不是孤单的，也不是单个的，而是都遵从同一个曲调的调度。这曲调恢宏而有力，细腻而微妙，它们中的每一个角色都不可缺少。

上天真是奇妙啊，它所造的一切都是合适的，都是好的。世间没有无用的事物，若是你觉得哪一样东西是无用的，那是你还没有理解它的用途。每一样东西都有着自己的光芒，若是你没有看见它的光芒，那么是你缺乏看见它光芒的眼睛。无论是白天还是夜晚，每一个声音里都包含着深不可测的意义。尤其是夜晚的时候，人的声音退出了，众多的声音从地上升起，就像一丝丝云雾在高山缭绕。我看不见的，都已经听见了，我的内心因为这复杂的声音而充满了光辉。

秋风开始吹拂，秋虫们依然是欢快的，它们不知道自己的生命即将结束，忘掉了自己所要面临的危险。既然一切都已注定，忧伤又有什么用呢？它们拼尽最后的力气，仍然唱着自己的曲调，因为这曲调乃是宏大的、不断转折的、幽深而充满了奥妙的曲调的一部分。即使是寒冷的冬天，这曲调的演奏也没有停息，只是从一种曲调更换为另一种。风雪卷着寒气，在山林里呼啸，野兽退缩到了洞穴里，而众多的飞鸟也蜷缩回了自己的窝巢。但仍然还有一些鸟儿在欢叫，它们与严寒和风雪交织在一起了。

大地上的欢乐乃是严肃的，没有为了欢乐而欢乐。只有人间的虚假乃是为了欢乐而欢乐。因为人们缺少的，就要四处寻找。现在我跟随大军征伐齐国，已经走了很远的路。渡过济水的时候，我仍然在倾听。河流的声息从远处一直奔涌，我从现在的波涛里听见了从前的波涛，我甚至听见了很远很远的地方源源不断的泉源。从汩汩流淌到众泉汇集，它们绕过了多少高山，来到了现在。它们又将我送到了彼岸。

然后萦绕在我耳边的是将士们的厮杀声，是飞箭穿过我的发梢。我不喜欢这样的声音，但我必须接受。我知道这样的声音里有着鲜血和伤痛，可是我又怎能阻止这样的声音呢？若是没有丑陋的声音，我又怎能知道哪些是美好的声音？一切丑恶和美好都是在对比中获得意义，它们都是这世间的一部分。这里有着智慧和愚蠢，有着残酷和温馨，就像上天赐予的四季，每一个季节都有着自己的音律。

终于这声音渐渐小了，我听见了鸟儿的欢叫。它们先是在我的前面，后来又转向了我的后面。我对士匄说，鸟儿这么起劲地鸣叫，我已经看见齐军要撤退了。我听说，在两国交战的时候，鸟儿们会感到伤心，它们就会躲在自己的窝巢里，不想鸣叫了。但是等到就要停止的时候，它们又会飞出来，聚集在一起，并且叫个不停。我们不知道的，鸟儿们会知道，因为神灵给它们安上了翅膀，又赋予它们以灵巧的声音，它们不是为了自己而欢叫，乃是为了交战的结束而欢叫。

我已经从鸟儿的叫声里辨别出了它们所说的话。我不知道它们说话的细节，却知道它们说话时的感情。不同的场景中，它们也有不同的表达，这一切都藏在了声音里。第二天早晨，士匄告诉我，说，你说得对，鸟儿说得对，齐军已经趁着夜色逃遁，因为齐国的国君已经从平阴逃回了都城。巨防已经无人看守，防门已经被打开，我们的大军已经进入了齐国境内，我们获胜了。

大夫叔向也向我的国君说，平阴的城头有那么多乌鸦在盘旋，敌军已经撤走了。国君说，这乃是最好的结果，我们并没有损失多少兵马，却获得了他的城邑。我还在担忧的时候，敌军已经败退，看来我们可以奏凯而归了。荀偃说，现在刚刚突破齐国的巨防，却要收兵，还不是时候，应该乘胜追剿，让齐国真正屈服。若是现在就收兵归国，齐国以后还要作乱，我们这次长途远征的意义就会失去。

国君转头问我说，我想听听师旷的想法。我说，我是一个瞎子，我看不见眼前发生的一切。但我听见了鸟儿的叫声，我知道齐军已经撤离，因为城头的乌鸦集聚，乃是它们看见了虚空。我仔细辨别它们的叫声，它们乃是在歌唱这虚空。我不知道这虚空是否需要充填，但我知道晋军即使再往前走，仍然是一片虚空。我们可以在这虚空中进取，也将在这虚空中离开。我们中的一个人离开了，我们也将离开。

卷五百零六

荀偃

　　齐国的国君从平阴逃走了，他的巨防也被我突破。他缩回了自己的都城临淄，又在兹、郆和卢地屯兵死守。我的大军和其他诸侯的大军已经将这三地围困，这已经是齐国最后的防线了，我要在这里完成对齐国的致命一击。我和士匄率中军攻打兹邑，让赵武和韩起率上军攻打卢邑，让魏绛和栾盈率下军攻打郆邑。

　　没有过多少日子，兹邑就被攻克，卢邑也已攻克，只有郆邑还在齐军手中。这是大夫高厚的封地，经过高厚的苦心经营，城池十分坚固，高厚也深得民心，所以魏绛和栾盈久攻不下。但这里的战事不能久拖不决。因为我已经感到自己浑身乏力，我的头上长了恶疮，我已经感到自己的身形渐渐消瘦，两眼也越来越突出，我用手在自己的脸上抚摸，感到眼睛就像两个鼓起来的包。我不知道自己还能坚持多久。

　　我已经感到自己的生命走到了尽头。我又一次在梦中见到了晋厉公，这一次他没有停留，只是在我的梦中一闪就不见了。他没有忘记我，他还要纠缠我，直到我死去。我必须在我弥留之际完成对齐国

古灵魂

的攻杀。天气越来越冷了，十二月的寒风将军帐就要掀翻了。我觉得自己已经飘在了空中。尽管我的身边燃着篝火，但我依然觉得浑身发冷。我不能继续与齐军这样对峙了，我不能继续等待了。

我不能就这样死去，我要在死前将我点燃，发出耀眼的光芒。这是最后的时刻，我不能将这最后的时刻放走。我的手一定要将这点时光攥住。我命令中军和下军绕过郭邑，直接攻取齐国的都城临淄。临淄已经陷入了我的重围。躺在自己的战车上，看着我的将士们攻打齐都，他们的喊杀声让天上的云朵震颤。我就在这喊杀声中陷入了恍惚之中。我仰面看着天上的蓝，这蓝光从很高的地方向我降落，落满了我的脸。是的，我感到自己的脸是蓝的，我的手是蓝的，我的浑身都充满了蓝，耀眼的蓝。

令人眩晕的蓝已经浸透了我的身形。我轻轻闭上了眼睛，我不想看见这样的蓝。我看见这蓝光中有着晋厉公的形象，他在天上轻蔑地看着我。一片白云从天边向着中天移动，它有着长满了胡须的下巴，它的中间有着一双眼睛，晋厉公的形象也藏在这白云的形象里。我感到十分痛苦，我的头上的恶疮发出了剧烈的疼痛。我知道，我的头已经在梦中被晋厉公割了下来，我的疼痛乃是被杀的疼痛。

我不断问身边的人，齐都是不是已经被攻克？他们回答说，还没有，他们还在抵抗，但齐军不会坚守多久了。我就让别人代替我，用力擂响战鼓，轰隆隆的战鼓声使我感到了兴奋，我的身体已经被这战鼓的声音充满，它让我头上的剧痛变得轻了。我睁开眼，看见城头一个人张开了弓，我感到自己已经被他瞄准，就让身边的士卒向那个人发出了一支箭，我看着那个黑影在城头缓慢地倒下，隐没于城垛之后。

　　天光渐渐暗淡，攻打也渐渐停息了。寒冷伴随着狂风，发出了呜呜声。我可以听见这冬天的寒风卷着枯枝败叶在奔走，似乎攻城的激战仍然在继续。也许这个夜晚乃是最后的夜晚，我不知道自己能否从睡梦中醒来。回想自己的一生，难道不是一直在梦中么？一个梦接着另一个梦，醒来的时候是那么短暂，而睡梦却那么漫长。我不喜欢噩梦，但我却噩梦不断。我喜欢的事情，又很少出现。

　　栾书已经死了，我不知道他有没有这么多噩梦？他临死前在想什么？晋厉公在他的梦中出现过么？他已经死了，他是不是被晋厉公索取了性命？他为什么不到我的梦中，告诉我他在梦中的遭遇？我想着自己，我既不是一个好人，也不是一个坏人，我既不是一个善良的人，也不是一个恶人。我不喜欢完全没有弱点的人，那样的人太强大了，他的生命也不会是真的。因为没有弱点的人，生命就不会在他的面前展开，他也从来不知道自己是谁。我也不喜欢弱点太多的人，那样的人也不值得效仿，因为他的弱点妨害了他的成长。

　　我既不喜欢内心阴险的人，也不喜欢完全透明的人。内心阴险的人不能将自己展露给别人，因为这阴险中有着太多的黑暗，也有着难以捉摸的恶。我也不喜欢完全透明的人，这样的人毫无黑暗，他的光明也就没有了。太阳下面既有光明，也有阴影，这样我们才会看见事物的本形。若是这人间都是一片光明，那么我们又怎么辨别所遇到的事情？一个完全透明的人等于他不存在，因为他的一切已经被光明淹没了。

　　我是一个既不忠诚又很忠诚的人。我对晋厉公是不忠诚的，因为

古灵魂

我杀了他。我对现在的国君是忠诚的，因为我想尽了办法为他效力。我努力做好自己的每一件事情，我从不懈怠，甚至愿意付出自己的生命。我也不理解，我为什么会是这样的人？我想，我的忠诚乃是献给自己的，因为我忠诚于自己的内心。我不想的就不愿意去做，而我愿意去做的，那就是这件事必须符合我内心的想法。

那么我还是一个忠诚于自己的人，一个自私的人。所以我不能成为圣人，也不能成为一个君子。但我在最后的岁月里是一个忠诚于国君的人，这是我内心为了弥补我的罪过，我不想带着罪过离开人间。我曾经是一个充满了弱点的人，但我毕竟变得完美了，不过这还远不是我想要的完美，但这完美中藏着我的过去，过去的弱点使得这完美不再完整。就像一块璞玉，它需要雕琢，需要时间的雕琢，我在这时间中完成了自己。我用自己的手雕琢自己，我已经尽力了。

我承认，我是一个狭隘和自私的人，但我用自己的力量抛弃了这狭隘和自私。这是我亲手从我的身上剜开了肉，忍受着疼痛，将其中腐烂的部分拿走。从前我受着这腐烂的东西的折磨，现在我的身上留下了不可挽回的疮疤。若是我死后见到了晋厉公，我会对他说，我杀掉了你，却也成全了自己。我过去是不忠的，可是我最终变为了一个忠诚者。我曾经是狭隘的，可是我最终变为了一个胸襟开阔的人。我曾经是平庸的、懦弱的，但我最终变为了一个勇敢的人。一个人的勇敢不是显现在战场上，而是在自己的内心。这勇敢不是为杀戮，而是能不能将剑锋指向自己。在最后的日子，我用自己的剑杀掉了自己的过去，留下了现在的我。是的，我不是为了让你原谅我，因为我最终也没有原谅自己。

你要知道，原谅别人是不容易的，但原谅自己更不容易。我的仇恨已经对准了自己，我的复仇乃是因为自己就是仇敌。我终于完成了复仇。若是我还是原来的样子，我就不会来见你。我在梦中与你相见，乃是你在寻找我。现在我来寻找你，我带着自己真正的面孔来寻找你，你看，我现在的面孔还是原来的面孔么？也许你已经不认识我了，就连我自己也不认识自己了，因为我已抛弃了我原来的样子。

唉，我就要死了，我已经感到自己奄奄一息。我现在充满了对未来的好奇，我希望知道一个人死后会怎样，他会变成什么样子，他将怎样感知这个世界？我充满了好奇，就像一个儿童一样充满了好奇。也许那一切都是全新的，和我现在所看见的一切都不一样。若是那样，该有多么好啊。我已经厌恶了我的过去，我也开始厌恶我的现在，我将连同过去和现在一起丢弃，丢弃到我看不见的荒野里。在梦中，我扶着自己的头在逃跑，现在我连自己的头也要扔掉了。

我的头上已经生满了恶疮，丢掉它已经没什么可惜的了，它已经成了我不能忍受的痛苦和负担。我要丢弃这痛苦和负担了。遗憾的是，这次攻打齐国虽然已经获胜，但还没有完全获胜，不过就是现在撤军，也可以说得过去了。可是这毕竟是一个不够完美的获胜。我想起了巫皋和我说的话，我在征讨东方的时候可以取胜，现在可以说他的话应验了。

听说我已经卧病不起，许多大夫要来看我，我不想见他们。因为我不想让他们看见我现在的模样。我浑身瘦弱，脸上已经失去了肉，只有松弛的皮肤。我的双眼突出，眼睛里也失去了往日的光亮。我的头上长满了恶疮，我都可以闻见自己散发出来的恶臭。若是他们看见

古灵魂

我，会感到惊愕——这还是荀偃么？他原来可不是这个样子。不，我拒绝见他们，我不想让人看见我的肮脏，看见我的可怜，看见我丑陋的脸。我已经厌恶了自己，又怎能让别人厌恶我呢？我乃是希望别人喜欢我的，怎能让别人厌恶我呢？

士匄想来见我，他就在军帐外等待。他是我的副帅，我喜欢他的智慧和勇敢，也喜欢他的果断和德行，可是我想了想，还是拒绝了他。我已经听见了他说话的声音，但我已经不想说话。让我独自待在这里吧，我不愿意和任何人说话。我只和自己说话。是的，我与自己说的话太少了，现在是最后的机会。我走到了现在，才知道自己的内心里有着无数个我，他们交织在一起，好像在互相搏斗，但又最后汇聚到了一起。这多么像一条河，那么多的水，形成了一个个不同的波浪，它们互相推着，互相搏斗，拥挤在一起。原本并没有什么方向，只是为了任性而自由，它们对着岩石冲撞，它们对着自己冲撞，它们又在聚集，最后朝着一个方向前行。

我的过去不就是这样么？一棵大树也是这样形成的。从一粒小小的种子发芽，然后一点点长大，它开始分杈，长出了无数的枝条，长出了无数片树叶，但最终成了同一个形象。这意味着，我的过去也许永远也抛弃不掉，因为过去也是我的一部分。我的形象里有着过去，但已经没有未来了。也就是说，我的过去就是我的全部，我又怎能将过去丢弃？我要丢弃的，将是我的全部，是的，我要彻底丢弃自己了。

我的两眼大睁着，可是我的眼前却变得模糊一片。我已经坠入了苍茫。我感到自己的身体在空中飘，寒风吹彻了我的身形，我已经不再感到寒冷了。我的两眼大睁着，可是我已经渐渐看不见什么了。但是，不知过了多久，我又好像从睡梦中醒来了。我从空中看着自己，看着自己枯槁的脸，我的面孔是那么丑陋，可是我仍然看着它。我的眼睛仍然睁着，但其中却失去了光芒。

很多人进来了，他们流着眼泪，说着我听不清的话语，看起来他们都十分伤心。士匄说，他已经死了，谁都会死的。可是他不应该现在就死去，看来我们要放弃攻打齐国的都城。可是将临淄攻克，乃是他的最后愿望，但他的死去也让我们放弃了他的最后希望。我看见自己紧紧地咬着牙，以至于仆人想把玉珠放入我的口中，但怎么也掰不开我的牙齿。我既然不想张口说话，又怎会在口中容得下玉珠呢？我不需要这样的东西，我所需的乃是紧紧地闭嘴，将所有要说的话放在自己的灵魂里。

他们想让我闭上眼睛，但不知道我希望什么。士匄抚摸着我的身体，轻轻地说，我要像侍奉你一样侍奉你的儿子荀吴，你就放心吧。可是我的眼睛仍然睁着，不肯闭上。士匄的外孙栾盈站在一边，他走近我说，也许你不甘心就这样放弃对齐国的攻打？若是你死后我们继续攻打齐国，那么你就可以瞑目了吧？若是不相信，那么河神将为你做证。这时，我看见自己的眼睛缓缓闭上了，紧咬的牙齿也松开了，我接受了那颗玉珠，它被放在我的舌头上。

我离开了我的肉体，向着高处飞翔。我与士匄、栾盈、赵武等人，都渐渐远去。不是我在飞翔，而是他们向着低处退去。看似我还可以看得见每一个人的面容，但他们都一点点模糊起来。我的浑身是轻松的，因为我不仅丢弃了我的肉体，也丢弃了我的罪，我的从前，我从

古灵魂

前的一切一切。冬天的风也不再寒冷了，而是变得十分温暖舒适，它充盈了我的身形，我乃是在自己的虚空里寻找到了真正的虚空。没有什么能够挡住我的飞升。我就像天上的云朵一样，却没有云朵的形状。我离开他们了，可是我还要和谁在天上相逢？

卷五百零七

栾盈

　　一场远征将以荀偃的死去而结束。诸侯大军士气高涨，他们攻打齐国都城时都奋勇争先，登城的云梯推向了城墙，有的士卒已经登上了城头，但还是被守城的齐军打了下来。箭镞从城上不断落下，被士卒们手中的坚盾挡住。冬风呼啸着，从城头越过，打在了厚厚的铠甲上。人们的身上冒着热汗，从远处能够看见每一个人都冒着热气，人被这热气缠绕，仿佛是一块块火炭带着自己的炽热在奔走。

　　也许荀偃的死乃是他的命运，他也准备死去。我听说他和巫皋做了一个同样的梦，这个梦就是告诉他命运将不可改变。所以他知道自己就要死去，可是他还想做一件最重要的事情，那就是讨伐齐国。是的，这不仅是为了晋国的霸权，为了天下诸侯的公平和不受欺辱，还为了晋国的国君。若是可以战胜齐国，那么国君的德行和威望就可以得以弘扬和提升，这也是他以最后的忠勇赎回从前的弑君之罪。

　　荀偃死后，他的眼睛一直不肯闭上，这就是说，他不甘于这样死去。士匄想着是他不放心自己的儿子荀吴，所以士匄就对他说，我会

古灵魂

和侍奉你一样侍奉你的儿子。但是士匄想错了，荀偃的双眼仍然不肯闭上。我就想，荀偃到这个时候，已经没有什么私心了，他必定是想着国家的事情。而且我听说他曾做了一个梦，梦中晋厉公割下了他的头。巫皋也做了同样的梦，巫皋曾预言，若是到东方讨伐，必定能够获胜，但荀偃却要死去。

荀偃完全可以避开这个梦，可以避开巫皋的预言，若是他不来讨伐齐国，也许他还能够活命，但他还是毫不犹豫地来到了战场。这意味着他已经抱着必死的信念，他明知道自己将死去，但还要讨伐齐国，就是为了率军取胜。现在正是攻打临淄的关键时刻，他却要死去，这怎么会让人甘心呢？于是我对他说，你放心地去吧，我们不会放弃攻打齐国，直到取胜，让河神做证吧。我所说的话，果然击中了他的心思，他闭上了眼睛。

但是，这一场即将到手的胜利只好放弃了。尽管诸侯的大军士气旺盛，也许齐都临淄指日可下，但晋军的主帅已经死了，我们不应该带着失去主帅的哀伤继续攻城了，现在要做的是护送着荀偃的遗体返回自己的国家。实际上，我们已经获胜，不需要继续攻打临淄了。齐国已经见证了晋军的力量，他们已经知道了自己的命运。虽然还在苦苦支撑，但他们已经知道自己的失败了。

我听说，齐国的国君已经动摇，他已经准备逃走了，是他的儿子吕光拦住了他。这个胆小的国君早已经被我们的攻打吓坏了。就在这时，士匄命令撤军，我们趁着夜色撤出了齐国，荀偃的灵柩由士卒们抬着，放在了他的战车上。在路途上，天阴沉下来，竟然飘起了雪花。越往前走，雪就越大。士卒们的身上落满了白雪，大军就像一些孩子们堆起的雪人在风雪中移动。士卒们的铠甲上结满了冰。

战车的车辙很快就被大雪掩埋，我们行进在一片白茫茫之中。天是白的，地是白的，一切都是白的，好像我们也被这巨大的白淹没了。我的车辕前的战马的鬃毛上积了厚厚的雪，而寒风又不断将它吹起，这些雪粒敲打着我的脸颊。大雪是无声的，马蹄也失去了平时的嘚嘚声。徒兵肩上扛着长矛和战戈，兵刃的尖端也在这茫茫的雪中失去了蜡火般的光辉。

归途中的营帐就在雪中。士卒们铲开厚雪，垒砌军灶，化开雪水，砍伐干柴，点燃烈火。烟雾从地上升起，空中的飞雪被烈火映照，看起来就像无数小虫子在飞舞。雪夜中既没有星斗，也没有明月，诗意从空中消逝，只有无穷的寂寞。我感到浑身疲惫，却不能入睡。我的心里不断映现出荀偃的脸，一张枯瘦的、毫无生气的脸，一张死去的、却合不上眼睛的脸，他仍然让我一阵阵惊骇。

我感到自己欺骗了他。不是说要继续攻打齐国么？怎么撤军了呢？是的，我欺骗了他，欺骗了一个死者。我仅仅是为了他合上双眼，仅仅是为了他张开嘴巴，接受他应该接受的一切。可是我欺骗了他，欺骗了一个死者，欺骗了一个离开了我们的灵魂。一种罪孽在我的心头盘旋，我不能驱散它，也不能驱散这张可怕的脸。我许诺他的，乃是我不能做到的事情。一个死者相信了我说的话，他闭上了眼睛。

我还欺骗了河神，我说要让河神做证，可是我又怎能让河神做证呢？我在这样的雪夜，在雪地上走来走去，我在雪地上踩下了一个个清晰的脚印，但我的脚印似乎也在诅咒我。这些脚印就像文字一样，

古灵魂

在火光中延伸到了黑暗里。我不断地从火光明亮的地方，走向黑暗深处，又从这黑暗深处转了回来。明天就要过河了，我该怎样面对河神呢？我既欺骗了死者，又欺骗了河神，我的罪能够被饶恕么？

卷五百零八

晋平公

征讨齐国终于得胜而归，我一直担忧能不能击败齐国，现在悬着的心放下来了。但是荀偃却在征讨中死了，我失去了一个值得信赖的重臣。我的父君在临死前曾将我托付给他，现在他也死去了。他还想将齐国的都城击破，因为这个心愿，他竟然死不瞑目。实际上，齐国虽然没有屈服，但已经被击败了，我已经十分满意了。

我是一个不喜欢四处征伐的人，我只要将父君留给我的晋国治理好就已经满足。在自己的宫殿里享受国君的生活不是很好么？为什么要不断征战呢？我的晋国已经很强大了，谁又敢侵犯我的国家呢？现在我还是获胜了，我获得了对中原诸侯们更强的召唤力。回到国都之后，我安抚了荀偃的家族，犒赏了攻伐齐国中的功臣，晋国又恢复了往日的安宁。我喜欢这样的安宁，我想天下的民众也喜欢这样的安宁。

安宁是多么好啊。安宁可以每日宴饮，可以欣赏歌舞，可以到山林狩猎，可以与群臣一起快乐，可以享受生活赐予的时光。人生是多么短暂，我的父君那么年轻就离开了人世。我要到他死去的年龄，还

古灵魂

会有多少年呢？就说荀偃吧，他就不会享受上天的恩赐。本来很好的光景，却要和栾书一起弑君，让自己一生不能安宁。我的父君没有追究他的重罪，就已经让他感恩不尽了，又重用他，让他执掌国政，他便更加小心地侍奉国君，临死前还想着怎样攻破齐国的都城。

最后的结果令人唏嘘，死后都紧咬着牙齿，以至于仆人都掰不开他的牙齿，不能将玉珠放入口中。他若是听从我，也许现在还在和我饮着美酒，享受着天赐的快乐呢。但他执意要征讨齐国，只是因为他的一个梦。晋厉公割下了他的头，他捡起了自己掉落的头，并已经扶着头逃跑了，可是他又在这征伐齐国的路上返回，扔掉了自己的头。是啊，他在梦中逃走，却在现实中走向了绝路。

我为他的离去感到惋惜和伤心，以致我几次都在梦中见到他。我看见他还是原来的样子，头上生满了恶疮，他不断用手抓挠。也看见他形容枯槁，双眼突出，他用温和的目光看着我，对我说，我们讨伐齐国成功了么？我说，我们已经获胜了。他还对我说，士匄是一个智勇双全的人，我已经不在你的身边，以后你应该多信赖他。我竟然在梦中流出了眼泪，因为他的形象在我的梦中是那么温馨，后来他的脸部渐渐变得漫漶，然后像一缕烟那样渐渐散尽了。是的，他真的已经散尽了。他从自己的梦中死去，在我的梦中消散。

果然，齐国派来了使臣，两国约定在澶渊结盟，它不得不承认自己的失败。于是我与齐国的国君，以及宋国、卫国、郑国等国家一起会盟，晋国作为诸侯的盟主获得了再次认同。可是在这一年，我的下军的副帅栾盈背叛了我，被士匄驱逐，他逃到了齐国。这让我十分愤怒，齐国刚刚和晋国结盟，却收留晋国的叛将，这岂不是又一次背叛？

　　因为栾盈是士匄的外孙，士匄因惜念亲情而没有杀掉他，这给晋国埋下了祸患。谁能想到，齐国的国君假借给我献上媵妾的机会，将栾盈装在箱子里送回了他的封地曲沃，于是他率领家兵和旧部杀入了都城。我没想到，自己的生命就要这样结束了。我已经听见了外面一片慌乱，看来我就要见我的父君去了。

　　我拿出了父君遗留给我的剑，借着阳光看着它的锋刃，一缕光沿着剑锋向着剑柄跃动，它那么耀眼，就像乌云中的闪电，从我的眼睛进入了我的灵魂，它瞬间就穿透了我。我已经失去了继续活着的勇气，因为一个国君决不能承受一个叛乱者带来的羞辱。我不能像晋厉公那样，被叛乱者所杀。

　　我已经从这剑上看见了自己的面容，我似乎已经被刻在了这柄剑上。剑光照亮了我的脸颊的一边，而另一边沉浸于黑暗。我看见了自己，看见了我的整个头都映照到了我的宝剑上。我的脸的轮廓和线条是这么清晰，似乎我的命运将和我的宝剑联系在一起。是的，我擦拭着我的剑，擦拭着我的父君留给我的剑，我将用它来结束自己。

　　我用丝帛精心擦拭着这柄剑，它必须是干净的，我不让我的死沾染一点尘土。我反复在阳光下观赏它，它乃是和我一样，有着自己的生命和灵魂。我能感受到它的呼吸，它的眼神，以及它在凶狠中的温柔。我用手指试试它的锋刃，它的锋利就在我的手指上，它发黏，有一种令人难以抵御的强大吸力。我就要被它吸到里面去了。

　　外面在举行丧礼，我的一个爱妾死了。她是在一场恶病中死去的，她乃是我宠爱的女人。我本来就在悲痛之中，现在反而从这悲痛

古灵魂

中醒来了，变得十分平静。因为面对别人的悲痛，我因自己即将的死，放弃了原有的悲痛。别人的死，也是自己失去的一部分。前面是荀偃的死，现在又是我的爱妾的死，他们的死不过是我的死的引导和暗示。

就在我要举起剑的时候，士匄来了。他穿着女人的丧服，一副女人的装束，我都认不出他了。只有他说话的声音，让我知道了这女人丧服中包裹着的人究竟是谁。可以看出来，士匄也十分慌张，他说，栾盈已经率军来到了都城，城里已经一片混乱了。我还听说，齐军已经跟随在后面，已经越过了大山。我们该怎么办？

我说，这也正是我想问你的，我们该怎么办？你装扮成女人，还像个掌管朝政的卿相么？这时他才一把将自己的丧服扯下，对我说，我没有办法，只有用这样的计策才能进入宫中，不然我怎么能见到你呢？外面都是栾盈的兵卒，我也只能这样了。我当时正在和乐王鲋在一起，听到栾盈攻入都城的消息，就赶忙来见你。

他说，我们必须死守住宫城，这是最后的容身之地了。这样我们就可以号令各路大军讨伐不臣，守住宫城也就守住了反击的大义。若是栾盈攻破了宫城，一切都无从谈起了。还需要取得魏氏的支持，我听说，栾盈之所以能够混入都城，就是得到了魏绛的儿子魏舒的帮助，是魏舒将他放入城内。若是他与魏舒联合在一起，我们的力量就会削弱。我换上丧服进入宫城，乃是乐王鲋出的主意，特殊的时候也只有这样了。

我说，好吧，就照你说的去做。但是你怎么让魏氏支持你呢？栾黡和魏绛一直很好，现在栾盈和魏舒也都在下军共事，你怎么去说服魏舒呢？士匄说，我还不知道结果怎样，但我会想办法。我将派我的儿子士鞅前往，他是一个忠勇也有智谋的人，我想他一定会办成这件事情，就请国君放心吧。

士匄匆匆离去了，他安顿了守卫宫城的将士，仍然穿上他的女装，由两个侍女陪同，乘车出了宫门。我看着他的背影，内心暗自发笑，但却笑不出来。我的心里充满了不安，我不知道接下来的事情会怎样。天上的白云停在了中央，好像就在我的头顶上。那么这白云是吉兆还是凶兆？一只乌鸦从宫殿的檐头飞过，发出了呀的一声。这叫声是这么尖厉，又这么沙哑，它莫非是要向我说什么？

卷五百零九

士匄

一切起源于从前，没有从前就没有现在。若是从前什么都没有发生，现在也不会有什么事情发生。可是我怎么也没想到，栾盈会背弃晋国，又从齐国返回曲沃，率军进入都城作乱。是啊，我怎么能想到这些呢？谁也没有想到。

唉，我还是不够凶狠，若是当初杀掉栾盈，又怎会有今日的祸患呢？因为他毕竟是我的外孙，他的母亲是我的女儿。可他的母亲前来告诉我，栾盈准备反叛，我难道不应该相信我的女儿么？开始我也不太相信栾盈真的会作乱，但我的儿子士鞅做证，说，栾盈的确准备作乱，因为他招募死士，暗自训练。若是他真的反叛，我就会遭殃，晋国也会遭殃。

我又十分怀疑自己的判断，我怎么也不会相信栾盈会反叛。尽管他是一个机灵而心机重重的人，但他怎么会叛乱呢？因为我看着他长大，他喜欢猜测别人的心事，而且每一次都能猜中。他从小就十分聪明而胆大，但还不至于叛乱吧？他为什么会这样做呢？难道是因为我们两家从前的仇怨？

那还要从迁延之役说起。晋悼公命令讨伐秦国，以便安定西境。主帅荀偃命令各国的诸侯大军鸡鸣之后出发，他走在前面，让大军望着他的马首前进。大军很快进入了秦境，即将发起攻击的时候，平日骄横的栾黡不听将令，擅自撤离，迫使大军草草收兵。但是栾黡的弟弟栾鍼因自己兄长的做法感到愤怒，他不愿意晋军让诸侯耻笑，于是和我的儿子士鞅一起冲入敌阵，结果栾鍼在乱战中死去。

但是，栾黡竟然将他弟弟的死归咎于我的儿子士鞅，他说，他们两个一起冲入了敌阵，你的儿子回来了，而我的弟弟死去了。我回答说，难道战场上不会死人么？只不过我的儿子活了下来，但活下来的人有错么？栾黡却不肯饶恕我的儿子，士鞅只好远走他乡，逃亡到了秦国。栾黡的骄横跋扈太让人气愤了，他的蛮不讲理也太让人气愤了，可是他却因此与我结怨。我不理解这个人，不知道他为什么会这样想。

可是晋悼公仍然袒护他，因为栾黡的父亲栾书杀掉了晋厉公，并请回了晋悼公。晋悼公感念从前的恩情，才让他在朝堂上横行。现在我的女儿向我告发栾盈图谋不轨，我的儿子又可以做证，也许这乃是除掉栾氏家族的好时机。我也知道，我的女儿为什么要告发栾盈，自己的母亲告发自己的儿子，不是因为情势危急是不会这样做的。一定是发生了什么事情，她只有这样做才可以保全自己。

后来我问起别人，知道我的女儿在栾黡死后，和别人私通，让栾盈不满，因而受到了威胁。我当然站在我的女儿的一边，我的儿子士鞅也站在这一边。栾黡当初十分暴虐，而他的儿子栾盈也是这样。他们都是暴虐、多疑和充满了心机的人。人们只是因为感念栾书的恩德，才能够容忍他们。我的儿子士鞅在秦国逃亡的时候，秦国的国君曾问他，晋国的大家族哪一家先亡？士鞅说，栾氏必定先亡。是啊，一个人的福德不会荫及三代以上，栾氏灭亡的日子就要到了。

现在栾盈已经打到了都城，我已经没有任何退路了。只有奋死一搏，才可能力挽狂澜。我得到了国君的命令，安排好宫城的防守，查巡了宫城可能被攻破的缺陷，可以说，宫城已经可以得到很好地防守，栾盈很难快速攻破。我从国君那里归来，就让士鞅前往魏氏的住地，以便及时剪断栾氏的羽翼。我对士鞅说，你要临机应对，不可粗心大意，我们的胜败就看你的了。若是魏氏提出什么，你尽可以答应他，最重要的是渡过危机。

我目送士鞅乘车而去。士鞅是一个心思缜密的人，他知道该怎样做。我和乐王鲋坐在席上，他看出了我内心的焦急。他说，你不必心急，一切将会顺利。宫城已经守卫严密，你已经接受了国君的命令，就掌握了调动大军和号令众臣的权力，正义已经握在了你的手里。士鞅是一个有勇有谋的人，他必定可以说服或者抑制魏氏，我们还是饮酒等待吧。一旦剪断了栾盈的羽翼，他就飞不起来了。

乐王鲋是一个有计谋的人，他遇事不慌，镇定自若，似乎一切都在他的掌控之中。为什么我做不到这一点？不过我不愿意让乐王鲋看出我内心的惊慌，我对他说，好吧，我们继续饮酒，然后他把酒高歌——

梅子纷纷落到了地上，
但树上还有七分存留。

想要找我的儿郎，就不要一直等待，
不然就会耽误了吉时良辰。

梅子纷纷落在了地上，
枝条上还有三分存留。
想要找我的儿郎，
你还在等待什么？

梅子都已经落在了地上，
要用簸箕来铲起装满。
已经到了这样的时候，
你还在犹豫不决？

乐王鲋所唱的乃是《诗》上的《摽有梅》，我知道他唱歌的意义。他的声音那么悠扬而动听，可是我仍然无心欣赏，而他却这般从容。我承认，我若有他的那般镇定，还有什么可以让我惊慌的？我问他，现在树上的梅子还有多少？他说，树上的梅子是稠密的，它们都还在树上，但是栾盈的树上已经没有多少了。

士鞅已经出去很久了，现在还没有返回。我怎能不心急呢？我看着乐王鲋一饮而尽，我的心就要跳出心口了。我看着酒爵中映照着自己的面影，我的眉头皱起，我的冠冕在微微颤动。我的脸上的表情是肃穆的，我在默默向着上天祈祷。我说，我们到外面看看吧。于是，我和乐王鲋来到了屋外，蓝天让我一片眩晕。也许是饮酒的缘故，我

古灵魂

眼前的一切都变得扭曲，树木都变得和平时不一样了，就像无数的毒蛇在树梢扭曲盘绕。

　　外面的呼喊越来越大了。乐王鲋说，你听，现在他们的喊声太高了，一会儿就会衰减。你不要被这喊声迷惑，现在所有的不是以后所有的，他们乃是看见了眼前的希望，所以才奋力呼喊，然而这希望也在呼喊中一点点失去。我说，不，不要低估我们的敌人，他们的呼喊也会动摇军心。乐王鲋说，等着吧，因为你树上的梅子还多，你还能够经得起等待，而栾盈已经没有等待的机会了。

卷五百一十

士鞅

　　栾盈真的开始了他的反叛生涯，但他已经走到了悬崖上。他的父亲栾黡曾逼着我走上了逃亡生活，栾盈也从来没有忘掉我们的仇怨。我曾经说，栾氏将要最先灭亡，现在看来他们的末日已经到了。栾盈不思悔过，却奔逃到了齐国，还与齐国密谋，借着为国君送媵妾的机会，潜回到了曲沃，竟然率军反叛，天道怎能容忍这样的叛臣？

　　父亲从国君的宫室回来，国君已经命令他反击叛乱者。他命令我说，你要到魏氏住处，稳住魏舒，不要让他跟随栾盈作乱，不然他们一起攻打国君的宫城，将难以守护国君。若要到了那样的时候，就会让叛乱者挟持国君，我们也要遭殃。我领命之后，立即驾车前往魏氏的家宅。我只带领了几个士卒，若是我带着军队前往，就会让魏氏奋死抵抗，那样事情就糟了，栾盈和魏舒就会形成呼应之势。

　　我快马飞驰，车轮常常被崎岖的路弄得飞跃起来，但我已经顾不上平稳行驶了。我的御夫不停地甩着鞭子，呼喊着，来到了魏氏家宅。我看见魏舒正在排列队形，准备率军出发。魏舒已经站到了战车上，手里拿着战戈。我知道他也已经有了叛乱之心，准备和栾盈的军卒汇合。我只是呼唤魏舒，还没有听见他的答应，就一个飞身，跳下了战车，又跃上了他的战车。我说，栾氏已经杀入了都城，我父亲和众臣已经在国君的身边，现在国君召唤你，遣我前来迎接你。

他结结巴巴地说，我……怎么能让你陪同我呢？你先回去，我随后就到。我说，不，事情紧急，来不及等待了。我愿意做你的骖乘，陪你一起去见国君。我迅速抓住了马缰，另一只手拿着宝剑，命令御夫离开。现在我已经控制住了魏舒，他知道我的剑术高超，若是他敢于拔剑，他的头就会立即被我割下来。他也不可能跳下车了，他知道一切都来不及，我手中的剑快过他所想的一切。我的目光直射着他，他低下了头，说，那就走吧。

他知道我的目光所说的话，他也知道他自己正在做什么。可是他已经不敢反抗了，他也没有能力反抗了。尽管他拥有那么多的士卒，但他知道，他们已经没有可能接近这战车了。御夫想要回头看，但我命令他说，不准回头，专心驾车，朝着国君的宫殿，要快马疾驰。他在回头之际，已经看见了我手中的剑光，这剑光逼得他回转头去。

战车的车轮在旋转，路上的泥土不断甩起，我打破了沉闷，对魏舒说，因为国君让我必须迎接你，我不知道你列队训练兵马。他想了想，用很低的声音说，我听说栾盈叛乱，就集结兵马准备随时为国君效力，不知道你这么快就来了。我问他，我是不是来得早了？是不是打乱了你的想法？他慌忙说，没有，我和你的想法一样，只是不知国君什么时候召唤。

他又说，你能不能放下你手中的剑？我说，不能，因为城里已经大乱，我随时要保护你，若是你被乱军所伤，我岂不是犯了大罪？我可不能因为自己的疏忽而受到惩罚。他明知故问，我知道栾盈的军队十分强悍，我们能不能抵挡住？我知道他在试探我，我回答说，背叛者已经违背了天理，他怎会成功呢？你可以看见，从前的背叛者有哪一个可以获胜？栾盈事实上已经死了，他的挣扎乃是一个死者的挣扎。可是不论他怎样挣扎，他已经死了，他已经在走入被黄土掩埋的路上了。

我又说，好在你没有跟他走，你也不会跟他走，我说得对吧？他感到了我剑的寒气，脖子向边上歪着，僵硬地点头。路边的野花开着，树木的影子不断从车边掠过，这是一个好天气。天上只有几丝云彩，慢悠悠地飘着。我们的车快过天上的云，我所看见的云的飘动，乃是我所乘的车在飘动。魏舒手中的战戈在阳光下闪烁，可是他的战戈仅仅是他手中的一根无用的木棍，他不可能将它举起，是的，我不会给他一点机会。

没用了多少时间，我们就到了宫城的门前。我的父亲已经在众多士卒的簇拥下焦急地等候。看着我来到了他的面前，他说，国君早已经在大殿上等候，大臣们已经到齐了。他看了魏舒一眼，勉强挤出了微笑，说，我不知道士鞅能不能请你出来。魏舒说，国君的命令，我怎敢违背呢？我又怎敢让你在这里迎接？

卷五百一十一

士匄

　　听到魏舒已经随同士鞅前来的消息，我十分欣喜，只要魏舒与我们同心，或者至少不参与叛乱，击败栾盈就有了胜算。我亲自来到了宫门前迎候，现在我必须先将魏舒攥住，不可以松手。一辆战车从远处疾驰而来，前面的战马四蹄轻快，鬃毛飞扬，车上士鞅和魏舒并肩站立，士鞅的手里还捏着寒光闪闪的剑。剑光不断映射到他们两个的脸上，就像一道闪电，一会儿从云中显现，一会儿又消失不见。只有车轮滚动的声音，我远远就听见了，在我的双耳，这样的车声就是暴雨前的雷霆。

　　这车轮扬起的尘土从后面升起，我穿过这尘土看见了希望。喊杀声已经从尘土的背后传来，我的将士还在继续抵抗，但这喊杀声已经越来越近了。魏舒下车后向我施礼，我也向他施礼，简单的几句话后，我们来到了国君的面前。国君说，魏舒来了，叛军已经就要打到宫城了，能否抵挡住叛军的攻打，就看你们了。

　　我对魏舒说，你能前来，我已经感到欣慰，国君也感到欣慰，你已经用行动证明了自己的忠诚。我们同仇敌忾，必定能够灭掉栾盈。

若是灭掉了栾盈，国君将会把栾盈的封地旧都曲沃交给你。魏舒的脸上流露出复杂的表情，但这表情中已经有了几分喜悦。他说，国君对我这样信任，我还说什么呢？我只有在这样的关键时刻，和国君站在一起。

我对国君说，现在我们只要坚守宫城，叛军就会很快溃散。宫城之外，叛军已经开始攻击了。有人来报，敌军的攻势猛烈，看来很难守住了。我说，必须坚守，若是宫城被击破，国君就危险了。国君的安危都系在守城将士的战戈上，我们决不能后退半步。来人说，栾氏领头的是一个勇士，武艺高强，身强力壮，他一路厮杀，无人能抵挡。

我来到了朝堂之外，看着宫中的人们脸上都露出了惊慌。他们的脚步都是凌乱的，显然他们已经对守城失去了信心。这时一个人跑了过来，他说，我是你们的奴隶，我的名字叫斐豹，若是你能烧掉我的丹书，让我恢复自由之身，那么我愿意拼死一搏，杀掉栾盈的猛将督戎。我打量了他一番，他身材高大，浑身充满了力量，他的手伸开，就像粗壮的鹰爪，他的胳膊就像树根一样，肌肉在扭动。我答应了他的要求。我说，这是上天的安排，我怎能拒绝？无论你生还是死，我都会请求国君烧掉你的丹书，让我们头顶的太阳做证。

我的手指向天空，他和我一起向天上仰望。太阳的光芒让我睁不开眼，但他却大睁着双眼，对我说，好吧，现在的太阳已经将我照亮，我的内心已经一片光明。我将杀掉督戎，回来再看烧掉丹书的火光。他对我微微一笑，说，你就在城头看着我吧。他让人把他从宫城的墙上用绳索捆绑而垂下，我站在宫墙上，看着他就像从城头飞下去一样。他穿着一袭黑衣，衣襟被风吹起，好像蝙蝠的翅膀。

他很快就抽出了腰间的剑，冲向了前面的叛军，将几个士卒杀掉了。他的身手敏捷，几乎没有人能够抵挡。这时督戎看见了他，就冲着他而来。他挥舞着剑，做出了挑战的姿态。但当督戎冲到他面前的时候，他又转身而逃。我想，他已经意识到，自己不是督戎的对手，不然他为什么逃走呢？督戎在后面紧紧追赶，几次都已经接近他，但他却一次次以漂亮的转身，躲开了督戎的战戈。

我已经看出来了，他似乎在引诱督戎追杀，可是我不知道他究竟为什么这么做。斐豹到了一堵矮墙边，看来他已经无路可逃了。我的手紧紧攥着，差不多捏出了汗水。我替斐豹感到担忧。我大喊，转身出剑，快转身出剑……我的心悬在了喉咙里，我的心就要随着我的喊声跳出来了。可是，斐豹并没有转身，他没有听见我的呼喊。他只是一个飞跃，跳过了那堵矮墙，并藏在了矮墙之下。

督戎也跟随着他飞身越过了矮墙，就在他还没有落地的时候，斐豹的剑光一闪，这剑光一点点变短，最后完全沉入了督戎的身体。督戎似乎在半空停留了一下，似乎被这剑光支撑住了，但很快就吞没了斐豹手中的剑，重重地跌落于泥土。剑尖从他的背后露了出来，在强烈的阳光下闪烁，就像背部点燃了一团烈火。

督戎已经死去，但后面的军卒又攻了上来。斐豹又杀掉了几个士卒，就来到了宫城下，顺着缒绳攀爬而上，城上的士卒又将他吊了上来。我说，你可以去国君那里了，国君立即就会烧掉你的丹书，你将看见你想要得到的火焰了。他笑了笑说，我杀掉了督戎，我还可以杀掉更多的叛军。我说，我已经看见了，你的飞跃，你的计谋，让你完成了别人完成不了的事情，你是一个勇士，以后你可以跟着我。

可是，叛军的攻势并没有衰减。他们潮水一样涌上，又被守城的将士打下去了，然后潮水又一次涌起。城上的士卒一个个被乱箭射中，纷纷倒下了。我知道，宫城已经难以守住了。我回到了国君的宫室，站在台阶上观望着战事，我的心中变得反而平静了。现在不是我想着怎样，事情就会变得怎样，而是一切被上天决定。我只有在最后的抵抗中接受命运的安排了，我已经没有任何退路。国君也走出了宫室，和我站在宫室的高台上。他急切地问我，敌人要攻破宫城了么？

我沉默着，我不知怎样回答国君的问话。我想了想说，也许。但即使攻破了宫城，我们也可以将他们赶出去。你不用担心，我只要在这里，就不会出现危险，若是我不能将他们赶走，我就亲自拿着剑和敌人厮杀。就在这时，宫门打开了，叛军涌入了宫城，向着台上的宫室杀来了。我对士鞅说，现在你可以带着你的死士迎击了，若是栾氏的箭射中了国君的宫室，你就不要回来了。

士鞅一声怒喝，率领几百个死士冲下了高台。他们就像猛虎一样，一下子将攻击的叛军冲散了。斐豹的丹书已经焚为灰烬，他也跟随着士鞅一起冲入了敌阵。敌人的攻势很快就被瓦解。栾氏的军队被击破，士卒们惊惶地逃命。就在这时候，栾氏家族的栾乐张开了弓，朝着士鞅就要发射。我听见士鞅大喊，你的箭若是射不中我，我就射死你，你的箭若是射中我，我就到上天告你，你也会死掉。

我知道，他们曾是儿时的玩伴，曾一起长大，也是很好的朋友，但在这个时候，朋友已经成为敌人，仇恨替代了友情。栾乐还是射出了一箭，但是这支箭射偏了，士鞅一个躲闪，箭擦着他的头飞向了空中。栾乐又在弓上搭上了第二支箭，正要发射，他的战车的车轮撞在了一棵老槐突起的树根上，战车顿时倾覆，栾乐摔下了车，冲上去的一个士卒的战戈已经砍到了他的头上。栾氏家族的另一个头领栾鲂想要过来营救，被士鞅的箭射中。

栾氏的军队开始撤退，士鞅率军驾着战车紧追。敌人已经退出了宫城，喊杀声越来越远了。我知道结局已经注定，长长地嘘了一口气，我紧捏的拳头也松开了。我对身边的国君说，你已经看见了，叛乱不可能得逞，从前都是这样，现在也会是这样。国君说，我原来以为做一个国君乃是最好的事情，看来我的想法也许是错的，因为国君随时都有着危险，不知多少人想杀掉我。

我说，也许做一个国君仍然是最好的，而做一个大臣却不容易。因为我要伴随在你的身边，若是有人想杀掉你，我就要先死。我死去以后，也许国君还活着，至少我看见你的时候，你还在我的身边。他说，你听，喊杀声已经远了，我只有仔细听，才可以隐隐听见，它就像风声，就像风刮着树叶的响声，一切和我平时听到的一样。

卷五百一十二

栾盈

我已经退回了曲沃。我的城池是坚固的，我可以在这里坚守，等待齐军的到来。若是拥有齐军的救援，一切还可以期待，这乃是最后的希望了。这一次几乎要攻下国君的宫室了，可是士鞅的勇士太多了，我没想到会功亏一篑。原本魏氏已经和我说好了，一起来攻打士匄，可是魏氏竟然违背了许诺，站到了另一边。现在我痛恨士匄和士鞅，也痛恨魏舒。仇恨在我的心中燃烧，似乎整个曲沃城都燃烧起来了。

天边的红云在燃烧，我站在城头，遥望着西天的红云，它就像一匹匹骏马在奔腾。我的母亲明明在和别人私通，让我深感羞愧，她却反过来诬陷我，说我要谋反。我想为自己辩解，可是士鞅也为她做证，他们都想置我于死地。我知道自己说什么也没用。士匄竟然也相信他们的话，将我驱逐出境，我只好逃到了齐国。我要依靠齐国来反转自己的命运。除了这一条途径，我还能走什么样的路？

若是我一直待在齐国，我的家族也将衰落，我绝不甘心有这样的结局。于是我和齐国的国君商量，我回晋国接应齐军，击败晋国之后

古灵魂

另立新君，这样我就可以灭掉士匄，让我的家族重归兴盛。我设计趁着齐国给晋君敬献媵妾的机会，藏身于嫁妆箱中，秘密回到了自己的封地曲沃。我想，只要我召集旧部和我的家族兵卒一起，联合早已对士匄不满的魏氏，必定可以击败士匄，除掉将来的祸患。

似乎一切都是顺利的，魏氏将我和我的军队放入了晋都，但他却在最后的关头背叛了我。我现在只有我的城邑了，这个城邑乃是晋国的旧都，它装满了仇恨。我已经将所有的仇恨放在了我的身形里，放在了我的灵魂里，除了仇恨，我们已经不能容纳别的东西了，连这西边的红云中也充满了仇恨。我已经是仇恨的化身，我的仇恨让我浑身充满了力量，我将用这仇恨来守卫自己。

回来的时候，齐军就尾随着我，一旦我攻陷都城，齐军就会在外面发起攻击。可是现在却没有见到齐军，他们应该到了我的附近，可是我仍然望不见他们的影子。我看见士匄率领晋军已经将曲沃团团围住，我已经不可能逃走了。唯一的希望就是齐军的到来。我来到了城头，看见城下到处是旌旗，战车密集地排列在四周，夕阳将树林一样的战戈映照得发红，天上的云和地上的云汇合了，我和我的家族就要完了。在漫长的等待中，我看见了自己的影子在地上越来越长，也越来越暗淡。

这一天的夜晚是宁静的，围困曲沃的晋军都在军帐里，是不是他们已经睡了？明天他们就会发起攻击。他们也在等待，等待着明天，是的，我也在等待着明天。可是明天是属于我还是属于他们？我让人卜筮，而卜辞的含义都露出了凶兆。我仰望漫天的星斗，我不知道自己乃是寄宿于哪一颗星上。就连天上的群星也已经远离了我。它们离我那么遥远，我只有远远地看着它们。它们不停地闪烁，似乎都注视着我。

我的头顶有一颗明亮的星，它好像在不断移动，不一会儿，它走进了一朵乌云。它不再照耀我了，就这么一点微弱的光，上天也不肯给我了。也许夜已经很深了，我却毫无睡意。我就坐在这城头上，开始唱起我童年时候的歌谣——

> 天上的星星眨巴着眼睛，
> 我的眼睛却一动不动。
> 我为什么远离我的星辰，
> 这狂风吹起了沙尘。
> 我就是这沙尘里的一粒，
> 我在风中飘动。
> 夜晚是这样美好，
> 因为今天没有明月，
> 没有人看见我坐在风中。

我低声唱着，想着我的童年是那么美好，我曾经无忧无虑，可是现在却满腹忧愁。我没有什么惊恐，却有着说不出的忧伤。我的眼泪流了下来，滴在了我的手背上。它似乎一下子浸透了我，让我感到浑身冰凉。每一片树叶、每一片草叶、每一朵花，都有自己的童年，都有着美好的时光，都有萌发的欣喜、成长的快乐和生命变化的惊奇，都有痛苦的经历以及痛苦过后的平静和与幸福的对比，也都有忧伤、离别和重逢，有青春的激情和自我创造的内心喜悦。这一切都是好的，值得回味和记忆。对于一个饱经沧桑的人来说，过去的一切都是美好的，没有比过去更美好的事情。

童年之所以美好，是因为它乃是过去的过去，是我们能够记住的最远的时光。但是，一切都已过去了。对于任何一片树叶、任何一片草叶、任何一枝花，都要面对另外的季节。它们不是总是停留在那个时刻，而是要经历自己想不到的事情。秋风吹来的时候，它的过去将会被扫荡，一切会枯黄和折断，被打落在地上，被雨水冲刷和在流水里漂游，过去就变得残酷、残忍甚至残暴。因为它给你美梦一样的回忆，你却必须面对现实的噩梦，面对生命的凋亡，面对自我的放弃。

实际上，这并不是自己想要放弃，而是被夺走。美好的一切将要被夺走，童年会被夺走，青春会被夺走，即使你残剩的一切也将被夺走，连回忆也要被夺走。这样，一个人就从来不会拥有。既然拥有的都将被夺去，那么拥有就是虚无的。我似乎拥有过一切，现在就要被夺走了。我从未想过背叛和谋反，但我被无端诬陷。我还能相信谁呢？我的母亲诬陷我，士鞅诬陷我，他们都诬陷我。我是冤枉的，可是这冤枉谁又能知道？因为国君相信他们所说的话，没有一个人相信我。

我只好做一个叛臣了，与其背负叛臣的罪名，不如真的成为一个叛臣。是的，我现在已经是一个叛臣了。若是我的反叛获得成功，我就可以洗掉反叛者的罪，因为胜利者是不会被追究从前的罪的。我的祖父栾书和荀偃不是杀掉了晋厉公了么？但他们迎回了晋悼公，让他获得了成为国君的机会，他又怎能追究弑君之罪呢？若是他真的追究，那么他的君位又是怎么获取的？不是他该有这样的位置，而是别人意外地给了他一个宝座。

唉，也许这乃是天意。我已经率军打到了宫城，距离拿下宫室已经一步之遥了。我已经看见了站在高台上的国君和士匄，我的战戈就要接近他们的头，我的勇士们就要冲过去了，但是士鞅竟然率领他的勇士杀了过来。这一切我都没有防备。栾乐被士鞅杀掉了，我的许多人都被杀掉了，我活下来了，不过也许是暂时活着，我已经看见了前面的死。因为我从前率领的军队，都已经将战戈对准了我。无论是我的眼前，还是我的头顶，都已经乌云密布。我在地上已经失去了前途。

我完全可以逃走，但我不愿选择逃走。我将反叛到最后一刻。我不愿意做一个活着的反叛者，一个反叛的死者比一个反叛的生者要好。现在齐军也许不会来了，他们也许在翻越大山之后观望。几次与晋军的交锋，他们已经心生畏惧。不过，只要士匄不能攻破曲沃的城池，我就拥有反攻的机会，不过这样的机会也许已经十分渺茫了。天上的乌云已经移开，我头上的星，又出现了，风也越来越大了。

秋天已经临近了，我从这风声中已经听见了季节的召唤。也许我所期盼的明天就是我的秋天了。农夫已经磨刀霍霍，准备收割了。是的，我已经听见了这磨刀声，它都在我感受到的风中。我看着巡察的晋军士卒，知道天已经快要亮了。似乎明天已经从东面的山头上放出了白光。隐隐的白光，它还不那么明显，但在我的心中它已经很明亮了。我朝着东方看着，我的眼睛注视着远近的一切。我倾听着，倾听着风中的动静，可是我所听见的和我所想的并不一样。

卷五百一十三

晋平公

　　惊心动魄的一天终于过去了。栾盈已经杀入了宫城，我已经看见了他。我看见他向我怒目而视，我却以温和的目光面对他。因为我没有愤怒，我甚至理解他的背叛。背叛是需要勇气的，不是所有的人都能背叛。不过，栾盈的脸上被愤怒的表情扭曲，这愤怒已经让他的脸变得丑陋。愤怒会让人丑陋，所以我从来不愿意表现自己的愤怒。我希望自己是快乐的，快乐是多么好啊，快乐会让人变得美好。

　　我在栾盈来到都城的时候，曾经感到绝望。但因为士匄的出现，我的内心感到了安慰。我知道士匄乃是值得信赖的，他平时就是一个有智谋的人。只要他在我的身边，我就会感到踏实，我的脚步就不会踏空。他对我是忠诚的，他知道怎样对付背叛者。愤怒者将会被自己的愤怒焚毁，而有智谋的人就会给他的愤怒添加柴火，让愤怒者的烈火烧得更旺，让他离毁灭更近。

　　我从高台上俯视着栾盈。我看见的乃是一团烈火在奔跑，这烈火中间是一具闪光的尸骨。士鞅率领着他的死士冲了下去，将一具具尸骨驱赶到了宫门之外。我的眼前顿时变得一片空阔。我不希望他们死在我的面前，他们需要寻找一个合适的死亡地。士匄已经将栾盈围困于曲沃，他只有等待死亡了。

齐军也跟随栾盈前来袭击晋国，他们攻克了卫国的朝歌，又翻越了大山，来到了我的境内。人们告诉我，齐军距离我的都城不远了。他们利用大军围剿叛臣栾盈的时机，兵分两路进犯。士匄已经派兵前去阻击敌军，卫国的国君也派来军队援助。我告诉士匄，要集中兵力击破曲沃，只要栾氏毁灭，齐军就失去了取胜的希望。

已经八月了，秋天的气息已经渐渐浓了。空气是这样清爽，夜空是这样明净，群星就像雨点一样落满了天穹，我看见它们通过一道道金线连接了地面。是啊，这来自天上的雨滴激起了无数泡沫，但都一个个破灭。曲沃方向的喧嚣渐渐平息了，士匄已经攻破了曲沃，栾氏已经被灭掉了。我在夜晚站在宫室的高台上，看着前面的黑暗，好像仍然有着很多人在厮杀。一切就像梦境一样，但这梦境毕竟已经结束了。它还像是一场噩梦，我被惊出了一身冷汗。我醒来的时候，看着这暗夜里的一片迷茫。

齐军听说曲沃已经失守，栾氏已经被灭，就匆匆逃走了。士匄率军尾随追杀，齐军一路丢盔弃甲，回到了齐国。一切回到了原样。唉，世间的事情就是这样，每一件事都可能出人意料，又会峰回路转。虽然看上去行进在山谷，看不见山口，却突然之间豁然开朗。我记得我曾与大臣们饮酒，在酒兴意浓的时候，我对筵席上的大臣们说，我观天下的人事，没有比做一个君主更好的事情了，因为做一个君主要比别人更快乐，他所说的话从来没有人敢于违背。一个人的苦恼在于不断有人不听从他，若是每一个人都听从他，他还有什么不快

古灵魂

乐的呢？

大臣们都说，是啊，可是一个国家只有一个君主，只有这一个人是幸运的。国君都是天生的，谁又敢于图谋做一个国君呢？我在得意之中，正要张口说话，坐在我的对面的盲人乐师师旷突然起身抱着琴朝着我撞来，我一个躲闪，师旷的琴撞在了墙壁上，发出了咣的一响。巨大的声响让人感到惊恐，每一个人脸上的笑容都停住了。

我惊愕地发问，太师究竟要撞谁？师旷说，我听见边上有一个小人在说话，我就抱琴撞那个人。我说，刚才是我在说话，你为什么要撞我？师旷平静地说，这不是一个国君该说的话，一个国君不能为了快乐而做一个国君，国君乃是天赐的，他担当着天命，天命不是让人快乐，而是让人忧虑。

我的侍卫就要将师旷捆绑，他说，没有人敢于冒犯国君，按照礼法，冒犯国君的人应该被杀掉，而且这样的冒犯乃是对国君的羞辱。我说，不，我赦免了他，因为太师说得对，他的话应该刻在这墙上，让我每一刻都可以看见。我每一次看见它，我就要警觉，我是不是应该做这样的事情？它将成为我的镜子，我要从中照出自己的面容。

现在，栾盈之乱虽然得以平息，但我要想一想自己。我究竟做错了什么，才让他生发叛乱之心？我将师旷召来，我想听听他的看法。师旷抱着琴来了，我问他，我是不是做错了什么，才招来了别人的背叛？为什么栾盈要叛乱？师旷说，我眼睛是瞎的，我不能看见发生的事情，我只有用自己的耳朵去听。

我又问，那么你听见了什么？他说，我所听见的，不是刀剑的碰撞，也不是攻城的呐喊声，我听见的只有从不知之处刮来的风。我从风中听出了秋天的来临，也听见了树上的枯叶在窃窃私语，我听见它们在说，没有原因的结果是不可相信的——我们现在就要落到了地上，是因为我们原本就是从地上长出来的，从哪里来的就要回到哪里去。所以我们也不必为此忧伤。我们生长的时候乃是快乐的，因为我们不知道自己要死去。现在秋风让我们看见了自己原本的样子，我们仍然要感到快乐。

我又问，你还听见了什么？他说，我还听见一些叶子在说，我们不想落到地上，但秋风毕竟要让我们这样做，我们并没有做错什么，可是却要遭受惩罚，我们不能接受这样的结果。我们从来都是小心翼翼地成长，也安于自己的本位，从来没有想过挪动到另一个地方。可是现在却要被迫地掉落，我们将被秋风刮走，被流水冲走，最终不知道自己要在哪里落脚，这多么令人悲伤啊。我什么时候才能回到树上呢？

我说，我知道了，你所说的我都记在心上。也许我让栾盈受到了冤屈，可我却不知道，他原本并没有想过背叛，可是他最后却背叛了。他从没有想过的事情，却要去做。也许我本不该听信他的母亲的话，但我还是听信了。因而这场叛乱原本不会发生，但不会发生的却发生了，这乃是我自己的过错，我就只有接受这样的结果。好在天意饶恕了我，可是上天不会永远饶恕一个人。

师旷说，我抱着琴，乃是为了给你弹琴，你说的话，我听不懂，但我能听得懂自己的琴声，因为这琴声中有着万物的声音。这是多么安静的时刻啊，国君和我一起享受这万物给我们的声音吧。说着，他的手指开始在琴弦上拨动，他的手指是那么灵巧，我差不多看不清他

古灵魂

的手指究竟按在什么地方。他的手指不停地在琴弦上滑动，一段优雅而感伤的曲调从琴弦上升腾，就像袅袅烟雾笼罩了我的心。

这琴声似乎包罗万象，它包含了秋风和春风，包含了树上的叶子和它上面的花纹，它包含了林中的野兽和飞鸟，也包含了暴雨和雷霆。我甚至可以听出树上的果子和它的香气，以及天上飞翔的云。还有夜晚的群星在旋转，白日的草叶上沾满了露珠，即使这一颗小小的露珠里也映照着它周边的一切——身旁的大树、盛开的野花、蓝色的天空和清澈的泉水，也映照着樵夫的脚印。

这琴声不断发出颤音，它美妙而深邃、悠远而切近、肃穆而欢欣、忧伤而辽阔，我甚至不知道它究竟是怎样的深奥和玄妙，但它的确是深奥而玄妙的。但是我听不出其中含有愤怒和背叛，也没有冤屈和圆满，没有高山和峡谷，却有着旺盛和衰落的周而复始。在这宏大而辽远的声音里，人的声音几乎被淹没，或者说，它微不足道。也许我们仅仅是万物的一部分，而且是很小很小的一部分，它甚至可以被忽略。

但是总的来说，这琴声是感伤的、悲凉的，即使是喜悦也是悲伤中的喜悦，玄奥中的喜悦，不能理解的喜悦，但悲伤最终盖过了这喜悦。我竟然泪流满面，我被这样的琴声深深感染，我所听见的，乃是我从来没有听见的。我感到自己内心的花朵在盛开，也感到内心的花朵在凋谢。我的每一片叶子张开，迎接着凌晨的露水，却也在寒冷里瑟瑟发抖。曲子结束之后，似乎这琴声仍然在弹奏，因为我听见这琴声已经融入了静谧，融入了所有的声息，这样的曲调怎么会有终结的时候？

它原本就是我从前和现在所听见的，我只是从来都没有倾听过它。我的双耳忽视了它。我问师旷，太师弹奏的是什么乐曲？他空空的眼窝对准我，我感到他的眼窝里含着一束强光，一束幽暗的强光，它是那么黑暗，比黑暗还要深邃的黑暗，却又那么明亮，以至于让我头晕目眩。他说，这是黄帝弹奏过的乐曲，据说，他也仅仅弹奏过一次，听过这个曲调的人记了下来。我也只演奏这一次，以后你不会再听见这样的琴声了。它的曲名已经没有人知道了，我也不知道，因为这个曲调所说的，无人能够真正理解。

师旷

我是国君的乐师，我从音乐里看见我自己。因为我的眼睛是瞎的，没有光进入我的生活，但音乐里有着我的光。我不是用我的眼睛来看，而是用我的双耳来听。我不仅能够从中听见，还可以看见，甚至还可以窥视世界的玄奥。我可以看见双眼明亮的人们看不见的，我不仅可以看见一个个形象，还可以看见形象背后的骨架。

我的国君乃是一个喜欢奢侈的人，他知道怎样享受，却不知道这享受的意义，也不知道什么是真正的享受。比如说我吧，我只要沉浸于音乐之中，就感到了享受，因为享受着这宇宙的浩渺，享受着人生的快乐，也享受着对万物的理解。可是我所享受的，他不知道。他也不可能知道。他不知道真正的享受不是在物质之中，而是在物质背后的虚空里。它不是看得见的，而是看不见的。可是谁又觉得看不见的东西中隐藏着快乐？那么快乐难道是看得见的么？

楚王为了复仇，亲自率领附属于他的诸侯讨伐吴国，因为吴国曾攻打过楚国。他们本以为可以取胜，但由于吴国防御严密，楚国久攻不下。凌厉的攻势竟然被化解，楚王只能班师回朝。他为了让别人忘记自己的失败，就让国人为他建造华丽的宫殿，以便在别人面前炫耀。几年之后，章华宫建成了，它的飞檐就像巨鸟的翅翼，翩然欲飞。它的高高的台阶，让人们仰望。楚王邀请诸侯们前往观赏，人们为这样非凡的宫殿而赞叹。

只有怀有仁德的人才可以让人信服，可楚王却要以自己的奢华让人信服。他将别人对他的宫殿的赞叹当作对自己的赞叹。他不知道，人们赞叹的是眼前的宫殿，而不是住在宫殿里享受奢侈生活的人。他也不知道，不论他的宫殿多么精美和宏伟，也仅仅是暂时的精美和宏伟，它必将倒塌。只有自己内心的仁德是不会倒塌的，人们真正赞叹和信服的乃是不会倒塌的和不会朽坏的。

他已经被这一片赞叹所迷惑。他不仅成为一个可怜的迷惑者，还成为一个不知道被迷惑的人。他以为他的宫殿就是他自己。可是宫殿乃是用砖石和木头垒砌的，一个真正的君王却需要用德行来垒砌。他以为这宫殿可以弥补自己的失败，可是失败仍然归于失败。他以为高大的宫殿可以安慰自己，可是这宫殿所带来的，乃是自己的虚荣和虚幻的骄傲。他的过去仍然是他的过去，他在现在的日子，仍然是从前的日子，一切并没有因为一座宫殿的建立而获得改变。

可是我的国君却相信了楚王相信的事情。他也要建一座奢华的宫殿，要让这宫殿超过楚王的宫殿。他说，楚王能有的，我也要有，还要超过他。我乃是诸侯的盟主，怎能让楚王超过我？我说，我看不见楚王的宫殿，我听说尧舜的时候，君王所住的都是茅草屋，他们将最好的房子用来祭祀先祖和上天，他们乃是用自己的德行感动天下，所以天下的民众都愿意归附和跟随。可是到了商纣的时候，他所建的宫

古灵魂

殿很宏伟，每日都沉浸于酒池肉林和美女歌舞，武王攻打朝歌的时候，连商纣的卫士都掉转了矛头，对准自己的君王。建造华丽的宫殿有什么用处呢？

国君说，楚国的章华宫让多少诸侯羡慕，他们都想建造这样的宫殿，可是他们却没有这样的财力。他们也想让别人羡慕，可是没有楚国的能工巧匠。所以他们只有用赞叹来表达自己的愿望。若是我也建造更宏伟的宫殿，诸侯们就会感到我的强大，那么他们就会依附我，也会更信赖我。他们为什么不依赖一个强大的国君呢？他们为什么不会信服一个兴盛的国家呢？有能力的人才能守护他们的利益。

我说，一个国君应该先守护自己的德行，才可以让人信赖，失去了德行也就失去了能力。武王当初讨伐商纣的时候，并不是因为他拥有奢华的宫殿，而是拥有高贵的德行。所以他才可以一呼百应，击败看起来强大的商王。一个人不应该看起来强大，而是应该真正强大。而真正的强大不是依靠华丽的宫殿，那不过是死的东西，宫殿是不会动的，它不论多么宏伟，也永远是它建造起来的样子。它不会增加，却会变得一点点陈旧，最后将腐烂和崩塌。但是一个君王的德行却会不断增加，而且历久弥新。

所以建造看不见的宫殿比建造看得见的宫殿更重要。德行建造起来的宫殿是不会倒塌的，即使一个有德行的君王死去了，人们仍然会在自己的内心为他建造宫殿。因而强大的人不会展现自己的外表，而是展现自己的内心。黄帝没有宫殿，尧舜也没有宫殿，文王和武王的宫殿也十分朴素，但他们都是强大的，没有谁会嘲笑他们的宫殿，也没有谁会说他们的弱小和渺小，因为他们乃是真正强大的，他们已经用自己的仁德建造了无形的宫殿，让我们不得不抬头仰望。还有比这更华美的宫殿么？

可是国君并不听从我的规劝。他说，我拥有华美的宫殿，乃是看得见的宫殿。一个失去了德行的人怎能建造这样的宫殿？诸侯们会因为这宫殿的原因，不断前来朝见，我就可以和他们饮酒对歌，这不是快乐的事情么？若是他们也感到了快乐，他们又怎会背叛我？我给了他们没有的东西，他们就会依附我，不然他们又怎样获得快乐？若是天下的诸侯都来朝见，晋国就会一直称霸，那时天下都太平了，人们不再想着彼此讨伐，这岂不是天下民众的福分？若是民众都获得了福分，还有比这更好的德行么？我要建造有形的宫殿，华美的宫殿，然后又建造无形的宫殿，这岂不是两全其美的事情？

他还说，当然，你是一个瞎子，你看不见发生的事情，所有的宫殿你都看不见。我说，是的，我是看不见宫殿，但我能够听见它。我所看见的，也是别人看不见的。我能够辨别世间的每一种声音，我知道这每一种声音里所含有的形象。没有无声的事物，万物都有自己的声息。这声息有两种，一种是生机的声息，一种是死亡的声息。每当我听见死亡的声息，我就会感到悲伤，现在我已经听见了这样的声息。

我已经不可能说服国君改变主意，他决意要建造华彩宏伟的宫殿。他决意这样做，我还有什么办法阻止他呢？国君不是以德服人，而是效仿楚王，这怎么能行呢？建设宫殿的工程开始了，众多的工匠从四面八方赶来，我听见了一片嘈杂。这是混乱的声音，是毫无意义的喧嚣，它是那么刺耳，我用布团塞住自己的双耳。我不想听见这样的声音，我的耳朵是用来倾听好声音的。

在汾水和浍水之间，打夯的声音和搬弄木头的声音不绝于耳。我拒绝听见这样的声音。每当我走到附近的时候，总是绕开这纷乱的声音。国君仅仅是为了获得虚假的声誉，就要动用这么多的劳役，唉，有一天会惹怒上天的。国君就不怕民众的怨艾么？就不怕上天的惩罚么？我将自己的琴高高地悬挂在墙上，不愿意弹奏。国君让我弹奏，我说，这么纷扰的声息，我已经不能辨别自己弹奏的声音。弹琴需要安静，需要在天地之间寻找到美妙的音律，可是这么混乱的声息，怎么能不扰乱我的双耳？

有一天，国君对我说，我听说魏榆之地传来了怪事情，从那里搬运石头的人们说，他们听见石头在说话。我说，石头说了些什么？国君说，我不知道，他们也没有听懂石头所说的话，但他们确是听见了石头在说话。你能不能告诉我，这是吉兆还是凶兆？石头为什么要说话呢？我听见传话者的声音里有着惊恐，他说话的声音是颤抖的。

我回答说，我从没有听说石头会说话，我也不相信石头会说话。说话需要舌头，我还没有听说哪一块石头长着嘴巴和舌头。这样的相传是荒谬的，不可能的。你怎么会相信这样的话呢？若是石头真的说话，它必定说出的是民众内心的声音。他们不敢说话，就只有让石头替代他们说话。你想吧，国君今天为了建造奢华的宫殿，却要动用巨大的劳力，民怨就会产生，这民怨就让不可能说话的石头来表达。若是国君因为建造宫殿而让农夫耽误了农时，在播种的时候不能播种，在锄草的时候不能锄草，樵夫在砍柴的时候不能砍柴，工匠在为自己做工的时候却要来这里做工，他们的心里怎能不生发怨言？石头原本是安静的，它愿意享受安静，这来自它的本性。可是它们的睡梦被惊醒，它们的安静被打破，它们还要被移动到别的地方，它们怎不会心生怨言？

——让不会说话的都说话了，那么会说话的又会说什么呢？国君的宫殿这么宏伟瑰丽，这么高大奢侈，将民众的能力都用尽了，上天难道看不见么？怨恨和诽谤也会随之而来，国君难道不知道么？国君想了想，说，太师说的也许是对的，但我的宫殿已经开工，不可能停下来了。你能让空中飞翔的箭停止么？它已经从我的弓弦上发出去了。

卷五百一十五

卫灵公

晋国建造了华美绝世的虒祁宫，晋国的国君邀请我前往观赏。我见过楚王的章华宫，那样的豪美让人惊叹。我听说，晋国的虒祁宫更大、更宏伟、更华美，我对虒祁宫已经充满了好奇，我不知道它究竟是什么样子。听说它建在汾水和浍水的中间，它的倒影浮在波澜之中，它的四周有着众多名贵的树木，它究竟是什么样子？

我离开了卫国的都城帝丘，在濮水边暮宿。经过一天的奔劳，我感到有点儿疲倦，就早早进入了睡眠。好像我在睡梦中听见有弹琴的声音，这是谁在弹奏？我是在梦中还是已经醒来？这样的丝竹之音我从来不曾听见过，它时隐时现，十分微妙悦耳，让我感到这乃是天上的音乐。我似乎被这丝竹之音惊醒，披衣坐起，将自己的耳朵贴在窗上，仔细倾听。是啊，这是哪里来的音乐？

我呼来侍卫，问他，我听见了非常好听的琴声，不知它来自哪里？侍卫仔细听，又到外面去听，回来告诉我，我什么都没有听见，只听见濮水的水声，也许是你将这水声当作了琴声。不过我听见这水声十分优美啊。我说，你只能听见濮水的流水，却听不见混杂于其中的弹奏，你要知道，流水固然是优美的，但岂能比这丝竹之声更加的玄妙悦耳？可能师涓可以和我一起倾听这天籁之音。

我将师涓召来，我说，你能听见我所听见的乐声么？我们在灯火中倾听。他说，我没有听见。我说，我听说将灯火熄灭之后，远处的声音就变得清晰了。于是我们将室中的灯火熄灭，面对无限的黑暗，静谧从我们的内心升起，好像一阵雾气从眼前飘过。丝竹之声虽然若隐若现，但它已经从水声中分离出来，可以被双耳辨别。它似乎沾染了流水，它有点儿湿润、光滑，甚至有点儿淡淡的甘甜。它似乎来自梦幻，又似乎是那么真切。它既真实又虚幻，在缥缈之中让我感到了巨大的快乐。

我问师涓，你听清了么？他说，听见了，这曲调似乎听见过，又似乎从未听见过。我不知道在哪里听见过，又好像它从来没有在我的耳边出现。我只能说我似乎明白了一点，可是更多的东西我还不能理解。不过我可以将之写下来，明天可以给你弹奏。我说，这真是太好了，我是多么期待能够在人间听见这样的曲调啊。

师涓重新点燃了灯，亮光从油灯的中心发射出来，照着他苍白的脸。灯苗的中心有着一点儿蓝色，外围被一圈橘黄包围，它的尖梢忽闪着、跳动着，师涓的脸上一半被灯光照亮，而另一半沉浸于黑暗。他的眼睛也明亮起来，似乎他的眼睛里也跳跃着同样的灯苗。他一会儿谛听，一会儿用笔在绢帛上将这声音记录下来。他不断地陷入沉思，一会儿似乎又有所领悟。他的脸不时扬起，又不断低垂。

我轻轻地走到了户外，来到了濮水边。我的侍卫在我的后面悄悄跟随，他们的脚步放得很轻，但我仍然能够听见他们的脚步声。我从

古灵魂

小就练习音律，也抚琴弹奏，能够辨别出轻微的声息。我的双耳是灵敏的，甚至能够听见别人听不见的声音。一只夜鸟突然从我的前面起飞，贴着河面飞到对岸，我能够听见它翅膀的不断扇动，听见它的节律，听见它越来越远了，也听见它在对岸的沙滩上轻轻落下。

明月高悬于空中，在它的四周是鸟群一样的飞云。它们排列齐整，展开了各自的翅翼，却几乎是悬停在那里。有时候明月会隐身于一片翅膀的背后，一会儿又出现了，它映照在河上。流水的声音总是不停息，它均匀而节奏鲜明，就像神灵的呼吸。它的波浪都染上了一层金黄，却在不断的变幻之中。

我在河边坐了下来，仔细地听着这河流的律动。渐渐地，我又听见了那美妙的琴声，似乎还夹杂着鼓乐。我确信这声音来自这条河流，莫非这河流里暗藏着一个技艺非凡的乐师？我忘记了这乃是夜晚，因为我感到了这乐声的明亮，它有着令人愉悦的光芒。我微微闭上了眼，这优美的、欢愉的音乐在我的耳边盘旋。我睁开眼睛的时候，月亮又一次隐身于另一朵云中，它似乎跟随着鸟群在飞翔。

我回到了寝宫，师涓说，我已经将之写下来了，现在我就可以给你弹奏了。我说，我已经知道这乐声来自哪里了，它来自濮水。我在河边又一次听见了它。师涓说，也许是师延在弹琴。从前，商纣王命师延作靡靡之音，师延拒绝了纣王的命令。纣王就要杀掉他，他只好从命，写下了这个曲子。纣王让他弹奏，他就援琴弹奏，这音乐让天上的飞鸟忘记了飞翔，以至于从天上掉了下来。天上的云彩也停住了，似乎在倾听。以后每一天纣王都要让他弹奏同样的曲子，又有歌舞和美酒伴随，疯狂的迷恋让纣王忘记了朝政。

——有一天周武王率兵攻破了朝歌，师延就抱着纣王的琴，乘舟泛于濮水，顺流而下，也许就是在这里，他抱琴投河了。你听见的也许就是他的亡灵在弹奏。我听说，这里的人们经常能听见来自水底的琴声，尤其是有明月的时候。也许师延喜欢明月，当明月出现，他就抱着纣王的琴，弹奏靡靡之音，以怀念从前的日子。只要白天来临，这琴声就会消逝。我还听说，只有有福分的人才可以听见他的琴声。

是啊，这是多么好的琴声，乃是让商纣迷恋的琴声。它之所以让人沉醉，是因为其中包含了一切让人迷恋的事物。它有着欲望和激情、狂乱和混沌、清晰与混杂、虚幻与真实、奥妙与条理、有与无、美妙的舞姿和残酷的必定。你能看见的，似乎已经包含在其中，你能听见的也包含在其中，你想要有的也包含在其中，你不想要的也在其中。痛苦、忧伤、冤屈、嫉妒、狂喊和愤怒，都似乎在其中。世间还有比这更绝妙的声音么？

这乃是商纣的灵魂的演奏，是师延的灵魂的演奏。因为他们已经死了，所以他们应该比活着的人们更知道音乐的美妙，也更知道什么是最好的东西。因而即使是躺在了濮水的河底，师延仍然要不断弹奏这样的曲调。因为夹杂了水声，这音乐就更其美妙。它已经将我们能够听到的所有的声音融合在了一起，它不仅有人世的声音，还有非人世的声音，还有更加广阔的超出了我们听力的声音，无论是遥远和切近，它都要包含在其中。

我对师涓说，我虽然不能完全理解这样的曲调，但我仍然愿意倾听。我似乎也迷恋它了。你已经写下了它，那么你就为我弹奏吧。师涓调试了一下琴音，就开始了他的弹奏。他只是弹拨了几个音，眼前的灯火就不断跳跃和闪烁，它的灯苗跳动的节奏完全跟随着乐曲，似乎它已经领悟了乐曲中包含的东西。也许这乐曲的灵魂已经附着在灯火上？我感到濮水的波浪向着我涌来，马上就要盖住我了，我的心里升起了几分恐惧。

我大睁着眼睛，不让我的眼睛闭上，但这乐曲让我心生倦意，好像它触及了我的灵魂。我感到自己不是坐在这里，而是在夜空中飘浮着，向着满天星斗飞升。我已经摆脱了水浪的覆盖，浑身都挂满了水珠。我的脸上也布满了水珠。这是我的汗水？还是濮水刚刚从我的脸上掠过？忽然，我听见窗外的声音也大起来了，我知道这乃是风声。可是这风声越来越大了，随着这琴声的演奏，狂风敲打着窗户，就要将我的屋顶掀起来了。

我被吓坏了，我说，停下来吧。我看见师涓的手指停在了琴弦上。灯光将他的手指照得发亮，就像他的手指本身就会发光。然而他的脸颊却异常暗淡。我甚至可以看见他的鼻孔中呼出来的气团，白色的、浑浊的气团，从他的鼻孔喷了出来，然后这气团沿着琴弦移动，在他的手指上消散。我从这琴声里久久不能脱身，我好像浸泡在了这乐曲中。虽然师涓已经停止了弹奏，但他所弹奏的曲子仍然在我的内心萦绕。

我被卷入了这乐曲的漩涡。这声音既清晰又不清晰，在有与无之间徘徊。这声音里还有声音，这琴声里还有琴声，鼓声里还有鼓声，一种声音套叠着另一种声音。它们既分离又汇合，不断变化着，你无法捕捉到其中的任何一个声音。它们都转瞬即逝，就像水面上被暴雨激起的一个个泡沫，每一刻都在明灭之间，让你感到人间或者天上的一切，每一刻都不相同。一切似乎是狂乱的，但分明又有着严密的秩序……一切挫败、悲伤、柔弱、沮丧、哭泣、委屈、犹豫、抑郁和欢歌、胜利、诗、不能满足的欲望都交织在一起。在这里，没有一个恒定的世界，只有一份变幻莫测的、诡秘的、不能捕获的情感，奔腾不息的情感，奔腾不息的、瞬息万变的时空。

我整夜都没有入睡，这乐曲就像张开了翅膀的黑鸟在我的内心不断飞翔。它一会儿掠过水面，一会儿落到树枝上，一会儿婴儿般啼叫，一会儿狂人般欢歌。它让我既兴奋又惊恐。它让我的内心骚动不宁。它给我微妙的快乐，又给我深奥的忧伤。它将我带到天穹，又将我抛到了地上。我不断降落和飞升。我不断穿越时光，穿越有形的物质，也穿越无形的屏障。我在船头上站立和颠簸，我接受风浪的扑打，也接受暴雨的袭击，还有阳光的照耀。可是这暗夜是多么漫长，我一直不能穿越它。

师涓

　　我跟随国君前往晋国，在濮水边夜宿。这是多么好的夜晚，星斗和明月，笼罩着我们，河水的流淌给了我灵感，我想，人间的乐曲没有比天籁之声更美好。我坐在屋外，不想在这样的好时光入睡。我的怀中抱着琴，想着在河边弹奏，可是我所听见的一切远比我弹奏得更好。既然这里有着比琴声更美妙的声音，我的弹奏岂不是多余的？

　　明月在天穹安静地照着，慵懒而闲散，浪漫又寂寞。它将月辉撒在了水面上，让这河上充满了金斑，这金辉并不是稳定的，而是不停地闪烁。然而总的来说，濮水是幽暗的，它所浮现的不过是表面的辉彩。你仔细倾听，它绝不是完全安静的，而是充满了喧哗的激情。据说每一条河流的声音都不是相同的。这一条河流也是这样，它的每一声喧哗都是独特的，都是属于它自己。

　　重要的是，我听见的声音远不止是河流的声音，风的声音，树的声音，草的声音，以及万千的虫鸣，它汇合了众生的合奏，也汇聚了来自不知之处的弹奏之声。这夜晚本来就藏着众多的琴师，它们从不露面，但它们彻夜演奏。还有无数的灵魂，还有游动的神灵，它们都喜欢这无边的暗夜。

坐在这河边来享受夜晚，乃是真正的享受。因为这夜晚里有着真正的欢乐，也有着真正的忧伤。有着真正的琴声，我不能弹奏出的真音。是的，尽管我是一个乐师，我有着高超的技艺，能够弹奏别人不能弹奏的乐曲，但我在夜晚听见的乐曲却是我不能弹奏的。或者说，整个世界就是一把最好的琴，有着无数的、我看不见的手指在拨动它。听见这样的声音，我深深感到自己的卑微和无能。

夜已经深了，濮水边的风越来越大了。我起身回到自己的住处，这时国君派人召唤我。我急忙来到国君的寝宫，国君披衣而坐，耳朵贴着窗户，似乎在听什么动静。国君对我说，我听见了从未听到过的琴声，它是那么美妙，那么让人甘之如饴。我听见这样的声音，感到浑身舒畅，我的心正在和这琴声一起跳动。我侧耳倾听，但我并没有听见什么琴声。我听见的只有风吹动屋顶的声音，濮水奔流的声音，风吹动野草的声音，风吹动树木的声音，还有细微的却汇聚在一起的虫鸣。我刚才听见的，现在仍然能够听见。

我告诉国君，我没有听见你所听见的琴声。国君说，可是我却听得那么真切，它时隐时现，若有若无。我也将耳朵贴在窗户上，可是我所听见的仍然是刚才听见的。看见国君那副倾听的样子，我已经猜到了他想听什么样的曲子。我说，这样的声音原是在梦中，醒来的时候你仍然沉浸于梦中。我不知道这是什么曲子，但我大致能够理解它。我好像听见过这样的曲调，但我已经记不清楚了。我可以将之写下来，然后弹奏给你听。

我彻夜未眠，在晨星升起的时候，我将纣王的靡靡之音写在了

古灵魂

丝帛上。我说，我已经记下了你所听见的音乐，现在我就可以给你弹奏了。当初师延不愿意给纣王弹奏这样的曲子，但纣王执意命令他演奏。他只好抚琴而歌，这让商纣王感到这音乐的无比美妙，从此沉溺于这个曲子，甚至忘记了料理朝政。武王击败商纣的时候，师延抱琴乘舟而下，投入了濮水之中。也许是他的灵魂不甘寂寞，也许是他不甘于冤屈而死，所以仍然在水底弹奏这靡靡之音，据说许多人在暗夜都可以听见他的琴声。

可是国君没有在意我的劝告。他说，我从来不相信琴声能够亡国。亡国的乃是人，若是人可以端正自己，能够施行德政，琴声又有什么呢？琴声乃是让人愉悦的，若是它不能让人愉悦，你弹琴又是为了什么呢？我说，当初周公不是为了音乐悦耳，而是为了用这声音来确定尊卑，确立天下的秩序，这样美妙的声音里应该含有礼的本意。所以琴声并不是仅仅让人感到愉悦，而是让人领悟天道。音乐的悦耳仅仅是音乐的天性，但一个君王也该从这悦耳之中有所警觉。倾听音乐之美却不沉溺其中，这才是倾听者的美德。

国君说，唉，你这些道理我从前就懂得，但我现在不相信它。音乐的悦耳乃是为了欢愉，它乃是为了娱人的。我怎能相信好听的声音就可以确定尊卑和秩序？我只知道有好的音乐和坏的音乐，好的音乐可以让人沉醉，而坏的音乐却是聒噪的，它让人烦躁和不快。一个国君整天忙碌于朝政，不应该获得休养和娱乐么？若是倾听音乐能够让人失去德行，那么你每日弹奏，不就早已失去了德行？你既然失去了德行，又怎能教诲别人呢？又怎能弹奏好的音乐呢？又怎能做世人的榜样呢？若是这样，天下受到天谴的应该是乐师，而不是那些真的失去了德行的人们。

我不可能说服国君，就只好为他弹奏。实际上我也十分喜欢这样的曲子，因为这曲子能够击中人的本性。既然国君想要保持人的本性，那么我为什么还要拒绝他的请求呢？违背本性是残酷的，这音乐里含有对人的本性的理解和顺应。商纣虽然沉溺于这样的音乐，但他的亡国并不能归咎于音乐。音乐本身是无罪的。有罪的是人，是他自己，但他并不是因为倾听这音乐而有罪，我想，国君说的有道理。

那么我就开始弹奏了。我已经被这即将弹奏的乐曲所感动，因为这乐曲中包含了我所能想到的一切。它完全是仿照天地之间所发生的事情，它让我重新感受生活。这样的生活又怎能不让人沉醉？我完全沉浸于我所弹奏的音乐之中，我知道其中的每一个音节的含义，也知道其中的每一个生活场景，我感到了人生的快乐，也感到了人生的哀伤。声音里不仅是声音，它还能够让人看见其中的每一根线条、每一块色斑以及每一个形象。

我的琴声和外面的世界发生了感应，所有的事物都在我的琴声中。它们将不再是静止的、僵死的、呆板的，而是活跃的、飞翔的、拥有人间的激情的。我弹拨着琴弦，感到它们顺着我的手指而来，它们浪涛一样向我涌来。我被无数形象所包围，我置身于暗淡又充满了光亮的无数事物之中。我感到外面的狂风用粗犷的线条飞奔，我感到无数色块——秋天的斑斓、夏天的山坡上的山花、春天裸露的土地和冬天的飞雪，一起向我狂奔，我也感到漫天的星斗向我狂奔，明月向我狂奔，濮水的波澜向我狂奔。

我的琴声唤醒了天地之间的万物。在我的琴弦上，无数的亡灵在狂欢之中，无数的神灵在狂欢之中。就在这个时候，我听见了国君颤抖的声音——他说，停，停下来，停下来吧。他似乎是在哀求我，可是我的手指怎么能停下来呢？我好像不由自己了，我失去了自己，我已经陷落到了琴声之中了。这是多么令人激动的琴声，这难道是我在弹奏么？不，好像并不是我在弹奏，而是我的背后还有另一只手紧紧地攥着我的手。我的每一根手指已经不属于我自己，而是属于我的琴弦。我似乎已经被自己的琴控制了。

我好像从梦境中渐渐醒来，知道我乃是在真实的世界里。我看见室内的灯火在摇曳，它的光并不是十分明亮，它的光在惊惧中跳跃。我看见国君疲倦地坐在那里，脸上流露出惊慌的表情。窗户真的接受着狂风的吹打，整个屋子都在颤动，我的浑身也在颤动。我的琴声惊动了屋外的神灵了么？我的琴声触动了什么？雨点激烈地、粗暴地敲打着屋顶，似乎我所置身的土地在摇晃。

我被眼前的景象惊呆了。我的手指仍然在琴弦上，我的内心仍然在自己的琴音里翻滚。这声音的惊涛骇浪摇撼着，它连通了外面的世界，万物接续着我的弹奏，它们用更大的力量、更凶猛的力量，要将我没有来得及弹奏的曲调完成。我由一个弹奏者变为了倾听者，我的弹奏远不如这天地之间的演奏丰富和完美。这让我对音乐有了新的理解，我原来觉得音乐乃是为了给人规定位置和秩序，但现在我不这样看待了。

我有了另一种看法，那就是音乐不是人工的，它原本就存在于天地之间，它不属于我，也不属于别人，它甚至不属于人间。我弹琴，不过是对已经有的东西精心挑拣，我只是挑拣了我认为好的声音，实际上，世间的所有声音都是好的，只是我不能模仿所有的声音，只有用有限的选择找到我自己认为好的声音。即使是坏的声音，只要将之和其它声音搭配在一起，它也就变为了好的声音。我不会将相配的声音放在一起，我永远不会、也永远找不见真正的好声音。好的声音乃是真的声音，是真声音，而真声音只有在倾听中才可以获得。可我从小就学习弹奏，却从来没有领悟到音乐的真谛。

我觉得自己的手指一旦放在了琴弦上，就获得了自由。实际上并不是这样，我所获得的自由乃是假的自由，因为我从来就没有能力获得自由。我的内心一直有着无形的束缚，可是我不知道捆绑我的绳索在哪里。一个人只有融入天地之间，才能找到最好的音乐。真的声音是浩大的，而我的琴声是这样微弱，我的琴是这么小，只有几根琴弦，又怎能放出那么大的、那么辽阔的真声音？我的内心也是有限的，我所能酝酿的东西是那么少，我又怎能放得下那么大的乐声？我的生命是短暂的，又怎能领略到无限的真声音？我的手指不管多么敏捷、多么娴熟，却又怎能敌得过无数的琴弦、无数的手指？

古灵魂

卷五百一十七

游吉

我陪伴国君前来晋国观瞻虒祁宫，这宫殿真是华美无比啊。诸侯们都来了，卫国的国君因为路途比较近，他比我们早到了一天。鲁国的叔弓也来了。我和国君从郑国的都城出发，走了几天才来到了晋都。在路上，国君就不断问我，你能不能猜到虒祁宫的样子？我说，我也对虒祁宫充满了好奇，但我觉得一个国家最重要的不是它的宫殿有多么瑰丽宏伟，而是它的民众是否受到了好的教化。宫殿不能教化民众，只会助长民众的奢侈。民众的奢侈是从国君开始的，一旦出现了奢侈，一个国家就离亡国不远了。

若是商纣王不是因为奢侈，不是每日饮酒作乐、沉迷于歌舞，他的民众怎会背叛他？周武王又怎会击败他？从前的事情不是发生于从前，而是就在今天。没有脱离了今天的从前，也不会有没有从前的今天。有了华丽的宫殿，国君就会向诸侯炫耀他的宫殿，炫耀他的宫殿就会大宴宾客，大宴宾客就会助长自己的虚荣，助长自己的虚荣就会忘掉身边的危险，忘掉身边的危险，危险和祸患就会真的来到身边。

国君说，宫殿是需要的，没有宫殿就没有国君的威严，没有威严就不能教化民众，不能教化民众就不能做一个好国君。我说，一个国君最好的宫殿就是他自己。宫殿看起来威严，却不能说明国君的威严，国君的威严来自他的德行，而不是来自他的外表。宫殿只是他的外表，一个国君需要的乃是他自己内心的宫殿，他内心的宫殿不是为了自己的奢侈，而是为了让民众居住。民众因为他的宫殿而居住于其中，这宫殿的威严才可以实现。他的内心若是有民众居住，民众也就不会远离他，国家也就会兴盛。

在晋国的都城，我们看见了奇诡壮观的虒祁宫。它建在了汾水和浍水旁边的一个高台上，它是那么宏伟壮丽，那么精美雄奇。它的飞檐就像飞鸟的双翼，它的四角盘踞着奇特的瑞兽，它的柱廊开阔，每一根粗壮的柱子上都雕刻着各种从未见过的飞禽走兽，好像它们来自天上。它的墙上有着精美的画，色彩斑斓耀眼，就像秋天的山林。瓦垄齐整而飞扬，瓦檐的前面也有着令人惊叹的雕刻。

它是那么高大宏伟，站在它的跟前就像站在了一座大山的底下，你只有远远地抬头仰望，才可以看见它的全貌。要是想要走进宫殿里，就要一步步迈上高高的台阶，那些台阶一层又一层，当走到上面的时候，两腿发软，浑身似乎要耗尽力气。即使是这样的台阶上，都雕刻着各种花卉，这些花儿乃是开在了石头上。前面和后面就是河流，它的影子倒映在水面上，和天上的白云一起漂浮。

在旭日东升的时候，红光从离开的山头照射到了虒祁宫，让这气势非凡的宫殿布满了日出之光，河水的波光反射到了宫殿上。这宫殿上刻画的每一只瑞兽、每一只飞禽、每一朵花都栩栩如生，它们好像并不是死的雕刻，而是活着的、真实的，它们似乎都动了起来，在柱

古灵魂

子上、在墙壁上、在飞檐上，在各自的地方跳跃或者飞翔。它们并不是沉睡于时间里，而是顺着时光飞动。它们的动作不仅仅属于自己，似乎还携带了无数人的灵魂。它们的快乐是真实的，它们的痛苦是真实的，它们的欲望是真实的，它们的恐怖的面目是真实的，它们的一切都是真实的。

它们不是梦幻，而是真实。它们并没有被这美丽的、奇伟的宫殿所束缚，而是自由的。它们并不是要逃离这宫殿，而是在这宫殿的每一个地方停留。只有在这样的地方才能更好地欣赏天边的日出、日出之后被抛弃的群山、一望无际的原野、无数的茂盛的草木以及奔流不息的河流。只有在这样的高处，才能观看山林里的野兽、树梢降落的飞鸟、人间的炊烟和忙碌的人们。也只有在这样的华丽的地方，才能领悟人世的寂寞和苦痛，才能够找到快乐的灵感，才可以获得与这世界相匹配的内心感受。

夕阳西下的时候，云朵在西方的群山间徘徊，阳光穿透了几朵红云，光线变得十分清晰，若是从宫殿的下面仰望，这光线就出现在它的背后，好像是从这宫殿上射出来的光芒。那是多么美好的时光，一个人站在宫殿前面，看着这宫殿背后神奇的祥光，它的宏伟的轮廓显得那么严肃和庄重，它的细部变得暗淡，但它的高大的、山一样的奇峻，令人感到自己的渺小和无能。你的感受是，只有这宫殿是永恒的，只有这祥光是永恒的，而其它的一切，都是十分短暂，都是过眼云烟，都是昙花一现。

你会被这宫殿所打动。可是这宫殿就是永恒的么？你就不曾见过它的虚幻么？它的稳定和牢固乃是真的稳定和牢固？它就不会倒塌么？从前商纣的宫殿也是牢固的，可是现在已经成为废墟，成为野草和树木的乐园。从前也许建造过很多宫殿，可我已经看不见它们了。野兽将之作为自己的巢穴，飞鸟在它的飞檐上筑巢，蚂蚁和虫子在它的砖石和朽木的缝隙中爬行。难道这些宫殿是为它们而建造？曾在其中享乐的人已经变为了白骨，也在黄土之下被蝼蚁啃啮。

我曾见过楚王的章华宫，要是比起虒祁宫，那就立即失去了气势。可是我曾惊叹于章华宫的壮丽，今天看来，楚王的宫殿又有什么值得夸耀的呢？若是与尧舜的茅草屋相比，晋君的虒祁宫又有什么可以夸耀的呢？可是诸侯们却对虒祁宫大加称赞，他们的称赞不是为了应付晋国的国君，而是有着发自内心的羡慕之情。是的，他们不仅仅是惊叹，他们的惊叹中有着自己的梦幻。

美酒飘动着香气，晋国的美女在舞蹈中展现自己的美貌和身姿。我的国君对我说，若是郑国也有这样的宫殿该有多好。我说，郑国不需要这样的宫殿，你也不需要。在这样的宫殿中，一个人就会忘记了他是谁，就会忘记了他的民众和他的一切。若是一个人因为享受而忘记了一切，他就是一个没有记忆的人。一个没有记忆的人是不值得羡慕的，因为他已经失去了自己最宝贵的东西。那些让自己的国家灭亡的国君，都是因为忘掉了自己。没有比遗忘更可怕的事情了。一旦人们忘记了过去，他又怎能知道自己的现在？一旦人们忘记了自己，他又怎能知道别人？他将会因遗忘而变得昏聩。

诸侯们为了赞美这宫殿，他们在饮酒中吟唱。他们已经为了这宫殿穷尽了自己的记忆和灵感。就在这个时候，卫国的国君将他的乐师师涓召来，让他弹琴助兴。他对诸侯们说，我来晋国的时候曾在濮水

古灵魂

边夜宿，得到了让我销魂的妙曲，我想让你们和我一起欣赏这乐曲。晋君问，你是怎样得到的？卫国的国君说，我在夜半的梦中听见了若隐若现的曲调，它让我感到无比快乐。我竟然从梦中醒来，正要感到梦醒的懊悔，却听见这声音仍然在我的耳边。我在窗前倾听，好像这乐曲就来自濮水。我的乐师已经将这乐谱写了下来。

他转头对师涓说，你可以演奏了，那是多么美妙的乐曲啊。师涓抱着琴，犹豫地说，我不能演奏这样的曲调，能不能换一首曲子？卫国的国君说，你就演奏这个曲子，你难道不愿意让诸侯们听见这样的妙曲？晋国能够用最好的美酒献给众人，我难道不能让诸侯们分享我的快乐？师涓只好援琴弹奏。的确，这是一首好曲子，诸侯们都听得入迷了。它是这样委婉动听，又是这样变化无常，它的妙处深藏于每一个乐音里。

我从来没有听过这样的曲子，可是又仿佛听见过。我是在哪里听到的？怎么也记不起来了。人们都喜欢美好的东西，美好的东西就会让人入迷。这乃是欲望的本性。这样的曲子与这宫殿十分相配，仿佛就是为了这宫殿所作。它的魅力在于不断变化。它乃是活跃的，就像火焰一样活跃。这样的琴声就是诉说人的内心生活。它充满了矛盾和迷惘，但它是真实的。它的变化也是真实的。

晋君的宫殿不就是这样么？它既真实又虚幻，却充满了魅力。因为它在不断变化，它的每一刻都是不同的。早晨的时候和正午的时候是不同的，正午的时候又和傍晚不同，而在暗夜则更不相同。群星和月亮在它的上面照耀，它的细节都消失不见，但它的轮廓却露出了真正的玄奥。它屋脊上的瑞兽都变成了一个个黑影，瓦垄上的线条若隐若现。一个巨大的黑影中又包含了小的黑影。它成为一个关于影子的传说。

这曲调不同的是，它不仅说出了变化，还说出了不变，也说出了快乐、痛苦和忧伤，说出了人世的风雨和神灵以及人的秘密。是的，一切都在音乐之中。有秋天的虫鸣，也有春天万物的萌生，还有天上震怒的雷霆。这样的倾听不仅仅是悦耳的享乐，也是对万物以及自己的领悟。我也是一个倾听者。我也深知这其中含有享乐的危险，也含有对自我的沉迷。可我为什么不能沉溺于自己喜欢的事物呢？

不，这一切中的真实乃是虚幻的真实，若是真的沉溺于其中，可能会被虚幻所蒙蔽，真实也将随之消逝。那样虚幻也将沦为虚无。人还是在清醒中生活吧，若是沉溺于别的事物，将会带来祸患。不能沉溺于任何事物中，这乃是人保持醒悟的原由。实际上，世界上没有无害的东西，一切令人沉溺的事情都是有害的。不能从沉溺中脱拔的人就会失去能力，就会成为一个可耻的无用者。

古灵魂

卷五百一十八

叔弓

我是鲁国的大夫，我来到晋国朝见晋君。晋君的虒祁宫落成了，各国的诸侯都来观赏这宏伟精美的宫殿。我亲眼看见了虒祁宫的奢华，也许这乃是人世的奇迹。我也曾见过卫国的重华宫，也见过楚国的章华宫，但与虒祁宫相比，还是不够雄浑和壮美。而且虒祁宫这个名字也好听，其中的意义不言自明。虒是长有犄角的猛兽，据说它的外形就像猛虎。猛虎已经是兽中之王，这虒更甚于猛虎威猛厉害，而且既可以在陆上称雄，也可以入水称霸。祁是盛大的意思，晋君的雄心可见一斑。

已经到了中午时辰，晋君为各国的诸侯在虒祁宫摆设宴席。晋军的仪军是庞大的，他们在虒祁宫前排成六列，手中的长矛闪闪发光，矛头上的长缨在风中飘扬。鼓乐和其它乐器的演奏雄浑有力，我和各国的诸侯从这庄严的乐声中走过，踏着雕刻着各种花卉和鸟兽的玉石台阶，一步步登上了辉煌的殿堂。殿堂里美轮美奂、辉煌绝伦，摆设着各种礼器，墙壁上有着各种精美的彩画，我从没有见过这样奢华的宫殿。

晋君在虒祁宫大宴宾客，各国诸侯对虒祁宫赞不绝口。在酒酣耳热之际，卫国国君说他在濮水得到了一个好乐曲，让师涓演奏。师涓抚琴弹奏，琴弦上发出了悦耳之音。这琴声是这么美妙，让人感到自己进入了一个梦一般的地方。我们本来就在虒祁宫这样梦一样的宫殿里，这音乐乃是梦中之梦。诸侯们都沉入了这样的梦幻中，每一个人都微微闭上眼，充满了倦意的享乐，让人忘记了自己置身何处。

　　突然，师旷的厉声一喝，将人们惊醒。师旷愤怒地说，你不知道这乃是亡国之音么？这样的曲子怎么能听？这是从濮水得到了乐曲，你们难道不知道这是一个亡魂的弹奏么？夜间听到鬼神的琴声，这是世间有了冤情，而我们却在听这靡靡之音。师旷黑洞洞的眼窝对着空旷的殿堂，他仿佛蔑视着满堂的诸侯，他的空空的眼眶里似乎烧起了火焰。他接着说，这是商纣的音乐，因为这样的音乐，他失去了商朝，他的民众背离了他，因为他背离了天道。这是背离天道的声音，你却在这里为诸侯弹奏。

　　师涓只好停止了演奏，他茫然地看着筵席上的诸侯们。然后师旷又说，你们背离了天道，就会受到天谴，你们难道不害怕么？这样的时候，演奏这样的曲调，乃是不祥之兆。他伸出了细长的手指，颤抖地指着琴声传来的方向，说，你应该演奏其它符合礼义的曲子，不然你将像纣王的乐师师延一样沉入水底，你难道不害怕么？若是没有畏惧之心，祸患还会远么？若是没有羞耻之心，上天还会饶恕你么？

　　殿堂上的人们沉默了。师旷说，你可以换一个曲调。于是师涓就改换了一曲清商。乐曲中传递出一阵阵悲凉，人们都沉浸在了悲伤之中。晋君问师旷，清商是不是最好的曲子呢？它也太让人悲伤了。师

古灵魂

旷说，清商不如清徵，因为清徵乃是古代仁义的君王才可以倾听的曲子。晋君说，我们都是仁义之君，为什么不能听这样的曲子？师旷说，国君的福分还没有累积到那个程度，还不能倾听清徵，以后你若是成为一个真正的仁义之君，我就给你演奏。

晋君说，不，现在我就要听清徵。既然清徵是给古代的仁义者所作的，那我为什么不能倾听？难道我不是仁义之君？这里的诸侯们难道不是仁义之君？我安抚民众，鼓励农耕，一切为天下的百姓着想，难道我不是仁义之君？我起用贤良，征伐不义者，击败背叛天意的齐国，难道我不是仁义之君？我筑造虒祁宫，召来各国的诸侯，共商天下大计，现在诸侯同饮，天下归心，难道我不是仁义之君么？虒祁宫落成之日，祥云满天，祥光四射，显然我获得了上天的垂爱，我难道不是仁义之君么？

师旷说，既然国君想听这个曲子，那么我就给你弹奏。师旷就抱琴开始弹奏清徵。师旷仰着头，他的眼窝空空荡荡，却对着殿堂的顶部。他不看在座的诸侯和大夫，因为他看不见。他所看见的只有他琴声里的幻象。我所好奇的是，他究竟看见了什么？他的眼窝里分明有着黑暗的光，这光直射而来，让人感到不寒而栗。可是他的琴声是这样优美和委婉曲折，似乎引领我进入了神灵之境。其中有着峡谷和流水，有着飞鸟和山林，也有着奇峻的群山和日出日落，有着霞光和雨露，也有着祥云在盘旋。

一曲刚刚完毕，一群仙鹤从空中飞来，聚集到了虒祁宫的玉阶上。第二曲奏完之后，仙鹤排列为齐整的队形，它们展开了翅膀，准备起舞。第三曲演奏之中，仙鹤用细长的双脚翩翩起舞，翅膀完全舒开，伸开了长长的脖颈，引颈而鸣。它们头顶的红缨在微风中飘动，就像每一只仙鹤的头顶上燃烧着一团火。它们的翅翼不断做出各种姿势，远比人间的舞蹈动人。它们的鸣叫之声完全合乎音律，无论是扇动翅膀，还是移动脚步，完全和师旷演奏的琴声一致，它们的鸣叫之声响彻云霄。人们惊异地看着这样的鹤舞，觉得这太神奇了。就互相问，你可见过这样的情景？这是多么美丽的舞蹈，也许只有天上才有啊。现在师旷的琴声竟然将天上的舞蹈引到了地上。师旷奏完之后，仙鹤就纷纷飞走了，人们仰望着它们飞到了天上的影子，最后它们和天上的云彩汇合了。

晋君问师旷，你的琴声引来了仙鹤舞蹈，你是不是也能看见？他说，我在抱起琴来的时候已经看见它们向我飞来。它们知道我要演奏它们想要听的乐曲，它们的舞蹈仅仅是这曲调的一部分。在仙鹤的身影里还有神灵伴随。我看见的，你们看不见。晋君又问，你还看见了什么？师旷说，我还看见祥云在天上飞，阳光从祥云的背后穿过，林间的大风让每一棵树都摇动不止。因为它们的每一片树叶都跟随着乐曲跳舞。我也看见了你们惊愕的表情，只是这不是乐曲的部分，因而它不重要。

晋君又问，太师给我们演奏了这么好的曲子，还有没有更好的、更神奇的乐曲？师旷说，有的，只是不适合在这个时候弹奏。晋君又问，那么你说的更好的曲子是什么？师旷说，它的曲名叫作清角，这是当初黄帝出行的时候才会演奏的。从前黄帝到泰山去与鬼神相会，驾驭着象车，六条蛟龙在前面开路，火神毕方就在身旁侍奉，蚩尤在前面巡察，风神扫除了路上的尘土，雨神冲洗了道路，虎狼就在前面

古灵魂

顺从地引路，鬼神在后面跟随，飞蛇伏在地上不敢抬头，凤凰飞翔于上空。

晋君感叹地说，黄帝有着不可比的德行，这样的出行真是威严啊，以后的人们谁能做到这样呢？可是你所说的乐曲又是怎么来的呢？师旷又说，黄帝就这样来到了泰山，在这里汇集鬼神，向它们宣示自己的权威，并作了清角之音。这样的音乐已经被人们忘记了，只有我的先祖将它记了下来，一直传到现在。除了我，没有人会演奏它。只是我一直不敢演奏它，因为若是听了这样的乐曲，德行肤浅的人可能会遭祸。

晋君说，我已经渐渐老去，若是我不能在生前听见这样的乐曲，岂不是遗憾？师旷说，你还是不要听了，我害怕国君听了之后就会有坏事来临。晋君说，不，我就是要听这样的稀有之音，最大的坏事无非是死亡，可是我现在怎能害怕死亡？既然死都不怕，我还害怕什么呢？我就是要领略黄帝出行的威仪和美妙，我怎可错过这样的好机会？

师旷说，好吧，让师涓坐在我的身边，他可以为我击鼓伴奏。师涓惶恐地坐在了师旷的身边，轻轻地说，这样的乐曲，我能敲好鼓点么？师旷点点头，没有说话。他将琴调整好位置，开始弹奏了。第一曲刚刚开始，乌云就从西北方升起，渐渐向着虒祁宫靠拢。第二曲开始之后，大风开始刮起，暴雨紧随其后。激烈的雨和风暴一起将虒祁宫完全笼罩，人们听见了这风雨的喧嚣之声。乌云里不断出现闪电，雷霆从闪电中传出，震耳欲聋。

但是即使在雷霆之中，师旷的琴声依然清晰可闻。雷霆压不倒它，风暴卷不走它，暴雨冲不掉它。似乎这琴声在一阵阵巨响中变得更加响亮。暴雨和雷霆的声音越大，琴声也就越大，当闪电照彻天穹的时候，琴声似乎也有着同样的亮光。这激烈的风雨似乎是乐曲的一部分，仿佛它乃是这乐曲的伴奏者。

师旷的手指灵活地在琴弦上飘移，就像几道光芒在琴上不断闪耀。琴声也随着风雨变得更为紧迫而激烈，风雨开始掀翻了虒祁宫廊殿上的瓦片，风暴袭击了殿堂上人们面前的盛着美味佳肴的食器，就像成群的野兽闯入了殿堂。在座的人们有的趴在了地上，有的惊慌而逃。可是人们又能往哪里逃跑呢？大殿墙壁上的彩画也改变了颜色，都变成了漆黑。我躲在了一个角落，看着惊慌失措的诸侯们。

晋君吓得浑身发抖，趴在廊殿和大殿之间的一个角落，他已经说不出话来了。汾水和浍水卷起了大浪，大水向着虒祁宫漫延，已经上升到了最后一个台阶。外面已经变得白浪滔滔。就在这个时候，师旷的琴声戛然而止，只剩下风雨的声音和河水的声音。天地之间已经迷茫一片。但是，我们看着河水渐渐退去，风雨之声越来越小了，天地之间由暗淡转为了明亮，乌云一点点散去，雷电也消失了。这是什么样的乐曲，竟然引发了这样恐怖的异象。

真是太可怕了，太可怕了。难道黄帝当初出行的时候就是这样么？师旷已经说过了，黄帝的德行能够压住一切鬼神，可我们中间没有一个人具有这样的德行。风雨停息了，天空的乌云也消散了，阳光重新照亮了我们每一个人。师旷仍然紧紧抱着琴，他的手指停留在了最后一个音上，好像乐曲的最后一个音还远没有弹奏完毕。

师旷脸色苍白，头上冒着冷汗，好像大病一场。他仍然坐在那里

古灵魂

一动不动，好像被什么法术定住了一样。他的眼窝里的黑光似乎也消逝了，剩下了深深的空洞。诸侯们又回到了原来的座位上，每一个人都沉默着，没有一个人说话。这是多么可怕的乐曲，它让人们紧紧闭住了嘴巴，放弃了自己的声音。刚才狂暴的声音已经将人的声音压灭了，现在我听见的是一片寂静，或者说一片死寂。

晋平公

因为我的好奇，听了师旷演奏的清角之音，结果我被这乐曲带来的疯狂异象吓坏了。真正的乐曲是可怕的，它并不是我想象的那么优雅、微妙和让人愉悦。它要表现神的威仪和人的渺小，而不是为了让人欢愉。它让人感到恐惧，感到悲痛，感到一切一切都是那么可怕，也许这就是清角告诉我的东西。可是在平时的日子里，我并没有感到什么东西是可怕的，我所接受的乃是没有畏惧的幻象。

看来，人应该有所畏惧，即使是一个国君，也应该有所畏惧。诸侯们已经回到了自己的国家，可是我每天的夜晚都会做噩梦。难道仅仅因为我听了一曲古音？师旷演奏的古音太神奇了，不仅让仙鹤前来列队舞蹈，竟然还引来了暴风骤雨。也许这古曲已经印在了我的心里，让我时常感到不安，经常可以在暗夜听见师旷的弹奏，还不断在这琴声里感到恐惧。

我不断梦见死去了很久的人，他们就像活着的时候一样，和我说一些我听不懂的话。他们的表情十分怪异，似乎是在微笑，似乎是在悲伤，又似乎是愉快的。我不知道一个人怎样将这些完全不同的表情汇合在一起，但他们总是和生前模样差不多。我还梦见一些神灵来到我的面前，他们有着令人惊异的外貌，有的头上长着犄角，有的长着翅膀和长长的鸟喙。他们一般是沉默的，只是在我的面前显现。

这让我越来越感到恐惧。我将师旷召到身边，问他，我经常做噩梦，鬼神经常出现，我这是怎么了？自从我听了你所演奏的清角，就变成了这个样子。而且我还浑身发冷，就像那一天的暴雨击打着我。师旷说，我那一天就不愿意弹奏这个曲子，可是国君执意要听，我有什么办法呢？我想，可能是黄帝在泰山汇聚的鬼神顺着这个曲调找到了你。若要驱散它们，必须像黄帝一样修炼自己的德行。

我又问，可是我又怎样修炼自己的德行呢？师旷说，我听说，一个国君要获得崇高的德行，就要清静无为，要有广阔的胸怀，能够包容和任用贤能，并要善于倾听别人的谏言，也不能拘泥于从前遗留下来的习惯，还要经常考察臣子们的言行，这样才可以保持一个国君的操守。我说，我也想这样做，可是我已经老了，来不及了。我所做的已经做了，以后的事情我恐怕已经做不了了。

师旷说，所有的事情都没有晚了的时候，为什么不把你的火点燃呢？我有点生气了，我觉得他在嘲弄我。我愤怒地说，哪有臣子戏弄他的君王的呢？你知道我已经老了，你却要我点燃自己，我的火又在哪里呢？师旷说，我乃是一个瞎子，我什么也看不见，又怎敢戏弄国君呢？我听说，少年的时候好学而喜好仁德，就像日出的时候射出的光芒，它温暖而明亮，让地上的万物都能接受它的光明。壮年的时候好学而喜好仁德，就像正午时候的太阳，它的光辉就愈发耀眼，万物因为接受了这光辉而生气勃然。晚年的时候好学而喜好仁德，就像

—— 277 ——

夜晚为人们点亮火炬，他不仅让自己看见前面的道路，也照亮别人的路，这难道不比在黑暗中摸索要好么？

是啊，师旷说得好，我以前怎么没有和师旷一起谈论过这些事情呢？过去我只是把他视为瞎子，却不知道他比我看见得更多。一个人的眼睛不仅要长在脸上，更重要的是要长在自己的心上。长在脸上的眼睛仅仅看见眼前的享乐，却看不见自己身边的危险。只有长在心中的眼睛才可以看见自己的一切，因为只有内心的明亮才是真正的明亮。从前在黑暗里待得太久了，却并不知道这就是黑暗。现在我想让自己的内心明亮起来，可自己内心的柴火已经不多了，那么我的火焰还能让人们看见么？不，这火焰不是为了让别人看见，重要的是先让自己看见前面的路。

可是我自从听了师旷弹奏的清角之音，就被鬼神缠身，我为此感到十分痛苦。我连自己都顾不上了，还怎么爱好仁德？我的每一个噩梦都会让我在半夜醒来。我看着漆黑的夜，内心一阵阵恐惧，只有在长夜里等待。我还梦见黄帝乘着象车，走在路上，前面的六条蛟龙张着嘴，它们用贪婪的目光看着我。还有那些跟随的鬼神，他们的样子太可怕了，以致我每天都害怕睡觉。我害怕睡觉是因为害怕噩梦。

师旷说，黄帝就坐在车上，所以你不必害怕。黄帝的德行已经驯服了所有的鬼神和蛟龙。你只要喜好仁德，黄帝就会喜欢你，他就会将你召唤到他的象车上，你将和他一路同行。若要到了那个时候，你不会感到害怕，而是会感到荣耀。因为黄帝的德行就是你的德行，黄帝的威仪就是你的威仪，黄帝的感召就是你的感召，因为你已经在黄帝的身边。那么你还害怕什么呢？即使是飞蛇也要匍匐在地上。

可是我已经感到自己来日无多了。我就要看见最后的结果了。是啊，既然这样我还害怕什么呢？应该说我已经无所畏惧了。我在内心祈祷，我准备在最后的日子里寻找我还没有获得的德行。我将儿子夷叫到身边，对他说，我已经老了，我的身体也日渐衰弱，看来我离死亡的日子不远了。你不能像我一样贪图安乐，因为天下充满了危机。我已经看到晋国也和我一样衰弱，我希望你能够振兴国家，我的灵魂将在天上看着你。

这一天夜晚，我让人扶着我来到了户外，秋风开始送来了寒意。我的腿脚已经由不得自己了，我的身体也好像不属于自己了。回忆我自己的一生，我能够得到的，都已经得到了。可是这又有什么意义呢？不论从前的草木多么繁盛，还是要面对这个残酷的秋天。我听见宫墙的旁边有蟋蟀在鸣叫，它就像一个弹琴者，送给我最后的琴声。我仔细听着这蟋蟀的叫声，觉得它的声音竟然是悲凉的。

夜空是那么高，群星已经升起，它们不停地闪烁，好像在嘲笑我。月亮只有弯弯的一叶，孤单地在黑暗里浮动。地上的微光都来自天上。我也曾是明亮的，可是我坐在这样的夜空下，和天上的眉月同样孤单。树叶不断落下来，有几片树叶从我的脸颊扫过，那么轻，那么轻，那么轻。我甚至看不见自己的影子，是的，黑暗已经将我笼罩。我曾经看见过一切，但它们将在我的记忆中消逝。那么多的时光，那么多的场景，那么多的美酒和喧嚷的人们，都从我的面前匆匆而过。

卷五百二十

晋昭公

　　父君离开了我，我接替父君承继了君位。没想到父君一生享乐，临终前却被鬼神困扰，噩梦不绝。据说是听了师旷演奏的黄帝之音之后，就开始一病不起了。我感到十分悲伤，别人对我说，先君来到人世已经得到了所有的好东西，他乃是含笑而去，还有什么可悲伤的呢？是的，我看见父君死去的样子，他的脸上仍然就像从前活着的时候一样，嘴角微微上翘，眉毛弯弯的，就像睡梦中在微笑。是的，他一定在梦中遇见了令自己快乐的事情，不然他为什么会这样微笑呢？

　　他不是一直被鬼神缠绕么？也许现在他已经摆脱了噩梦，甚至在另一个世界找到了新的快乐。他喜欢快乐，他的一生都是快乐的。能够让他快乐的事情，他都去寻找。美酒和美女，美好的乐曲和美好的郊游，他都喜欢。他也泛舟河上，观赏山的倒影，观赏群山的雄浑，观赏遍山的树木和山坡上开放的野花。他不喜欢征战，因为征战乃是要死人的，而死亡岂能让人快乐？

　　他喜欢和群臣一起饮酒，因为这样的筵席上充满了快乐。他也很少处罚别人，因为处罚不能给别人带来快乐。他喜欢赦免别人的罪，

古灵魂

因为罪人已经处于痛苦之中，而赦免能给别人带来意外的欣悦。尽管这样，他的晚年还在不停地悔罪，认为自己的很多事情做错了。我想，父君是多么好的君王，他很少强迫别人做不愿意做的事情。

在治理国家的大事上，他也能任用贤能，并且能够采纳众臣的谏言。他相信别人是忠于自己的，他很少怀疑别人。他任用叔向作为自己的太傅，因为叔向不仅学识渊博，有着令人羡慕的才能，还有着很多美德。他召集诸侯会盟，希望天下能够获得太平，也希望民众能够安居乐业。这难道不是一个好国君么？即便是这样，也会有人反叛。栾盈勾结齐国叛乱，最终弄得身死家亡。反叛者只能获得这样的结局。因为父君并没有想着要置他于死地，他却自己将自己置身于死地。

在栾盈叛乱之中，叔向受到了牵连。但父君所看重的叔向却并没有急于辩解。他在囚禁中对别人说，我受的罪没有什么，比起那些死去的人和逃亡的人岂不是很好么？该有的你不可能逃脱，不该有的也用不着奔逃。父君问自己喜欢的大臣乐王鲋说，叔向真的有罪么？乐王鲋说，他既然不说什么，也许就是有罪的，因为他舍不得自己的亲属。但父君并没有听从他的话将叔向杀掉。他也同样舍不得自己的太傅，怎能随意杀掉自己喜欢的太傅呢？他有权这样做，但他又怎能滥用自己的权力？

后来祁奚听说了叔向的事情，就乘车去见士匄。他说，《诗》上说，上天给予我以疆土，乃是需要子孙来护卫，不然这疆土又有什么意义？《尚书》上说，圣贤有谋略和功勋，但他的谋略和功勋应该加以呵护。叔向是国家的栋梁之材，即使是他的子孙犯了罪也应该被赦免，这样国家才可以获得更多的贤能。叔向因为他的弟弟犯罪受到牵连而不能免罪，这不是丢弃了国家的栋梁么？从前鲧被诛杀，而他的儿子大禹却受到重用。在殷商的时候太甲曾被放逐，后来又被任用为相，太甲却没有怨恨。管叔和蔡叔被杀，他们的侄子周公又辅佐了周成王，可是你为什么却要抛弃叔向呢？杀一个人是容易的，但以后的损失就不可能挽回。

士匄和祁奚一起找到父君，父君就赦免了叔向。叔向获得赦免之后也没有感谢祁奚，而是径直前往朝见父君。这是多么好的人才啊。这又是多么好的国君啊。他能够辨别哪一个人是无私和真诚的，也能知道应该在什么时候免除谁的罪。就连楚国的令尹子木都十分感慨地说，晋国乃是真正的霸主，因为它有叔向这样的人辅佐朝政，楚国又哪里寻找这样的人才呢？没有这样的人才，楚国又怎能与晋国争霸？

现在我的父君已经离我而去，可是他的面容已经印在了我的心中。我已经是晋国的国君了，可是我又能做些什么呢？各国的诸侯已经来到了晋国都城，来向我祝贺。我仍然在虒祁宫中设宴招待。他们有真诚的，也有虚假的。也许他们所展现的并不是真正的面孔。在筵席上，人们提议做投壶的游戏。我从小跟随父君练习投壶，我必定能够获胜。前面已经准备好了投壶的用具，壶中已经装满了绿豆，这样，投出的箭一旦入壶，就不会掉出。

按照礼仪，主宾有序，我先投壶。我的大臣韩无忌担任仲裁，他说，我拥有的酒就像淮水一样多，我拥有的肉食就像山丘一样高，若是我的国君投中，他就是诸侯的师长。我拿起了箭，向着壶中投去。我看着手中的箭脱开了手指，向着壶口飞去。它划了一个漂亮的弧线，稳稳地落在了壶中。接着是齐国的国君投壶。他说，我拥有的酒就像渑水一样多，我拥有的肉食就像山陵一样高，我若是能够投中，我就可以代替你成为诸侯的师长。

他拿起了一支箭，后退了几步，又向前了几步，站在那里不断瞄准。他是谨慎的，因为他说出了冒犯我的话。我知道他从来都不愿意让晋国做盟主，他早已有着僭越的野心。他缓缓地、小心地将手中的箭投了出去。我的心怦怦直跳，我祈祷着，让他的箭不能入壶。我闭上了眼睛，又睁开了一条缝，我的目光从这缝隙里射了出去，看着他的箭从手中离开，向着前面的壶飞去。这支箭飞得那么慢，那么慢，一点点地接近壶口。最后，这支箭竟然也落入了壶中，他也投中了。这是不是一个不祥之兆？

他立即张开了双臂，高呼着，他是那么兴奋，以为自己真的成了诸侯的盟主。可是我的心里是不快的。可是我不能将这不快显示于表情。这样的结果意味着什么？难道晋国将在我的手里失去霸业？我尽管成为国君，也接受了诸侯们的祝福，可是未来的前途将会怎样？我的眼前乃是一片迷茫。看着诸侯和大夫们的一张张脸，他们的笑容是灿烂的，但也是虚假的，我不知道他们是真的高兴还是装作高兴的样子。

叔向

楚灵王也死了，不过他的死是悲惨的。这个人喜欢虚荣，希望从别人那里获得好名声，于是就炫耀自己的能力，不断对周边的国家发动攻伐。他攻破了吴国的朱方，就将齐国的逃亡者令尹庆封俘获，还将他捆绑在车上沿街示众。他还对满街的人说，你看这个人，他杀掉了自己的国君，欺压自己的民众，还要强行让别人都支持他，这样的人，应该遭到众人的唾弃。若是人们都学他的样子，天下还怎样获得安宁？

是的，令尹庆封杀掉了他的国君。可是楚灵王不也是这样么？他趁着楚王病重的时候，以探病为名用束冠的长带将楚王勒死了，就这样他篡夺了王位。这样的事情已经是尽人皆知。所以，齐国的令尹庆封蔑视他，也向着众人呼喊，你看这个人，站在你们面前的这个人，你们都知道，他是楚共王的儿子，却杀死了自己的国君，那个国君是他的兄长的儿子。他不仅杀死了自己的国君，还欺压自己的民众，又强行让别人都支持他，这样的人，应该遭到众人的唾弃。若是人们都学他的样子，天下还怎样获得安宁？

令尹庆封的反唇相讥，让楚灵王感到了莫大的羞辱，他面红耳赤，说不出一句话来。他看见满街的人们都抑制着自己的笑声，就愤怒地传令将令尹庆封杀掉了。一个弑君者面对另一个弑君者，这是一次精巧设计的对局，一个想要羞辱另一个，反而得到了更大的羞辱，他就只好用杀戮来掩盖自己内心的恼怒和虚弱。

一个弑君者不敢承认自己是一个弑君者，这是他虚弱的表现。这样的虚弱要用另外的东西来显示自己的强大。他不愿承认的，就要让别人更多地承认他的另一方面。于是他就四面出击，借口平定陈国的内乱，趁机灭掉了陈国，又攻灭了蔡国。但在讨伐吴国的时候遭遇了抵抗，最终失败而归。而为了掩盖自己的失败，又兴建了章华宫。这个豪华的宫殿占地四十里，中间的高台达三十仞，要登上台顶需要休息三次，因而又叫三休台。在高台的四周有着大量的亭台楼阁，精美异常。他还让诸侯们前来观赏，又在这宫殿中极尽享乐。这样的国君，能有好的结果么？

可是我的国君竟然也模仿楚灵王的样子，建造了更加奢华的虒祁宫，也在这宫殿里邀请诸侯们前来观赏，还演奏了靡靡之音。这乃是亡国之音。国君们竟然是这样相似，因为他们拥有巨大的权力，也就不会倾听别人的劝谏。我曾见过水中的枯树，不是因为它们得不到水，而是太多的水将它们的树根泡烂了。巨大的权力必然要将许多国君泡烂，他们将沦为水中的枯树。无论是篡权者还是继承者，都将成为根须腐烂的枯树。

我的国君仅仅是喜欢享乐和爱慕虚荣，但他不喜欢四处征战。他也不喜欢烦琐的朝政，他乃是一个善良的享乐者。他的享乐也是他巨大的权力中的一种特权，这让掌握权力的卿相们获得了更大的权力。这样的国家也是危险的，因为卿相们都要围着权力展开争夺，我还不知道最后的结果，但我已经感到这危险在一点点临近了。也许一个国家已经走向了衰弱，距离它的灭亡也就不会遥远。

有一次，齐国的大夫晏婴来晋国出使，在宴会上谈论。我问他，齐国现在还不错吧？他摇摇头说，已经到了末世，国君的权力已经旁落。唉，一个国君遗弃了他的民众，他的民众也会遗弃他，若是有别人来善待他们，他们就会归顺那个人。可是那个人并不是他们想象的那样，民众有时能够辨别别人，有时则被别人蒙蔽。齐国以前有豆、区、釜和钟四种量具，每四升为一豆，四豆为一区，四区为一釜，十釜为一钟。现在掌握权力的陈氏将自己的量具放大了，改为五升为一豆，五豆为一区，这样他的一钟就比从前的大多了。他放贷的时候用自己的量具，而收回的时候用从前的量具。他用这样的方式拉拢民众，民众看见了眼前的利益，所以纷纷归附他。

民众只归顺那些给他们利益的人，他们不认识国君，只认识利益。国君却不知道这一点。现在齐国的陈氏封地上，山货和海货在市场上和在产地一样，所以很多人前去投奔。但齐国更多的地方不是这样。公室的仓廪中东西已经腐烂，但民众却在受冻挨饿。国君常年征战，所以假肢变得十分昂贵，而鞋子却是便宜的。民众有了疾苦，只有陈氏关怀他们，而国君却对他们的疾苦十分漠视。这样的国君能不被民众抛弃么？

我说，你所说的就是我要说的。晋国也已经到了末世。现在国君只知道自己的享乐，却不顾别人的疾苦。晋国的权力也落到了卿相们

古灵魂

的手中。他不管的，让卿相来管。因为要治理国家就要付出辛劳，可是国君不愿意辛劳，他只愿意享乐。这样他的基业已经动摇。外表看起来还是华美的，但内里已经腐烂了。可是他仍然不知道这腐烂，他看见的只有外表。现在已经没有人愿意驾驭战车和统领军队了。

民众穷困潦倒、怨言四起，可国君却在奢侈中度过每一天。民众已经不愿意听到国君的命令，他们在不断逃避，因为他们已经无所依靠。一个不能被依靠的国君，还有人愿意跟随他么？书上说，天色黯昧的时候就要起来，思考怎样能够德业兴盛，一直要坐到天亮。可是我的国君从来不是这样。若是不思悔改，那么这个国家又怎么兴盛呢？我已经看见了它的衰败。

晏婴问我，既然你知道末世就要到来了，你将怎么办？我说，我能怎么办呢？我听说，若是国君失去了权威，国君的宗族就变得卑微，他的宗族就将像秋天的树叶一样掉落，他所面对的只有等待凋零。我的同宗原有十一个家族，现在只有我羊舌氏一家了。我没有子嗣，所以也没有后顾之忧。我若是能够善终，那就是我的福分。我还有什么可想的呢？我难道还奢求后嗣为我祭祀么？

是的，我已经没有任何奢望了。我就看着国君的奢靡，看着这个国家一点点堕落。国君不愿意理解别人，别人也不愿意理解他。他们所想的只有自己，那么民众也只能想着自己。可是他们还强求民众理解他，想着他，这怎么可能呢？就说楚灵王吧，他出兵要攻打徐国的时候，正值严冬季候，士卒们身上穿着铠甲，手里拿着战戈，站在风雪之中。可是楚灵王却穿着裘衣，披着翠羽，戴着兽皮冠冕，脚上穿着豹皮锦靴，观赏军帐前的雪景，赞叹这雪景的美丽，这怎不会让士卒们感到心寒？

楚灵王怎能想到，就在征战途中，他的弟弟趁着他出征的时机，杀掉了他的儿子，拥立自己的另一个兄长为王。还派人去向征战中的楚军说，楚国已经换了新国君，你们若要回去，可以保留原先的官位，你们的土地仍然属于你们。若是你们不愿意回去，还要跟随这个昏聩的旧君王，那么我们将捉拿你们，杀掉你们的族裔。这样，楚军立即四散而去，只有楚灵王孤独地徘徊在雪中山林里。

我听说，他在山林里遇到了一个熟人，就对那个人说，我已经几天没有吃饭了，你能不能给我一点食物？那个人说，新国君已经传令，谁要是给你吃的东西，就要杀头，我怎么敢违背这样的命令呢？从前你是国君的时候，我又岂敢违背你的命令？他听了这样的话，又气又饿就昏倒在地，他的头压在了那个人的腿上。但那个人抽出了自己的腿，说，你这个罪无可赦的昏君，你终于有了这一天。最后他还是自杀身亡了。

我的国君还没有这么坏，他只是贪图享乐而已。从某种意义上说，他的一生是完美的，因为他享尽了人间的富贵和尊荣。可是他的富贵和尊荣只属于他自己。若他是一个普通人，他乃是有福的。可是他不是一个普通人，而是一个国君。国君就该有国君的责任，他应该让他的国家变得强盛，而不是仅仅取得个人的完善。可是到哪里寻找一个好国君呢？

以前楚灵王的弟弟公子比和公子黑肱、公子弃疾与楚灵王争夺王位。卿相韩起就问我，公子比会取得成功么？我说，不会的。若要取到一个国家，需要很多理由，若是缺乏这些理由就不会成功。韩起

古灵魂

又问我，你所说的是什么理由？我回答说，若是身份尊贵而没有贤能辅佐，那就不会成功。若有贤能辅佐而没有民众的拥护，那也不会成功。若是有民众的拥戴而缺乏谋略，那也不可能成功。若是有了民众的拥戴和护持而没有德行，那也不可能成功。

那么公子比为什么不能成功，他没有这么个理由么？我说，是的，他逃亡到晋国十几年，晋楚两国跟随他的人没有一个是出众的，那么他怎样能说拥有贤能呢？他出逃之后，他的族人和拥护者不是被灭掉，就是转而跟随别人，这怎能说有民众拥戴？在楚国内部还没有可乘之机的时候就贸然发动内乱，这怎能说是有谋略呢？他多少年来一直在外面奔波，实际上他已经失去了民众，楚国也没有什么人怀念他，这怎么能算是有德行呢？虽然楚灵王无所顾忌而暴虐成性，可公子比仍然难以取代他。

韩起又问，那么，依你之见，谁能取而代之？我说，也许楚国将归于公子弃疾。他有自己的封地，在自己的封地上还没有发生什么不良事端，盗贼也躲藏起来，或者转移到别的地方，人民能够安居乐业。他们虽然都有自私之心，却能够克制自己，也没有什么违背礼法的事情，民众对他也毫无怨恨。若是人民都信任他，那么上天也会对他垂青和眷顾。他虽然是幼子，但在楚国经常会有幼子继位的事情。公子弃疾既有上天的恩宠，又有民众的拥戴和支持，自己又有必要的德行，那么不是他又是谁呢？

韩起又说，你所说的理由固然可以算作理由，但也有不是如此的例证。比如说齐桓公和晋文公，他们不也和公子比的处境一样么？但他们都成为国君，公子比为什么不能呢？我说，齐桓公的母亲乃是齐僖公宠爱的卫姬，他的身边有着众多的贤才，鲍叔牙、宾须无以及隰朋等都是他的左膀右臂，这些人都是才能出众、具有贤德和智谋的人，在外面又有莒国和卫国的宠信和援助。他也善于听信别人的谏言，喜欢施舍和行善事，这样的人得到一个国家，难道不应该么？

晋文公也是这样，他是狐姬的儿子，狐姬是晋献公宠爱的妃子，因而他本来就出身尊贵。何况他十分好学而从不厌倦，十几岁就有很多人追随他。他的身边有那么多贤良之才，有魏犨和贾陀，还有狐突、狐偃、赵衰、栾枝、介子推和先轸等众多智勇双全的忠信之才辅佐，有什么事情做不成呢？在外流亡的十几年间，他从没有放弃自己的信念，国内的民众也从来没有忘记他。何况齐国、楚国和秦国都喜欢和信任他，对他十分尊重和敬仰，都希望他能够成为晋国的国君。这样的人什么事情做不成呢？

当初晋惠公和晋怀公抛弃了民众，民众就转而跟随晋文公。晋文公的品性是高贵的，民众也信服他，所以跟随他的人都没有异心，上天也护佑他，因为他遵循了天道，顺应了天意。那么，他一旦返回晋国，晋国还有谁能阻挡他呢？他返回晋国的时候，有秦国为他护送，晋国又有人迎接，只有少数的反叛者试图阻挡，但他们也仅仅是少数。一个人获得了多数，少数的反叛又有什么可怕的呢？至于公子比，若要返回楚国，晋国不会相送，楚国也没有人迎接，他怎么能与齐桓公和晋文公相比呢？

现在我的国君和楚灵王都已经死了，他们的穷奢极欲已经成为昨日的故事。他们无论是从精神上还是肉体上，都已彻底抛弃了自己的国。他们寻找的乃是黄土和荒草，乃是蝼蚁和蛇蝎，乃是自己的白骨。他们看起来结局并不一样，一个是被别人剥夺了权力和生命，另一个的结局似乎是完整的，圆满的，实际上他们在民众的心里早已经死去。一个个荒唐的君王，他们怎知道自己留下的污斑，乃是要用别人的血来洗净的。

我不知道现在的新国君会怎样。我虽然也是忠于国君的，但我并不会相信他们。我已经看见了晋国在衰落，君王一代不如一代。仅仅从国君的衰落中就可以看见国的衰落。晋国的权力已经落到了几个卿相手中，国君仅仅变为一个国家的装扮。他放弃自己的权力是容易的，而放弃权力乃是从放弃责任开始的，但要想重新收回这权力，就不那么容易了。除非出现晋悼公这样的国君，但是这可能么？我们到哪里寻找一个好国君呢？

卷五百二十二

屠伯

晋国的新国君在邾国的南部治兵，展示晋国的威严。这一次晋国几乎倾巢出动，动用了四千乘战车，每一乘战车有甲兵三人，徒兵七十二人。叔向的弟弟叔鲋是这一次秋季治兵的司马。他率兵停驻于卫国的境内，向国君索贿，但国君不愿意屈尊向叔鲋行贿。于是晋国的士卒们以补为名，在卫国的土地上割草砍柴，军纪散漫，还不时劫掠卫国的财物。国君着急了，他让我向叔鲋的兄长叔向求情。

我是卫国的大夫。叔向来到了卫国的都城，我前往迎接。然后我向叔向献上了锦缎和汤羹。叔向是晋国的上大夫，又曾经是晋平公的太傅，新国君又十分信任他。我想，他会帮助卫国解脱困境。我对叔向说，一直到现在，各国的诸侯对晋国都毫无二心，卫国更是悉心侍奉，你们这次路过卫国，我的国君更是不敢怠慢。所以，国君让我奉献上卫国最好的锦缎和精心制作的汤羹，以表达卫国的赤诚。

叔向疑惑地看着我，想了想说，我与你乃是初次谋面，怎敢接受这样的重礼？汤羹我就收下了，但我不能接受你的锦缎。我想你必定有话要对我说，我不知道你要说什么，但你不妨可以直言。晋国和

古灵魂

卫国乃是几代友好，若是需要我帮助，我愿意尽力。我说，我来迎接你，乃是卫国应尽的礼数，我的确有一事相求，这次晋国召集诸侯会盟，并在邾国治军，卫国将全力相助。只是晋军路经卫国，军纪不整，对卫国多有骚扰，若是你能够劝阻，我的国君将十分感激。

叔向立即明白这乃是叔鲋所为。他说，你们应该知道叔鲋的名声，他乃是一个贪欲者。我已经知道他必定不能管束自己，一旦大权在握就会傲慢无礼。他虽然是我的弟弟，但我对他无所餍足的贪婪也无可奈何。不过，他这样下去绝不会得到好的结果。你这样尊敬我，希望得到我的帮助，但你知道，一个自己不能管束自己的人，别人又怎能管束他呢？若我真的能管束他，那么他就不应该是现在的样子。

我听了叔向的话，内心感到十分失望。原以为一个兄长可以管束自己的弟弟，但叔向却对叔鲋也无可奈何。那么我将愧对国君对我的信任。我该怎么办呢？叔向看出了我的忧愁，他对我说，我可以给你指出一条路，这条路也许通往光亮之处。我不能做到的，也许你可以做到。我说，我不知道怎么做，才想到了你，因为你是晋国的贤臣，你都做不到，我还能找到谁呢？唉，我怜悯卫国的民众，可也仅仅是怜悯而已，有什么用呢？

叔向压低了声音说，你需要找到事情发生的原由。叔鲋乃是因为贪婪而放任自己的军队，你若要他改变自己的想法，就应该让他获得满足。面对一个贪欲者，你没有别的办法。因为他就像一个孩子，他想要一个东西，你却不给他，他就会一直哭个不停。你若要让他不再哭闹，就必须将那个他想要的东西塞给他。你将这些好锦缎献给他，他也许会改变主意。我知道，他是喜欢锦缎的。对于一个贪欲者来说，锦缎可以装饰他的外表。

我说，你真是一个贤臣啊。你的身上有太多值得我仿效的美德，也有着太多值得我羡慕的智慧。很多复杂的事情你可以将其化简，很多很难的事情，对于你来说是那么容易。你还是要收下我的锦缎，这乃是我对你的敬意。叔向说，不，我也喜欢锦缎，但我更喜欢一个人的德行。我知道锦缎是好的，但它将用来包裹腐烂的东西，或者让锦缎包裹的东西更易于腐烂。我不愿意让自己腐烂，所以我放弃这锦缎，但你对我的赞美和友情，我已经收下了，这无形的东西对我来说比锦缎更美好。一个人不可能获得所有的东西，你可以得到其中的一样，有时就要放弃另一样。

我看着他向我施礼，并登上了他的车。他的御夫驾驭着骏马，向着前面疾驶而去。我一直看着他的背影消逝。在他消逝的地方，似乎仍然有一块巨大的亮斑。这是一个有智慧的人，也是有德行的人，他能够做到的，我还做不到。他能从至晦中看见至明，能从至繁中看见至简，从至难中看见至易。不然他怎能成为一个国君的太傅呢？

以前我仅仅从别人那里知道叔向的名声，却不曾见到他。现在我见到了他，才真正知道了一个人拥有名声的原因。他即使走到我看不见的地方，我仍然能够看见他的背影的光亮。卫国就没有像叔向这样的贤能之才。晋国之所以能够强大，就是因为能够不断拥有这样的贤才。只要有好的君王，贤才就会向他那里聚集。就像好的鸟儿自然而然地要落到好的树上栖息。比如说晋文公吧，他从来没有失去志向，多少年的流亡乃是至晦的时候，可是他本身没有晦暗。他从齐国到楚国，又到了秦国，最后从秦国返回了晋国，做了晋国的国君，这是多

古灵魂

么曲折的、复杂的路，可也是最近的、最简的路。那么多贤良之才一直跟随着他，说明他本身就是一株嘉木。

还有晋悼公，他从王都回到自己的家乡，而家乡的人们并不了解他。可是他能够做事公正有度，能够律己宽人，众多的贤良很快就围拢他。因为他有着别人没有的光芒。不可能每一个国君都是贤明的，但一个国家一旦出现几个好君王，事情就会改变。现在晋国出现了叔鲋这样的人，从他的身上可以看见晋国的衰落。

我按照叔向的主意，带着锦缎前往会见叔鲋。他满面笑容地迎接我。我对他说，你一路辛劳，带领大军驻扎于卫国的土地上，乃是卫国的幸运。我的国君让我前来拜见你，并带来了礼物作为对你的赏赐。说着我让跟随的车辆打开覆布，锦缎的光彩立即显露。这锦缎是如此明亮，在太阳照射中闪闪发光。叔鲋说，你能来慰劳，我已经十分荣幸了，国君还赏赐我这么多礼物，让我的内心充满了感激。

我已经看见他眼睛里放射出了一束光。他一面与我说话，但他的眼睛一直没有离开车上的锦缎。我说，我的国君本来想给你更好的东西，但卫国的物产不多，也就只有这些锦缎可以赠送给你。他当着我的面，立即呼来了传令兵，对他说，你现在就传我的命令，要严格约束我们的大军，不准在沿途骚扰民众，若要还有人敢于违反军纪，那么就是死罪。他的口气是严厉的。他转过身来对我说，以前我没有想到的，你提醒了我。若是我的军队再有违反军纪的事情发生，必将受到严惩。

后来我知道，在我到来之前，叔向已经告诉他的兄弟叔鲋，要明肃军纪，不能沿途骚扰百姓。实际上，他已经下达了命令，只是叔鲋在我的面前再次表演而已。叔向想得多么周全啊。这样做，他既维护了卫国的利益，也维护了自己的美德，也没有让叔鲋对卫国心生怨恨。我十分感慨，即使是出自同一个母亲的兄弟，竟然也是这样不同。可是你见过一模一样的树么？你见过一模一样的花么？世间所有的事物都不一样，人又怎么能一样呢？

古灵魂

卷五百二十三

叔向

在我的新国君即位的时候，齐国的国君虽然前来祝贺，但在投壶的游戏中已经表达了对晋国不服的异心。他不愿意承认晋国的霸主位置，他梦寐以求的是取而代之。现在我的国君要在邾国治兵，同时召集诸侯们前来会盟。可是齐国的国君明确表示拒绝。国君派我去拜见周天子的卿士刘献公。我问他，齐国不来结盟，我们该怎么办呢？

刘献公说，他不来也不会影响结盟，齐国早已不愿结盟，乃是惧怕于晋国的力量，每一次都是勉强结盟。勉强得来的东西又有什么意义呢？结盟乃是为了信用，若是没有信用，结盟又有什么意义呢？若是有信用，各国的诸侯不会有异心，各国的诸侯归于一心，难道还害怕齐国么？你可以用言辞诫告它，可以用兵力对它督查，可以和诸侯们一起制约它，那么你还担心什么呢？我是天子的卿士，可以请求天子派出王师来援助你，你就是天命的承接者，难道还害怕齐国么？《诗》上说，王命出征，挽救邦国，戎车十乘，先行开路。齐国必定将要屈服从命，那它又有什么可怕的呢？

有了天子的允诺，我来到了齐国拜见齐国的国君。我对他说，诸侯们都已经集合完毕，只等待你到会结盟。若是只是缺少齐国，事情就不会圆满。我的国君想知道你不与诸侯结盟的理由。齐国的国君说，我听说，只有在惩处叛离者的时候，诸侯们才需要结盟，这样就可以一致对叛离者予以讨伐。现在我还没有听说哪一个国家叛离了晋国，那么我不知道诸侯们结盟的理由，这乃是我的理由。

我说，每一个国家的衰坏，就是因为人们贪图安乐而不思作为，民众的德行就会堕落，最后就变得无法挽救。就像你的宫殿一样，没有屋梁的支撑，它就要坍塌。若要人们都有所作为，宫殿就有了梁柱的支撑，它就不会衰朽倒塌。而天下的梁柱就是礼仪，若是没有了礼仪，天下就会塌落。有了礼仪就有了秩序，但秩序仍然需要威严的统摄，若是没有威严的统摄，人们就失去了敬畏。而威严不是沉默不语，而是需要昭示于众人，敬畏才可以昭彰，秩序才有所保障。

若是这敬畏被丢弃，秩序就会失去统摄，梁柱也会朽坏，根基也会塌陷，大厦将会倾塌，天下就会混乱，国家就会颠覆，民众也失去了安宁。所以从前的礼仪规定，诸侯每年都要聘问，还要敬献贡赋，以表示自己对礼仪秩序的支持。三年要朝见一次，以讲习和温习礼仪。六年要诸侯集会，以昭明礼仪和威严。十二年要诸侯结盟，以让诸侯明确自己的职责，知道自己如何行事才符合仁德和天道。

自古以来，人们都是这样，让诸侯不要忘记自己的天责，按照等级而修明礼仪，向天下昭示威严，向神明昭示每一个人的信义，不能有任何疏忽和轻视。因为这乃是天下的大义所在，乃是国家的兴亡所系，这乃是维护秩序的力量所向。若是失去了这些天定的规则，没有人遵守这些规则，国家的兴盛就无从谈起。晋国乃是按照礼仪规制来主盟，我的国君担忧这件事情会不圆满。盟誓的牺牲也已经为你准备好了，每一个细节都做了反复检点，若你还要说，我要废除这礼仪，废除这规矩，自古以来的传统，我就是要推翻，我藐视所有的诸侯，我拒绝参加会盟，这没什么用处，那么我们又有什么办法呢？

我的言辞是严厉的，我的表情是严肃的。我没有给他一点周旋的可能，我也不给他任何可能辩驳的机会。我又暗含威胁地说，我们已经聚集了四千辆战车，这乃是晋军治军的好时机，也能够确保盟会不发生意外。诸侯们也已经集聚于邾国，他们都在等待你。秋天来了，树叶开始掉落，炎热也已经退去，秋风是凉爽的，在这秋风中会盟，该是多么令人爽快啊。你可以站在高处欣赏天上的白云，倾听旁边的河水声，又是多么令人惬意啊。在这样的季候中，举行这样重大的仪式，又是多么令人振奋啊。诸侯们都衣袂飘飘，冠冕端正，众多的士兵荷枪挺立，秋风和鼓乐飞扬，这又是多么庄严而壮观。那么，我们怎么会缺少你呢？你若拒不参加，将会失去一个好机会。

我抬起头来，目光直射他。他避开了我的目光，低下了头。他似乎在回避什么，也似乎被我的目光逼退了。虽然他仍然端坐在那里，但我已经看见他在向后退，他的影子在向后退，已经后退到了墙壁上，牢牢地贴在了上面。一片黑色的影子在渐渐放大，充满了大殿的空间。他似乎被一片乌云笼罩。他一时支支吾吾，语无伦次，声音很低，我听不清他究竟要说什么。或者，他根本就不是与我说话，而是与他自己说话。是的，我想他必定是和自己说话，甚至是两个不同的声音在说话，这两种声音在对撞和冲突、辩驳和反诘、抗拒与反抗拒，他的内心充满了矛盾，也充满了尴尬和恐惧。

他终于大声和我说，每一个小国都有说明自己理由的权力，大国也有决断的权力，我所说的乃是我的理由，一旦大国有了决断，我又怎敢不听从呢？我对会盟有着自己的理解，一个人的理解又怎么可能是对的呢？既然你已经这样说了，这乃是我对礼仪的又一次温习，我又怎敢违背自古以来的礼仪呢？我一向是崇尚仁德的，也希望天下获得安宁，若是诸侯们需要我参加会盟，我又怎敢不遵循规制呢？我一定恭敬地前往，和诸侯们汇聚，随时听从主盟者的命令。

齐国的国君放弃了自己的傲慢，还是屈服于晋国的权威。我从齐国返回到即将举行会盟的邾国，对国君说，一些诸侯已经对晋国产生了隔膜，他们不想听从晋国的命令了。国君说，那么我们该怎么办？我说，我们必须充分展示自己的力量了。他们之所以敢于这样，乃是觉得晋国已经失去了膂力。他们不相信仁德，也不相信天道，他们只相信武力。你看，万山丛中，树木已经发黄，他们不是感到自己将衰朽，而是只相信秋风的力量。若是不能用温暖感化他们，那就用寒冷让他们发抖。

卷五百二十四

韩起

赵武病逝之后，我就接替他成为晋国的正卿。可是我眼见晋国的力量已经不如从前了，以至于诸侯们不太相信晋国了，甚至一些国家不愿意承认晋国是他们的盟主了。在新国君朝贺的仪式上，齐国的国君借投壶之机，已经明确表达了取而代之的意愿。这一次国君召集诸侯在邾国会盟，齐国的国君拒绝了会盟的请求。

国君担忧的时候，我想起了叔向。他一定有办法让这次会盟取得圆满。叔向是一个有智谋的人，每一次关键时刻，他都有好主意。这个人学识渊博，通晓古今，有着非凡的才能。以前先君要与楚国会盟，会盟之前，楚国令尹屈建前来商谈，他所带的大臣都在里面穿着皮质铠甲，似乎要做什么。赵武得知这样的情况之后，十分担心会有什么不测。

但叔向说，你不必为这事担忧，他们穿什么乃是他们的选择，这对我们有什么坏处呢？楚国若以会盟的名义来暗害别人，就会成为没有信义的行为，诸侯们就会看清楚国的面目，他要想再得到诸侯们的信任就很难了，这难道不是对晋国有利么？你有什么可担忧的？若是楚国真的这样，那真是无智的举动，一个国君失去了智谋，他还能持久么？你又有什么可担忧的？何况，晋楚两国不断交战，彼此的不信任已经很久了，他们要防止别人的伤害，又有什么不可理解的？若是这一切可以被理解，那么你又有什么可担忧的？

赵武虽然有所担忧，但还是听从了叔向的话，第二天和楚国的令尹屈建进行了很好的交谈，彼此开始有了信任。叔向的判断是对的，一切都没有发生。在会盟仪式举行的时候，楚国和晋国又发生了争执。楚国执意要先行盟誓，我们觉得晋国本来就是盟主，理应先行盟誓，楚国应该排在后面。但楚国却认为，既然晋国承认和楚国乃是平等的关系，若是让楚国在晋国之后盟誓，就有歧视楚国的嫌疑。

眼看这场晋楚两国的和解就要中途夭折，叔向就说，诸侯们归附晋国，乃是因为信任晋国，信任晋国，乃是因为晋国具有德行，而不是因为晋国主盟。若是一个国君致力于德行，为了先后的次序而争执，又有什么意义呢？若是为了盟誓的先后而争执不下，这就会损害国君的德行，也显得胸怀狭隘。谁先盟誓又有什么重要的呢？叔向的话，反而让晋楚两国的国君感到了羞愧，他们转而变得彼此礼让。

若是没有叔向在场，这次会盟就会中断，可是叔向的智慧让争执变为礼让，盟誓得以圆满完成。我听说，楚国的令尹屈建回到楚国之后，逢人就说，晋国成为霸主乃是必然，因为有叔向这样的贤明之臣辅佐卿相，卿相又可以采纳贤臣的主张，楚国哪里有这样的人才？我们不能和晋国争夺了，因为他们拥有楚国没有的智谋者。若是我们仍然要强争，那么就必然要失败，可我们为什么想要失败呢？这岂不是不智之举？

古灵魂

可是楚灵王一意孤行，穷兵黩武，先灭掉了陈国，又图谋并吞蔡国。晋国的众臣们都希望晋国出兵救助蔡国。他们私下说，楚国灭掉了陈国，我们没有前去救援，现在楚国又要灭掉蔡国了，我们也不能前去救援，晋国的无能和软弱已经被天下耻笑，可是晋国仍然无动于衷。一个盟主不能救助将要灭亡的附顺之国，不能为友好者遮风避雨，还要这样的盟主做什么？先君晋平公听到这样的怨言，问我该怎么做，我没有回答，因为我也不知该怎么做。我不知道的又怎能告诉国君呢？

我前去请教叔向，说，楚国咄咄逼人，不断并吞晋国的盟国，晋国的霸权就要消失了，只剩下了霸主的空名，我不知道该怎么办了，国君也为此感到担忧。叔向说，蔡国必然要被楚国灭掉，因为它的君主早已失去了民心。他当年弑杀了自己的国君，又骄奢淫逸，丝毫不顾怜百姓的生死，怎么可以长久呢？上天是公正的，它虽然不被我们看见，但它始终在我们的头顶上，它看见了失去了道义的君王，就要借别人的手来除掉他。楚国虽然也没有道义可言，但它乃是上天借助的手，除掉蔡国这不是十分正常么？

他又说，可是楚国的君主贪得无厌，又爱慕虚荣，喜欢炫耀武力，用毫无信用的手段获胜，这样的事情不可重复。楚王灭掉了陈国，已经欺骗了陈国的百姓，也欺骗了天下，现在又要欺骗蔡国，又要欺骗天下，他已经离祸患不远了。夏朝的夏桀王当初攻击缗而获胜，但带来了夏朝的灭亡。商纣王当初击败了东夷，却损伤了商朝的元气，以至于周武王讨伐商纣的时候，他已经毫无还手之力，只能束手待毙。若是和夏商相比，楚国又算得了什么？但楚王的暴虐已经超过了前两个暴虐之王，他又怎能逃脱上天的惩罚？

另外，我们的国君也只是贪图自己的快乐，根本无心去征讨别人的国家。在这样的时候出兵，必然失败而归。晋国已经变得衰弱，它已经不是从前的晋国了，它已经禁不起战乱了，在诸侯中的威信已经没有了。若是用强力拯救，只有让这衰落加快。就像一块巨石要从山顶落下，谁又能阻挡呢？也许它下面的一块小石子松动了，就会掉落下来。我们就是那块巨石，唯一的办法就是保持自己原先的样子。

我听懂了叔向的话，若是这个时候与楚国对抗，可能就会引发那块小石子的松动，我们的巨石就会从山崖上掉落。于是我向国君说了叔向的看法，国君说，他也许说得有道理，晋国现在若是征讨楚国，可能会引起国内的混乱，耗费兵力和财物，也会招致百姓的怨恨，我们为什么要引火烧身呢？那么，我们也不能没有任何表示，不然天下的诸侯就不会再信任晋国了，若是他们都因为这件事情远离了我们，那么我们还有什么可以依凭呢？

叔向和国君的想法符合我的心意，因为国君不理朝政，晋国的大权已经被卿相瓜分，我若是主张出兵救蔡，我也会受到损耗，若是以失败而收场，我的大权也会被削弱，甚至会给别的卿相以除掉我的借口。于是我向国君谏言，为了向各国诸侯交代，需要和诸侯举行盟会，商讨怎样救助蔡国。于是，晋国召集诸侯们在厥愁举行盟会，可是诸侯们对蔡国的态度也不一样，他们都各自怀着担忧，不愿意与楚国为敌。

就在盟会期间，诸侯们提议派出使者前往楚国，向楚王施加道义上的压力，那么他就有可能放弃侵占蔡国。我问叔向，这样可以让楚王退让么？叔向说，不可能，你见过毒蛇吞下一只蛙的时候，会将它吐出来么？已经衔在口中的东西，他怎么会退让？而且楚王这个人从来不听别人的劝告，我听说，别人越是劝告他，他就越是要做这件事，他喜欢和别人不一样。若是别人顺着他，劝他做这件事，他倒反而会放弃自己原先的想法。所以，楚国的大臣们说什么，他最先想到的就是反驳。所以在楚国的朝堂上，大臣们不是先说自己的想法，而是先听楚王怎样说。这样的一个人，你怎么能派遣一个使者就可以压迫他呢？不过，还是要听从诸侯们的建议，不然蔡国沦陷之后，诸侯们就会抱怨晋国。若是派遣使者遭到了拒绝，也可以和诸侯们共同承担责任，他们的怨言也失去了理由。

一切果然和叔向预料的一样。楚王拒绝了我们的要求，他还是灭掉了蔡国。后来也和叔向所预料的一样，楚灵王因为失去了民心，他也被别人推翻，最后走投无路而自杀身亡。叔向的远见卓识令我十分敬佩。现在晋平公和楚灵王都死去了，我的新国君很快就遇到了问题。晋国名义上还是霸主，但实际上已经外强中干了。现在齐国的君王出来发难，我还是让叔向出马周旋，他总是会有好办法。他说，先要让周天子支持，才可以压制齐国，当然还要示之以武力，不然齐国的异心也将影响别的诸侯。

于是叔向先找到了天子的卿士刘献公，刘献公代表天子表示了对晋国的支持和赞赏，然后叔向又奔往齐国，见了齐国的国君，竟然说服了他。我不知道他是怎样说服齐君的，但他必定是用了最好的方法。他有着犀利的言辞，有着敏捷的应对，还有着超凡的智谋，还有谁比他更有才能呢？他回来之后就对我和国君说，诸侯们已经有了隔阁，仅仅凭藉自己的仁德已经不够了，必须要展示我们的力量了。现在的诸侯们已经看不见仁德，也看不见天道，他们只能看见你的力量，若是失去了力量，他们就会背弃你。

已经八月了，我率领大军在邾国集结，一切按照实战的要求训练和检阅。四千辆战车排列为雄浑的古阵，旌旗在旷野上四处飘扬，士卒们围绕着战车，战马扬起了四蹄在奔驰。十几万大军不断变化阵形，完全按照与敌人交战的阵法，前车和后车之间拉开适当的距离，又能彼此策应。我知道，晋国只有四千零几百辆战车，现在几乎动用了全部的力量，只有少数战车在晋国留守。国君和众多诸侯在高台上观赏。

这是多么震撼人心的场景。长矛的红缨在飘动，战戈就像树林一样在秋风中挥动。士卒们身上的铠甲闪烁着，好像是一块块发光的石头在移动。我采用了周武王横扫商王的阵形，每一辆战车都严格按照规定而运行。它们旋转和直行，转弯和突然转弯，一会儿徐缓而行，一会儿突然转向疾驰，好像在秋风中飘忽不定，却不会失去规矩。士卒们浑身冒着热气，又被秋风扫去脸颊的汗水。他们的呼喊声震动着远处的林梢，天上的云猛烈地变化，好像配合着地上的变化，每一个人的脚下都能感受到震颤。

这已经是第三次示威了。我甚至感到这已经是一场真正的战斗。若是我的大军杀向任何一个国家，都可以一举荡平它。这样的大军谁可以阻挡？哪一个国家不会感到恐惧？我抬头望着高台上的诸侯们。他们一开始还指指点点，但很快他们都像一棵棵枯木一样，定在了那里。是的，他们已经感到了恐惧，感到了晋国的力量。那么，他们谁

古灵魂

还可以在会盟中不听从晋国的召唤呢？那些高处的诸侯，他们身上的长袍也不飘动了。好像他们身上所穿的，不是丝绸所做的长袍，而是僵硬的木头雕凿的束缚他们的刑具，尽管风越来越大了。

卷五百二十五

叔向

这一次在郲国会盟还是圆满的，但很多事情已经显露出了坏苗头。可是我知道这没什么用。这样的会盟不是真正的会盟，诸侯们的誓约也不是真正的誓约，真正的誓约是不用说的，因为它就在人的心里，难道心里的话非要说出来么？很明显，诸侯们所说的和他们内心所想的，并不是一回事。因为晋国的战车排列在那里，他们被迫说了不想说的话。我已经看见，晋国在他们心中的位置已经降低了。

在诸侯们的心中，楚国才是真正强大的，只是现在它出现了内乱。实际上，当楚国灭掉陈国和蔡国的时候，诸侯们已经对晋国失去了信任。当然，晋国仍然是他们的盟主，但不过是名义上的盟主而已。他们已经看见，晋国实际上已经不能为他们提供庇佑了。晋悼公死得太早了，若是晋悼公还在，怎会发生这样的事情？

晋平公即位之后，太贪图自己的享乐了，他已经让诸侯们感到不满。虒祁宫落成之后，各国的诸侯都来朝贺，但他们的内心充满了不快，因为他们向晋国缴纳的贡赋却用于晋国君主的个人享乐，一些诸侯已经不愿意缴纳这样的贡赋了。这一次，郑国的子产就提出减免贡赋，我的国君只好答应了。虽然这乃是不情愿的，可是为了维持自己的盟主地位，有什么办法呢？从前，哪一个国家敢于提出这样的问题？

从晋平公时候开始，晋国的风气已经变了，不仅国君安于享受，就是卿相们也彼此攀比，炫耀自己的财富。他们追求的不是仁德，而是外表的华美。我记得赵武死后，韩起接替他成为正卿，我前去拜见并祝贺他。他对我说，我虽然有了卿大夫的名分，却没有卿大夫的财富，我有什么东西可以和其他卿大夫相比呢？我和别人交往的时候，显得没什么颜面。我现在十分犯愁，而你却前来道贺。有什么值得祝贺的？你是不是也用祝贺的方式来讥讽我？

我说，不，我就是前来祝贺的，若是你因为贫穷而忧愁，那么我就更应该向你祝贺。若是你仅仅是官位升迁，我的祝贺仅仅是出于礼节，而你的贫穷却值得我真诚祝贺。韩起说，为什么呢？你所说的话让我糊涂了，难道哪一个人是渴望贫穷的么？我从来没有听说什么人愿意得到贫穷，所有的贫穷都是被迫的。那些贫穷的人想变得富有，而富有的想变得更加富有，这乃是人的本性。我还没有听说人有着相反的本性。

我说，就从以前说起吧。从前栾书和你一样，他的家里良田不足百亩，家中连祭祀的器物都不能购置齐备。可是他能够心怀仁德，并发扬美德，遵循古训，顺应天意，在诸侯中声名远播，各国的诸侯都愿意和他亲近，一些夷狄之族也亲附他，晋国的民众也拥戴他。他执行法度严明，公私分明，能够公正以待人，因而栾氏家族获得安定和昌盛。即使栾书犯了弑君之罪，也没有受到追究。但是到了他的儿子手中，一切发生了改变。他的儿子栾黡骄奢淫逸、奢侈无度、贪婪自大、胡作非为又聚敛财富，这样祸患就临近了。

可是由于他的父亲的余德庇佑，终究还是善终了。可是这庇佑也只惠及一代，不可能惠及第二代。他的孙子栾盈就没那么幸运了。尽管他以自己的祖父为榜样，广施德行，本可以免除灾祸，但受到了父亲罪孽的连累，只能被士匄放逐。他先奔逃到了楚国，后又投奔齐国，最后以叛乱被杀而收场，这样的灭族之灾不值得警惕么？财富又怎能护佑自己？过分地追求财富只能给自己带来灾难。

还有那个郤至，他的财产可以抵得上国君的一半以上，家里的仆佣抵得上三军的一半以上，可是这有什么用呢？他在朝堂上势力很大，平日的生活极为奢侈。他的家族中有五个大夫，三个做卿相，每一个都拥有很大的权势，可是结果却并不好。他的宗族被诛灭了，他也在朝堂上被杀掉，谁又会同情和怜悯他呢？这些事情离我们并不远，很多人还有记忆，却并不汲取他们的教训，所以现在的贪婪之风盛行。因为人们忘记了德行的意义，却只看见眼前的财富，不知道德行乃是最大的财富。

真正的财富是看不见的，而眼前能够看见的，都可以看见，所以人们才去争夺。争夺必然要争执，争执必然带来仇怨，仇怨必然带来祸患。每一个争夺中都埋藏了祸患。若是只看见所夺得的利益，却看不见背后的祸患，他已经距离祸患不远了。若是人们能够看见财富中隐藏的祸患，就不会不择手段聚集财富了。有智慧的人积累和弘扬德行，愚蠢的人积累和贪图财富。但是我所看见的有智慧的人太少了，而愚蠢的人又太多了，这乃是祸患不断发生的原由。我不知道你想做哪一种人呢？

若是你选择远离祸患，守住自己的福分，累积自己的德行，那么你现在这个样子就是最好的样子。现在你已经拥有了栾书的清贫，还应该发扬他的德行。这难道还不应该祝贺么？若是你仅仅为缺少财产而忧愁，我只能对你哀怜，怎么会向你祝贺呢？我所祝贺的乃是你的智慧和才能，你的德行和福分，而不是别的什么。还有什么比这更值得祝贺的呢？一个人真正的财富不是聚敛而来，而是他的内心里就藏着巨大的财富。人们的双眼只是向外看，却不看自己的内心。你已经看到了自己，我怎能不向你祝贺呢？

韩起听完我的话，立即施礼下拜。他说，你让我的灵魂开窍，你让我的眼前看见了光亮，我已经就要走上了灭亡之途，你用你的手拉住了我。我虽然位居卿相之列，却在暗夜中痛苦地徘徊。因为我忘记了自己，也忘记了内心的德行。我已经被黑暗所迷惑，却不知道这黑暗里潜藏着危险。我知道拥有更多，却不知道这更多的是什么。我原以为财富是多么重要，却不知道这财富乃是要把人送往不归路的。我原以为和其他人的交往，乃是财富的攀比，否则我就会失去了颜面，岂不知人的颜面不是在他的表面，而是在他的内心。自己若是内心没有的，颜面上拥有的光鲜又能保存多久呢？

我说，是啊，花儿很快就会凋谢，可果实才是最重要的。很多人想要的是好看的花儿，却抛弃了果实，这样的人生难道不是失败的么？何况花儿又能开多久呢？韩起说，是的，你打开了我的窗户，让我看见了我不曾看见的东西，也呼吸到了好空气。若是沉溺于和大夫们的饮酒作乐，我将会在屋子里渐渐腐烂。所以我以后绝不会忘记你对我的恩德，你对我说的话，已经给了我巨大的财产，我已经不需要那些看得见的财产了。你的恩赐我不敢独自承接，我以后的子孙们也将感激你。因为你的话不仅让我受益，也让我的子孙们受益。别的财物都可以从这里转移到别人的手中，只有你的话给了我别人搬不动的财产。

我从韩起那里出来，感到心里一阵沉重，就像一块巨石压在了我的身上。你给了别人以好的建言，你是应该愉快的啊，可你为什么内心却开始涌来了痛苦？因为我开始为晋国担忧，也为自己的将来担忧。我的痛苦不是来自现在，而是来自将来，来自时间的另一端。它好像还没有到来，可是我却看见了它。我对韩起所说的话，是真诚的，也是善良的规劝，但是我所说的是不是也是一种欺骗？我不仅欺骗了他，是不是也欺骗了自己？

若是在一个无道的时代，即使你保持了真诚与德行，又有什么用？商朝的纣王时代，比干难道不忠贞么？他难道不是守护着自己的德行么？但对于暴虐荒淫、滥用刑法、横征暴敛的商纣王，又有什么用？他不也遭遇了剜心之祸了么？他的心被暴虐的商纣王剜了出来，他的德行和他的心都被剜了出来，放到了天底下。所有的人都看见了。德行者只是在好的时候可以用德行庇护自己，在一个坏的时候，德行只能成为德行者祸患的根源。在一个不遵行德行的年代，德行又有什么用？

我现在所担忧的，已经开始了。我从韩起的身上看见了这个年代的影子。他可能因我的话而觉醒，可是更多的人都沉入了奢靡的梦中。可是对晋国来说，这乃是噩梦。从国君开始追求奢华，到卿相追

古灵魂

求奢华，大夫们也都追求奢华，这奢华的外表之下所遮盖的乃是倾覆的噩梦。谁又愿意活在噩梦中？可是这又哪里能让你随意选择？我所担忧的不仅是晋国，也为自己担忧。我不知道自己能不能善终，也不知道我的宗族会不会被灭掉。一座大厦的倾覆是很快的，看起来的稳固也许是幻象，谁又在意稳固外表下的腐烂呢？可是一旦你居于倾覆的屋顶下，又怎么能逃脱呢？

　　一想到将来，就会觉得恐惧。因为将来是未知的，不可预测的。重要的是，将来仅仅凭藉一己之力是不能改变的。是的，你可以改变自己的现在，却改变不了将来，可是将来又是从现在开始的。这就是生活的神奇之处。实际上我乃是看着一辆战车从山顶上滚下来，它的结局已经看见了，但每一个细节却不能获知。现在，晋国的先君晋平公死了，新的国君的生活依然如故，他不仅继承了君位，也继承了从前的生活。那么，我还能从国君身上看到希望么？我不想等待一场噩梦，但我等待的可能仍然是一场噩梦。

　　为什么齐国敢于轻视晋国？为什么诸侯们已经不信任晋国？因为晋国的权力已经落入了卿族手中，国君已经失去了应有的力量。这一次在郏国会盟，就已经显示出了各国的分歧，他们都在观望。他们的目光中已经有了另外的东西。表面看起来，他们都对着上天盟誓，但我知道，这样的盟誓乃是虚假的。诸侯们已经在欺骗，在互相欺骗，他们每一个人都不相信自己的誓言。若是没有晋国倾巢出动的兵力炫耀，会盟就不可能完成。会盟不就是一次次欺骗么？诸侯们既欺骗别人也欺骗自己。

　　会盟差不多是草草收束。郏国和莒国向晋国控告鲁国，说，鲁国不断讨伐我们，每一天都让我们胆战心惊，说不定什么时候国家将灭亡。这样的情形之下，我们怎能给晋国进贡呢？若是晋国能够庇护我们，我们就会像从前一样缴纳贡赋。我的国君就拒绝了鲁国参加会盟的请求，又将鲁国执政的大夫季孙意如拘押。鲁国派遣子服强硬地质问晋国，说，若是采信别人的传言和指责，要和鲁国断绝交往，抛弃周公的后裔，那么鲁国就另择新路。我们的面前不是没有路，而是有很多路，该怎么做就怎么做吧。

我说，你们这样做将会感到后悔，你想想吧，晋国乃是大国，它有四千辆战车在这里操演，你若是不讲道理，那么谁还会和你讲道理呢？若是断绝交往，拒不承认自己的罪过，那么就可能受到惩罚。晋国乃是你们的盟主，就要主持公平和道义，鲁国可以抵挡么？你能抵挡正义和威武之师么？你也许看见晋国似乎在变弱，但你也许可以想见，一头瘦弱的牛扑在小猪的身上，会有什么结果？从前的事情都忘记了么？你们的行为已经激起了众怒，若凭藉晋国和诸侯之势，有什么事情做不到呢？

就这样，鲁国的国君被排除在会盟之外，会盟以拘捕了鲁国的执政大夫季孙意如而结束。这样的立威，也许是最后的了。晋国以后也许不会有这样的炫耀了。我已经看见晋国有了分裂的前兆。既然大权落入了卿族的手里，他们也要为这权力来争夺和不断重新瓜分，依我所见，也许晋国最后要落到魏、韩、赵三家的手里了。秋天就要结束，寒冷就要来了。每一年都是这样。晋国已经走到了岁月的尽头。

古灵魂

卷五百二十六

子服

　　诸侯在邾国会盟，晋国派了四千辆战车演练，实际上乃是向诸侯们展示自己的武力。这意味着，晋国已经失去了令诸侯们信服的德行，只有用刀兵来威胁别人了。他们听信邾国和莒国的控诉，却不听从鲁国的辩解，将我的国君排除在盟誓者之外。我对国君说，晋国抛弃了鲁国，可是鲁国一直追随晋国，周王开业的时代，我们的先祖都是兄弟，现在他们竟然抛弃了我们。这已经说明他们的大夫们并不是归于一心，晋国内部已经失去了和睦。现在他们仅仅是表面上还显得和睦而已，晋国已经开始衰败了。

　　国君说，我怎么没有看出来呢？我看见他们有那么多的兵车，有那么多的士卒，又有那么多的战马，怎么可以说是衰败了呢？我也看见他们有那么多的大臣，而且他们在诸侯们中间都享有名望，怎么可以说衰败了呢？我说，晋国听信夷邦邾国和莒国的话而不听鲁国的话，这就说明他们的大夫们已经有了二心。他们有了二心，诸侯们也就有了二心，因为诸侯们怎会信赖一个内部变得混乱的国家？只是他们面对强大的武力不敢说而已。可以看出，诸侯们不是来会盟的，而是来观察晋国将做出怎样的决定。

一个国家在自己出现失误的时候，就要迁怒于别人。它不从自己身上找原因，而是用自己的蛮力加害于别的国家，这怎么能让别人信任呢？它用这样的方式拉住了你，不让你抛弃它，可是它已经抛弃了你。它要继续成为诸侯们的盟主，不是出于对别国的帮助，而是为了贪图自己的虚荣。现在鲁国受到了晋国的侵害，却又不得不对它表现出恭敬，各国的诸侯们何尝不是这样呢？越是要强撑自己的颜面，就越是可能做出疯狂的事情，所以国君应该派上卿去晋国谢罪。

季孙意如说，那么只有我去晋国了。只是我去了晋国，必定要受到晋国的羞辱，我不知道会遭到怎样的羞辱，但我已经准备好了承受。不过，谁愿意做我的随从呢？我说，既然这样的主意出自我，那么我理应跟随。国家有了危难，我又怎能逃避？就让我跟随你前往晋国吧。而且，若是晋国攻打鲁国，我又怎能逃脱？它现在就有四千辆战车陈兵鲁国的边境，鲁国随时都有着危险。我和你一同消除这危险，这难道不是光荣的么？

但是，当我和季孙意如前去会盟的地方向晋国国君说明鲁国的难处的时候，他根本就不听我们的话。我对晋国的国君说，鲁国是晋国的兄弟，这乃是源远流长的事实。不论是什么时候，鲁国一直站在晋国一边，从来没有犹豫过。你现在为了邾国和莒国这样的夷狄之邦，却要抛弃鲁国了，这让我的国君感到十分伤心。现在我的国君随时听从你的命令，可是你却将鲁国拒之门外。这难道符合礼法么？齐国是东方的大国，但鲁国为了和晋国一起，不惜得罪了齐国，可是你却抛弃了鲁国。这难道合乎情理么？鲁国一直将晋国视为盟主，从来没有

古灵魂

少缴纳贡赋，可是你们却站在了不缴纳贡赋的郑国和莒国的一边。这难道合乎道义么？鲁国前面的路是敞开的，我们的面前不是只有一条路。楚国曾拉拢鲁国，我的国君却从没有动摇。可是你却抛弃了鲁国，这难道是合乎天意的么？

晋国现在已经不如从前强大了，诸侯们都已经看见了，暗中早已经议论纷纷。他们虽然还在和晋国盟誓，但心里所想的却是另外的事情。这一点你应该知道。每一个人都心知肚明。诸侯们的心已经散了，可是你却要拿最亲近的人来问罪立威，这难道符合正义么？诸侯会盟是为了信义，先祖的信义都没有了，还有现在的信义么？鲁国的先祖是周武王的弟弟周公旦的儿子伯禽，晋国的先祖是周成王的弟弟叔虞。而周成王则是周武王姬发的儿子。那么我们的先祖乃是血亲，可是现在你却要把自己的血亲都要抛弃了，这难道符合先祖的意愿么？

晋国的国君无言以对。但旁边的韩起却说，你说得对，诸侯盟誓就是为了用信义将大家连在一起。晋国不仅是鲁国的盟主，也是其他诸侯的盟主。晋国不能为了一己之私而行事，必须主持公道。没有公道又怎能获得信义？信义不仅仅属于晋国，它乃是属于天下。我说，按照你所说的，既然信义乃是属于天下，那么会盟却没有鲁国参加，那信义岂不是缺少了么？过去栾盈发动叛乱，齐国趁机攻占了朝歌，我的先君没有袖手旁观，就让叔孙豹率倾国兵戈出征，即使是残疾人也勇敢从征。晋国难道忘记了么？

在鲁军到达雍渝之后攻击齐军，俘虏了齐国的晏莱，直到齐军退却之后鲁军才班师回朝。难道晋国忘记了么？齐国强于鲁国，所以鲁国随时要提防齐国的侵犯。因为早上驾车从齐国出发，暮色将近的时候就可以抵达鲁国。但是鲁国并没有被齐国所拉拢，没有和齐国一起对晋国存有二心，而是一直与晋国共进退。不仅是因为我们怀有感念先祖的心，还十分清楚这样做有利于鲁国的生存。即使是这样，晋国还不相信鲁国的真诚么？我的国君已经将自己的心都掏出来了，晋国还不相信鲁国的真诚么？

可是晋国为什么还听信邾国和莒国的谗言，要惩罚鲁国呢？这让那些为晋国出力的诸侯又会怎样想呢？若是晋国因为抛弃了鲁国而让诸侯们更加拥戴晋国，那么我们即使死掉了又有什么可怕的呢？你要看见，在列国的诸侯中，鲁国的国君侍奉晋国乃是最尽力的，可是将最尽力的人杀掉，谁还敢为晋国出力呢？即使是邾国和莒国这样得到一时之利的国家，都要好好想一想。我只是为了陈清利弊，最后还要由你来决定。若是你们认为这样做乃是合理的，你们认为这样做是符合道义的，这样做是能够向先祖交代的，那么你们就这样做吧。若是你们认为这样做乃是对晋国有利的，这样做乃是对天下有利的，这样做乃是顺从了天意，那么你们就这样做吧。

我看见韩起已经动摇了，因为他已经张口结舌，不知道说什么好。可是他的国君仍然坚持不让鲁国结盟，还要拘捕执政的大夫季孙意如。好吧，那还说什么好呢？他们既然要一意孤行，那么我就跟随季孙意如前往晋国了。他们没有任何道理，却就是要这样做。那还说什么好呢？他们不惜抛弃了鲁国，他们将衰弱得更快。我不愿看见他们的衰弱，但谁又能阻止这衰弱呢？那么就由他们去吧。

旁边的叔向看着我，他一直没有说话。他曾经是晋平公的太傅，

古灵魂

在诸侯们中间有着很好的口碑，可是他又能说出什么样的道理呢？可是他还是说话了。他的声音很低，因为他失去了所有的理由。他只能说，我的国君既然已经决定，已经不能改变，鲁国必须接受这样的事实。鲁国不断侵扰邾国和莒国，毕竟是恃强凌弱的不义之举。晋国乃是众诸侯的盟主，若是晋国不能主持公道，这个盟主又能做什么呢？你所申辩的理由，我的国君已经听见了，但我的国君不能不这样做。若是改变了原先的决定，诸侯们又怎能信任晋国？若是诸侯们不信任晋国，会盟还有什么意义？

你也看见了，晋国的四千多辆战车早已预备好了，不论你讲什么样的道理，这四千多辆战车就在那里。若是激怒了我的国君，那么谁又能抵挡晋国的战车呢？对于你们来说，似乎有很多委屈，但对于天下来说，这样的委屈又算得了什么？你若是真的认为晋国已经衰弱，那么即使衰弱的晋国也有着十足的力量。就像衰弱的牛一旦被激怒，那么扑倒一头小猪的力量还是有的，一头牛压倒一头小猪还是不用费力气的。所以你不论接受不接受，都要接受这样的事实。若是不接受眼前的事实，而是寻找事实的依据和道理，那将是不智之举。

叔向已经说得十分清楚了，晋国惩罚鲁国，不是出自理智，而是要在众多的诸侯面前展示自己的公正。可是这能够显示它的公正么？这公正是多么虚假，以至于晋国的大夫们都觉得虚假。这样的虚假乃是为了掩盖自己的虚弱。晋国还是拘捕了季孙意如。我对季孙意如说，没什么要紧的，我说过了，我将跟随你去晋国。不会在晋国停留太久，他们拘捕你，仅仅是为了在诸侯们面前显示自己的威严和公道，所以没什么可怕的。而且，你在晋国就有了让晋国分崩离析的可能，因为我已经看出，他们的大夫们并不是和睦的。我相信，他们不久就会释放你，这又有什么可怕的呢？

来到晋国之后，我拜会了晋国的卿相荀吴。他是荀偃的儿子，就像他父亲一样，乃是一个讲道理的人，他知道对于晋国来说什么重要，什么不重要。荀吴用美酒款待了我。在筵席上，我对荀吴说，晋国和鲁国乃是至亲的兄弟，都土地博大，物产丰盛。鲁国侍奉晋国乃是小心翼翼，生怕有什么不周之处。晋国的命令，鲁国也从来不敢违背，每年的贡赋都按期缴纳，可是在晋国的眼里，鲁国竟然比不上夷狄的小国。这都出乎我们的意料。若是你们这样对待鲁国，将会让鲁国感到伤心。

荀吴说，是的，晋国做的是过分了，但会盟的时候，诸侯们都控告鲁国擅自攻占了邾国和莒国的土地，晋国也是迫不得已才这样做的。若是不将鲁国施以处罚，诸侯们就离散了，晋国的威严也将失去，将来谁还听从晋国的命令呢？我说，可是，晋国若是这样做了，诸侯们谁还敢亲近晋国呢？他们会说，越是和晋国亲近，晋国就越要给它惩罚，那么我们是不是应该远离它？若是晋国失去了亲近它的国家，以后还会为诸侯们主持公道么？你抛弃了别人的时候，别人也会抛弃你。

我继续说，何况，诸侯们若是远离了晋国，就会投入楚国的怀中，这对晋国会有什么好处？我听说，一个大国应该亲近亲者，扶助亲者中的大国，奖掖那些贡赋者，惩罚那些不履行义务的国家，这才是一个盟主所应持有的态度。可是晋国没有秉承这样的原则，不让鲁国申辩，却听信了邾国和莒国的一方，又拘捕了鲁国的卿相，这怎么

古灵魂

合乎一个盟主的道义呢？我还听说，一个臣仆可以侍奉两个主人，狡猾的兔子可以拥有三个巢穴，晋国正要迫使别人寻找别的可以真正依靠的国家，那我们还能说什么呢？

荀吴深深地叹了一口气，说，唉，我深知鲁国的委屈，可是我能做什么呢？我也知道了你的意思，想要让我帮助释放季孙意如。楚国攻灭了陈国和蔡国，晋国却不能救助，只能看着它们灭亡，晋国还怎样能做一个真正的盟主呢？晋国的盟主已经是名义上的，实际上它已经不配诸侯对它的尊敬了。晋国也只能在自己家里制造混乱了，几家卿族只是想着自己的利益，谁还去想天下的事情呢？为了夷狄而拘捕自己的亲友，哪有这样的道理？我去找韩起论理去，看看韩起将怎样处理这件事。

那一天，我喝了很多酒，也许有点儿醉了。回来的时候，坐在车上，眼前都是模糊的，差不多昏昏欲睡。冬天的原野是空旷的，晋国的土地已经失去了活力和生机。寒风从北面吹来，我裹紧了裘衣，将自己的脸蒙在了里面，但头顶上依然感到了寒冷。我看见的只是一片黑暗，有时衣裳的缝隙中透进来一缕光，但这样的光乃是苍白的、无力的，我几乎感受不到一丝温暖。我只是听见车轮吱吱的响声，感到身下的车的颠簸，就像坐在了摇晃的白云里。我几乎不记得我说了些什么，但听见了荀吴所说的话。他要帮助我们脱困，也许他可以做得到。我的内心在这黑暗中看见了希望。

郑国的大夫子产曾对我说，晋国已经不是一个晋国，而是看起来像一个晋国。晋国政出多门，各个卿族之间各自行事，彼此制约，他们各自都拥有自己的势力。是啊，我已经看出来了，荀吴对韩起是不满意的，甚至是愤怒的，但荀吴有着世代的功劳，韩起也不敢轻易惹怒他。我想，我们被释放的日子已经不远了。不，我还需要去拜访士鞅，他一直和鲁国友好，也和荀吴的家族关系密切，若是他来呼应荀吴，事情必定将办成。

几天之后，我拜见了士鞅。我说，我跟随着鲁国的卿相季孙意如来到晋国，被晋国囚禁，所以到现在才来拜见你。说着我的双眼流出了眼泪。他安慰我说，你们不会在晋国住得太久，在这段时间可以欣赏一下晋国的风光。不过现在已经是严冬，若是在夏天，到处都有草木和飞鸟，还有高山和鸣泉，你们就等一等吧。我说，我们哪里可以到处欣赏晋国的美景呢？你知道我们是囚徒，一个囚徒的身边怎么会有美景？若是心里有美景，眼中才会有美景。然而心里都是愁苦，眼里看见的都是悲伤。

他说，我已经知道了你的来意。晋国和鲁国乃是兄弟之邦，从来都是站在一起的。鲁国对晋国的恩德，晋国也从来没有忘记。这一次盟会将鲁国排除在外，又囚禁了鲁国的执政卿相，乃是迫不得已。我知道你们会有怨言，但我的国君因为急于让这次会盟圆满，就只有这样做了。这乃是国君的决定，也是韩起的决定，我们有什么办法呢？你知道，国君想做的，韩起就照着样子去做，在诸侯们面前，韩起乃是懦弱的。他仅仅是为了维系诸侯间的友好关系，但用这样顺从的方式来维系这样的关系，又有什么意义呢？实际上，我们的敌手是楚国，而一直怀有二心的是齐国，可我们的力量还不能让他们真正屈服。

我说，是啊，诸侯们都知道，可是他们却在耻笑晋国的软弱。这一次会盟，晋国用四千辆战车强迫诸侯们汇聚于邾国，齐国虽然不想参加，晋国却逼迫齐国的国君到会，而鲁国想要参加，却被排斥在外，这难道不会被诸侯们耻笑么？对于怀有二心的国家，晋国礼遇有加，而对和晋国亲近的鲁国，晋国却冷眼以对，还抓捕了鲁国的卿相，不让鲁国的国君申辩，并予以无情的惩处，这难道像一个仁义之国所做的事情么？对于强大的，你们就畏惧；而对于亲近的，你们就毫无忌惮。这难道像一个主持公正的盟主？

我听别的诸侯们在议论，说晋国已经衰弱，它已经不敢面对强楚。晋国的大夫们也没有敢说话的人了，晋国也没什么贤能了，只有懦弱的韩起想做什么就做什么。这样的国家已经不可能强盛了，可是它还要做诸侯们的霸主。我的国君却从来没有这样想，他总是对我们说，要小心地侍奉晋国，只有晋国是可以依靠的。可是现在一切都变了，国君所说的话还没有落在地上，晋国就对自己的兄弟施以毒手。这让我们怎么能接受呢？对夷狄之邦温柔，而对自己的兄弟冷酷，这让我们怎样能接受呢？

——我听见了寒风的呼啸，这寒风不是来自冬天，而是来自晋国的冬天。我的心里是寒冷的，而你的心里难道会感到温暖么？我从鲁国来到了晋国，不是来朝见你们的国君，而是被拘押到这里的。你想想吧，我们的根是连在一起的，若是我们枯萎了，你们还能茂盛么？我的心里感到寒冷，我感到自己的根是干枯的，你们的根就能汲取到泉水么？是的，这乃是晋国的冬天。我来拜见你的时候，路过了晋国的旷野，那里虽然还没有落雪，可是河流已经结冰了。我不知道这冬天什么时候结束，连鸟儿的叫声也是悲凉的。因为它们看不见地上的食粮，也找不到自己的窝巢了。

士鞅说，好吧，我会在朝堂上向国君谏言。你们乃是无辜的，应该得到释放，你们应该回到鲁国去，多余的话我就不说了，我们是亲兄弟，还说什么多余的话呢？我也听说，春天也不意味着温暖，但种子却在地里开始萌发。表面的寒冷不是真的寒冷，真的寒冷乃是心里的寒冷，因为众多晋国的大臣并不赞同拘捕你们，这就是温暖的源泉。好吧，我们不再说这件事情了，发生了的事情就发生了，重要的是怎样改变它。

卷五百二十七

叔向

在朝堂上，荀吴向国君谏言说，我们是无能的，所以就会犯错。但是这一次会盟所犯的错误太大了，以至于让鲁国人伤了心。晋国拘捕了鲁国的卿相，这难道是应该的么？鲁国是晋国最好的兄弟和朋友，我们却为了夷狄而伤害他们，这难道是应该的么？一个鲁国相当于十个邾国和莒国，我们却为了两个小国而伤害一个大国，这样做难道会对晋国有好处？楚国灭掉我们的盟国陈国和蔡国，我们却不敢救援和讨伐，诸侯们怎么会信赖我们？既然我们已经失去了信赖，那么我们的会盟还有什么用？诸侯们已经不相信我们了，可我们却用这样的方式来欺骗自己，这是我们应该做的么？

士鞅也说，我们应该立即将鲁国的季孙意如释放，他本来就是无辜的。伤害无辜者乃是失去了仁德，打压比我们弱小的国家乃是失去了道义，拘捕我们的兄弟乃是失去了礼法。诸侯们已经耻笑我们了，可是我们还不自知，这乃是失去了智慧。现在会盟早已经结束，似乎晋国有了颜面，但这乃是虚假的颜面。我们却不知道这颜面乃是虚假的，那么我们抛弃了真实的自己，却要一个虚假的自己，这乃是失去了自己。我们为什么要这样做呢？我不能理解，晋国的大夫们也不能理解，诸侯们更是不能理解。让我们放弃荒唐的做法。我听说，一个人犯了错，就要及时纠正，这还是一个智者。若是明知道自己的错误却将这错误继续下去，那么这个人就离祸患不远了。难道我们真的希望祸患降临么？

韩起默默地忍受着别人的指责，却没有说什么。他既没有承认自己错了，也没有肯定别人的说法。他只是深深地沉默。他的脸上毫无表情，既没有感到愤怒，而没有感到失望，而是异常平静地倾听。一般地说，许多人认为韩起是懦弱的，他不敢愤怒也不敢轻易和强力对抗，他更多的时候只是对眼前的事情不置可否。可是我却看出了韩起的智慧，这智慧就在他的沉默之中。他不会轻易做出自己的判断，而是从别人的言论中获取养分。他不是没有自己的主张，而是先将自己的主张藏起来，等待别人拿出他的剑。

他本来应该感到愤怒，因为他乃是位居所有的大臣之上，而国君又十分信任和依赖他。可是他没有对荀吴和士鞅的毫不留情的谏言予以反驳。在别人的眼里，这难道不是懦弱的么？一个执政者应该是强势的，即使别人是对的，他也不能予以承认。可是韩起不是这样。他能够忍受别人的强势，却不愿展示自己的强势。实际上，真正厉害的人不是将一切都放在表面的人，而是将一切都藏起来的人。而这样的深藏需要忍耐的勇气。难道忍耐不是另一种勇气么？这乃是被很多人忽视了的勇气。

所以我觉得将来若是晋国的大权被彻底瓜分，应该有韩氏的一份。那些表面上厉害的人、张狂的人、傲慢的人，将失去领受福分的权利。等到荀吴和士鞅说完之后，他仍然保持了自己的沉默。似乎过了很久，他才用缓慢而沉稳的语调说，既然你们都认为应该释放季孙意如，那么我就听从你们的话，当然还需要国君做出最后的决定。国君说，拘捕鲁国的卿相乃是为了追究鲁国的罪，鲁国的确是有罪的，不论怎样它都不应该擅自攻占其它国家的土地，诸侯们都为此感到义愤。若是晋国不做出惩罚鲁国的姿态，诸侯们就不可能互助，晋国若有难处的时候，诸侯们也不会听从晋国的命令。

他又说，当时拘捕季孙意如是不得已的，但现在诸侯会盟早已经结束，事情已经过去了，诸侯们已经遗忘了前面的事情，释放他已经不会产生不良的影响了。我听说，事情只要过去三个月，人们就会将这件事淡忘，至少也会变得平和。激烈的情绪不会保持太久。晋国已经做了自己该做的事情，剩下的事情就是天意了。现在释放了季孙意如，也不会和鲁国结怨，现在就是让季孙意如理解晋国的做法，需要对他予以安抚。

但是韩起亲自前往拘押季孙意如的官舍，并设宴招待他的时候，跟随他的子服却提出了新的要求。他说，我的国君不知道鲁国犯了什么错，他乃是要真诚地前去会盟，却不知道晋国要将他的卿相囚禁。晋国应该给鲁国予以解释。若是鲁国真的有罪，我们从来都不畏惧生死，愿意用死来抵偿。可是若是鲁国无罪，晋国在会盟中面对各国诸侯拘捕鲁国的卿相，却要避开各国的诸侯而释放我们，是不是晋国在逃避？要是不能在盟会上面对诸侯们释放无罪者，我们怎么敢就这样离开晋国呢？

韩起没有说什么，他仍然对以沉默。他仍然不断劝酒，似乎子服

的话他没有听见一样。他只是在酒宴上吟唱《诗》中的《柏舟》。他
边饮酒边唱——

用柏木制作的船在河流里漂荡，
河水在缓慢地流淌。
我睁着双眼难以入眠，
因为我的内心有着深深的忧伤。
不是因为没有饮酒，
而是因为这忧伤而漫游。

我的心没有镜子那么明亮，
不能将美丑都照耀。
我有兄长与贤弟，
不料这兄弟也难理解。
我想和他诉说，
可是他却因我的诉说而愤怒。

…………

白昼的时候有太阳，
夜晚的时候有月亮。
为什么明与暗彼此交织，
无尽的忧伤藏在心里。
就像没有洗净的衣裳，

古灵魂

只有静心思虑，

不知能不能飞出忧伤。

　　韩起的声音沙哑而低沉，他的吟唱让天边的游云停住。外面的树枝上聚集了很多鸟儿，它们也不叫，它们飞来似乎是为了倾听。这吟唱好像长了翅膀，先是贴着地面飞翔，然后一点点上升、盘旋，又向下俯冲。它的翅膀有力地扇动，让四周的气流变得急促，穿过了人的心。季孙意如和子服都听懂了韩起所吟唱的，他仍然在安慰他们，意思是，我已经为了你们费尽了心思，你们却还不理解我。你们应该理解我的难处，我的心里的话已经诉说给你们，可你们还是表示愤怒。我们仍然是兄弟，不应该产生这样的误会。韩起的吟唱是深情的，他想用这样的歌咏来打动对方，让他们不要提出非分的要求。他接着说，你们已经离开鲁国很久了，我想你们已经想家了吧？

　　可是，季孙意如没有回答韩起的话。他举起了酒爵，也开始了吟唱。他吟唱的是《诗》里的《褰裳》——

你若是爱我也想念我，

那么就要快一点提起衣裳渡过溱水。

你若是不想念我也不爱我，

又不是没有他人来找我。

你真是太傻了，你还等什么？

你若是爱我也想念我，

那么就要快一点提起衣裳渡过洧水。

你若是不想念我也不爱我，

又不是没有别人来找我。

你真是太傻了，你还等什么？

韩起已经听出了其中的威胁。要是晋国不能满足鲁国的要求，那么鲁国可能将离开晋国，投身于别人。韩起虽然感到愤怒，但他依然没有说出自己的想法。也许他还没有想出好主意，也许他还不知道怎样处理这件事。他只是不断劝酒，并不表明自己的态度。直到筵席散了，他才来到我的面前。他依然是沉默着，不说一句话，我不知道他的内心究竟在想什么。我问，你一定有什么事情要问我，可是我不知道能不能回答你。

韩起说，我已经要释放季孙意如，可是他却不愿意这样返回鲁国。你也知道了，他要让晋国给他一个释放的理由，可是这怎么行呢？我们是在盟会的时候对着诸侯们拘捕他的，若是我们承认自己错了，这岂不是让晋国失去颜面么？我现在不知道该怎样做，不知道用什么办法让他离开晋国。来时的路是晋国决定的，但回去的路需要他自己决定。我想你是有办法的。我说，我也没有办法，但有一个人会有办法。韩起问，你说的这个人是谁？他难道比你更有办法么？

我说，是的，我说的这个人就是叔鲋。你知道，我不会说虚假的话，一旦我的话是虚假的，我就会脸红。我想，叔鲋十分擅长说假话，他所说的假话就像真的一样。他即使是十分忧伤，也会让人觉得他乃是高兴的。他即使十分快乐，也能装出很悲伤的样子。他想要让人看他的悲伤，立即就会流出眼泪。若是你让他前往劝告，必定会让季孙意如很快离开。而且，以前士匄驱逐栾盈的时候，我们羊舌氏也受到了牵连，我也曾被囚禁，叔鲋却逃到了鲁国，受到了季孙意如祖父武子的保护和厚待，所以叔鲋的话，季孙意如都会相信。

卷五百二十八

叔鲋

　　我接受了韩起的托付，前往季孙意如的馆舍，季孙意如热情地接待了我。他的脸上露出了真诚的微笑。虽然是严冬季节，但馆舍里仍然暖气融融，几盆炭火在燃烧，火焰在火盆上不断跳跃，不时还有木炭发出的轻微的毕剥声。跟随他的大夫子服坐在一旁。可以看出，他们既感到焦急，又感到寂寞，我的到来让他们获得了一点儿轻松。

　　我说，我是多么想念你啊，我当初被我的国君驱逐，奔逃到了鲁国，是你的祖父收留了我，还对我予以厚待。你也曾那样善待我，我怎么敢忘记你的恩德呢？如若不是你们的搭救，我可能就只有在街头流浪了。我归国的时候，也是你的祖父四处为我奔走呼吁，不然我怎能顺利地归国呢？我一直想获得一个报答你的机会，可没有获得这样的机会。你被囚禁到晋国，我却没有能力解救你，我的内心充满了愧疚。

　　说着，我已经涕泗交流。然后我对他施以跪拜之礼，季孙意如将我扶了起来。我又说，直到现在我都不知道怎样报答你的恩德啊。现在我终于能有机会看望你，因为你要被释放了，就要回鲁国了。我若

古灵魂

是能够护送你回到鲁国，那该多么好啊。可是我又听说你不想回去了，我不知道你究竟是为什么呢？在晋国这么久了，你就不想念自己的家么？

子服说，不，离开鲁国这么久了，谁能不想念自己的家呢？可是我们不想这么离开。因为鲁国受到了侮辱，我们都是无辜的。既然他们当着诸侯们的面拘捕了我们，就要当着诸侯们的面释放我们。若是我们就这样离开了，那么就等于认可了晋国的羞辱，也承认我们乃是有罪的。现在晋国的朝臣都认为自己做错了，那么释放我们就要给我们一个理由，不然我们以后怎样在诸侯面前做人呢？

季孙意如说，你是不是听说什么了？能不能跟我说一说？我说，唉，我也是觉得晋国怎么能这样做呢？为了两个夷狄小国，却要拘捕鲁国的正卿，天下哪有这样的道理呢？现在遍观天下，谁还比鲁国对晋国更亲近呢？可是现在晋国的正卿是韩起，国君又很信赖他，我们有什么办法呢？韩起虽然懦弱，但唯有做这件事情却很坚决。现在释放你们，乃是韩起不得不这样做，因为他受到了荀吴和士鞅的逼迫，他又不敢得罪这两个人。

我看见他们的脸上露出了得意的笑容，不断地点头。他们的脸在火盆中的炭火的映照下一明一灭，似乎这脸上的笑容是闪烁不定的。我继续说，说实话，韩起根本就不想释放你们，因为这就意味着他做了一件错事。若是他承认自己错了，他的威望就会下降，甚至会被别人耻笑。所以他怎么愿意认错呢？你们知道，一个大权在握的人一般是不愿意认错的，即使知道自己错了，也要错到底。

那一天他设宴招待你们，本来就是给别人一个交代。它暗含的意思是，抓捕你们并不是他的真实想法，他与你们原本就是友好的，这件事乃是所有的卿相们都有责任。可是你们表示不愿意离开晋国，他就是等你们这样的话。我听我的兄长叔向说，你们中了他的圈套。这样他就可以用你们的话来应对荀吴和士鞅了。他会说，你们看，我愿意释放他们，但他们不愿意离开。那么荀吴和士鞅也就没什么话好说了。我听说，韩起已经在西河为你们清扫馆舍，还要补建一些新馆舍，准备把你们一直留在晋国。

季孙意如说，这是真的么？我说，是的，可是我也为你担忧，要是他们将你安置到河西，那么你们将在那里终老一生，我又怎么能报答你们的恩情呢？唉，我也就能经常去看看你，陪你坐一坐，一起饮酒唱歌，我还能为你做什么呢？不过我知道河西那里的风光很好，也许这也是一个不错的选择。韩起对我的兄长说，从前的路乃是他所决定的路，以后的路乃是你们决定的路，这已经不属于他了，每一个人的路都归于自己。

季孙意如说，要是真的如此，那我怎能一直留在异国他乡？若是鲁国发生变故，我在晋国又能做什么？没想到韩起竟然是这样狡诈，我们还怎能指望他给我们以归国的理由？他转头对子服说，我们还是趁着韩起没有改变主意的时候离开晋国吧。子服说，我看不必这样匆匆离开，即使是离开也要让晋国以礼相送，不然我们还有什么颜面呢？

我说，子服说得对，我们还是要等一等，也许韩起会以礼相送的，可是以我对他的了解，他不会这样做。因为他原本就不想释放你们，一直想找到留下你们的借口。他若真的留下你们，我也不能送你们了。季孙意如说，我们还是立即离开吧，留在这里凶多吉少，不要顾及颜面了。只要能够顺利归国，我们还有足够的机会；若是留在这里，我们在鲁国也将失去自己的座位。

季孙意如已经决意要离开了，我的心里非常高兴，因为我圆满地完成了韩起交给我的事情。我说，我没想到你这么快就要离开，所以我也没有给你带一份厚礼，我就将我的车马送给你吧。我的这几匹马，乃是得自边邑的良骏，它们既跑得快，也听从主人的命令。我又摸了摸身上，将自己佩戴的玉玦摘下来，递给了季孙意如。我流着眼泪说，我身上没有其它东西，就将这块玉玦献给你，表达我的感恩之情。今日相别之后，还不知要等到什么时候相会。说完之后，我就哭了起来。

季孙意如也眼圈红了，泪水在他的眼眶里打转。他说，我们见面的机会还很多，我知道你的心意了，若是你来鲁国出使，我们将在一起饮酒欢歌。我在晋国的这一段时间里，虽然感到屈辱，但我知道晋国的那些人乃是和鲁国亲近的。我也看见强大的晋国并没有想象的那么强大，因为每一个人的想法都不一样。你们的国君就像他的父亲一样，也是纵情于筵席上的欢饮和歌舞丝弦，而大权都已经落在卿族的手中了。他深深叹了一口气，说，不仅晋国是这样，鲁国也不是从前的鲁国了。可是没有哪一个人可以力挽狂澜，也许这乃是天下的大势所趋。我不知道将来会怎样，但现在已经预示着将来。

我将季孙意如和跟随他的子服送上车，他们在寒冬里匆匆离开了。冰冻的土地上隐隐约约留下了他们的车辙。我朝着他们离开的方向施礼，一直到他们的影子消逝在路的尽头。几辆车已经消逝了，空阔的原野上只有我孤独地站立着。乌鸦从我的前面飞过，竟然没有发出叫声。一切都是静悄悄的。他们离开时静悄悄的，我的站立是静悄悄的，乌鸦的飞过也是静悄悄的。风声也是轻轻的、轻轻的，却传递着刺骨的寒冷。

我突然放声大笑。我有着几副面孔，可是他只是辨认出我虚假的那一个。我想做到的，必定可以做到，韩起做不到的，我却顺利做到了。我将自己不为人知的一面展示出来，却起到了最好的效果。韩起为什么找到我来做这件事？他是不是也那么了解我？我突然感到不寒而栗。是啊，这个世界上本来没有人知道我的另一面，可是韩起似乎已经知道了。看来，韩起也有着另一面，而我却不知道他。每一个人都说韩起是懦弱的，他也从来不反驳，可是他的懦弱也是他的另一张面孔？

古灵魂

卷五百二十九

邢侯

　　我是楚国申公巫臣的儿子，自从我的父亲奔逃到晋国，我一直生活在这里。当初我的父亲是多么明智啊，他有着别人缺少的远见，也有着别人缺少的智慧。他看穿了人世间的一切，也知道自己该获得什么。他要得到的就要得到，不属于他的，他从来不要。重要的是，他总是知道自己要什么，能要什么和不要什么。他也争夺，但他是用自己的智慧争夺。他得到的也能保守住。我若能够像他那样度过自己的一生，该有多好。

　　他曾为楚国做了很多事情，但也因此遭受别人的嫉恨。因为他拥有的智慧乃是被人羡慕的，羡慕就必定会引发嫉恨。一个人的智慧就是他的财富，而且这财富是不能被夺走的，若要夺走它，就要夺走他的性命。所以他才在奔逃中获得自己。我听说，当初楚庄王讨伐萧国，萧国就囚禁了楚国的熊相宜僚和公子丙。楚庄王派人向萧国人说，不要杀掉这两个人，我立即就退兵，可是萧国人还是将他们杀掉了。

　　楚庄王愤怒了，就亲自率领楚军围攻萧国，很快就攻破了萧国的城邑。我的父亲对楚庄王说，士卒们在冬天交战，都已经耐不住这严寒了，若是得不到安慰，就会对你产生怨言。楚庄王听了我父亲的谏言，立即亲自巡视大军，慰勉将士们，结果将士们感到了来自楚王的温暖，在这样的严冬就像穿了皮袄一样。

因为我父亲的智慧，楚庄王十分信赖他，也总是采纳他的谏言。讨伐陈国之后，楚庄王俘获了陈国的美人夏姬，想将她纳为自己的妃妾。我的父亲劝谏说，你不能这样做。楚庄王问，我讨伐陈国获得了美人，为什么不能将她纳为妃妾？我的父亲说，你号令诸侯们一起讨伐陈国，乃是为了追究夏徵舒的弑君之罪。若是将夏姬占为己有，就会让诸侯们说，楚王乃是因为自己贪图美色才讨伐陈国，而我们却陪着他流血。这就意味着你已经失去了道义，失去了道义，以后诸侯们就不会听从你的命令了。

楚庄王说，我并不是因为贪图美色才讨伐陈国的，夏姬乃是讨伐的战果，我难道不能拥有么？我的父亲说，但不会有人这样看。我听说，贪图美色就是淫，淫就要受到上天的严惩。所以周文王要明德慎罚，既要知道和发扬德行，还要对惩罚予以警戒。你命令诸侯们和你一起讨伐别人，却遭到上天的惩罚，岂不是违背了周王造就周朝的法则了么？楚庄王又一次听从了他的谏言。

楚军班师回朝，令尹子重请求楚庄王将申、吕两地赏赐给自己，楚王竟然应许了。我的父亲又一次劝谏，说，你不可以这样做。这两座城邑乃是为了获取军赋来抵御北方的外敌，若是赏赐给了私人，就等于失去了这两个地方，楚军的军赋就会缺乏，那么晋国和郑国的势力将要渗透到汉水一带。你是要寻求一时的奖赏之快呢？还是要获得

古灵魂

永久的安定呢？楚庄王听了我父亲的话，就改变了主意，收回了成命。这让令尹子重十分愤怒，对我的父亲产生了仇怨。

他虽然得到楚庄王的信任，但仍然为了绝世美女夏姬而奔逃。他劝阻了楚庄王的纳妃想法，可是楚国的司马子反也想得到夏姬，也被我的父亲劝阻。后来夏姬被赏给了连尹襄老，可连尹襄老在与晋国交战时战死沙场，他的尸体也被晋国掳走。时机终于来了。我的父亲给夏姬传话，你想法回到你的母国郑国，我到那里娶你。又让郑国人对夏姬说，你要能回到郑国，就可以得到连尹襄老的尸首。然后，我的父亲又对楚庄王说，你要让夏姬回到郑国，她若留在楚国，会让很多人觊觎，觊觎就要争夺，争夺就要失和，失和就要有仇怨，仇怨就会引起混乱，混乱就会削弱楚国。楚庄王说，那就让她离开楚国吧，楚国不能因为一个美女而陷入混乱，也不能因一个美女而被削弱。

楚庄王死去了，我的父亲趁着出使齐国的机会，带着自己的家室和财产准备奔逃。他到齐国完成了使命，让自己的随从将齐国献给楚国的礼物带回了楚国，自己则路过郑国娶了夏姬，投奔了晋国。晋国的国君将邢邑封给了他，这样他就成了邢侯。他离开楚国之后，曾经想要争夺美女的子反感到愤怒，要求新立的楚共王用重礼贿赂晋国，以断绝他的生存之路。但楚共王是明智的，他没有听信子反的谗言，并没有追究父亲的叛逆之罪。但子反和令尹子重两个人并不甘心，他们一起灭掉了我的族人，也将连尹襄老的儿子黑腰杀死，还瓜分了他的采地。

我的父亲更有远见，他已经闻到了不祥的气味，若是他不及时奔逃他国，面临的结局可想而知。他让令尹子重的田地失去，又毁弃了子反的桃花运，他们怎能饶过他？或许他早已看见了留在楚国的危险？他知道一个人最重要的是得到两样东西，土地和女人。楚国的土地可以丢弃，因为晋国也会给他更多的土地。美女是稀少的，夏姬这样的绝代佳人更是唯一的，他都得到了。土地可以让人获得生存之本，美女可以让人获得快乐和骄傲。这两者都是幸福的源泉，失去其中的任何一样，这源泉就会枯竭。

一个有智慧的人不能没有防备。即使你现在还没有危险，但要看见将要发生的危险。晋景公曾派遣我的父亲出使吴国，路经莒国的时候，莒国的国君和他在城墙边说话。我的父亲对他说，你的城墙已经十分破败了，也该好好修整了，我听说一个城池要让它牢固，才可以抵御来犯的外敌。莒国的国君说，我的国家地处偏远，土地也贫瘠，这样的穷陋之地，谁还会贪图它呢？我的父亲说，你这样说就危险了，祸患无处不在，重要的是要有防范之心。现在那些大国都在处心积虑地扩大自己的疆土，若是他们放过所有的穷乡僻壤，他们的国家怎会有那么大呢？

所有大国的君主都是贪婪的，他们因为贪婪都得到了好处。这就助长了他们的贪得无厌。从前都是小国，现在因为贪婪而让他们获得了大国，那么他们怎能停止自己的贪婪呢？每一个大国都在觊觎小国，因为他们从前是这样，现在也不会改变。若是现在莒国还在这里，不是因为他们没有盯上你，而是因为他们还顾不上这样做。一个有勇气的人知道在天黑的时候闭好自己的门户，何况你所拥有的乃是一个诸侯国。你的贫瘠乃是你的贫瘠，别人的富有也是别人的富有，但富有的渴望更加富有，贫瘠的连自己的贫瘠都不能守住，这都是人

古灵魂

们缺乏警戒之心啊。

莒国的国君说，可是，即使是他们想占有莒国，也应该有占有的理由啊，我从来不做损害别人的事情，别人为什么要损害我呢？我的父亲说，你不应该这样想。一个盗贼盯上了别人的田地，他怎么需要理由呢？理由从来不是你心里所想的理由，而是别人强加给你的理由。理由是随时可有的，一只脚踩死了蚂蚁，还需要理由么？若是需要理由，那么就是这蚂蚁挡住了他的路。理由不是让人相信的，而是为了理由背后的东西。每一个理由的背后都站着提出这理由的人，而不是理由本身。只是这理由挡住了后面的人，让你看不见这理由的真相而已。你要拥有警戒之心，只需要你自己的理由。谁需要理由，这理由就归于谁。

我父亲说对了，就在一个冬天，楚国的令尹子重率兵征讨莒国，围住了莒国的国都渠丘。城邑因为城墙年久失修，士卒们也疏于防范，很快就被攻陷了。都城里的百姓逃到了莒城。楚军攻占了渠丘之后，又围住了莒城，莒城也很快被攻陷，然后楚军又攻取了郓城……父亲所说的话没有被莒国的国君采纳，他怎么能不失去自己的城邑呢？我的父亲对我说，每一个人都要有警戒之心，不然你就不能保有你的将来。与将来相比，获得现在是容易的，而获得将来却需要智慧。你看树上的鸟儿，你只要一走近它，尽管你毫无恶意，它也要飞走，这就是飞鸟的智慧。山林里的野兽，你要顺着它的踪迹走近它，尽管你仅仅是想看看它，但它也会朝着相反的方向奔跑，这乃是野兽的智慧。若是一个人连飞鸟和野兽的智慧都没有，必定会被野兽撕咬，会被飞鸟啄去你的皮肉。

现在，我却遭遇了不曾遇见的烦恼。同样来自楚国的逃亡者雍子，和我争夺国君赠送的田地。这是国君赠给我的田地，可雍子却说是赠送给他的。他命人占据了我的田地，并让农夫耕作。我感到十分愤慨。这不仅是田地的事情，而是我能不能保守住父亲留给我的土地。申公巫臣的儿子，怎能受这样的屈辱？我状告雍子的罪行，但掌管刑罚的士景伯恰好出使楚国，这样，韩起就让叔鲋来断案。

我听说，叔鲋不是一个能够秉公执法的人，他贪图私利，不知这个人究竟会怎样断案。唉，韩起为什么要让这个人来断案？若是士景伯来断案就好了，他一眼就可以看出雍子劫掠他人田地的罪。雍子也太贪心了，他早已觊觎我的田地。他有那么多的田地，还要抢夺别人的，这样的人是多么让人愤恨。当初就是他的父亲和兄长告发他，他才奔逃到了晋国。可见这个人原本就没有德行。

来到晋国之后，晋国给了他封地，让他做了大夫。在晋楚两国的一次交战中，晋军原准备退却，雍子说，楚军与晋军相遇，他们并没有什么准备，而且楚军的士气也不高，若是能喂饱战马，烧毁自己的军帐，与楚军决一死战，必定能够击败楚军。晋军听从了他的话，连夜做好了预备，第二天击败了楚军。现在他依仗自己的功劳，竟然开始强掠我的土地，我又怎能忍受？面对阴险狡诈、没有德行的人，我还能做什么呢？我要让人们知道他的罪，让他得到应得的惩罚。

我知道雍子是一个为了自己的私利不择手段的人，他将自己女儿许配给了叔鲋，还向他行贿。国君将我和雍子召到了朝堂上，让叔鲋来断案，众臣们听着我的陈述，也听了雍子的理由。但叔鲋还是判定我的田地要归于雍子。这一判决激怒了我，我抽出了腰间的剑，毫不

古灵魂

犹豫地刺向了雍子。既然别人不讲理，那么我就用自己的剑来说出我的愤怒。朝堂上的人们都惊呆了，他们看着我的剑光一闪，雍子就慢慢地倒下了。

他甚至没有发出疼痛的呼喊，只是轻轻地哼了一声，就倒了下去。我没有将我的剑从他的身体里拔出来，就让它留在他的身体里吧，我的剑已经代替了我的土地，就这样给了他。他没有想到，土地是锐利的，土地是有锋芒的，土地不是随便可以得到，土地是公正的。即使是断案的人不公正，但土地本身有着自己的语言。不然，土地为什么让勤劳的农夫获得更多，而给懒惰的人却很少？

土地不仅仅是在地上，它乃是在苍天的笼罩之下。即使你拿走土地上的收获，却拿不走土地，因为土地是沉重的。土地尽管是由无数的尘土组成，但它不是尘土，而是土地。因为尘土可以被大风刮走，土地却岿然不动。即使它被冰雪覆盖，它也会在适当的时候将地上的冰雪融化，变为自己的甘露，变为草叶上的甘露，谷子上的甘露。因为它有着太阳的照耀，也有着月光的挥洒，它追赶每一个季节，寻找自己的变化。

土地原本就在那里，土地并不需要人，可是人需要土地。若是失去了土地，人也就失去了他的一切。可是雍子要拿走别人的土地，却失去了自己。这是他得到的报偿。土地上既有烈火也有冰雪，既有河流也有高山。我的剑在烈火中锻造，在冰雪中淬火，它跟随我渡过波涛汹涌的河流，也曾登上高高的山巅。它得到了土地的精华，也浏览了土地上的漂亮的景色。它经历了严寒，也在野草中闪耀。现在它带着我胸中的怒火，呼啸着进入了一个罪人的血肉，留在了这血肉包裹的黑暗里。

　　我的手从剑柄上缓缓离开，我的怒火也渐渐熄灭了。我刚才的手是颤抖的，现在变得冰凉。我的手离开了剑柄的那一刻，我就知道自己也将死去。是的，人的生死就是在一瞬间决定的。很多人关注漫长的时光，可是对于一个人来说，瞬间才是关键的。人的命运不是由漫长的时光决定，而是由某一个瞬间决定。我知道那一个瞬间的力量，甚至不是来自我，而是来自我的内心，或者说，是来自他要夺取的我的土地。土地并不是沉默的，虽然更多的时候它是沉默的。但这沉默中也有它的呼喊，只是你不能听见它的呼喊。

　　不是我的手握住了剑，而是土地死死地攥住了这柄剑，它也攥住了我的手，让我的手牢牢地贴在了剑柄上，我不能挣脱它。实际上，那个罪人已经逃不掉了，可是我也逃不掉了。不过我们的区别是，他的身上有了罪的记号，那个记号就是那柄剑。而我的身上是干净的，我甚至都没有让他的污血溅到我的身上。因为那柄剑已经封死了他的污血，让这污血留在了他的身体里。是的，他的血不配流出来，因为土地不要他的血。

卷五百三十

韩起

　　邢侯竟然在朝堂上杀掉了雍子。本来是一场田产之争，却演化为杀戮之祸。邢侯居然在朝堂上肆无忌惮地杀人，让人难以理解。不过，从这个争田案看来，雍子应该是有罪的，而叔鲋徇私枉法，偏心断案，也应该是有罪的。但叔鲋是叔向的弟弟，我不知道怎样才可以将这件事做得既令人信服，又不伤害叔向。于是，我征询叔向的建议，我问，这件事情已经十分明了，我不知道你会怎样想。

　　叔向回答说，我已经听了这一案情的经过。在争夺田地中，雍子显然是有罪的，他向叔鲋行贿并要将自己的女儿嫁给叔鲋，乃是罪上加罪。而叔鲋因为受贿而卖狱，不能公正断案，同样有罪。邢侯不是寻求正当的解决办法，而是在朝堂上公然杀人行凶，也应该是死罪。现在公正的做法是处决还活着的人，死者只要戮尸就可以了。他们争田，既想获得美名又想获得私利，怎会有这样的好事情？因贪腐而败官，这应该是施以墨刑，杀人而毫无忌讳这乃是贼刑，都应该为死罪。《夏书》上说，昏、墨、贼都应该杀掉。这乃是当初皋陶制定的刑法，我们又怎能违背？

我对杀人者邢侯说，你还有什么要说的？邢侯说，我已经杀掉了雍子，还有什么好说的呢？我杀掉他，乃是因为自己的愤慨。他争夺别人的田产，本来已经有罪，却又要用卑劣的手段贿赂断案者，这样的人难道不该杀掉么？我又说，你杀了他，你也是死罪，你就没想过么？他说，我的田产乃是国君赏赐给我的父亲的，我作为继承者不能保护好父亲的田产，我又怎能谈得上孝？我面对徇私枉法的人而不能有所作为，我又怎能谈得上忠？我面对罪人而无可奈何，又怎能谈得上智？我若是不杀掉雍子，他还会再贪图别人的利益，我若是不除掉他，又怎能谈得上仁？比之于这些美德，我的死又算得了什么呢？若是我失去了这些美德，我即使活着又有什么意义呢？

我说，可是你的父亲不会像你这样做。他不会等到失去田产的时候再去争辩，他想到自己就要失去的时候，就要另外去寻找。他看见别人要得到美女的时候也不去争抢，而是等待最好的机会。若是获得了机会他就果断选择，因为他可以预见自己的结果。他知道天意不可违拗，他总是不选择抗拒，而是选择对自己最有利的。就像车前有了石头，他不是选择碰撞，而是选择绕过去。他一旦获得安逸，就不会轻易失掉它。他能够保全自己的性命，是因为他看见了性命的意义，没有性命就没有一切。拥有性命乃是拥有一切的根本。他才是真正的智者啊。可是，你将要为你的鲁莽之举付出性命。

他说，是的，我将付出性命。我不是我的父亲。我知道他是一个智者，可是我不是他。他所做的事情属于他，而我的选择属于我。我的田产乃是父亲遗留给我的，我不是一个智者，但我要捍卫智者的尊严。我不是一个智者，但我是一个热爱智者的人，智者留给我的东西，怎能让别人玷污和践踏？我杀死了那个试图侮辱智者的人，乃是为了使他不再能继续侮辱智者。我也杀死了自己，因为我觉得为了父亲的智慧，我可以死去。

我看见邢侯的面容上带着微笑，他已经准备好自己的死了。他没有遗憾，因为他已经用剑刺穿了别人的身体，也刺破了人生的泡沫。这一切多么像是一个幻觉啊。于是我就按照叔向的想法，杀掉了邢侯和叔鲋，并对雍子予以戮尸的惩罚。唉，叔向真是一个公正的人啊，他没有在关键的时候袒护自己的弟弟，已经真正做到了公正和公平。雍子本来投奔晋国是为了获得安宁，却以这样的方式被杀，乃是不智之举。他所拥有的已经足够他享用，却还要贪图别人的田产，贪婪者必定不会有好的结局。而邢侯同样如此，虽然叔鲋断案不公、徇私、贪贿而卖狱，可他还有继续申辩的机会，但他却出于一时的激愤之情，公然在朝堂杀人泄愤，这难道是有智谋么？

可是每一个人都执意做他想做的事情，这又有什么办法呢？按照律法，我命人杀掉了邢侯，又让人将雍子和叔鲋的尸体丢弃到街市上。这可以让人看见罪人的结局，以对那些试图触犯律法的人予以警戒。唉，雍子和邢侯都是从楚国来晋国躲避灾祸的，可是这灾祸不是在别处，而是在他们自己的身上。他们以为要躲避的灾祸是来自外部，没想到他们的身上就携带着属于自己的灾祸。

邢侯的父亲申公巫臣有着先见之明，他看见了自己将要遇到的灾祸，所以趁着出使齐国的机会奔逃到了晋国。他不仅娶了绝世美女，还得到了晋国的封赏。在别处失去的，在这里得到了补偿。但他没有将自己的好运气留给自己的儿子，他所得到的只属于他自己。或者说，他所得到的，要在他的儿子那里失去。这是他没有看见的。他也许看见了很多，但在他的儿子那里，他什么也没看见。那是一片黑暗的区域，他的光照不到那里。

雍子也是这样。他逃到了晋国，乃是为了躲避别人的迫害，可是他自己的贪欲让自己堕入了深渊。晋国收留了他们，收留了楚国的人才，现在晋国也失去了他们。不是因为晋国不能容纳他们，而是他们自己不能容纳自己。以前，楚国曾为失去这些人而感慨。郑国的公子归生出使晋国之后，楚国令尹子木问他，晋楚两国有哪些不一样？因为我们的君王更爱惜人才，是不是楚国的人才更多一些？

公子归生说，不，楚国的大夫固然贤能，但晋国的大夫更胜一筹。或者说，楚国的卿相比晋国的卿相贤能，但晋国的大夫们都是能够做卿相的人才。但是这些人才就像是桤木、梓木和皮革一样，原本都产于楚国，但被运到了晋国。楚国的大夫析公到了晋国，被晋国用作了谋士，楚国和晋国交锋的时候，晋国让析公在战车后面观察并提出谋略。本来晋军已经失败，可是析公却说，楚军是骄傲和轻佻的，他们已经认为自己要获胜了，那么晋军佯装败退，然后可以在夜间出击，这样必定能够获胜。晋国的君主听从了他的谏言，结果楚军遭到了失败。

——楚国大夫雍子遭到了父兄的诬陷，楚王的大臣们却没有人为他直言，他只有奔逃到了晋国，晋国收留了他，还给了他封地，让他做了大夫。在另一次晋楚交战的时候，雍子献计说，我看见楚军军纪松散，并没有足够的准备，而晋军的士气高涨，若是喂饱自己的战马，烧毁自己的帐篷，断绝自己的退路，与楚军决一死战，必定能冲

古灵魂

垮楚军的阵形而大胜。晋军主帅听从了他的话，结果晋军连夜做好了准备，楚军遭到了败绩。

——楚国的大夫子灵逃到了晋国，得到了晋国的重用。他为了复仇为晋国献计献策，不仅抵御了狄人的袭扰，还让晋国和吴国通好，挑唆吴国背叛了楚国。吴国乃是水泽之地，民众多以船居，不擅长驾驭战车。他派自己的儿子去吴国，教练吴国人骑射和御车作战。这样吴国人不仅精通车战还熟悉水性和船战，从前著名的舰船艅艎就是吴国人制造的。这样楚国就腹背受敌，几次讨伐吴国都无功而返，吴国已经成为楚国的心腹大患。

——还有楚国的大臣苗贲皇逃到晋国之后受到重用，晋国将苗地封赏给他。鄢陵之战的时候，他向晋国的国君谏言说，楚君虽然兵力强悍，但他的精锐都集中在中军，若是能避实就虚，用晋军精锐分兵击败他的左军与右军，然后合力攻击他的主力，必定可以获胜。结果，晋国的国君采用了苗贲皇的办法，楚军也遭到了大败。

公子归生的话让令尹子木十分郁闷，很多天都沉浸于悲凉之中。可是，我现在一下子失去了来自楚国的两个人才，这不仅是邢侯和雍子的不幸，也是晋的不幸。楚国的人才之所以逃到晋国，乃是因为晋国比楚国更公正，但他们却因为断案的不公失去了性命。叔鲋的罪多么大啊。他不仅因为自己的贪贿而失去了自己的性命，还因为他的不公让晋国失去了公正的好声誉，这样，楚国的贤能者还会投奔晋国么？好在叔向无私地处置了这件事，将叔鲋杀掉并把他的尸首丢弃到街市上，不然晋国又怎能取信于天下的贤能者？

虽然他们都最终获得了公正的裁决，但我却郁郁寡欢。因为失去的和得到的是不相等的。我来到了叔鲋和雍子弃尸的地方，看见很多人在围观。他们说，你看，晋国也到处都有不公，叔鲋竟然得到雍子贿赂而卖狱，谁还能相信他们的断案呢？还有人说，雍子和邢侯都是楚国人，他们即使是逃到晋国，也不会有好结局。时间乃是最大的遮蔽物，也是真实的材料，因为它一点点减少，所以一个人只有到最后才看见这真实的自己。

阴云密布，天就要下雨了。我在庭院里徘徊，内心感到十分忧伤。这不仅是为别人而忧伤，也是为自己忧伤。我不知道自己的时间后面遮蔽着什么。每一个人都带着上天赐予的福祉，也带着自己的祸患。我们所要做的就是延长自己的福祉，减少自己的祸患。但是你必须知道这福祉的宝贵，也要知道祸患的可怕。一会儿，远处的天庭传来了轰隆隆的雷声，我听着这雷霆已经越来越近了。

鲁昭公

我即位的时候，还是青春年少。安葬我的父君的时候，我没有表现出哀痛，因为人总是要死的，有什么需要哀痛的？我失去了我的父君，却得到了我的君位，那么我又有什么哀痛可言？掌管国政的正卿季孙宿将我拥立为鲁国的国君。可是鲁国并不平静，即位时的喜悦很快就被忧虑所取代。我原以为这国君乃是一国之主，还有什么可忧虑的呢？可是我看见，鲁国不仅受到齐国的挤压，还受到来自晋国和楚国的压迫。而在鲁国内部，季孙宿的孙子季孙意如看起来是贤能的，但他执掌朝政之后也不断暗中积累力量，又有孟孙氏和叔孙氏两家卿族，他们三家几乎瓜分了鲁国的权力。我尽管十分谦逊小心，但他们似乎并不在意我。我虽然在名义上是一个国君，实际上我仅仅是他们利用的算筹而已。

我知道我的位置在最高处，但我的位置也在低处。最高处放着我的光与影，而低处却放着我的真实的肉躯。我俯瞰着别人，也仰望着自己。我不得不小心翼翼，因为我只要有一点失误，就可能断送我自己。晋国与诸侯会盟的时候，竟然将我排斥于诸侯之外，又将季孙意如拘押到晋国。这让鲁国的声誉日渐低落。我曾要跟着季孙意如前往晋国，以拜见晋国的国君，但在就要渡河的时候，我身边的大臣拦住了我。他们觉得若是我去了晋国，也有被扣押的危险。我看着滔滔河水，眼前一片渺茫。

过了一些日子，季孙意如被晋国释放了，他回到了鲁国。我问他，晋国现在怎样？他告诉我说，晋国已经衰败了，国君的大权已经落到了卿族手里，就是卿族也在互相争夺。现在虽然有着庞大的骨架，但解体可能在旦夕之间。实际上晋国对于诸侯们来说，已经不可怕了。他的话让我惊呆了。难道鲁国不就是这样么？我乃是鲁国的国君，可是我的大权又在哪里呢？那么鲁国的解体不也是在旦夕之间么？

我决定自己去晋国拜会它的国君，以表达对他们释放季孙意如的感激之情。是啊，晋国在与诸侯会盟中曾让鲁国丢脸，但这一次也许是感到了自己的错误，将我的卿相予以释放。这已经向鲁国释放了善意。趁此机会，我应该亲往拜会，以便与晋国修好。晋国虽然已经衰弱，但它仍然有着自己的余威。那么鲁国难道不是在衰落之中么？我也想和晋国执掌大权的卿族们增进感情，以便让他们对鲁国予以帮助。

我来到了晋国之后，拜见了晋国君主，但他已经疾病缠身、奄奄一息了。他用微弱的力气对我说，一切我都清楚，但我对一切都无能为力。他问我鲁国的情况，我说，我和你一样，一切都清楚，但我对一切都无能为力。他说，你和我不一样，我就要死了，所以一切都感到满足，因为我能够这样等到自己的死。可是你要等待多久，我不

古灵魂

知道。若是一个国君能够善终，已经十分不易了。以后的事情，谁能知道它的结局呢？一个人能够知道自己的结局，就是上天赐予的福祉了。

他说，我的父君修建了虒祁宫，不是因为他无能，也不是因为他只知道自己享乐，而是在自己无能为力的时候，保持了忧虑中的快乐，也建造了自己的尊严。我接替了我的父君，我和他一样，我也不是为了自己的享乐，但这享乐乃是我唯一的选择。我贪图的，我做不到，我不愿贪图的，却不得不贪图。除此之外，我不能做更多的事情。他们需要我的时候，我就站在他们的前面；不需要我的时候，我就站在他们的后面。我不是一个好国君，不是因为我不愿意做一个好国君，而是我不能做一个好国君。

我说，我也是这样。我继位的时候还年少无知，只是看见父君的威严，看见他的尊贵，后来我看见了自己的卑微，看见了我的无能。我原本以为做一个国君乃是多么尊荣，可是我只能依赖别人。我成了别人的囚徒。一个囚徒已经失去了选择，唯一的希望就是希望获得别人的释放，重归属于自己的自由。我的话还没有说完，就看见他眼中的泪光。他说，我本不想让你伤心，在会盟的时候，我不得不将你的卿相拘捕，因为别人需要拘捕他。

我说，我感谢你能够释放我的卿相，这样我们就可以重归于好。鲁国和晋国原本就是兄弟，我还有怎样的理由埋怨你呢？他说，他的释放也不是因为我，所以你不用感谢我，因为他的被拘捕也不是因为我，你也不用埋怨我。我是局外人，我是旁观者，我虽然是晋国的国君，但我并不是真正的国君，我也不是我。你说得对，我仅仅是别人的囚徒，我只在等待中度过一天又一天，现在我已经等到了尽头。从前的日子都不属于我，但这最后的日子终于属于我了，因为我终于看见了自己死的权利。

没过几天，晋国的国君就死了。韩起告诉我，我的国君新丧，你暂时不用回鲁国了，等待参加先君的葬礼。我知道，我被晋国扣押了，我需要在他的葬礼之后才可以归国。这乃是对鲁国的侮辱。可是我遭受的侮辱还少么？而且这一次侮辱乃是我自己寻找的。不过，既然已经受到了很多侮辱，再增加一次也没什么。侮辱的增加乃是增加一个人的恨的激情，没有怨恨就没有希望。

好吧，我就在晋国等待自己的命运，我不知道的终究会在等待中知道。我不仅看着晋国国君的命运，也看着自己。也许一个国君的死藏着另一个国君的镜子。他的白骨中有我的白骨，他的面容里有我的面容。可是我仍然为鲁国担忧，我不知道在我的等待中鲁国将发生什么。我来到了晋国国君的灵柩前，痛哭失声。我不是为他而哭泣，而是为我自己在哭泣。我的哭声中有着震撼自己的力量，我的悲伤乃是我自己的悲伤。

可是他们不知道我为什么痛哭。在我的父君离去的时候，我没有哭泣，也没有悲伤，因为我将承接他留给我的尊贵和权力，我的内心甚至有着几分喜悦。因为，他作为一个国君从来没有宠爱我，我的身上没有他给我的温暖。在我的眼中，他不是一个父亲，而仅仅是一个掌握着鲁国命运的国君。我甚至一天之内换了三次孝服，我因为这样的行为曾遭到别人的非议。可是作为一个国君不应该有他的自由么？不应该有他的纯真么？我怎样想的就不能怎样去做么？我的脸上不应

古灵魂

该有自己本来的表情么？我难道不能三次换衣么？

那时的我，显然是幼稚的，我还不知道人世的凶险，还不知道一个国君必须像一个国君的样子。你必须将自己取走，换成另一副面孔，你必须变成一个国君的样子。你不能拥有自己，这样你才可以拥有国君的宝座。我不知道，从我成为国君的那一刻起，我已经失去了自己，我变成了别人的样子。现在，我看见晋国的国君已经被装入了棺椁，我已经看不见他了。我还记得他说话时的样子，那张满是病容的脸，已经在这棺椁之中了。现在我和他已经隔着厚厚的棺木，我看见的仅仅是他死去的外形，一个长长的、用木头制作的外形。这就是他么？他还能听见我的哭声么？

也许一个人死了，就永远不在了。我乃是面对一个不在者说话，面对一个不在者哭泣。他听不见也看不见，只有我自己听得见自己的声音，只有在镜子里我才能看见自己的面容。旁边的人们不会知道我心里所想，他们只是看见我的表情，听见我的哭声。他们以为我真的为一个不在者痛哭，为一个不在者悲伤。一个曾经活着的人，现在成为一个木质的外形，他已经被囚禁在了这外形之中，也消逝于这外形之中。我的哭声还有什么用呢？我的悲伤又有什么用？而我的内心却是悲伤的。我的悲伤来自自己的内心深处，来自最幽深的地方。我的悲伤就是从那漆黑的深渊里升起来的，烟雾一样笼罩了我。

晋昭公死了，他的儿子去疾即位了。他还是一个孩童，但却是这个国的国君了。忠于公室而有智谋的叔向也死了，朝中的事情都取决于晋国的六个卿相。我终于可以回到鲁国了，但事情一件件发生。先是季孙意如和大夫郈昭伯斗鸡，季孙意如将辣料撒在了斗鸡的翅膀上，郈昭伯凶猛的斗鸡与之交战，总是眼睛被弄坏而失败。有人将这个秘密告诉了郈昭伯，郈昭伯就将自己的斗鸡的鸡爪上套上铜爪，并将这铜爪磨利。于是再行斗鸡的时候，季孙意如的斗鸡很快就被郈昭伯的斗鸡抓瞎眼睛。

正好这时臧昭伯的弟弟躲藏在季孙意如的家里，因为他施用欺骗的手段暗害臧昭伯，臧昭伯一怒之下就将季孙意如的家臣囚禁起来。季孙意如也囚禁了臧氏的家臣。季孙意如发现了郈昭伯的诡计，十分愤怒，侵占了郈昭伯的封地。郈昭伯就和臧昭伯一起向我诉冤。季孙意如这个人必须被除掉，不仅因为他横行无忌，还因为他执掌鲁国的大权，已经将我的权力夺走。我变为了名义上的国君，我的命令他已不听从了。

我想起了晋昭公和我说的话，现在鲁国就要变为晋国的样子了。我必须借此机会除掉季孙意如，这是一次天赐良机。若是能够除掉季孙氏，我就可以成为鲁国真正的国君，是的，我将掌管鲁国的一切。若是这一次放走了他，以后的日子就不好过了。这个人不是一个心胸开阔的人，他必将复仇，将会除掉他不喜欢的人，那么鲁国将不再属于我。

我便率兵围住了季孙氏的封邑。季孙意如登上了高台，他说，我是有罪的，我不该侵占别人的封地，我愿意赔偿别人损失的财产，也愿意被囚禁。你可以将我囚禁于鄪邑，我甘愿接受这样的惩罚。君主不要听信别人的谗言，他们仅仅是想借助君主的手而诛伐我。我告诉他说，即使你被囚禁，谁能知道你不会被你的亲信解救？鄪邑是季孙氏的封邑，我又怎么能知道你是不是真的被囚禁？若是你被解救之后

古灵魂

再一次背叛我，我又能将你怎样？他又说，既然这样，请你允许我迁往沂水边上，这样我也就远离了鲁国的都城，你该放心了吧？

我说，不，即使你到了沂水边上，你要是作乱怎么办？他又恳求我说，那么，请你允许我带着五辆车逃到别的地方。这时候，我身边的大臣对我说，国君还是允许他逃走吧，这可能是最好的选择。若是你执意要杀掉他，他就会拼死反扑。他执掌朝政多年了，他的党徒很多，即使他不这么做，他的党徒们也不会束手就擒。而且，你若是杀掉了季孙意如，那么其他人就会感到危险，那么就会引发他们的反叛。

唉，我没有听从他的谏言，却一心想要杀掉季孙意如。而且郈昭伯也极力劝我杀掉他，不然将带来后患。我没有想到，立即就要做成的事情会发生急转，另外两个卿族叔孙氏和孟孙氏竟然在这紧要关头倒向了季孙意如一边。面对三家一起攻伐，我的大军很快就因为他们的背叛而瓦解。郈昭伯也被别人捉住杀掉了。我只好踏上了流亡之路。我若是听从我的大臣的谏言，就不会流落到现在的困境之中。

是啊，我要是杀掉了季孙意如，那么很多人就觉得十分危险，这感受到危险的人越多，我的敌人就越多，那么我的宝座就越不稳固，我的危险也越大。可现在一切都晚了，悔恨已经失去了意义。最好的机会仅仅在我的眼前一闪就过去了。我没有捕捉到那道光，我错过了那道光。我先逃到了齐国。虽然鲁国和齐国一直彼此对抗，但我觉得齐国的国君会收留我，并将我护送回国。当初晋文公也是先逃到了楚国，楚国又将他护送到秦国，秦国又护送他回到了晋国。晋楚两国和秦晋两国不也是彼此敌对么？而且正是因为这彼此的敌对，才更会收留我，因为这乃是化解仇怨的良机。

可是，我的面前仍然是一片迷茫。天上的白云是迷茫的，路上的野草是迷茫的，树上的生机和我无关。在夜晚，天上的星辰是迷茫的，月光也是迷茫的。我看见的所有光亮属于从前，我不知道自己的路究竟在哪里。我只是看见空洞的希望，可是不知道这希望又在哪里。我从风声中听见这希望，却不知道这风乃是从哪里刮来。在齐国的第一个夜晚，我在迷茫之中做了一个梦，我梦见很多脸从我的面前一闪而过，我竟然没有看清他们是谁。他们来到了我的面前，但很快就离开了。他们都不说一句话。他们是谁？为什么要从我的面前过去？他们为什么都沉默不语？

古灵魂

卷五百三十二

子家驹

　　我曾劝说国君，让季孙意如逃走，给他一条生路，这样已经让鲁国的人们有所警觉，他们做事情的时候就会有所顾忌。这已经是最好的结局了。鲁国的混乱不是现在才有的，政令都是出自季孙意如，因而他的党羽已经积累了很多，许多人都依赖他而生存，一旦他死了，他的党羽就不能安宁了，他们怎会甘于将自己陷入罗网之中？若是让季孙意如流亡异乡，国君就有了铲除他的党羽的机会，可是国君不听我的谏言，执意要杀掉季孙意如，结果引起了其他卿族的不安和反叛，只好流落异国了。

　　国君急于求成，却不知道任何时候要给别人以生路，即使是胆怯的野兽，若是被逼到了绝境，也要寻求绝地反扑，那样猎人即使杀掉了野兽，自己也会受伤。结果如我所料，先是叔孙氏的家臣戾召集他的徒众奋起反击，因为失去了季孙意如，他们也将毁灭。然后是其他卿族的反叛，因为失去了季孙意如，他们也将处于险境。国君的大军立即被击破，因为他对后果没有任何预料和准备，他忽视了反叛者盘根错节的联系。

现在我跟随国君流亡到了齐国。我对国君说，齐国的国君不是一个有信用的人，我们为什么不去投奔晋国呢？这也许是最好的选择。国君说，晋国已经衰朽，国君的权力已经落到了卿族手中，它已经没有当初的力量了。既然这样，我去晋国做什么呢？我说，晋国虽然没落，但它的威权还在，即使是疾病中的猛虎，别的野兽也不敢随意靠近它。它仍然有锋利的牙齿和利爪，它的怒吼仍然让人感到畏惧。齐国虽然强大，但面对晋国的威慑，仍然不敢轻举妄动。我听说，一个人登山的时候要拿长的拄杖，这样就能够省力，而短的拄杖仅仅是拿在手里做样子的，不能真正发挥作用。你是希望自己做样子呢？还是真的需要别人的帮助？

国君仍然坚持自己的想法，说，齐国固然没有信用，可是晋国就有信用么？齐国还是国君拥有权威，他若是答应，事情就可以做到。可是晋国的国君已经失去了权威，他的权威都在别人的手里，若是卿相们的想法不一样，我就可能滞留于晋国。那么我回归鲁国的愿望岂不是空空的泡沫？它啪的一声就破灭了。我说，是的，但越要想快的事情，可能会越慢，因为你所面对的是未知。看上去不利的未必是真的不利，看上去有利的也未必真的有利。齐国虽然国君一个人就可以决定，但他也可以一个人否决。晋国就不一样了，即使一个人想否决，也没有那么容易，重要的是，晋国与鲁国乃是血脉相连，所以更容易得到帮助，因为不论谁提出护送你回国，都有着充足的理由。

他还是拜会了齐国的国君，齐国的国君对我的国君说，请你让我奉送你两万五千户，你可以等待我的命令。这就意味着齐国已经不会将他视为鲁国的国君了，而是用这样的方式让他做齐国的臣子，这乃

古灵魂

是对鲁国的侮辱，也是对我的国君的侮辱。一个国君怎能接受这样的侮辱？我对国君说，你放弃了周公留下的基业，却要来到齐国做一个臣子，你能接受这样的羞辱么？一个人的生与死有什么重要？难道你来到齐国就是为了苟且偷生么？

国君说，我并不想做这样的选择，可是我还能做什么呢？我说，你还是鲁国的国君。国君乃是从先祖那里传下来的。这个国家不仅属于你，还属于你的先祖们。你若是抛弃了它，也就抛弃了自己的先祖，也抛弃了自己。一个没有先祖的人乃是真正的流浪者，一个没有自己的人乃是真正的死者。可是你还没有死去，你还是一个国君，国君是尊贵的，怎能接受别人的羞辱？我已经说了，齐国的国君是没有信用的，你为什么要依靠一个没有信用的人呢？一棵没有信用的树只能在你的面前开花，让你感到短暂的快乐，但它不会在秋天到来的时候给你满树的果子。你为什么还不将这样的树作为劈柴烧掉？

国君说，你说得对，这不是我留恋的树，但我需要在这树下观望。这是距离鲁国最近的树。我也知道逃到晋国比留在这里要好，可是晋国太远了，我看不见自己的国。也许鲁国还有变化，因为鲁国不能没有国君。只要我在这里，鲁国就会看着我，反叛者也不会获得安宁。我需要在这树下等待，毕竟这树下仍然有一片阴凉。我说，反叛者乃是为了反叛，而不是为了安宁。你可以看见他们，但他们不会注视你。等待不会实现自己的希望，等待只有在等待中放弃。你难道愿意放弃一切？

他说，不，等待就是希望。这不是毫无希望的等待，而且这等待也不会很久。我只是在这树下观望，我希望看见自己的希望。若是我走得太远，我就会失去信心。所以我不敢走得太远。我也知道齐国不是我的久留之地，可是我若是离开这里，岂不是失去自己的希望了么？我害怕因为失去希望而失去自己，所以我看着鲁国，就是为了看守好自己。这是我现在唯一可以看见的了。我若到了别处，我害怕连自己也看不见了。

说完，他竟然哭了起来。我看见泪水从他的眼角流出，不断滴在地上。先君死去的时候，他没有哭。我跟随他走出鲁国的时候，他没有哭。现在他哭得这样伤心，我能够感到他的心痛。他说，我做了一个梦，却不知道这梦的含义。我梦见很多张脸从我的面前一闪而过，但没有一个人和我说话。我不认识他们，或者说，他们既出现又不让我看清他们。我不知道他们是谁，但他们都似乎在嘲笑我。因为他们的脸上似笑非笑，既是快乐的也是无奈的。每一张脸几乎是一样的。

我说，他们的沉默就是他们要说的话，这乃是因为你保持了沉默。他们不知道你的沉默乃是你的无奈，你不知道将要面对什么。我也不知道。我只是知道等待没有出路，观望也没有出路。一个人需要行动，只有在行动中才有机会。我还是觉得要及早去晋国，也许那里才有你需要的东西。我听说，在近处的东西要去远处拿，因为你仅仅将自己的目光盯住近处，却不知道绕道远处才可以拿到近处的东西。就像你的面前是一座山，它挡住了你的去路，若是你绕开它，就可以到山的另一面。

但是我的国君一直在痛哭，他的哭声越来越大了。他的两手捂住了自己的脸，也捂住了自己的双眼。眼泪从他的指缝中流出来，就像他用双手捧着一个涌泉。一个国君从来不会为别人悲伤，他只为自己悲伤。这悲伤的源泉来自自己的内心，来自眼前的黑暗，来自无所依凭的孤单，也来自迷茫中的寂寞和对未来的绝望。显然他的等待是为了逃避，逃避已经发生的一切。因为他仍然不知道这是怎样发生的。他不明白自己做了什么，又怎能知道别人将要做什么？他只有自己，又怎能知道别人？

过了几天，叔孙氏来到齐国朝见国君。也许这就是国君要等待的希望。叔孙氏说，鲁国不能没有国君，我乃是戴罪而来，是为了请求国君赦免我的罪。季孙意如受到讨伐是罪有应得，但我没有帮助国君，而是接受了别人的谗言，背叛了国君。我愿意接受国君的惩罚。若是国君能够宽容我们，我就回去和季孙意如建言迎回国君。国君面带威严，但他说话的语调是轻轻的，没有丝毫的愤怒。

他说，也许我是错的。我只是因为郈昭伯的冤情，才做出攻伐季孙意如的决定。其实我并不是想杀掉他，而是要让他知道自己的罪。他不应该抢夺别人的封地，这乃是对国君的不敬。这土地乃是先君封给郈昭伯的先祖的，怎能任由别人抢夺？你们是想解救季孙意如而一时冲动，你们的罪都可以被赦免。以前是怎样的，现在还将怎样。事情已经是这样了，你们只有用自己的行动来弥补过错。

叔孙氏就这样回去了。我对国君说，我们还是到晋国去吧。叔孙氏也许会有悔意，但他乃是一个没有主见的人。他的反叛是因为冲动，现在来朝见你就不是冲动么？他即使想迎你回国，季孙意如会这样想么？即使是季孙意如这样想，孟孙氏也会这样想么？只要他们中间有一个人不想这样做，事情就不可能做好。可是国君说，我已经赦免了他们，他们还要怎样？若是他们另立国君，那就是谋反，谁能担得起这样的罪？而且，他们可以反叛我，他们中间就不会出现反叛者？我的手里尚且握着道义，他们的手里还有什么呢？他们的手里只有污浊的叛君之罪。

果然不出所料，叔孙氏回去之后就反悔了，季孙意如本来有迎回国君的想法，但也不想这件事情了。他们的反悔乃是由于自己的罪。是的，就像国君所说的，他们的手里紧紧攥住了自己的罪，他们不敢松开自己的手。一个林间的行人和一只猛兽对峙，他的手里只有一块石头，他不能轻易将其投出。若是他投出了这块石头，他就什么都没有了。他的手里既攥着自己的生命，也攥着对峙者的生命。他怎么能随意松开自己的手呢？

转眼过了一个秋天和冬天，春天来了，鸿雁驮着渺茫的希望从南方归来。它们排着整齐的阵容，发出了一阵阵叫声。它们的叫声是沙哑的，因为这一路的鸣叫，这叫声里满含着疲惫。齐国开始攻伐鲁国，夺去了鲁国的郓邑，安顿我的国君在郓邑居住。齐国的国君准备护送我的国君归国，命令众臣不能接受鲁国任何人的贿赂。但鲁国人仍然私下贿赂齐国的大夫们。季孙意如熟知齐国的大夫，知道用什么办法来行贿。

齐国的国君问我的国君说，你还这么年轻啊，却为什么丢掉自己的国家呢？你原本可以坐在国君的座位上发布命令，现在却不得不奔逃异乡，究竟是因为什么呢？你的先祖们都没有丢弃的，你却丢弃了，你一定知道其中的奥秘。我的国君说，唉，可是我即使知道了又有什么用呢？我年少的时候，很多人追随我，他们也喜欢陪伴我，可是我不知道亲近他们。也有很多人劝谏我，告诉我许多好办法，可是我不知道这谏言是多么宝贵。我因为太亲近自己，就远离了别人，别人也就远离了我。真正辅佐我的人没有了，虚假的奉承却多了起来。我不相信真实却相信虚假，这样我就成了秋天的蓬草，看起来十分繁茂，可秋风很快就将其拔除。我知道自己的过错，却不知道这过错的结果。

我听说，齐君将我的国君的话告诉了大夫晏婴，说，我想让这个人返回他的国家，他已经知道了自己的过错，回去之后就可以成为像古代圣贤那样的国君。很多人不断犯错，乃是因为自己从来不知道自己的过错。晏婴说，我听说，世间有两种人，一种是聪明的人，一种是愚蠢的人。聪明的人从来不悔恨自己所做的事情，而愚蠢的人却相反。因为聪明的人在犯错前就已经避免了犯错，所以他不必悔恨自己。即使他犯了错，也会自己来补救，而不是用悔恨来替代补救。而愚蠢的人不断犯错，却又总是在犯错之后才知道自己犯错。

他又说，因而愚蠢者总是习惯于悔恨，没有德行的人总觉得自己是仁德的。今日所悔恨的，明天就会忘记，明天所悔恨的，过几天又会忘记。他所说的并不是自己想要说的，因为他不曾记住自己所说的话。被水淹过的人不会询问那些蹚水走过的人，所以他从来不知道从哪里可以过河。迷失了道路的人也从不询问熟悉道路的人，所以总是在岔道上迷失自己。面对强敌的入侵才想起打造兵刃，吃饭噎住的时候才想起去挖井寻水，这样的人，即使他十分敏捷，也来不及做该做的事情。真正的聪明的人，应该有先见之明，在灾祸还没有出现的时候已经避免了灾祸，在事情还没有发生的时候，已经看见了事情的经过和结局。

但是，齐国的国君想了想，说，我还是要将鲁国的国君送回去，我需要给别人一次机会。我不能仅凭自己的想法就决定了一个人的命运。而且，鲁国需要国君，若是它失去了国君，必然就会混乱，一旦发生混乱，齐国也会不安。这个人既然已经知道了自己的错误，他以后就会知道自己该怎么做。即使是他做不到圣贤的样子，也会比原来的自己要好。一个人不能超过比他聪明的人，但他也许能够超过从前的自己。

齐国的国君还是想着送我的国君回鲁国。但是，这却没有成为事实。我知道这很难。我从来没有对这样的事情寄予希望。我听说，接受了贿赂的齐国大夫子将就对齐国的国君说，鲁国国君已经失去了权威，群臣已经不愿意侍奉他。我听说，有人前往晋国求援，请求晋国护送他回国，但那个人竟然死于途中。这难道不是怪异之象么？叔孙昭子也请求护送他回国，结果却无病而死，这难道不是怪异之象么？也许是上天抛弃了他，谁还要为了他而得罪上天呢？或者是鲁君沾染了鬼神，所以只要想让他回国的人都没有好结果。现在谁也不愿意许诺他，又怎敢护送他回国呢？国君还是好好想一想吧。

国君听了子将的话，就放弃了护送我的国君归国的想法。几年过去了，我的国君仍然没有看见归国的希望。现在齐国的国君已经将我的国君视为一个大夫了，连称谓也已经改变。国君终于感到了愤怒和绝望，他离开了齐国为他安排的郓邑，将居室迁移到了晋国的乾侯，这里就在晋国和鲁国的边界上。在这里，我几乎没什么事情，每天陪伴国君，欣赏着这里的美景。国君郁郁寡欢，每天保持着孤独的沉默。

古灵魂

卷五百三十三

晋顷公

　　我原来一直盼望自己成为一个国君，一旦成为国君，却觉得这国君只是一个空洞的名称。我只是享受着国君的尊荣，在名义上是这个国家的主人。实际上，我什么也没有，我的权力似乎归于我，但并不是归于我。在朝堂上，我发布命令，但这命令实际上乃是六卿所发布。我只是听从他们，然后他们也借了我的口而说出他们要说的话。他们的权力都是从我这里拿走的，他们悄悄地、一点点地、在不知不觉中拿走了我的一切，我只剩下我的虚幻的尊贵。他们似乎在侍奉我，但我却坐在这高处侍奉他们的权力。

　　事实上，原本属于我的东西早已经没有了。它从我的祖父那里就没有了。不过那个时候的国君的手里好像还有点儿什么，可是现在我什么也没有。我只是动用我的舌头说话，我心里想说的，都在自己心里，它不能展露在表面。是的，我的心藏在自己的肚子里，我所展现的只是我的形貌。这乃是他们需要的，也是我所需要的。若是我将自己的内心呈现出来，那么他们就可以将我赶下这宝座。他们将我放在这宝座上，就可以将我推下去。鲁国的国君不就是这样么？现在他只有逃到齐国去，因为受到了齐国的侮辱，又迁到了晋国的土地上。他不仅失去了手中虚幻的东西，连自己的居所也失去了。

我刚即位的时候，晋国的附庸陆浑戎居然与楚国相睦，而开始与晋国离心离德。于是朝堂上六卿决定派遣大夫屠蒯前往周都拜见卿士刘子，请他能够允许到周地雒水和三涂山祭祀先祖。而且让屠蒯告诉卿士刘子实情，目的是要接近陆浑戎突然发起攻击。得到天子的允许之后，卿相荀吴率兵从棘津渡过大河，袭灭了陆浑戎，它的首领也奔逃到了楚国。它的将领们在奔逃中被天子的军队俘获。晋国的土地在不断扩展，但我知道，晋国就像一块巨丘，它似乎在不断增长，但它的内部已经有了裂缝，随时可能崩裂。

尽管晋国拥有最多的战车和良马，可是这有什么用呢？我深知六卿的势力已经越来越大了，他们之间已经开始了暗中争夺。他们所想的都是维护自己的利益，对于国家已经毫无忠心可言。是的，他们对国君都失去了忠诚，怎能对国家忠诚？他们已经开始漠视自己的国君，又怎能不漠视自己的国家？每一次对外的战果，都忙于瓜分利益，这战果又有什么意义？我已经看见了，越是忙于拓展国土，这个国家就会越快趋于崩溃。

忠于公室的人越来越少了，他们不断死去。叔向的后代虽然维持着原来的样子，但他们却没有从前叔向的威望了。祁奚的后人也是这样，从前的威望已经失去。这两个家族想要巩固自己的势力，实际上已经成为六卿要伐灭的对象。正卿韩起的话已经没人听了，他只是不断调和六卿间的关系，他在不断妥协中求存。我坐在朝堂上，就像坐在了悬崖上，随时可能会掉落。我所想的是，他们若是在争夺中互相

古灵魂

伐灭，他们就会越来越少，也许我还能夺回本属于自己的东西，我不想像我的父君一样在寂寞的欢愉中度过余生。我想做一点事情，可又不知道从哪里做起。

或者，我已经看见了自己的结局？若是我固执地行事，也许就会像鲁国的国君一样，被他的卿相攻伐，然后成为一个流浪者。我十分同情这个人，这乃是同情我自己。我想着将他护送回鲁国，就和群臣商议。卿相魏舒说，鲁国违背了仁德和礼义，将它的国君驱赶到别人的土地上，晋国作为盟主应该主持正义。我听说鲁国的民众不拥护它的国君，可以先将鲁国的正卿季孙意如召来，然后让他将自己的国君迎回去。

季孙意如来到了晋国。他身穿破烂的衣裳，赤脚走在了我的面前。我对他说，你忘记了君臣的大义，不承认自己的罪过，却又要攻伐自己的国君，这乃是罪上加罪。现在你迫使国君流亡在外，却不知道将他迎回鲁国，岂不是又多了一重罪？我准备将你的国君送回去，或者你要将他迎回去，你自己想一想吧。他说，我知道自己有罪，所以来晋国乃是向盟主请罪的。我早已想将国君迎回鲁国，但其他卿相有别的想法，我又怎能违背别人的意愿？他们害怕国君回去之后治罪，所以不敢这样做。

我说，一个人若是有罪，又害怕别人治罪，那么当初为什么要犯罪？我听说，人应该坦然面对自己的罪，就像坦然面对自己的功劳一样。他带着罪活着乃是对自己的羞辱，还不如戴着枷锁被囚禁，那样自己的罪会减轻。若是逃避自己的罪，这罪就会加重。你愿意身上的罪将自己压倒，还是用自己的德行减免自己的罪？迎回自己的国君是你的责任，而将鲁国的国君送回去是晋国的道义，还是请你选择吧。

实际上，我已经知道了结果。我所想的不会实现。因为别人告诉我，季孙意如早已向六卿行贿。他们将季孙氏召来，不过是在我的面前做样子。这些天来，季孙意如在晋都赤着脚，不断走访我的卿相，向他们谢罪。他知道我不会违逆六卿的想法，真正的权力乃是在他们手里。他表面上对我是尊敬的，但他不是尊敬我，而是尊敬晋国和晋国的六卿。他的谦卑乃是为了博得别人的怜悯，然而他的内心绝不是和他的外表一样。我虽然看不见他的内心，可我知道，我若是他，也不愿意把一个将要惩罚自己的人迎回去。

看来，鲁国的国君回不去了，他将死在别处。他不懂得煎熬，他不知道煎熬乃是最好的选择。他急于攻伐季孙氏，却断送了自己。我从他的身上看见了我。是的，我的面容在他的面容之中。他的身影中包含了我的身影。我用双眼看着别人，也看着自己。我看见了别人的煎熬，也知道了自己在煎熬之中。也许一个人的希望，一个国君的希望，不是急于寻找自己，而是将自己放在煎熬里。

唉，我在不应该成为国君的时候，成了一个国君。我就是为这个时候所预备的，这不由我，因为时间设置了我的命运。我承担了我的先祖们没有承担的时刻。这不是太重了，而是太轻了。我四周都是重浊的空气，我呼吸着这空气，却承担着空洞而寂寞的晋国。不，晋国不是空洞的，它看起来是平静的、寂寥的，内部却充满了喧嚣的恐惧。我就在这样的国的中心站立着。就像一盏灯，它乃是为黑夜而预备，没有黑夜就不需要它。它乃是和黑夜连在一起的。这样，它对于黑夜是矛盾的，既充满了抗拒、侵蚀和对峙，又充满了爱和悲愤；既充满了改变的激情，又充满了后退中的忍耐和绝望。

卷五百三十四

韩起

我越来越老了，我看着很多人一个个死去，可我还活着。我抚摸着自己的脸，皮肉已经松弛，皱纹越来越多。我的须发已经白了，也越来越少了。重要的是，我想说的话说不出来，很多事情转眼就忘记了。我将自己的弓箭拿出来，已经拉不动了。面对着前面的标靶，我不仅看不清它的靶心，也拉不动自己的弓弦。

当初跟随着悼公征战四方，站在战车上，面对千军万马，我的战戈横扫面前的阻挡者，浑身有着使不完的力气。我的箭从来不会虚发，每一箭都射在我想射中的地方。我的箭穿透敌卒的铠甲，我看着他们在中箭之后缓缓倒下。现在想起来就像做梦一样。现在我痛苦地将弓箭扔在地上，我不想看见曾伴随我征战的弓箭了。因为我拿起这弓箭，就看见了从前的自己，我的痛苦就会加深。

唉，我已经不愿意回忆往事了。我从前射出去的箭，似乎在时光里漂浮着。它们似乎射向了敌人，但我现在重新看见了它们，因为我看见那些射出去的箭，穿过了时间，正在射向我自己。我经常因为这射来的箭而躲避，但它们总是能找见我。我的胸口感到了一阵阵疼痛，我的确是老了。每一个人都要老去，不论他从前是多么健壮，不论他曾经多么充满了朝气和自信。从前不相信自己会变老，可是现在看见了结果。很多事情不是不能预料，而是不愿意相信，只有看见了结果才会相信。

可这样的相信已经无用。我已经知道，我的人生事实上已经结束了。虽然我仍然活着，但已经结束了。因为我的眼前变得越来越模糊，我的动作越来越僵硬和迟钝，我身上的力气越来越少。就像野地里的花瓣，已经一点点枯萎，就要掉落了。我和国君说，我要告老还乡，因为我的确老了。我曾陪伴先君征战，也为国君操劳，我侍奉几个国君，自己觉得还是忠心不二的。我虽然懦弱，别人的话我还是能够采纳和接受。可是这懦弱并没有错，我以为一个具有仁德的人，应该选择懦弱。懦弱和勇敢并不是对立的，懦弱也是一种勇敢，而且是更大的勇敢。懦弱不是没有主见，相反乃是最好的主见。因为看起来是别人的看法，实际上其中已经蕴含了我的看法，我的看法乃是在别人的看法之中。

多少年来，我十分谨慎小心，不敢有丝毫懈怠。我害怕自己失去德行。在我刚刚执掌朝政的时候，我为自己的贫穷忧虑。我和其他大夫们相处的时候，看见别人那么奢侈，而自己则连祭器也不能置办齐全。我感到贫穷给我带来了困扰和羞辱，但是大夫叔向却来向我道贺。难道贫穷也值得道贺么？他说，没有比这更值得道贺了。他给我举了身边的例子，告诉我一个人怎样在贫穷中获得仁德，他的后人因为他的德行而安然无恙，而这个人的后人却因为奢靡和贪婪而葬送了自己的后人。这样我就能很快懂得他的智慧。他说，一个人能够安于贫穷，就能够杜绝奢靡，杜绝奢靡就可以积累德行，积累德行就可以庇荫后人，宗族就可以繁盛和安然延续。

叔向是有智慧的人，我将他的话记在心上。它比财富更宝贵。财富可以散尽，而智慧却能珍藏不坏。无形的财富比有形的财富更重要。所以我抑制自己的贪婪和虚荣，随时记起叔向的警告。我知道，即使是面前摆满了肉，你也要小心地取用，不要吃得太多，不要太贪得无厌，不然肉汁会脏污了你的衣裳。原本是体面的和尊贵的，却因为自己的贪婪而失去了体面和尊贵，也失去了别人对你的信任。因为你内心的丑陋已经露出了表面，你的德行已经被毁坏。

我似乎是软弱的，但这乃是别人的误会。他们只看见我的谦逊和宽容，看见我的礼让和妥协，却看不见我背后的坚硬。我之所以软弱，乃是因为我背后有着坚硬的支撑。所以我不怕别人觉得我软弱。很多时候我可以向后退让，但这并不意味着我不能坚守自身。我退让乃是因为我懂得退让，退让不是一个人的羞耻，而坚持自己的愚蠢才是真正的羞耻。我知道自己不是一个聪明的人，但我有明亮的双眼和听得见所有声音的双耳。我可以用心来细细体味每一件事情和每一种声音的理由。我经常不能坚持自己的想法，乃是不愿坚持自己的昏昧，因为我能够辨别什么是好的，什么又是坏的。

有一年春天，我出使郑国。郑国的国君在王宫设宴招待我，郑国的卿相子产安排得非常细腻周全，一切都符合礼仪。我和他们相谈甚欢，欣赏着郑国的歌舞，畅饮郑国最好的美酒。这次到郑国，我还有一个隐秘的想法。我的身上佩戴着一个玉环，但这玉环并不是完整的，完整的玉环应该有三片，每一片上侈而下敛，结玉而成三，三环而合规，三片完整才可以成为玉环的上品。它意味着吉祥和回归。我每一次出行都能顺利回归，也许出自这玉环的佑护。可是，我独缺少一片。我一直为这样的缺失感到忧憾。我已经听说郑国的一个商人有一片玉环，恰好与我的玉环相合，若是这次出使能够得到这片玉环，岂不是令人欢快？若是这样，我就如愿以偿了。

我没有更加钟爱的东西了，我只是想得到一个完整的吉祥佩饰。可是我不知道该怎样说。我想，自己提出这样一个小小的要求，也许不过分吧？我出使郑国，乃是郑国的贵宾。我已经看见他们对我的尊敬。是的，他们对我的尊敬不仅是对我自己，更重要的我乃是掌管晋国朝政的正卿，一个强大的国家就在我的身后。他们看见我的时候，也看见了我的国家。这个玉环对我是重要的，而对于郑国的国君来说，乃是举手之劳。可是我也怀疑自己，我说出自己这个小小的心愿合适么？是不是有失自己的尊贵？

在宾主都酒酣耳热的时候，我还是抑制不住自己，将自己的想法和郑国的国君说了出来。还没有等到他的回复，旁边的子产就对我说，这块玉并不属于国君，若是属于国君就可以送给你。但它属于郑国的商人，我们怎能从他的手里抢夺呢？我遭到了子产的回绝，这让我的脸发红，似乎被一团烈火点着了。我不禁感到羞愧，也感到十分尴尬。一个尊贵的客人怎能向主人提出过分的请求？而且这样的请求遭到了拒绝。

旁边的一个郑国大臣也许看出了我的失望和羞愧，他对子产说，晋卿所说的并不是太大的要求，若是不能满足这要求，就会让人说郑国对晋国心怀不忠。晋卿乃是晋国的执政者，他的任何想法都不能被

古灵魂

轻视。若是有心怀不轨的人从中挑唆，又有鬼神偏袒这心怀不轨的人，就会引起别人的怒气，岂不是让郑国悔恨？你怎能因为爱惜一个小小的玉环而让晋国不满呢？若是换了我，我就将之找来给他。一个玉环比之于两国的交好，孰轻孰重？我用不着手来掂掇，凭自己的心就可以知道两者的分量。

子产说，对于晋国我怎敢轻慢呢？又怎敢心存不满？又怎能怀有二心？郑国一直小心翼翼地侍奉晋国，为了这忠诚和信用，我才不能给他。郑国即使有比玉环更好的东西，也舍得献给晋国，但唯独这件事不能做。这不是因为我贪恋这样的玉环，而是为了保持对晋国的忠诚和对晋卿的尊敬。我听说，一个人并不害怕缺少财产，而是担心缺少美誉。财产和美誉孰轻孰重？财产可以失去，但美誉却能流传万世。

子产诚恳地对我说，我还听说，治理一个国家所害怕的，不是能不能侍奉好大国和安抚好小国，而是害怕失去礼仪，若是失去了礼仪就不能安定自己的位置。若是大国让小国做许多事情，它的所有命令都得以遵从，它的所有要求都得以满足，那么它若是提出你做不到的要求，你将用什么来满足它？若是其它命令都得以遵从，而其中的一件不能做，岂不是获得更大的罪？所以，大国的命令也要按照礼仪来区分，若是不合乎礼仪，就应该拒绝，并申明自己的理由。

子产接着说，我所说的道理，你也应该懂得。礼仪是一个国家能否获得尊严的关键。若是一个国家唯命是从，从来不知道驳斥和拒绝，那么它哪里还有尊严呢？岂不是这个国家被大国视为自己的边城了么？若是你奉命出使郑国，乃是为了求得这个玉环，这岂不是贪心过度了么？难道贪心过度不是罪过么？若是我奉送你一个玉环引发了两个罪过，而我们又失去了自己的国家，我哪能这样做呢？我若是奉送了你一个玉环而让你成为一个贪婪的罪人，我又怎敢这样做呢？

我尴尬地笑着说，我乃是饮酒多了，才说出自己过分的想法，请你不要介意。我知道大夫乃是明理的智者，你的一番话，让我惊醒了。我平生最害怕的不是没有财富，而是害怕因自己的犯错连累国家和宗族，也害怕因我的犯错而毁坏了先祖的礼法。只是我这个人生来愚钝，需要别人时时提醒，才可以从昏昧中获得光亮。好在我能够辨别光与暗，对与错，大与小，善与恶，好与坏。我时时对着铜镜看我自己的脸，若是我脸上有污斑，无论铜镜擦拭得多么明亮，铜镜里的自己仍然是一张有污斑的脸，只有将自己的脸擦洗干净，我才会感到心安。你的话不仅给了我明亮的铜镜，也让我的脸不要沾染污斑。

子产说，没有不犯错的人，即使是圣人也犯错，知道自己犯错了能够纠正自己的错，这已经离圣人不远了。我仅仅是想让你知道，郑国对晋国从无二心，郑国所做的一切不仅为了自己，也为了别人。若是为了讨好一个人，最好的办法就是猜测他心中所想，尽量让他感到满意。但若是为了毁损他，也要猜测他心中所想，尽量让他感到满意。讨好和毁损是同一件事。可是我们不愿意这样做，因为晋国不仅是大国，也是郑国的盟主。若是晋国被毁损，郑国也被毁损了。

我理解了子产的话，知道了他所说的都是为了我。一开始遭到拒绝的时候，我不仅尴尬和羞愧，也感到不满。但我知道子产的意思不是要羞辱我，而是把他的智慧给了我。我喜欢有智慧的人，也能接受智慧。我想，既然不能从郑国的国君那里获得玉环，那么我就让我的

古灵魂

随从与那个拥有玉环的商人谈妥了价码，我从商人手里直接买来该不会违反礼法吧？是啊，我是多么想获得这个玉环，我多么希望自己佩戴的玉环是完整的。我总是不甘心这个隐秘的心愿落空。

就要将玉环交给我的时候，商人突然想起了什么。他说，你给了我足够的价钱，我也愿意将玉环卖掉，但这是两国间的交易，我应该将这件事情告知子产大夫。于是我又一次去拜见子产。我说，我来拜见大夫，是因为我和商人已经谈好了价格，商人已经答应将玉环卖给我。我曾请求得到这个玉环，你觉得不合礼法，我觉得你说得很有道理。你的话乃是出自肺腑，很让我感动。现在我从商人手里买了这个玉环，这乃是一桩公平的交易。商人觉得这件事应该告知你，所以我请求你能够成全。

这一次，子产没有立即拒绝，而是给我谈起了郑国的往事。他说，从前的时候，我们的先君桓公和商人们都是从周朝都城一带迁徙来的，他们一起整理土地，砍掉了野草和杂木，烧掉了荒草和落叶，开辟和耕种这里的土地，并一起居住在这里。他们世代都有盟誓，互相依赖和信任，一直和睦相处。誓词是这样说的——你不要背叛我，我也不能强买你的东西，既不要乞求，也不要掠夺，你若有能够赚钱的买卖和贵重的货产，我绝不会过问和干涉。我们之间要彼此信赖，彼此依靠。

——已经过去了多少年，时间没有改变我们和商人之间的敦睦之道。郑国的朝廷和商人因这个盟誓而血肉相连。现在你是郑国的贵宾，乃是带着晋国的友好光顾我的国家，却要告诉我要去强买商人的玉环，这乃是要让我背叛盟誓。晋国乃是礼仪之邦，之所以能够成为诸侯的盟主，乃是因为尊重小国也尊重礼法。这也是我们拥戴晋国的原由。若是你获得了你想要的玉环而失去了诸侯的拥戴，我想你不会做这样的事情。若是大国命令我们必须这样做，那么晋国已经将郑国视作它的边城，我们又怎能遵从这样的命令？若是我依照你的想法奉献上玉环，我不知道这对你和晋国有什么好处？

我立即回应说，啊，我不知道郑国的国情，所以才这样做。我虽然很愚钝，但你的道理我还是能够听明白的。我岂能因为一个玉环而忘记了先祖的礼法？又怎能为了一个玉环而损害了我们的情感？又怎能用玉环来获得两个罪名？我求取的若是违背礼仪的罪，那么我岂不是为了做一个罪人而来？我还是将商人的玉环退还吧。这样我也就退回了我的罪，使我成为一个无罪的人。

我回晋国的时候，专门前往子产那里辞别和拜谢，并将我的名马和玉器赠送给他。他再三推辞。我对他说，你让我舍弃了玉环，还赠送了我智慧和良言，让我免除了自己的罪，我不过是送一些薄礼以致谢，这算得了什么呢？难道这点礼物能够换得你那么金贵的言语么？这点东西不过是在阳光下发亮，可是你的良言却在我的心里发光，它照亮的是我的心，也驱除了我的贪婪和妄想。

我说，这乃是我来到郑国最大的收获。我听说，玉是具有美德的东西，但并不是得到它就得到了美德。玉的美德不在于它光洁的表面，而在于它质地的坚硬。玉的美德也不在于它本身，而在于人的持有。我失去它却保有了自己的美德，这才是玉告诉我的真道理。你的话就是我不曾取得的玉，它比那个玉环要贵重不知多少倍，有了你的诚告，我还需要什么呢？我的玉环虽然只有两片，但我看见它，就知道它已足够完整了，这缺失中有了你的良言的填补，它已经更加珍贵。

想起这些往事，就想起了我的一生。我总算到了人生的尽头。我也许就像我身上佩戴的玉环一样，看起来是不完整的，但它却有着别人看不见的完整。若是从智者的眼中看去，残缺的就是完整的，而完整的反而意味着残缺。是啊，在朝堂上，我总是倾听别人的看法，不是我没有自己的看法，而是倾听比立即说出自己的看法要重要。你先要判断别人在想什么，才可以做出自己的决定。我执掌朝政的多少年中，既没有坚持自己的想法，也没有完全听从别人的想法，总是在各种想法的中间行走，因为只有在中间才可以找到最开阔的路。

我的言辞总是温和的、谦逊的，从来没有采用激烈的言辞。因为激烈的言辞会伤害别人，也不容易被别人接受。若是你的言辞不能被接受，那么你所说的一切又是为了什么？所有的言辞就是为了接受。若是没有被接受，这些言辞就是无用的。我不愿意做无用的事情，又怎会说无用的话呢？所以我在别人的眼中，也许只是一个唯唯诺诺的人，实际上我仅仅是用这样的方式表达自己。别人不可能猜出我究竟在想什么，他们只知道自己在想什么。而我既知道自己在想什么，也知道别人在想什么，这有什么不好呢？

许多年来我没有得罪过什么人，没有和什么人结怨，我也不怨恨任何人。这有什么不好呢？这难道不是一个人的德行么？我谨慎地辅佐几代国君，已经做到了忠。我诚恳地对待我的同僚，从不用强权说话，这可以视作仁。我克制自己的欲望，既不追求奢侈，也不追求贪婪，恪守自己的本分，也不因自己的权力而有所僭越，这可以说是礼。以这样的德行而言，我不会担忧我的后一代会遭遇大祸了。那么，我还用担忧自己的结果么？

现在是退出的最好时机。我的退出至少让另一个人获益，他就可以占据我的位置了。所以我对国君说，我老了，请求告老还乡，安度剩下的岁月。这乃是我最后能够为国君所做的事情了。晋国需要更新，就像田地需要轮换作物一样，这样才能让晋国保持它的活力和生机。我已经在这个卿相的座位上待得太长久了，而人们总是喜欢新的面孔。我的精力已经大不如从前，除了告老还乡，我还能做什么呢？我的眼睛已经昏花，以致看不清眼前的事物。我的想法已经老旧，心中的智慧也已枯竭，除了告老还乡，我还能做什么呢？国君说，那么，你觉得谁能接替你呢？我说，魏舒就是很好的卿相，他做事敏捷，又有智谋，也对国君忠诚，能够做到这样，这已经是最好的了。而且他的先祖都曾为晋国建立过不朽之功，你若能选择他，还有什么比这更好的事情呢？

从国君的宫殿出来之后，我的浑身一阵轻松。我的脚步似乎有力了，我的眼睛似乎看得更清楚了。天上的云彩在飘动，好像无数的绢帛在舒卷，上面隐隐地写满了文字。天空已经展现了它的经卷，我能够慢慢地阅读它了。从前我只是阅读地上的文字，现在我可以阅读天上的文字了。因为我生于地上，却要归于天上。我要让自己的眼睛看天上的一切，然后就像地上的鹤一样，展开自己的翅膀，飞向自己向往的地方。那样，云彩将成为我最后的陪伴，尽管我还不知道那里究竟还有什么。

古灵魂